BASTEI
LÜBBE
TASCHENBUCH

Weitere Titel des Autors in Vorbereitung

Titel in der Regel auch als E-Book erhältlich

Über den Autor:

Simon Haynes ist gebürtiger Brite, ist aber in Südspanien aufgewachsen. Seit 1983 lebt er mit seiner Familie in Australien. Er ist nicht nur Schriftsteller, sondern arbeitet nebenbei auch als Programmierer und ist ein Gründungsmitglied des *Andromeda Spaceways Inflight Magazine.* Für seine Serie um den Frachter-Kommandanten Hal Spacejock wurde er für den größten australischen Fantasy-Preis, den *Aurealis Award,* nominiert.

Simon Haynes

EIN ROBOTER NAMENS KLUNK

Roman

Aus dem Englischen von
Winfried Czech

BASTEI
LÜBBE
TASCHENBUCH

BASTEI LÜBBE TASCHENBUCH
Band 20 741

1. Auflage: November 2013

Dieser Titel ist auch als E-Book erschienen

MIX
Papier aus verantwortungsvollen Quellen
FSC® C006701

Vollständige Taschenbuchausgabe

Deutsche Erstausgabe

Titel der australischen Originalausgabe:
»Hal Spacejock«
Originalverlag:
Fremantle Arts Centre Press, Fremantle, Australia

Textredaktion: Dr. Frank Weinreich, Bochum
Lektorat: Ruggero Leò
Titelillustration: © Katarzyna Oleska
Umschlaggestaltung: Gutrer Punkt, München
Satz: Urban SatzKonzept, Düsseldorf
Gesetzt aus der Baskerville
Druck und Verarbeitung: CPI-Ebner & Spiegel, Ulm
Printed in Germany
ISBN 978-3-404-20741-1

Kapitel 1

Hal Spacejock saß vor der Steuerkonsole der *Schwarzen Möwe* und konzentrierte sich auf ein kleines Schachbrett, das zwischen einer Reihe von Kippschaltern, blinkenden Lämpchen und Kontrollanzeigen balancierte. Erst kürzlich war ihm ein Artikel in die Finger gefallen, der die Vorzüge dieses alten Spieles gepriesen hatte. So sollte es dazu beitragen, seinen Verstand zu schärfen, sein Gedächtnis zu verbessern und seine Attraktivität gegenüber dem anderen Geschlecht zu steigern. Seither war das Schachspiel zu einem wichtigen Bestandteil seines täglichen Lebens geworden, doch nach 276 verlorenen Partien in Folge begann Hal allmählich, den Wahrheitsgehalt des Artikels in Zweifel zu ziehen. Weder fühlte er sich klüger, noch konnte er sich daran erinnern, wann er zuletzt mit einer Vertreterin des anderen Geschlechts gesprochen hatte, ganz zu schweigen davon, ihr Interesse erregt zu haben. Er fragte sich flüchtig, ob es wirklich so klug war, gegen den Navcom zu spielen, den Bordcomputer der *Schwarzen Möwe*. Wie leistungsschwach und überaltert der Navcom auch sein mochte, war es für ihn immer noch ein Leichtes, sämtliche Aggregate des Schiffes, die Lebenserhaltungssysteme und die Navigation zu kontrollieren und gleichzeitig einen Menschen in einfachen Brettspielen zu schlagen. Andererseits setzte der Umstand, dass Hal das einzige menschliche Wesen an Bord der *Schwarzen Möwe* war, der Auswahl seiner möglichen Gegner enge Grenzen.

»Sie sind am Zug«, sagte der Navcom mit einer neutralen Frauenstimme.

»Ich überlege.«

»Dürfte ich Ihnen vielleicht ein Sonderangebot unterbreiten, während Sie über Ihren Eröffnungszug nachdenken?«

»Was für ein Angebot?«, erkundigte sich Hal misstrauisch.

»Es geht um ein Schachbuch, das bei Planet Books erhältlich ist.«

»Wirklich? Zeig es mir auf dem Hauptbildschirm.«

Der große Sichtschirm über der Konsole leuchtete rot, dann manifestierte sich das Wort *Angebot* in zitternden gelben Lettern. Die Buchstaben bildeten Beine aus und marschierten aus dem Bild heraus. An ihrer Stelle rollte ein Korb aus Drahtgeflecht auf Rädern herein.

»Ich kann auf diesen ganzen Unfug gern verzichten«, sagte Hal. »Zeig mir nur das Angebot selbst.«

»Ist gleich so weit«, erwiderte der Navcom. »Sehen Sie weiter zu.«

Aus dem Korb stob ein Schwarm Tauben auf und verwandelte sich in eine Wolke aus zu Boden trudelnden Federn, die das Wort *Sonderangebot* formten. Ein Windstoß blies die Federn fort. Schließlich blitzte der Buchtitel auf.

»Schach für den intellektuell Herausgeforderten?«, fragte Hal. Er starrte das Cover an. »Soll das vielleicht ein Witz sein?«

»Es ist ein Untertitel einer beliebten Buchreihe«, erklärte der Navcom.

»Und wie heißen die anderen Bücher? Interstellare Navigation für Vollpfosten? Mondlandungen für Schwachköpfe?«

»Möchten Sie, dass ich Ihnen diese Titel ebenfalls in den Warenkorb lege?«

»Ich will keins dieser Bücher. Und solltest du auf weitere Angebote dieser Art stoßen, behalte sie für dich.« Hal wandte sich wieder dem Schachbrett zu, dachte eine Weile angestrengt nach und schob dann einen Bauern vor. »E2 nach E4.«

»E7 nach E5«, entgegnete der Computer mit leichter Verzögerung.

»Hab ich dich ins Grübeln gebracht, was?«

»Ich habe gerade eine Nachfrage bezüglich einer offenen Rechnung zurückgewiesen. Die Absender der Anfrage waren sehr beharrlich.«

»Das wird nicht mehr lange ein Problem sein.«

»Nicht?«

Hal schüttelte den Kopf. »Ich habe ein Treffen mit der Finanzierungsgesellschaft vereinbart. Wir erhalten ein weiteres Darlehen.«

»Sie haben das erste noch nicht zurückgezahlt.«

»Zerbrich du dir darüber nicht den Kopf«, sagte Hal mit einer lässigen Handbewegung. »Diese Leute verleihen liebend gern Geld.«

»Nicht, wenn sie es nicht zurückbekommen.«

»Hör mal, du kümmerst dich um die Navigation, ich kümmere mich um das Finanzielle. Kapiert?«

»Ist das eine konkrete Anweisung, alles, was die Finanzierung der *Schwarzen Möwe* betrifft, Ihnen zu überantworten?«

»Haargenau.«

»Also gut.« Die Bildschirme flackerten. »Auf Monitor eins finden Sie eine letzte Zahlungsaufforderung der Lamira-Bodenkontrolle bezüglich der fälligen Lande-, Raumhafen- und Visagebühren. Monitor zwei können Sie die Höhe der Strafgebühr für die aktuelle Kontoüberziehung entnehmen, und Monitor drei die Rechnungen für Treibstoff und Wartungsarbeiten, aufgelistet in absteigender Reihe nach dem Datum ihrer Erstellung.«

Hals Blick wanderte mit zunehmender Besorgnis von einem Bildschirm zum anderen. »Du solltest diese Rechnungen lieber ausblenden, bevor die Geldverleiher hier auftauchen. Das könnte sie nur auf falsche Ideen bringen.«

»Oder auf die richtigen«, sagte der Computer. Die Bildschirme flackerten erneut, und anstelle der Rechnungen erschienen Stapel von Kreditchips, Juwelen und Goldbarren. »Besser so?«

»Sehr witzig«, knurrte Hal.

»Ihre finanzielle Situation ließe sich verbessern, wenn Sie nicht so kleinlich bei der Auswahl von Transportaufträgen wären.«

»Ich habe dir gesagt, dass ich nichts Illegales machen werde. Den Regierungen gehen die Schiffe aus, und sie würden sich die *Möwe* sofort unter den Nagel reißen, wenn ich auch nur in die Richtung irgendeines fragwürdigen Geschäfts schielte.«

»Wie steht es mit der Ladung pharmazeutischer Produkte, die man Ihnen angeboten hat?«

»Drogen.«

»Und der Transport von Verteidigungszubehör für Eigenheime?«

»Waffen.«

»Was war mit diesen jungen Männern, die nach Forg fliegen wollten?«

»Strafgefangene auf der Flucht; pleite und verzweifelt.«

»Und der Auftrag von Jerling Enterprises? Dabei scheint es sich um ein seriöses Unternehmen zu handeln.«

Hal schnaubte. »Eine Tarnfirma des hiesigen Verbrecherkönigs.«

»Woher wissen Sie das?«

»Instinkt. Das hat mir die Art verraten, wie die Typen geredet haben. Und die Bezeichnung der Ladung klang auch suspekt.«

»Was soll an Roboterteilen suspekt sein?«

»Es handelt sich dabei natürlich um Hehlerware. ›Roboterteile‹ auf die Kisten zu pinseln, mag den einen oder anderen täuschen, aber ich bin nicht so dumm, auf diesen uralten Trick reinzufallen.«

»Na schön, dann sollten Sie vielleicht genauer formulieren,

was Sie unter einem akzeptablen Job verstehen, damit ich die unerwünschten Angebote gleich aussortieren kann.«

Hal zuckte die Achseln. »Irgendwas Schnelles und Leichtes. Was gut bezahlt wird und ungefährlich ist.«

»In der freien Speditionsbranche?« Der Navcom schwieg einen Moment lang. »Haben Sie einmal erwogen, sich einen anderen Beruf zu suchen?«

»Nein, verdammt noch mal. Ich weiß, dass es Aufträge auf dem Markt gibt. Du musst sie nur finden.«

»Mag sein, dass es irgendwo sonst anständige Jobs gibt, aber wir haben auf Lamira angedockt. Dies ist eine Bergbaukolonie, was die Auswahl der zur Verfügung stehenden Frachtaufträge ein wenig einengt.«

»Es war der einzige Ort, an dem wir uns die Landegebühren leisten konnten.«

»Die Sie noch nicht bezahlt haben ...«

»Ich?«

»Sie sind für die Finanzen zuständig. Zufällig kommt gerade eine Anfrage von der Bodenkontrolle herein. Soll ich sie durchstellen?«

»Was? Nein, sag den Typen, dass ich gerade beschäftigt bin. Ich will zuerst das Schachspiel hier gewinnen.«

*

Ding Dong! Aus verborgenen Lautsprechern ertönte ein Klingeln. Hal schaute vom Schachbrett hoch, auf dem sich gerade wieder das typische, einseitige Massaker abspielte. »Was ist das jetzt?«

»Da ist jemand auf der Landerampe.«

»Der Kreditvermittler?«

»Das kann ich nicht beantworten. Meine Außenkamera fehlt.«

»Woher weißt du dann, dass da draußen jemand ist?«

»Weil irgendjemand den Klingelknopf drückt«, sagte der Navcom, als es erneut läutete.

Hal erhob sich, ging zu einer Reihe von Wandschaltern und drückte auf die obere Taste. Ein hydraulisches Winseln ertönte, worauf ein schweres rundes Schott aufschwang, hinter dem eine kleine Luftschleuse sichtbar wurde. Hal schlüpfte geduckt durch die niedrige Luke und drückte im Inneren der Schleuse auf die oberste Taste einer weiteren Kontrolltafel. Das äußere Schott hatte sich kaum halb geöffnet, als auch schon ein riesiger Roboter hereinplatzte, der sich tief vornübergebeugt hielt, um in den für einen Menschen ausgelegten Raum hineinzupassen.

Ein kurzer Blick auf die sich öffnenden und schließenden Hände, die spitzen Stahlzähne und blutunterlaufenen Augen des Roboters reichte Hal, um zurück auf die Kommandobrücke zu fliehen. Er schmetterte das innere Schott zu und tastete nach der Schalterkonsole, aber bevor er die Schleusentür verriegeln konnte, flog sie auch schon wieder auf. In der Hoffnung, den tiefer gelegenen Gang zu erreichen, hechtete Hal auf den Verbindungsschacht im hinteren Bereich der Brücke zu, doch er hatte gerade einmal zwei Schritte geschafft, als ihm der Eindringling schon den Weg versperrte.

Ein paar Sekunden lang starrten er und der Roboter einander reglos an; dann betrat ein kleiner Mann mittleren Alters das Cockpit. Er hatte ein ebenmäßiges, blasses Gesicht, glatt zurückgekämmtes Haar und trug einen schweren, bis zum Hals zugeknöpften Übermantel.

»Wer zur Hölle sind Sie?«, fragte Hal.

»Vurdi Makalukar, zu Ihren Diensten«, erwiderte der Fremde mit leiser Stimme.

Aus Angst, der bedrohlich vor ihm aufragende Roboter könnte ihm den Arm abreißen, wenn er mit dem Finger auf ihn zeigte, beschränkte sich Hal auf ein Nicken in Richtung des Ungetüms. »Gehört das Ding Ihnen?«

»Brutus begleitet mich auf meinen Runden.« Vurdi trat an das Steuerpult, drehte den Pilotensessel um 180 Grad und verzog das Gesicht, als er das herausquellende Innenfutter bemerkte. »Fangen wir an«, sagte er, während er sich vorsichtig auf den Rand des Sitzpolsters sinken ließ. »Ich vertrete Garmit und Hash, Mr. Spacejock, und ich bin gekommen, um ...«

»Sie sind der Kredit-Typ?«, unterbrach Hal.

Vurdi nickte.

Hal gestikulierte in Richtung des Roboters. »Springen Sie mit allen Ihren Klienten so um?«

»Normalerweise bricht Brutus ihnen zuerst das eine oder andere Bein, aber ich hatte das Gefühl, dass das in Ihrem Fall nicht nötig wäre. Schließlich handelt es sich hier um eine relativ bescheidene Summe.«

»Er bricht Beine?« Hal beäugte den riesigen Roboter. »Ist das häufig erforderlich?«

»Nicht, wenn ich meinen Job ordentlich erledige.« Vurdi lehnte sich zurück. »Also, soll die Zahlung in bar oder per Scheck erfolgen?«

»Das ist mir egal. Soweit es mich betrifft, läuft das aufs Gleiche hinaus.«

Vurdi lächelte. »Ich muss gestehen, ich habe schon mit dem Schlimmsten gerechnet. Es ist äußerst erfreulich, dass Sie mir das Geld zurückzahlen können.«

»Ihnen Geld zurückzahlen? Nein, Sie haben das völlig falsch verstanden. Sie sind hier, um *mir* ein Darlehen zu geben.«

Das Lächeln verschwand aus Vurdis Gesicht. »Das glauben Sie doch nicht wirklich, oder? Mr. Spacejock, Ihr Computer führt mich schon seit Wochen an der Nase herum. Sie sind Monate mit den Rückzahlungen in Verzug.«

»Wollen Sie damit sagen, dass das alles nur ein Trick war? Sie wollen mir gar kein Geld geben?«

»Ich denke, jetzt verstehen wir uns endlich. Sehen Sie, ich bin gekommen, um die überfälligen Raten für Ihr bereits bestehendes Darlehen einzutreiben.« Vurdi deutete auf den Roboter. »Und wenn Sie schnell sind, müssen Sie nicht einmal ins Krankenhaus.«

»Ich habe nichts, was ich Ihnen geben könnte.« Hal spreizte die Finger. »Die Geschäfte laufen schlecht. Niemand braucht ein Frachtschiff.«

»Wir alle müssen unsere Schulden irgendwann begleichen, Mr. Spacejock. Vielleicht in anderer Form? Mit ein oder zwei Gliedmaßen?« Der Sessel quietschte, als Vurdi sich damit herumdrehte. »Ich schlage vor, Sie halten still. Dann haben Sie es schneller hinter sich.«

»Schneller? Was ...« Hal duckte sich, als Brutus seine schaufelgroßen Hände nach ihm ausstreckte. »Hey, pfeifen Sie ihn zurück, oder ...« Finger, so dick wie Bananen, schlossen sich um seinen Hals und schnürten ihm die Worte ab, einen Sekundenbruchteil später lag er flach auf dem Rücken. Die gigantische Maschine kauerte über ihm, als wollte sie ihn in das kalte Metalldeck hineinstanzen. Ihre Stahlklauen quetschten ihm die Kehle zusammen, und Hal sah sein Leben wie im Zeitraffer vor seinem inneren Auge vorüberfliegen – eine ununterbrochene Abfolge von Bruchlandungen, die mit Explosionen und einer Vielzahl von Knochenbrüchen unterlegt waren.

»Ist er schon tot?«, erkundigte sich Vurdi laut.

Nach statischer Elektrizität riechende Luft wehte Hal ins Gesicht. »Beinahe«, grollte der Roboter.

»In Ordnung, dann lass ihn los.«

Der Roboter zögerte kurz, öffnete beinahe widerwillig die Hände und stand auf.

»Lassen Sie uns doch noch einmal ganz von vorn anfangen,

Mr. Spacejock.« Vurdi nahm eine der beiden Damen vom Schachbrett und betrachtete prüfend ihre Unterseite. »Wo ist mein Geld?«

»Das habe ich Ihnen doch bereits gesagt. Ich habe keins!«

Vurdi ließ die Schachfigur in der Handfläche hin und her rollen. »Wissen Sie, es bestünde auch die Möglichkeit, dass gewisse Umstände zur Auszahlung Ihrer Versicherung führen.«

»Was wollen Sie damit sagen?«

»Stellen Sie sich vor, Ihrem Schiff würde das Unvorstellbare zustoßen. Dann könnte Garmit sein Geld zurückbekommen, ich würde meine Gebühren kassieren, und Sie ... nun, für Sie würden ein paar Zeilen in der lokalen Presse abfallen.«

»Damit würden Sie nie durchkommen!«

»Einige meiner Ex-Klienten waren der gleichen Ansicht.« Vurdi schüttelte bekümmert den Kopf. »Aber, nun ja, ich habe sie eines Besseren belehrt.«

»Hören Sie, es gäbe da etwas ...«

»Es gibt immer etwas. Wie viel?«

»Nein, kein Geld, aber ich bin heute Morgen von jemandem angerufen worden, der einen eiligen Frachtauftrag zu vergeben hat.«

Vurdi hob eine Augenbraue. »Warum haben Sie das nicht früher erwähnt?«

»Wie denn? Als ich die Schleuse geöffnet habe, hat Ihr Roboter sofort versucht, mir den Kopf abzureißen.«

»Dramen langweilen mich, Mr. Spacejock. Erzählen Sie mir mehr Einzelheiten.«

»Dieser Typ möchte, dass ich den nächsten Transport für ihn erledige. Der Frachter, den er sonst benutzt, ist zurzeit nicht verfügbar.«

»Wie überaus praktisch für Sie.« Vurdis dunkle Augen musterten aufmerksam Hals Gesicht. »Wann wird der Job erledigt sein?«

»Ich habe 24 Stunden Zeit dafür.«

»Sehr schön, dann wird Brutus das Geld morgen im Laufe des Nachmittags abholen.« Vurdi stellte die Schachfigur auf das Spielbrett zurück und erhob sich. »Nicht nötig, dass Sie mich hinausbegleiten. Komm, Brutus.«

Hal zuckte zusammen, als der Roboter mit einem Fuß dicht vor seinem Gesicht aufstampfte. Er spürte, wie sich die Metallklauen der Roboterhand in seine Kleidung krallten und ihn hochhoben, bis er in die blutroten Augen der Maschine starrte. Zischender Atem pfiff zwischen Brutus' papierdünnen Lippen hervor, während unsichtbare Ventilatoren in seinem Kopf auf Hochtouren liefen, um seine Schaltkreise zu kühlen. »Ich komme wie–«

»Brutus, komm schon!«, fauchte Vurdi ungeduldig von der Luftschleuse her.

Der Roboter ließ Hal los und verließ das Schiff mit langsamen, gemessenen Schritten. Als das äußere Schleusentor scheppernd ins Schloss fiel, setzte sich Hal vorsichtig auf. »Navcom?«

Aus der Konsole ertönte ein Rauschen und Knistern. »Ja, Sir?«

»Ruf Jerling Enterprises an.«

»Die Tarnfirma des hiesigen Verbrecherkönigs?«

»Ja. Sag Bescheid, dass ich den angebotenen Frachtauftrag übernehme.«

»Den Transport der Hehlerware?«

»Genau den.«

»Aber Sie haben den Auftrag bereits abgelehnt!«

Hal befingerte behutsam seinen Hals. »Ich habe es mir gerade anders überlegt.«

Kapitel 2

Auf dem Planeten Forg hatte sich eine kleine Menschenmenge vor dem lokalen Himmelshockey-Stadion zusammengefunden. Forgtown war keine wohlhabende Gemeinde – die Reihenhäuser waren bescheiden, und ihre Bewohner mussten um ihr Auskommen kämpfen. Bau- oder Instandsetzungsarbeiten waren ein eher seltener Anblick, weshalb die umfangreiche Renovierung des in die Jahre gekommenen alten Stadions seit Monaten für Gesprächsstoff sorgte.

Schließlich war der Tag der Wiedereröffnung gekommen. Die neuen Kassenhäuschen erstrahlten in hellem Licht, welches das silbergoldene Absperrband vor dem Eingang funkeln ließ. Auf einer Seite des Eingangsbereichs erhob sich ein mit farbigen Scheinwerfern gespickter spindelförmiger Flutlichtturm. Ein stämmiger Mann auf der Spitze des Turmes richtete gerade den größten Scheinwerfer so aus, dass ein heller weißer Lichtstrahl auf die Mitte des mit glitzernden Kacheln gefliesten Bodens fiel. Als er sein Werk zu seiner Zufriedenheit beendet hatte, erklang laute Musik aus versteckten Lautsprechern. Die Menschenmenge teilte sich, und ein junger Mann in einem goldenen Anzug lief durch die sich öffnende Schneise auf die improvisierte Bühne. Er kam schlitternd zum Stehen, warf den Kopf in den Nacken und hob ein überdimensioniertes Mikrofon an seine Lippen.

»Ladies und Gentlemen, wir haben uns heute hier eingefunden, um Zeugen eines echten Wunders zu werden!«, rief er, wobei er auf und ab ging und dabei immer wieder kurz den Lichtkegel des Scheinwerfers verließ, mit dem der Beleuchter ihm zu folgen versuchte. »Uns wurde versichert, dass das nie geschehen würde! Die Einwohner Forgtowns hätten kein neues Stadion verdient, hieß es!« Er deutete auf eine leere Leinwand. »Und wer ist uns zur Rettung geeilt?«

Als Antwort auf seine Frage erschien die riesige Projektion eines Mannes mittleren Alters mit buschigem schwarzem Schnauzbart, glänzendem schwarzem Haar und einer dicken Zigarre im Mundwinkel auf der Leinwand.

»Mr. Walterrrrr ... Jerling!«, schrie der junge Mann enthusiastisch. Er klemmte sich das Mikrofon unter den Arm und begann in dem Versuch, das Publikum mitzureißen, wie wild zu applaudieren.

Knapp außerhalb des Lichtkegels zog Jerling ein letztes Mal an seiner Zigarre, ließ sie achtlos auf den frisch gefliesten Boden fallen und zermahlte den glühenden Stumpen unter seinem Absatz zu Krümeln. Dann marschierte er auf die Bühne und ergriff das Mikrofon. Er brachte die Menge durch ein Winken zum Schweigen und begann zu sprechen, doch die Lautsprecher blieben stumm. Der junge Mann nahm ihm das Mikrofon aus der Hand und fummelte hektisch daran herum. Jerling bedachte ihn mit einem finsteren Blick.

»... verdammte Ding sofort in Ordnung, oder Sie sind Ihren Job los!«, dröhnte seine Stimme unvermittelt aus den Lautsprechern, während er das Mikrofon wieder entgegennahm. Er fing sich schnell wieder. »Ich danke Ihnen für Ihr zahlreiches Erscheinen«, wandte er sich an die Zuschauer, wobei er sich ein Lächeln abrang. Es war das übliche Publikum – junge Mütter mit Kinderwagen, alte Damen, die überdimensionierte Handtaschen umklammert hielten, und ein Häuflein arbeitsloser Jugendlicher, die nichts Besseres zu tun hatten. Spontan beschloss Jerling, gleich auf Seite sieben seiner Rede vorzuspringen. Die Leute aus der PR-Abteilung würden zwar stöhnen, aber sie konnten den Beitrag für die aktuellen Nachrichten auch mit altem Filmmaterial unterfüttern. »Und so ist es mir ein außerordentliches Vergnügen, dieses neu renovierte Stadion zu eröffnen und den Forgtown Rhinos viel Glück für die kommende Spielzeit zu wünschen!«

Die Menge klatschte höflich Beifall, als sich Jerling zum Stadioneingang begab und das Band zerschnitt. »Hiermit erkläre ich das Stadion für eröffnet!«, verkündete er unter erneutem Applaus.

Auf dem Rückweg zu seiner wartenden Limousine kam Jerling dicht an einer Mutter mit ihrem kleinen Sohn vorbei. Der Junge blickte sehnsüchtig zu einem Bündel bunter Luftballons empor, die an einem Geländer festgebunden waren. Aus einem spontanen Impuls heraus löste Jerling einen der Ballons aus dem Bündel. »Hier, Junge«, sagte er, »pass gut darauf auf.«

Die Mutter strahlte ihn an. »Danke, Mr. Jerling. Ich bin mir sicher, dass er ihn für den Rest seines Lebens wie einen Schatz hüten wird.«

Jerling vollführte eine leutselige Geste, die verriet, wie leicht ihm derart großzügige Geschenke von der Hand gingen. Tief im Inneren verspürte er das wohlige Schaudern, das jede gute Tat in ihrem Wohltäter hervorruft.

»Aber, Mama, ich wollte doch den roten Ballon!«, quengelte der Junge.

Walter Jerling wandte sich ab, ging weiter zu seinem Wagen, zwängte sich auf den Rücksitz und ließ sich in das weiche Polster sinken. Die Tür fiel hinter ihm ins Schloss. Der Motor summte kraftvoll, als der Wagen zügig beschleunigte.

Im Fond hockte Carina Rinoret steif auf der Kante ihres Sitzes, eine Aktentasche im Schoß. Ihre dunkelbraunen Augen musterten Jerling aufmerksam, während sie versuchte, seine Laune einzuschätzen. Sie musste nicht lange warten.

»Schicken Sie diesen dämlichen MC in die Wüste«, knurrte er.

»Ja, Sir.«

»Goldanzüge und Scheinwerfer. Was zur Hölle hat er sich dabei gedacht? Ich bin ein Geschäftsmann, kein gottverdammter Popstar!« Als der Wagen auf den Highway einbog, riss Jerling die Schutzhülle von einer frischen Zigarre und rammte sie mit der Spitze in den Zigarrenanzünder. »Was ist eigentlich aus dem letzten Burschen geworden?«

»Gefeuert«, antwortete Carina. »Sie waren der Ansicht, er wäre langweilig.«

»Und haben Sie diese Menge gesehen?«, fuhr Jerling gereizt fort. »Armselig!« Er klemmte sich die Zigarre zwischen die Zähne und begann, gierig daran zu saugen. »Gestern habe ich Hinchfig in den Nachrichten gesehen. Bei ihm war die Menschenmenge doppelt so groß, und alle haben auch lauter gejubelt.«

»Ich hatte Ihnen ja zu einem virtuellen Publikum geraten, aber Sie haben ausdrücklich auf einem echten bestanden.«

»Dieser hinterlistige Bastard!« Jerling nahm die Zigarre aus dem Mund und starrte Carina an. »Hinchfig betrügt die Öffentlichkeit mit einem falschen Publikum?«

Carina nickte. »Er leistet sich allein dafür einen brillanten Programmierer und einen Raum voller Computer. Wir sollten genauso vorgehen.«

»Schlagen Sie sich das aus dem Kopf. Diese Programmierer sind launisch, überempfindlich und unzuverlässig.« Jerling blies eine Rauchwolke aus. »Und für zusätzliche Computer werde ich auch kein Geld rausschmeißen.«

Carina streckte unauffällig eine Hand nach der Klimaanlage aus und aktivierte den Luftfilter. »Echte Menschenmengen sind auch nicht gerade billig.«

»Sie haben diese Versager für ihre Anwesenheit bezahlt?« Jerling starrte die Frau überrascht an. »Ich dachte, das wären loyale Anhänger der Rhinos!«

»Die Rhinos haben keine Anhänger. Weil sie nie gewinnen.«

»Dann entlassen Sie sie und kaufen Sie ein paar gute Spieler.« Jerling runzelte die Stirn. »Ich hätte diesem Jungen den Ballon in Rechnung stellen sollen.«

»Soll ich mich darum kümmern?«

»Darauf pfeife ich.« Jerling fuchtelte ungeduldig mit seiner Zigarre in der Luft herum. »Sich auf Kleinigkeiten zu konzentrieren, ist ein typischer Anfängerfehler. Ich bin lange genug im Geschäft, um das zu wissen. Außerdem ist das Ding mittlerweile wahrscheinlich längst schon vom Wind fortgeweht worden.« Er warf Carina einen flüchtigen Blick zu. »Da wir gerade von Kleinigkeiten sprechen, was für ein Mist war das heute Morgen auf meinem Bildschirm?«

»Ich weiß nicht, was Sie meinen.«

»Dieses Memo wegen des zahnärztlichen Gesundheitsvorsorgeprogramms der Firma. Ich habe nichts mit einem derartigen Unfug am Hut. Setzen Sie jemand anderen darauf an.«

»Vergünstigungen für Ihre Mitarbeiter sind ein wichtiger Aspekt Ihrer Geschäfte.«

»Die sollten verdammt froh darüber sein, dass sie überhaupt Jobs haben.« Jerling schnaubte. »Einkaufszentren eröffnen, zahnärztliche Gesundheitsvorsorgeprogramme ... Demnächst werden Sie mich noch eine Ruhestandsparty organisieren lassen.«

»Unsinn, Mr. Jerling. Sie erfüllen eine wichtige Funktion.«

»Kommen Sie mir nicht so herablassend.« Jerling paffte an seiner Zigarre. »Besorgen Sie mir eine interessante Aufgabe. Etwas, das meine kleinen grauen Zellen auf Trab hält.«

»Sie wissen, was Ihr Arzt gesagt hat, Mr. Jerling. Er hat Ihnen davon abgeraten, sich direkt in die Entscheidungsprozesse einzumischen.«

»Na gut, dann besorgen Sie mir zuerst etwas, womit ich mich intellektuell beschäftigen kann, und anschließend einen neuen Arzt.«

Carina sah in ihrer Aktentasche nach. »Wir haben einen Posten an diversem Inventar, das reif fürs Recycling ist. Ich benötige Ihre abschließende Zustimmung, bevor ich die nächsten Schritte einleiten kann.«

»Das war's? Das ist das Beste, was Sie mir anbieten können? Recycling?«

»Es ist unverzichtbar für das Gedeihen der Firma. Der ständige Austausch von Gerätschaften ist vorteilhaft für die Moral der Belegschaft und reduziert die Reparaturkosten sowie unsere Steuerabgaben.« Carina reichte ihrem Boss einen gebundenen Bericht. »Hier haben Sie die entsprechenden Informationen.«

Jerling seufzte angesichts des Gewichts der Akte. »In den guten alten Zeiten habe ich mir die Fakten vortragen lassen und dann gleich an Ort und Stelle entschieden. Wann ist dieser ganze Formularkram dazugekommen?«

»Standardprotokoll für Körperschaftsrecht. Alles gemäß den Vorschriften.«

»Und eine Vorschrift für jede Kleinigkeit«, brummte Jerling. Er blätterte die Akte durch und betrachtete finster die winzige Schrift. »Worum geht es dabei überhaupt?«

»Abschreibungstabellen. Alle beweglichen Güter der Firma, aufgelistet nach dem Datum ihrer Anschaffung und steuerlichen Absetzbarkeitsraten.«

»Wunderbar. Würde es Ihnen etwas ausmachen, das Ganze für Laien verständlich zu formulieren?«

»Je weiter Sie in der Akte zurückblättern, desto älter sind die dort aufgelisteten Güter. Ich empfehle, dass wir alles ab Seite 70 abstoßen.«

»Sind Sie verrückt geworden?« Jerling starrte Carina empört an. »Ich werde mich nicht von einwandfreiem Inventar trennen.«

»Es würden gewaltige Steuergutschriften anfallen, wenn Sie es täten.«

Jerling betrachtete die entsprechende Seite der Akte aus schmalen Augen. »Fahrzeuge, Schiffe, Computer ... eine Menge von dem Kram haben wir gerade erst angeschafft.«

»Ich fürchte, nein. Die jüngsten Güter sind fünf Jahre alt, einige beinahe schon 30. Nehmen Sie zum Beispiel diese Roboter hier ...«

Jerling stöhnte. »Keine Roboter. Nicht vor aller Augen sichtbar.«

»Wie meinen Sie das?«

»Wissen Sie, was passiert, wenn Sie eine Gruppe von Robotern aus einer Firma abziehen?«

Carina schüttelte den Kopf.

»Der Rest wird melancholisch. Genau das passiert dann. Sie sagen zwar kein Wort, aber ihre Blicke folgen Ihnen überall hin. Anklagend, traurig, zornig ...« Jerling schüttelte ebenfalls den Kopf. »Sie müssen sie einen nach dem anderen entfernen, Stück für Stück, sie angeblich auf lange Dienstreisen schicken. Anschließend erzählen Sie den Zurückbleibenden, ihre lieben alten Metallkumpel wären von irgendwem gekauft worden, um ihren Großmüttern Gesellschaft zu leisten oder einem kranken Kind bei der Genesung zu helfen.«

»Ist das nicht ziemlich aufwändig? Es sind doch nur Maschinen.«

»Nein, es sind nicht nur Maschinen, sondern Maschinen mit Gehirnen. Ein gewaltiger Unterschied«, belehrte Jerling sie.

»Wie auch immer wir dabei vorgehen, dieses Inventar *muss* verschwinden. Dadurch wird die Firma Tausende einsparen.«

»Wirklich?«

Carina nickte. »Die Steuerersparnisse werden die Neuanschaffungen fast schon allein finanzieren. Und dann ist da noch die menschliche Komponente: Neuanschaffungen sind einer fröhlichen Arbeitsumgebung förderlich. Sie führen dazu, dass die Leute gern viel Zeit an ihrem Arbeitsplatz verbringen, und gleichzeitig sinken die Krankmeldungen dramatisch.«

Jerling knurrte etwas Unverständliches und gab Carina die Akte zurück. »Legen Sie mir eine Zusammenfassung davon auf den Schreibtisch, und ich werfe morgen einen Blick darauf.«

»Sie dürfen die Entscheidung nicht zu lange hinauszögern«, warnte Carina. »Ich habe bereits neue Verträge mit etlichen Zulieferern ausgehandelt, und die werden ihre Preiszusagen nicht ewig aufrechterhalten.«

Jerlings Augen wurden schmal. »Übergehen Sie mich nicht bei Ihren Entscheidungen.«

»Nein, Mr. Jerling.«

Die Limousine wurde langsamer, und Jerling warf einen Blick durch die Seitenscheibe. Sie folgten dem breiten, zur Firmenzentrale führenden Boulevard, und als sie eine Straßenbiegung passierten, kam das Gebäude in Sicht. Es war ein imposanter Anblick, zwölf Stockwerke hoch, jede Menge Glas und Chrom. Quer über der Fassade prangte in großen, rot glühenden Lettern der Schriftzug *Jerling Corporation.*

Nachdem er sein Gebäude einen Moment lang flüchtig betrachtet hatte, wandte sich Jerling erneut Carina zu. »Was gibt es sonst noch?«

Carina zögerte. »Einer unserer leitenden Ingenieure geht morgen in den Ruhestand. Die Geschäftsführung ist sich nicht sicher, was wir ihm als Abschiedsgeschenk besorgen sollen.«

»Einen Kranz«, grollte Jerling. »Hören Sie, das hatte ich nicht gemeint. Ich rede von Geschäften, von irgendetwas Handfestem.« Er hob die Brauen. »Worum ging es eigentlich bei dieser Sache, von der ich da heute Morgen gehört habe? Irgendwas von wegen einer Lieferung, mit der es Schwierigkeiten gibt?«

»Ihr Stab arbeitet sehr effizient, Mr. Jerling. Ich bin mir sicher, dass er das Problem lösen wird.«

»Erzählen Sie mir die Einzelheiten, und ich sage Ihnen, ob die Leute effizient arbeiten oder nicht.«

Carina unterdrückte einen winzigen Seufzer, zog ein ultradünnes Notebook aus der Mappe und rief nacheinander mehrere Memos auf. »War bei dieser Angelegenheit von Orthagon die Rede?«

»Nein, von Seraph.«

»Das müsste dann die Lieferung der Roboterteile betreffen.«

»Oh, welche Freude«, seufzte Jerling. »Was für eine Steigerung gegenüber der internen zahnärztlichen Vorsorgeprogramme. Also, wo liegt das Problem?«

»Die Fracht liegt auf Seraph bereit und wartet darauf, verschickt zu werden.«

»Und?«

»Das Militär von Seraph veranstaltet gerade Kriegsspiele – echte Feuerübungen auf dem gesamten Planeten. Das Manöver dauert schon eine ganze Woche an und wird sich noch zwei weitere Wochen hinziehen.« Carina rutschte auf ihrem Sitz herum. »Bei den letzten Manövern dieser Größenordnung wurden versehentlich drei Raumfrachter in die Luft gejagt.«

»Allmählich erkenne ich das Problem.«

»Keiner unserer Leute ist bereit, dorthin zu fliegen. Es ist zu riskant. Außerdem sind wir gegen derartige Verluste nicht versichert.«

»Warum ist die Lieferung der Teile überhaupt so dringend?«

»Es geht bei dem Auftrag um den Bau von Dienstrobotern für den Sommerpalast des Kaisers. Er plant einen großen Ball, und unsere Roboter müssen pünktlich vor Ort sein.«

»Können wir die Teile nicht woanders besorgen?«

Carina schüttelte den Kopf. »Es gibt einen allgemeinen Engpass.«

»Warum mieten wir kein Schiff?«

»Wer sollte es fliegen?«

»Natürlich einer von unseren alten Robotern.« Jerling deutete auf den Recycling-Bericht. »Sie haben doch bereits entschieden, dass die Dinger verzichtbar sind.«

»Roboter dürfen nur als Copiloten fungieren. Sie benötigen einen menschlichen Kommandanten. Darüber hinaus müssten wir dann immer noch für die Kosten aufkommen, sollte das Schiff bei den Kriegsmanövern zerstört werden.«

»Na schön, dann heuern Sie einen selbstständigen Spediteur an.«

Carina verzog das Gesicht. »Das haben wir bereits versucht, aber alle wissen von den Manövern. Moment, es gab da einen …«

»Ja?«

»Er war allerdings davon überzeugt, es würde sich bei der Fracht um Hehlerware handeln.«

»Sie hätten ihn zu mir durchstellen sollen«, grollte Jerling. »Ich hätte den Burschen schon auf Vordermann gebracht.«

»Um ehrlich zu sein, ich glaube ohnehin nicht, dass er geeignet gewesen wäre. Sein Ruf ist grauenhaft.«

»Wir alle müssen irgendwo anfangen. Stellen Sie ihn zu mir durch.« Jerling klopfte sich auf die Brust. »Ich werde mich dieser Angelegenheit persönlich annehmen.«

Der Wagen hielt weiter auf die imposante Einfahrt des Gebäudeturmes zu, bevor er im letzten Moment seitlich abbog. Er passierte die von einem livrierten Portier bewachten verzierten Torbögen und fuhr an der Seite der Firmenzentrale entlang, bis er eine weite, leere Betonfläche erreichte. In der Ferne ragten zwei Raumschiffe auf, von Wartungsfahrzeugen umgebene elegante weiße Schiffe. Am Rand der Ebene stand ein heruntergekommener hölzerner Büroschuppen, auf dessen Vorderseite in verblichenen Buchstaben *Jerling Inc.* geschrieben stand.

Die Limousine hielt vor dem kleinen Büro. Jerling stieg aus, schlug die Wagentür hinter sich zu und beugte sich durch das offene Seitenfenster. »Rufen Sie diesen selbstständigen Piloten an und stellen Sie ihn zu mir durch.«

»Mr. Jerling, Sie verfügen über einen fähigen Mitarbeiterstab. Diese Angelegenheit kann auch ohne Ihre Hilfe erledigt werden.«

»Hören Sie, wissen Sie, was passiert, wenn wir den Kaiser enttäuschen? Ich werde es Ihnen verraten: Wir würden unseren privilegierten Zuliefererstatus verlieren. Die Hinchfigs würden sich wie die Geier darauf stürzen, und bevor Sie auch nur blinzeln könnten, würden sie den Kaiser beliefern, und wir müssten mit einem virtuellen Publikum herumhantieren.« Jerling ließ eine Faust wuchtig auf das polierte Wagendach niederfahren. »Holen Sie mir diesen Clown von einem Frachterpiloten an die Strippe, und zwar sofort. Verstanden?«

Carina nickte mit kreidebleichem Gesicht.

Während der Wagen davonfuhr, zog Jerling einen abgewetzten Schlüssel aus der Tasche und entriegelte die Tür des baufälligen Büros. Er trat ein, schloss die Augen, atmete tief durch und genoss den vertrauten Geruch von kaltem Rauch und warmen elektronischen Komponenten. Im Obergeschoss des Hauptgebäudes wartete ein luxuriöses Büro auf ihn, aber er weigerte sich, es zu beziehen. Teilweise, weil es keine Seele hatte, hauptsächlich aber, weil er dort nicht rauchen durfte.

Nachdem er den Blick liebevoll über die verblassten Absatztabellen und abgelaufenen Kalender an den Wänden hatte wandern lassen, schlenderte Jerling über den Falten werfenden Teppich zu seinem Schreibtisch. Er sank in seinen bequemen Sessel und schnippte mit den Fingern in Richtung eines Roboters, der in einer Zimmerecke hockte. Als der Roboter mit einem spindeldünnen erhobenen Arm in seine Richtung schlurfte, huschte ein zufriedenes Lächeln über Jerlings Gesicht. Dies war das Nervenzentrum seiner Firma, Ärzte hin oder her.

*

Hal lief ruhelos auf der Kommandobrücke der *Schwarzen Möwe* auf und ab. Er stand kurz davor, mit der Faust ein Loch in die nächste Wand zu stanzen. »Was soll das heißen, dass du Jerling nicht zurückrufen kannst? Was meinst du damit, du hättest seine Daten nicht notiert?«

»Ich habe alle Aufzeichnungen gelöscht, nachdem Sie den Auftrag abgelehnt hatten.«

»Dann besorg dir die Daten wieder!«

»Negativ, wir können uns die Recherchegebühren nicht leisten.« Der Navcom zögerte. »Übrigens, Sie sind am Zug.«

»Wie kannst du in einer solchen Situation nur an ein verdammtes Schachspiel denken?«

»Das sagen Sie nur, weil Sie verlieren.«

»Den Teufel verliere ich!« Hal trat an das Steuerpult und starrte auf das Schachbrett, auf dem sein weißer König mit einem einzelnen Bauern von dem kompletten Satz der schwarzen Spielsteine umzingelt stand. »Wollen wir die Seiten tauschen?«

»Negativ.«

Hal seufzte. »Siehst du denn gar keine Möglichkeit, Jerling zu erreichen?«

»Nein.«

»Dann denk wenigstens weiter darüber nach, ja? Ich werde mir erst einmal irgendwas zu essen besorgen. Sag mir Bescheid, wenn dir was einfallen sollte.« Hal ging zu einer runden Öffnung im Boden des Cockpits, aus der eine zerschrammte Metallleiter herausragte. Er hatte gerade einen Fuß auf die erste Sprosse gestellt, als ein Glockenton durch die Kommandobrücke hallte.

»Ein Anruf für Mr. Spacejock.«

»Nimm du ihn entgegen, ja? Ich kann mich im Augenblick nicht um die Geldeintreiber kümmern.«

»Das ist kein Geldeintreiber. Es ist Jerling Enterprises.«

»Machst du dich über mich lustig?«

»Nein. Es ist Walter Jerling persönlich.«

»Dann lass ihn nicht warten, du überdimensionierter Taschenrechner! Stell ihn durch!«

Der Sichtschirm blinkte und flackerte, dann erschienen Walter Jerlings Kopf und Schultern. Seine hageren Züge wurden vom Widerschein der in seinen Schreibtisch eingelassenen Monitore in grünes Licht getaucht. Zwischen seinen Zähnen klemmte eine Zigarre. Als er Hal erblickte, nahm er die Zigarre aus dem Mund und blies eine Rauchwolke aus. »Hal Spacejock?«

»Der bin ich.« Hal ließ sich in den Pilotensessel fallen. »Hören Sie, ich wollte gerade ...«

»Selbstständiger Frachtschiffpilot?«

»Ja. Ich wollte ...«

»Irgendwas mit meiner Firma nicht in Ordnung? Bezahlung nicht gut genug?«

»Nein. Ich ...«

»Ich habe meinen Leuten gesagt, dass Sie Ihre Meinung ändern würden.« Jerling wedelte mit der Zigarre in der Luft herum. »Die Fracht befindet sich auf Seraph IV. Ich möchte, dass sie innerhalb von 24 Stunden bei mir hier auf Forg abgeliefert wird. Schaffen Sie das?«

»Sicher.«

Jerling zupfte einen Tabakkrümel von seiner Unterlippe. »Es gibt da noch ein paar Punkte, über die Sie Bescheid wissen sollten. Erstens, die Raumflugkontrolle von Seraph besteht aus einem Haufen bürokratischer Idioten, die versuchen werden, Sie tagelang mit ihrem lächerlichen Papierkram festzuhalten. Und das wollen wir doch nicht, oder?«

»Ich schätze, nicht«, erwiderte Hal.

»Genau, weshalb Sie den Zoll umgehen werden. Zweitens, Sie werden nachts auf einem Feld landen. Der Landeplatz befindet sich nahe dem Äquator. Es gibt dort nur ein paar Siedlungen, ein wenig Industrie und dergleichen.«

Hal fragte sich, ob ihm seine Ohren einen Streich gespielt hatten. »Haben Sie ›Feld‹ gesagt?«

»Ist das ein Problem für Sie?«

»Tja, äh ...«

»Gut.« Jerling starrte missmutig auf die dunkle Spitze seiner Zigarre. »Was war noch gleich diese andere Sache? Ach ja, die Landung. Ich möchte, dass Sie einen meiner Piloten mitnehmen. Spendieren Sie ihm einen Freiflug nach Seraph.«

»Ich dachte, die Sache wäre eilig. Wenn ich auf Ihren Piloten warten muss ...«

»Keine Warterei; er befindet sich bereits bei Ihnen auf dem Raumhafen. Ursprünglich sollte er mit einem meiner Schiffe fliegen, aber stattdessen können Sie ihn auch gleich mitnehmen.« Jerling fuchtelte mit der Zigarre. »Sollten die Dinge auf Seraph irgendwie brenzlig werden, kann er die Steuerung übernehmen.«

»Taugt er denn was?«

»Er arbeitet schließlich für mich, oder?« Jerling schnippte mit den Fingern, und es erschien ein gebeugter Roboter, der einen kurzen Stab mit einem glühenden roten Ende in der Hand hielt. Jerling drückte die Zigarrenspitze in die Glut, paffte einige Male, bis sie wieder richtig qualmte, und winkte den Roboter fort. »Hören Sie, er hat eine jahrelange Erfahrung. Hat alles vom Hoverbike bis hin zum Megafrachter geflogen. Er ist ein erstklassiger Pilot, glauben Sie mir.«

Hal spürte, wie ihn eine Woge der Erleichterung durchströmte. Eine nächtliche Landung auf einem Feld klang so, als wäre die Katastrophe fast schon vorprogrammiert, aber mit

Hilfe von Jerlings Pilot sollte es eigentlich keine Probleme geben.

»Schön, damit hätten wir dann alles besprochen«, sagte Jerling. »Ich werde den Piloten rüber zu Ihrem Schiff schicken, und Sie schaffen meine Fracht so schnell Sie können hierher.«

»Warten Sie!«, rief Hal. »Wie steht es mit der Bezahlung?«

Aber da war der Bildschirm bereits erloschen.

Kapitel 3

»Keine Spur von Jerlings Pilot«, sagte Hal. Er stand in der Luftschleuse der *Schwarzen Möwe* und starrte durch das zerkratzte Bullauge. Auch als er die Hände trichterförmig auf die vergilbte Plexiglasscheibe legte und die Augen zusammenkniff, konnte er niemanden entdecken, der sich dem Schiff näherte. »Da draußen könnte sich eine ganze Armee verstecken, ohne dass ich es merken würde.«

»Warum öffnen Sie nicht die Schleuse?«, erkundigte sich der Navcom.

»Nein, danke. Vurdis Roboter könnte sich immer noch irgendwo dort draußen rumtreiben.« Hal gab seine fruchtlosen Bemühungen auf und kehrte in die Kommandozentrale zurück, wo er einen schmutzigen Becher ergriff, ihn unter die Tülle des Getränkespenders hielt und mit einer undefinierbaren dampfenden braunen Flüssigkeit füllte. Er hob den Becher, schnupperte an dem Inhalt und fragte: »Ist das Tee oder Kaffee?«

»Weder noch. Es handelt sich um einen Speisepilzauszug.«

»Tatsächlich?« Hal probierte einen kleinen Schluck und schmatzte mit den Lippen. »Ich vermute, das Zeug könnte Pilze auf mir wachsen lassen.«

»Passen Sie auf, dass Sie nichts davon verschütten, sonst könnten die Pilze überall zu wachsen anfangen. Nebenbei ...«

»Ich weiß, ich weiß. Ich bin am Zug.« Hal starrte auf das Schachbrett hinab, war aber mit den Gedanken bei dem bevorstehenden Flug. Er war noch nie zuvor bei Dunkelheit gelandet, schon gar nicht auf einem Feld. Was, wenn Jerlings Pilot nicht auftauchte? Was, wenn er nicht so gut war, wie Jerling behauptet hatte? Was, wenn …

»Möchten Sie vielleicht einen Tipp haben?«, erkundigte sich der Navcom.

»Wie soll ich eine Strategie ausarbeiten, wenn du mich ständig unterbrichst?« Hal zog eine seiner Figuren. »Dame auf C6.«

»Königsspringer auf C6«, sagte der Navcom. »Warnung: Schachmatt in drei Zügen.«

Es klingelte. »Endlich!«, rief Hal erleichtert aus. Als er sich erhob, stieß er das Schachbrett mit dem Ellbogen von der Konsole und verstreute die Schachfiguren dabei über das gesamte Deck. »Upps, wie ungeschickt von mir.«

»Verzweifelte Situationen erfordern verzweifelte Maßnahmen«, stellte der Navcom fest.

»Häh?«

»Betrug zahlt sich nie aus.«

»Oh, halt die Klappe!«

»Zitatemodus: deaktiviert.«

Hal betrat die Luftschleuse und wartete ungeduldig, bis sich das Außenschott knarrend öffnete. Seine Augen weiteten sich, als er den Roboter entdeckte, der draußen auf der Plattform wartete. Er wollte fast schon in Deckung hechten, doch dann erkannte er, dass dieser Roboter nur halb so groß wie Vurdis Schläger war und von ganz anderer Farbe. Seine Haut war bronzen, sein Gesicht von breiiger Konsistenz und zerfurcht. Er hatte einen zerbeulten Torso und zwei ungleiche Beine, die mit Klecksen einer undefinierbaren Mischung aus Schmierflüssigkeit und Staub gesprenkelt waren.

»Was willst du?«, erkundigte sich Hal, nachdem er seine Musterung beendet hatte.

»Mein Name ist XG99«, stellte sich der Roboter mit neutraler männlicher Stimme vor. »Ist das die *Schwarze Möwe*?«

»Yeah. Warum willst du das wissen?«

Der Roboter streckte ruckhaft einen Arm aus. »Sie können mich Klunk nennen.«

Hal starrte die ausgestreckte Hand an. »Du bist Jerlings Pilot?«

»Genau genommen bin ich sogar ein *zertifizierter* Pilot.«

»Wohl eher ein zertifizierter Schrotthaufen«, brummte Hal bissig. »Warte hier«, sagte er laut, nur für den Fall, dass der Roboter genauso schwerhörig war, wie er aussah. Er kehrte auf die Kommandobrücke zurück und blieb vor der Steuerkonsole stehen. »Navcom, besorg mir eine Verbindung zu Jerling.«

Der Bildschirm erwachte flackernd zum Leben und zeigte Jerlings Gesicht. »Ich hoffe für Sie, dass es einen wichtigen Grund für diesen Anruf gibt.«

»Den gibt es allerdings. Auf meiner Türschwelle steht gerade ein schrottreifer Roboter, der behauptet, Ihr Pilot zu sein.«

»Schrottreif?« Jerling runzelte die Stirn. »Bei Klunk mag es sich durchaus um ein reiferes Semester handeln, aber er ist in Topform. Sie befinden sich in seiner Obhut in absoluter Sicherheit.«

»Aber ...«

»Mr. Spacejock, wenn Sie nicht wollen, dass Klunk Ihr Schiff landet, können Sie das natürlich selbst tun. Alles, worauf es ankommt, ist, dass meine Fracht pünktlich geliefert wird.«

»Aber ...«

»Gut, ich bin froh, dass wir das geklärt haben. Und jetzt beeilen Sie sich, bitte. Ich brauche diese Fracht, und zwar jetzt.« Jerling schnippte mit den Fingern, und der Zigarrenanzünder-Roboter erschien neben ihm, den Stab in der Hand. »Zigarre«, sagte Jerling.

Der Roboter hob den Stab. Das glühende Ende überzog sein Gesicht mit einem schwachen roten Schein.

Jerling schüttelte den Kopf. »Gib mir eine Zigarre«, präzisierte er seinen Befehl.

Der Roboter starrte ihn an.

»Zigarre«, wiederholte Jerling und stieß einen ausgestreckten Finger in Richtung des Roboters. »Na los, du dämlicher Blechkasten. Zigarre!«

Der Roboter betrachtete den Finger eine Weile reglos und berührte ihn schließlich mit dem glühenden Ende des Stabes. Der Bildschirm wurde dunkel; Jerlings überraschter Aufschrei verstummte abrupt.

»Absolute Sicherheit, was?«, grollte Hal. Er kehrte zur Luftschleuse zurück und fand den Roboter geduldig draußen wartend vor. »Tut mir leid wegen der Umstände, aber ich musste erst etwas überprüfen«, erklärte er. Ohne Vorwarnung stieß er mit einem Finger in Richtung des Roboters. »Zigarre!«

»Zigarre«, erwiderte Klunk, indem er Hals Geste nachahmte. »Ich muss schon sagen, das ist eine höchst ungewöhnliche Form der Begrüßung.«

»Begrüßung?« Hal ließ die Hand sinken. »Nein, ich habe dich bloß getestet. Ich wollte nur sichergehen, dass du nicht versuchst, meinen Finger anzuzünden.«

»Das könnte ich gar nicht tun«, sagte der Roboter. »Unmöglich.«

»Weil du durch die Drei Gesetze gebunden bist?«

»Nein, weil ich keine Streichhölzer habe.« Klunk reckte den Hals und versuchte, an Hal vorbeizuschauen. »Können wir anfangen? Mr. Jerling sagte, die Angelegenheit wäre dringend, und ich würde mich gern mit den Instrumenten vertraut machen.«

Hal trat zur Seite, und nachdem sich der Roboter an ihm vorbeigequetscht hatte, schloss er das Außenschott und folgte ihm auf die Kommandobrücke. Er fand Klunk in den Anblick der Steuerkonsole versunken vor.

»Das ist ein Frachter der Rigel-Klasse, richtig?«, fragte der Roboter.

»Ja.«

Klunk schnitt eine Grimasse. »Ich hatte keine Ahnung, dass die Dinger immer noch in Betrieb sind.«

»Mein Schiff ist so gut wie neu«, knurrte Hal gereizt. »Und was verdammte Äußerlichkeiten angeht, musst *du* gerade reden.«

Der Roboter wirkte verblüfft. »Aber ich besitze doch gar kein Schiff.«

»Genau.«

Klunk entdeckte die auf dem Boden verstreut herumliegenden Schachfiguren. »Was für eine bemerkenswerte Eröffnungsvariante«, stellte er fest. »Wer hat die Partie gewonnen?«

»Es war ein Remis«, sagte der Navcom.

»Du hast eine angenehm klingende Stimme. Hast du sie selbst moduliert?«

Hal schnaubte. »Meinst du, du schaffst es, dich nach unten in den Frachtbereich zu begeben, wenn du damit fertig bist, meinen Computer vollzusülzen?«

Klunk nickte, was seinen Hals knarren ließ. »Wieso trinken Sie einen Auszug aus gerösteten Pilzen?«, erkundigte er sich, als er den fleckigen Becher auf dem Steuerpult entdeckte.

»Mr. Spacejock wurde von Betrügern über den Tisch gezogen«, erklärte der Navcom. »Er dachte, er würde Kaffee kaufen.«

»Hältst du wohl die Klappe?«, rief Hal. Er drehte sich zu dem Roboter um. »Los, runter in den Frachtbereich mit dir! Sofort!«

Klunk sah ihn aus warmen gelben Augen an. »Als Pilot ist mein Platz auf der Kommandobrücke.«

»Als Passagier ist dein Platz die Ladebucht. Du kannst später Pilot spielen, und auch das nur, wenn ich dich brauchen sollte.«

»Wie Sie wünschen. Wo geht es in den Erste-Klasse-Bereich?«

Hal deutete auf die klapprige Leiter, die aus dem dunklen Loch im Boden des hinteren Brückenbereichs ragte. »Den Verbindungsschacht runter und dann dem Gang zum Frachtbereich folgen. Und fass ja nichts an!«

Klunk näherte sich der Leiter und ergriff die Holme. Als er den Fuß auf die erste Stufe stellte, zögerte er. »Übrigens, wie heißen Sie?«

»Sir«, sagte Hal.

»Ihr Computer nannte Sie Mr. Spacejock.«

»Ja, aber du kannst mich Sir nennen.«

Der Roboter blickte in den dunklen Schacht hinab. »Keine Beleuchtung?«

»Wärmesensoren.«

Klunk kletterte die Leiter hinunter. Sein Kopf hüpfte auf und ab, während er vorsichtig eine Stufe nach der anderen nahm. Urplötzlich war er verschwunden. Ein lautes metallisches Rattern verriet, dass er die restlichen Stufen in einem Rutsch hinabsauste, bis er schließlich scheppernd auf dem Boden aufschlug.

»Und achte auf die lose Sprosse!«, rief ihm Hal hinterher.

»Beim nächsten Mal könnte die Warnung vielleicht etwas früher erfolgen«, erklang die durch Lautsprecher verstärkte Roboterstimme nach einer kurzen Pause auf der Brücke.

Hal ließ sich grinsend in den Pilotensessel sinken und legte die Füße auf die Steuerkonsole. »Navcom, Startvorbereitung einleiten!«, befahl er.

»Aggregate werden gestartet.«

Das Haupttriebwerk der *Schwarzen Möwe* erwachte zum Leben und ließ die Brücke erbeben. Kontrolllämpchen blinkten, Datenkolonnen huschten über die Monitore. Die gesamte Konsole quietschte und rasselte mit den Vibrationen um die Wette.

»Triebwerke laufen«, meldete der Navcom.

»Musst du das Offensichtliche unbedingt laut wiederholen?«

»Neuer Mitteilungsmodus: kurz und bündig.«

In Hals Rücken ertönte ein schabendes Geräusch, und als er einen Blick über die Schulter warf, sah er, wie sich der Roboter durch die Bodenluke schob. »Wo willst du hin?«, fragte er.

»Es ist nicht sicher da unten.« Klunk humpelte zum Steuerpult. Eins seiner Beine wies eine frische Schramme auf. »Deshalb bin ich wieder hochgestiegen, bevor ich mich da unten noch weiter beschädige.«

»In Ordnung, bleib hier. Aber stör mich nicht.« Hal wandte sich erneut der Steuerkonsole zu. »Alles bereit, Navcom. Auf geht's.«

»Was ist mit der Starterlaubnis durch die Bodenkontrolle?«, erkundigte sich der Computer.

»Pfeif darauf.«

Klunk hob die Brauen. »Die Standard-Startprozedur umfasst etwas mehr als ...«

»Ich habe dir gesagt, dass du die Klappe halten sollst.« Hal hob den Blick zum Sichtschirm, auf dem in riesigen Lettern die Meldung »Mehrzahl der Systeme bereit« aufleuchtete. »Fortfahren, Navcom. Abheben!«

Klunk deutete auf die Konsole. »Aber die Systemanzeigen ...«

»Wir machen es auf meine Art.« Hal starrte den Roboter finster an. »Wenn es dir nicht gefällt, steht es dir jederzeit frei, wieder abzuhauen.«

Das Dröhnen der Aggregate übertönte die Antwort des Roboters. Einige rote Lämpchen begannen zu blinken, und Klunk beugte sich eilig darüber, um nachzusehen, was die Meldungen zu bedeuten hatten. Er starrte Hal mit einem besorgten Gesichtsausdruck an. »Laut diesen Anzeigen funktionieren viele Backup-Systeme nicht.«

»Würdest du endlich die Klappe halten?«, rief Hal. »Dieses Schiff ist sicher!«

Das Dröhnen der Aggregate wurde noch lauter, und das Deck wackelte, als sich das Schiff vom Landefeld zu lösen begann. Etliche Anzeigen flackerten, Monitore schwangen in ihren Gehäusen hin und her. Eine ganze Batterie von Kontrolllämpchen blitzte rhythmisch zum Heulen der Triebwerke.

»Was ist das?«, schrie Hal, als ein Glockenton erklang, der im Lärm der Motoren fast unterging.

»Bodenkontrolle«, erwiderte der Navcom. »Wir werden aufgefordert, den Start abzubrechen.«

»Ignorieren.«

»Bodenkontrolle wiederholt Aufforderung mit großem Nachdruck.«

»Es wäre mir auch egal, wenn sie ›bitte‹ in drei Sprachen sagen würden. Start fortsetzen!«

»Befehl nicht ausführbar«, sagte der Navcom. »Stelle die Bodenkontrolle durch.«

Ein lauter doppelter Glockenton hallte durch die Brücke, und aus den Bordlautsprechern gellte eine Stimme auf: »*Raumhafen ruft* Schwarze Möwe*! Raumhafen ruft* Schwarze Möwe*! Bitte antworten Sie!*«

»Hier *Schwarze Möwe!*«, rief Hal zurück. »Wir sind gerade beschäftigt, aber wenn Sie eine Nachricht hinterlassen wollen ...«

»*Starterlaubnis verweigert! Ich wiederhole: Starterlaubnis verweigert! Schalten Sie die Triebwerke Ihres Schiffes ab und melden Sie sich unverzüglich beim Hafenmeister!*«

Hal streckte die Hand nach dem Schubhebel aus, aber noch bevor er ihn berühren konnte, veränderte sich das Triebwerksgeräusch, und das Schiff sank auf das Landefeld zurück.

»Landevorgang beendet«, sagte der Navcom.

Hal seufzte und warf Klunk einen Blick zu. »Ich werde nachsehen, was diese Hohlköpfe wollen. Mach hier sauber, während ich fort bin.«

Klunk runzelte die Stirn. »Sie wollen, dass ich die Zentrale putze?«

»Warum nicht? Du weißt doch, an welchem Ende man den Wischmopp hält, oder?«

Aus dem Lautsprecher des Navcoms ertönte das Äquivalent eines diskreten Hüstelns. »Soll ich den Kommunikationskanal jetzt schließen?«

Hal starrte die Konsole entgeistert an. »Du meinst, er ist immer noch offen? Warum hast du das mit keinem Wort erwähnt?«

»Sie haben meinen Mitteilungsmodus auf kurz und bündig geändert.«

»Kanal schließen!«

Die Lautsprecher erzeugten ein knackendes Geräusch. »Verbindung beendet.«

»Was haben die Typen gehört? Habe ich irgendwas gesagt, das sie verärgern könnte?«

»Unbekannt. Hängt davon ab, in welchem Kontext Lamiraner den Begriff Hohlkopf verwenden.«

»Verdammt!« Hal öffnete eine Klappe unter der Steuerkonsole und zog einen schweren verchromten Blaster hervor.

Klunk hob die Brauen. »Sie werden das Ding doch bestimmt nicht benötigen, oder? Schließlich haben Sie sich nur eine verbale Entgleisung geleistet.«

Hal hakte die Waffe an seinem Gürtel fest. »Du bist wohl noch nicht sehr lange auf diesem Planeten, was?«

Kapitel 4

Hal trat aus der Luftschleuse der *Schwarzen Möwe* und blinzelte ins helle Tageslicht. Jenseits des Landefeldes schickte sich die Sonne gerade an, hinter den Verwaltungsblock des Raumhafens von Lamira zu sinken, der in der Hitze des späten Nachmittags flimmerte. Um die Gebäude herum reihten sich Schiffe der A-Kategorie – moderne und leistungsstarke Raumschiffe, die jeden erdenklichen Komfort boten. Da sie in der Nähe der Versorgungseinrichtungen parkten, konnten die Besatzungen jederzeit in einem der diversen Restaurants essen, den beheizten Swimmingpool benutzen oder gemütlich durch die Einkaufspassagen schlendern.

Die *Schwarze Möwe* fand sich innerhalb der Kategorienliste eher im hinteren Bereich des Alphabets wieder, weshalb sie auch in einem unbenutzten Abschnitt des Landefeldes parkte, in etwa so weit von den Versorgungseinrichtungen des Raumhafens entfernt wie der nächste Mond des Planeten. Das nähere Umfeld war kaum mehr als ein Friedhof für schrottreife Schiffe. Auf den meisten der erhöhten Landeplattformen standen mit Graffiti beschmierte Wracks, in deren zerbeulten Rümpfen scharfkantige Löcher klafften. Einige dieser Schiffe erschienen Hal vertraut, und als er näher hinsah, erkannte er, dass es sich bei den meisten rostigen Schrotthaufen wie bei der *Schwarzen Möwe* um Frachter der Rigel-Klasse handelte. Ein oder zwei befanden sich sogar in einem besseren Zustand.

Irgendwo hoch über ihm ertönte ein Grollen. Hal hob den Blick und erspähte einen Lichtfunken, der scheinbar schwerelos am Ende eines langen Kondensstreifens in den Himmel emporkletterte. Er schirmte seine Augen mit einer Hand gegen die schräg einfallenden Sonnenstrahlen ab und sah zu, wie sich das Schiff in den Orbit schraubte. Sein Pilot musste sich garantiert nicht mit fehlerhaften Motoren, leckenden Treibstofftanks und schäbigen alten Robotern herumschlagen.

Seufzend stieg er die Landerampe hinab, wobei er sich an den dünnen Handläufen festhielt, um nicht von dem biegsamen schmalen Steg zu fallen. Am Fuß der Rampe angekommen, entfernte er sich ein paar Schritte von der *Möwe*, bevor er sich umdrehte, um zu überprüfen, ob über Nacht vielleicht irgendwelche Teile von seinem Schiff abgefallen waren.

Die *Schwarze Möwe* ruhte auf drei stämmigen Landebeinen, von denen eines den Bug und zwei das Heck stützten. Von der spitzen Nase des Schiffes aus lief ein schmaler Wulst längs über den Rumpf und verbreiterte sich am hinteren Ende zu einer großen Heckflosse, die mit dem Bild einer herabstoßenden schwarzen Möwe verziert war, deren Farbe bereits abblätterte. Zwei Schubdüsen unterhalb der Heckflosse rahmten die schwere, momentan geschlossene Frachtrampe ein, die sich fugenlos in den abgeflachten Boden des Hecks schmiegte.

Hal seufzte erneut. Die *Möwe* konnte zwar relativ problemlos durch die galaktischen Tiefen navigieren, erinnerte äußerlich aber trotzdem an eine Kreuzung aus einem Papierflieger und einem Wasserkocher.

Auf halbem Weg zum Ende der Landeplattform duckte sich Hal unter einer der großen Schubdüsen hinweg und erreichte schließlich einen löchrigen Betonwall, der dazu diente, eine Batterie von Tankstutzen und Treibstoffleitungen am Rande einer jeden Landeplattform vor den heißen Abgasen aus den Schubdüsen startender oder landender Schiffe zu schützen. Ein tiefes Brummen drang an seine Ohren. Jenseits der Betonmauer schwebte ein zerbeultes Bodenfahrzeug über dem verfilzten Gestrüpp, das die Erde zwischen den einzelnen Landeplattformen bedeckte. »Lamira Raumhafen, Wartungsabteilung«, stand in verblassenden grünen Lettern auf der Seite des Fahrzeugs. Der Anblick ließ Hal die Brauen heben. In diesem Bereich des Raumhafens schien es kaum etwas zu geben, das nicht der Wartung bedurfte.

Hinter der Schutzmauer klangen ein Fauchen und dann ein metallisches Scheppern auf. Als Hal über die Mauer spähte, erblickte er einen zerschrammten grauen Roboter, der an einer der Treibstoffleitungen herumhantierte. Ganz in der Nähe entdeckte er die charakteristische blaue Wölbung des Monitors eines öffentlichen Fernsprechers. Er hob den Hörer aus der Gabel und überlegte noch, welche Taste er drücken sollte, als eine blechern klingende Stimme aus dem Lautsprecher ertönte:

»Für ein Gespräch bitte fünf Kredite einwerfen.«

»Ich möchte niemanden anrufen«, erklärte Hal. »Ich benötige nur eine Transportmöglichkeit.«

«Für ein Gespräch bitte fünf Kredite einwerfen«, wiederholte die Stimme.

»Ich habe kein Geld bei mir!«

»Für ein Gespräch ...«

Hal legte den Hörer auf die Gabel zurück. Er fragte sich, ob er in die *Möwe* zurückkehren sollte, um sich das Geld von Klunk zu leihen, entschied sich dann aber dagegen. Jerlings Roboter sah nicht so aus, als würde er einen Kredit besitzen, von fünf ganz zu schweigen. Natürlich konnte er auch zu Fuß zum Verwaltungsblock des Raumhafens gehen, aber das Gelände zwischen den einzelnen Landeplattformen war mit dichtem Unkraut überwuchert, und es würde dunkel sein, bevor er sein Ziel erreichte. Blieb also noch das Wartungsfahrzeug.

Der graue Roboter versuchte gerade, eine korrodierte Muffe von einer der Treibstoffleitungen zu lösen. Auf dem Boden neben einer Ersatzmuffe lag eine reichhaltige Auswahl verschiedener Werkzeuge ausgebreitet, von denen er eins nach dem anderen ausprobierte. Das Sortiment reichte von einer batteriebetriebenen Zange bis hin zu einem doppelköpfigen Schraubenzieher, doch nichts davon schien imstande, den Widerstand der Muffe zu brechen; ungeachtet der hartnäckigen Bemühungen des Roboters, sie zu lösen.

»Entschuldige, bitte«, sagte Hal.

Der Roboter blickte auf. »Guten Tag, Sir. Sie haben nicht zufällig gerade eine Radzange zur Hand?«

»Meinst du nicht eher eine Rohrzange?«

»Nein, davon habe ich bereits eine hier.«

»Tut mir leid, kann dir leider nicht weiterhelfen.« Hal zögerte. »Hör mal, ich nehme nicht an, dass du mich zum Raumhafenterminal bringen kannst ...«

»Leider, nein. Ich darf keine Passagiere befördern.«

»Dann leih mir deinen Wagen.«

»Sind Sie ein Angestellter des Lamira-Raumhafens?«

»Nicht direkt.«

Der Roboter zuckte die Achseln. »Dann dürfen Sie das Fahrzeug nicht benutzen.« Damit wandte er sich wieder seiner Arbeit zu. Noch bevor Hal irgendetwas einwenden konnte, begann er mit einer schweren Zange auf die Muffe einzuschlagen.

Hal warf einen flüchtigen Blick auf sein Schiff. Was, wenn er einfach startete, das Landefeld überflog und auf dem Parkplatz auf der anderen Seite des Raumhafens wieder landete? Doch dann dachte er an die brandneuen Schiffe, die sich um den Verwaltungskomplex drängten. Wenn er eins davon mit der *Möwe* auch nur leicht schrammte, würde er lebenslang hinter Gittern landen.

Da ihm keine andere Wahl blieb, ließ er sich über die Betonbrüstung ins hohe Gras sinken und umrundete die Landeplattform, wobei er den Kopf gesenkt hielt, um nicht von irgendeinem Sicherheitsposten des Raumhafens entdeckt werden zu können. Zuerst kam er problemlos voran, aber schon unter der Nase der *Schwarzen Möwe*, die über den Rand der Landeplattform hinausragte, wurde das Gestrüpp dichter. Scharfkantige gezackte Blätter zerrten an seiner Fliegermontur, als er sich durch das verfilzte Unterholz kämpfte, schwankende Blumenköpfe zerplatzten bei Berührung mit leise ploppenden Geräuschen und setzten dichte Pollenwolken frei, die ihm den Atem raubten.

Schon bald waren Hals, Hände und sein Gesicht mit braunen und gelblichen Flecken gesprenkelt, und er begann vor Anstrengung derart zu schwitzen, dass er bereits aufgeben wollte, als er ein gleichmäßiges Summen im dichten Gras vernahm. Kurz darauf kauerte er auch schon neben dem ramponierten Wartungsfahrzeug. Das schimmernde Antigravitationsfeld ließ sein Haar knistern.

Langsam hob er den Kopf. Der graue Roboter befand sich etwa 15 Meter von ihm entfernt und war immer noch mit der Reparatur der Tankvorrichtung beschäftigt. Er hatte die Finger unter die korrodierte Muffe geschoben und zerrte sie mit wiederholten kräftigen Rucken Stück für Stück über das dicke Metallrohr. Plötzlich löste sie sich, und der Roboter fiel, von seinem eigenen Schwung mitgerissen, rücklings in das Unkraut, wo er von dichten Pollenwolken verschluckt wurde.

Hals Grinsen erlosch, als er sah, wie ein Strahl Treibstoff aus dem Ende des Rohrs sprudelte und sich über den Roboter ergoss.

Ein einziger Funke, und die *Möwe* würde in den Orbit geblasen werden.

Der Roboter kämpfte sich auf die Füße, eilte zum Treibstoffrohr und versiegelte die Öffnung mit der neuen Muffe, wobei er mit noch mehr Treibstoff vollgespritzt wurde. Während er damit beschäftigt war, eine Reihe von Muttern an den Bolzen festzuziehen, legte Hal die Hände auf die metallenen Seitenholme des Bodenfahrzeugs und schwang sich hinein.

Die Bedienung war denkbar einfach, ein Gashebel für die Beschleunigung und ein Joystick für die Steuerung. Hal packte den Joystick und versuchte, den Gashebel nach hinten zu ziehen, doch der ließ sich nicht bewegen. Als er genauer hinsah, entdeckte er einen Sicherungsstift, der den Hebel im Leerlaufbereich fixierte.

Er zog seine Waffe, zielte auf die Diebstahlsicherung und drückte den Abzug durch. Der Blaster zischte, ein Energieball schlug in den Metallbolzen und ließ ihn matt aufglühen. Hal warf einen schnellen Blick in Richtung des Roboters, doch der war immer noch so sehr mit der neuen Muffe beschäftigt, dass er den Schuss nicht bemerkt hatte. Also drehte Hal den Energieregler der Waffe hoch, zielte und schoss erneut.

Der Blaster fauchte, und aus der Mündung zuckte ein Energieblitz hervor, der die Diebstahlsicherung in eine Wolke auseinanderspritzender geschmolzener Metalltropfen verwandelte, ein Loch in die Flanke des Wagens stanzte und im hohen Gras verschwand. Hal hörte einen Schrei, und als er herumwirbelte, sah er den Roboter durch das Unkraut in seine Richtung rennen. Er riss den Gashebel nach hinten. Der Wagen setzte zurück, während der Roboter schnell näher kam.

Hal drückte den Joystick nach links, schob den Gashebel vor, ließ den Wagen herumschwingen und jagte mit laut dröhnenden Motoren davon. Er warf einen kurzen Blick über die Schulter und sah, wie sich der Roboter vom Boden losschnellte, auf dem Heck des Wagens landete und sich mit einer Hand festhielt. Hal schwenkte den Joystick hektisch hin und her und fuhr in wilden Schlangenlinien, um den Roboter abzuschütteln, doch der stemmte sich allen Fliehkräften zum Trotz hoch und rückte auf Hal vor, beide Arme griffbereit ausgestreckt.

Den Joystick bis zum Anschlag nach links gedrückt, beschrieb

Hal eine Reihe enger Kreise. Himmel und Erde wirbelten immer schneller vor seinen Augen vorbei, doch der Roboter rückte unerbittlich näher, einen Ausdruck grimmiger Entschlossenheit im Gesicht. Plötzlich sprang er vor. Hal duckte sich. Der Roboter segelte über ihn hinweg, landete auf der kurzen Motorhaube und rutschte fast über die Stoßstange. Dann fing er sich wieder, drehte sich um und setzte zu einem weiteren Sprung an.

Eine große Silhouette tauchte in Hals Blickfeld auf. Sein Blick zuckte an dem auf der Motorhaube kauernden Roboter vorbei, und seine Augen weiteten sich, als er die Landeplattform auf sie zujagen sah. Er riss den Steuerhebel zurück, um nicht frontal in die Plattformkante zu jagen, und stieß ihn gleich darauf wieder vor, als die Steuerborddüse der *Schwarzen Möwe* sein gesamtes Blickfeld ausfüllte. Der Roboter prallte gegen die Düse und wurde hoch in die Luft geschleudert. Das Fahrzeug schrammte unter dem Schiff hindurch, schlidderte über die Landeplattform hinweg und schoss auf der anderen Seite wieder hervor, wobei es die Buglandestütze nur knapp verfehlte.

Hal bremste das Wartungsfahrzeug und warf einen Blick zurück über die Schulter. Das Schiff schaukelte leicht. Von dem grauen Roboter war keine Spur zu sehen. Erst als Hal zum Heck der *Möwe* zurückfuhr, fand er ihn wieder. Der Roboter klebte mit ausgebreiteten Gliedmaßen wie ein Insekt auf der Frachtraumschleuse. Rauch kräuselte sich aus dem Funken sprühenden zerbeulten Torso hervor.

Der Roboter zuckte unkontrolliert, während er langsam am Heck des Schiffes herabrutschte, mit dem Gesicht voran auf der Betonfläche landete und sich mühsam wieder hochstemmte. Eine Seite seines Körpers war stark eingedrückt, und er hielt den Kopf in einem unnatürlichen Winkel geneigt. Er drehte sich langsam um die eigene Achse, den Blick starr auf den Horizont gerichtet. Als er Hal entdeckte, hielt er einen Moment lang inne und schlurfte dann auf ihn zu. Selbst als er die Kante der Landeplattform erreicht hatte, ging er einfach weiter und stürzte wie in Zeitlupe ins hohe Gras, wo er reglos liegenblieb.

Hal sah sich aufmerksam nach allen Seiten um, konnte aber keine Menschenseele auf dem Flugfeld entdecken. Nach einem letzten Blick auf den reglosen Roboter richtete er die Nase des Wagens auf den Bürogebäudekomplex in der Ferne und gab Gas.

*

Klunk warf die letzte Schachfigur in das kleine Holzkästchen und sah sich prüfend auf der Kommandobrücke um. Trotz seiner Bemühungen mit dem Wischmopp wirkte sie nicht sonderlich sauber, doch gegenüber ihrem vorherigen Zustand war sie nun so steril wie ein OP-Saal.

Befriedigt näherte er sich der Steuerkonsole. Nach einem kurzen Zögern ließ er sich in den Pilotensessel sinken. »Navcom, enthält deine Datenbank ein Firmenregister?«, erkundigte er sich.

»Ja.«

»Führ bitte einen Suchlauf durch. Ich benötige alle Angaben zu einer Firma namens Incubots.«

Es folgte eine kurze Pause. »Incubots befindet sich im Besitz von Redge Muller. Das Unternehmen ist auf Roboterprogrammierungen und Pilotenausbildung für Fortgeschrittene spezialisiert.«

Klunk wirkte erleichtert. »Das hat Mr. Jerling also für mich in petto. Er war eher ausweichend, als ich ihn danach gefragt habe.«

»Menschen lügen häufig wegen der unbedeutendsten Kleinigkeiten.«

Der Roboter nickte nachdenklich. »Eines Tages werde ich

mein eigenes Schiff besitzen. Ich sehne mich schon mein ganzes Leben lang danach, die Weiten des Alls zu durchstreifen und mit fernen Welten Handel zu treiben.«

»Genau das ist es, was Mr. Spacejock tut«, sagte der Navcom. »Es scheint ihm allerdings nicht besonders gut zu gefallen.«

»Ich fände es höchst erfreulich.«

»Dir ist doch klar, dass Roboter keine Raumschiffe besitzen, oder?«

»Dann werde ich der erste Roboter sein, der es tut«, sagte Klunk. »Sag mal, verfügst du über einen Simulationsmodus?«

»Ja.«

»Bitte aktiviere das Programm.«

»Mit welchem Schwierigkeitsgrad? Schwierig oder extrem?«

»Fangen wir mit einfach an. Ich würde gern zunächst ein Gefühl für die Steuerung bekommen.«

»Du bist ein bisschen eingerostet, nehme ich an.«

Klunk runzelte die Stirn. »Versuchst du, witzig zu sein?«

»Ganz und gar nicht, das war lediglich eine Feststellung. Wünschst du Geräuscheffekte zu deiner Simulation?«

»Ja, gestalte sie so realistisch wie nur möglich.«

»Aktiviere Setup. Bitte spezifiziere die Parameter.«

»Flughöhe 2000 Meter, Windgeschwindigkeit 15 Knoten aus Südost, Sinkflugrate 400 Meter pro Minute. Handsteuerungsmodus.«

»Starte Simulationsmodus. Bitte übernimm die Steuerung.«

Klunk legte eine Hand auf den Schubhebel und ergriff den Steuerknüppel mit der anderen. Ein Auge auf den Sichtschirm und das andere auf die Instrumentenanzeigen gerichtet, brachte er das Schiff auf Kurs und setzte im Zentrum der Landeplattform auf. »Scheint recht einfach zu sein.«

»Möchtest du es noch einmal probieren?«

»Nein, ich hätte gern eine andere Simulation. Setz Kurs auf den Planeten Aklam.«

»Anweisung nicht ausführbar. Ich habe keine Daten über diesen Planeten.«

Klunk seufzte. »Es ist nur eine Simulation. Verwende beliebige Koordinaten.«

»Ziel lokalisiert und eingegeben.«

»Haupttriebwerke starten!«

Aus den Lautsprechern der Steuerkonsole ertönte ein Zischen. »Haupttriebwerke gezündet.«

»Schubstärke überprüfen!«, befahl Klunk.

»Bestätigt.«

»Außenschotts schließen und verriegeln.«

»Bestätigt.«

»Startsequenz einleiten.«

»Erhöhe den Schub«, meldete der Navcom. »Steuerdüsen aktiviert. Das Schiff hat die Landeplattform verlassen.«

Klunk lehnte sich im Pilotensitz zurück und starrte mit einem sehnsüchtigen Ausdruck seiner gelben Augen auf den Sichtschirm. In Gedanken war er unterwegs nach Aklam, dem Zentrum des mechanisierten Universums, dem sagenhaften Planeten aus den Träumen eines jeden Roboters!

*

Hal stellte das Wartungsfahrzeug auf dem äußeren Parkplatz des Raumhafens ab und begab sich zu Fuß zum Verwaltungsblock. Eine Informationstafel wies ihm den Weg zum Aufzug, wo er die Taste mit der Aufschrift »Hafenmeister« drückte.

Während die Kabine in die Tiefe sank, sah er zu, wie die Nummern der Stockwerke auf der Anzeigetafel wechselten. Er war davon ausgegangen, dass der Hafenmeister über ein geräumiges Büro mit direkter Sicht auf das Landefeld verfügte, doch stattdessen schien es sich im Kellergeschoss des Raumhafens zu befinden. Oder sogar noch unterhalb der Kellerebene, korrigierte er sich mit Blick auf die Anzeigetafel, denn das Kellergeschoss hatte der Aufzug bereits passiert.

Schließlich leuchtete die letzte Zahl auf. Hals Knie gaben nach, als die Kabine abrupt zum Stehen kam. Die Fahrstuhltür schwang auf, und Hal betrat einen kühlen Warteraum. Der feuchte muffige Geruch, den die nackten Betonwände ausdünsteten, ließ ihn die Nase rümpfen.

Hinter dem Schreibtisch des Empfangsschalters saß ein junger Mann vor einem Computerterminal. In seinem Ohr blitzte ein winziger Brillantring auf, als er Hal bemerkte und den Kopf hob. »Kann ich Ihnen helfen, Sir?«

»Ich bin hier, um den Hafenmeister zu sprechen.«

»Bitte, nehmen Sie Platz.« Der Mann wandte sich wieder seiner Arbeit an dem Terminal zu.

Auf einer Seite des Raumes stand ein gläserner Kaffeetisch, der von zwei Armsesseln flankiert wurde. Hal setzte sich, zog ein Magazin aus einem Zeitschriftenständer, blätterte die zerknitterten kunstoffbeschichteten Seiten durch und überflog die schauderhaften Anzeigen für Raketentreibstoffzusätze, teure Uhren und Designer-Koffersets. Er wollte das Magazin gerade zurück in den Ständer schieben, als ein Artikel über explodierende Roboter seine Aufmerksamkeit erregte.

Stellen Roboter ein Gesundheitsrisiko dar?

Wie aus Regierungskreisen verlautet, könnte die sich in letzter Zeit häufende Zahl explodierender Metallmenschen mit der illegalen Praxis der Wiederaufbereitung elektronischer Gehirne zusammenhängen.

Die Gehirneinheit ist die teuerste aller robotischen Komponenten und allein für nahezu zwei Drittel der Gesamtkosten eines jeden unserer Blechkameraden verantwortlich. Skrupellose Hersteller entnehmen immer häufiger die Gehirne veralteter Roboter, setzen sie in brandneue Modelle ein und zwingen diese empfindlichen Einheiten so zu einem sehr viel höheren Arbeitstempo als dem, für das sie ursprünglich konzipiert wurden. In

Laborversuchen brannten Gehirneinheiten, die derartigen Bedingungen ausgesetzt wurden, regelmäßig durch oder explodierten sogar.

Hal ließ das Magazin sinken. Jerlings Roboter gehörte zwar kaum zu den neueren Modellen, aber bei seinem Glück wäre es nicht verwunderlich, wenn auch Klunk über ein fehlerhaftes Gehirn verfügte. Er beschloss, ihn in den Frachtraum einzusperren, ganz egal, welche kreativen Argumente der Roboter sich auch einfallen lassen mochte. So würden seine umherfliegenden Einzelteile keine wichtigen Bereiche des Schiffes beschädigen können, falls er in die Luft flog. Hal verstaute das Magazin wieder und zog ein anderes hervor. Es klappte wie von selbst an der ersten Seite eines Berichts über die letzte Sitzung des Unions-Rates auf.

Erst denken, dann schießen!

Der Galaktische Rat hat verfügt, dass Roboter vor dem Gesetz als den Menschen gleichwertig gelten. Mit Beginn dieses Monats wird die vorsätzliche Zerstörung eines Roboters in der gleichen Weise wie Mord geahndet. Überalterte Roboter behalten dagegen ihren Status als Bürger dritter Klasse und sind damit von dem kontrovers diskutierten Gesetz ausgeschlossen.

Hal versuchte, sich an den Wartungsroboter zu erinnern. Zählte das Modell bereits zu den überalterten oder einfach nur zu den älteren Exemplaren? Er zuckte zusammen, als die Bürotür geöffnet wurde und ein kleiner Mann mit beginnender Glatze heraustrat, der ihn unfreundlich aus harten grauen Augen musterte.

»Wer, zum Teufel, sind Sie?«, erkundigte er sich.

»Hal Spacejock von der *Schwarzen Möwe.*«

»Ich bin Hafenmeister Linten. Wir beide müssen uns dringend unterhalten.« Linten warf dem jungen Mann hinter dem Schreibtisch einen kurzen Blick zu. »Stellen Sie bis auf Weiteres keine Gespräche zu mir durch.«

»Ja, Sir.«

Der Hafenmeister hielt die Tür auf. »Kommen Sie rein, Spacejock.«

Hal stand auf und folgte ihm in ein beengtes Büro. Ein großer hölzerner Schreibtisch füllte fast den gesamten Raum aus, dessen Wände mit Bücheregalen bedeckt waren, in denen sich Journale und Magazine stapelten. Linten schloss die Tür, winkte Hal zu einem Stuhl und nahm selbst hinter seinem Schreibtisch Platz.

»Mr. Spacejock«, begann er. »Lamira ist ein kleiner Planet und weit abgelegen von den wichtigen Handelsrouten. Deshalb sind unsere bevorzugten Besucher diejenigen, die nennenswerte Geldsummen in unsere bescheidene Wirtschaft einbringen.«

Ein interessantes Wandgemälde in Lintens Rücken erregte Hals Aufmerksamkeit. Es zeigte ein Raumschiff, das auf einer felsigen Ebene unter dem Licht zweier Monde zur Landung ansetzte.

»Wir schätzen allerdings auch diejenigen Besucher, deren Beiträge eher künstlerischer Natur sind«, fuhr Linten fort. »Menschen, die zwar nicht zum materiellen Wohlstand an sich beitragen, die aber das mentale Wohlbefinden unserer Bürger durch Kunstwerke oder Theateraufführungen bereichern.«

Hal betrachtete das Wandgemälde in Lintens Rücken eingehend. Bei der Rakete handelte es sich um einen Typ der Alpha-Klasse, auch wenn der Künstler auf ein Triebwerk verzichtet hatte, um das berühmte »W«-Logo einer großen Fastfood-Kette stärker zu betonen.

»Und dann gibt es da die Besucher, die für uns von keinerlei

Wert sind«, knurrte Linten. Er stemmte die Ellbogen auf den Schreibtisch, beugte sich vor und ließ den Blick über Hals von Blütenpollen verschmierte Montur wandern. »Ich habe mir die Freiheit genommen, Ihre Kreditwürdigkeit zu überprüfen, was ich übrigens schon hätte tun sollen, bevor ich meinen Leuten erlaubt habe, Ihr Schiff aufzutanken. Sie können nicht einmal Ihre Landegebühren bezahlen, Mr. Spacejock, ganz zu schweigen vom Rest Ihrer Rechnungen. Sie sind ein freier Spediteur auf einem Planeten, wo dem Wort ›frei‹ keine allzu große Bedeutung zugemessen wird. Deshalb bin ich überzeugt, dass Sie Verständnis für die von mir ergriffenen Maßnahmen haben.«

»Oh ... Was für Maßnahmen?«

»Ich beschlagnahme Ihr Schiff.«

Jetzt hatte Linten Hals ungeteilte Aufmerksamkeit. »Moment mal, das können Sie nicht tun!«

»Das habe ich soeben getan. Und wenn Sie Ihre Rechnungen nicht innerhalb von sieben Tagen begleichen, lasse ich Ihr Schiff versteigern und ziehe das Geld, das Sie mir schulden, vom Erlös der Versteigerung ab.«

»Aber das Schiff gehört mir gar nicht! Ich stottere immer noch die Raten ab!«

»Es ist mir egal, wem es gehört. Zurzeit befindet es sich hier auf Lamira, und Sie schulden mir Geld.«

»Hören Sie, ich habe gerade einen Auftrag angenommen. Lassen Sie ihn mich erledigen, und Sie bekommen Ihr Geld gleich danach.«

Linten schnaubte. »Ich habe schon vor Jahren aufgehört, an den Weihnachtsmann zu glauben, Mr. Spacejock.«

»Aber das ist die Wahrheit! Ich transportiere eine Ladung Ersatzteile für einen Typen namens Jerling. Sein Roboter befindet sich in diesem Moment an Bord meines Schiffes.« Hal kam ein Gedanke. »Kann ich ihn anrufen?«

»Nur zu«, sagte Linten und schob ihm sein Kommunikationsset über den Schreibtisch zu.

Hal tippte den Registrierungscode der *Schwarzen Möwe* ein. Aus den Lautsprechern ertönte ein Rauschen, dann klang eine lüsterne Frauenstimme auf: »Hi, Leute. Der Kapitän und ich sind gerade anderweitig beschäftigt, aber wenn Sie ihm eine Nachricht hinterlassen, ruft er Sie zurück, sobald wir hier fertig sind.«

Linten hob eine Braue.

Hal errötete. »Stammt noch vom Vorbesitzer. Muss ich schleunigst ändern.«

*

»Simulation unterbrochen. Eingehende Nachricht.«

Die Wolkenstädte Aklams verblassten vor Klunks innerem Auge. »Was?«

»Eine eingehende Nachricht.«

»Wird eine Antwort von uns erwartet?«

»Es ist Mr. Spacejock«, sagte der Navcom.

Klunk setzte sich kerzengerade auf. »Bitte, öffne den Kanal.«

»Hey, Roboter!«, rief Hal.

»Ja, Sir?«

»Ruf Jerling an und besorg mir einen Vorschuss. Ich benötige 300 in bar für Landegebühren und Treibstoff.«

»Ich glaube nicht, dass er bereit sein wird, Ihnen Geld zu leihen«, erwiderte Klunk skeptisch.

»Es ist mir egal, was du glaubst! Wenn er sich weigert, verliere ich mein Schiff, und seine kostbare Fracht wird niemals abgeholt werden.«

»Ihre Botschaft ist angekommen«, sagte Klunk. Der Lautsprecher rauschte laut und verstummte. »Navcom, stell mich bitte zu Mr. Jerling durch.«

»Verbindung aktiviert.« Der Bildschirm flackerte und flirrte. Schließlich erschien Jerlings Gesicht. Er nahm eine Zigarre aus dem Mund und wedelte den Qualm mit einer bandagierten Hand fort.

»Mr. Jerling!«, rief Klunk. »Was ist mit Ihrer Hand passiert?«

»Nicht der Rede wert«, sagte Jerling und ließ sie unter den Schreibtisch verschwinden. »Aber du hast mich garantiert nicht angerufen, nur um dich nach meiner Gesundheit zu erkundigen. Also, was gibt's?«

»Mr. Spacejock ist wegen einer unbezahlten Treibstoffrechnung ins Büro des Hafenmeisters einbestellt worden.«

»Ich verstehe. Und?«

»Er hat mich gebeten, Sie anzurufen.«

»Und?«

»Er braucht dringend 300 Kredite, oder er verliert sein Schiff.«

»Ach, tatsächlich?«

»Ja. Und wenn Sie nicht mit der Kohle rüberkommen, wird Ihre kostbare Fracht niemals auf diesem Planeten ankommen.«

Jerling riss sich die Zigarre aus dem Mund. »Das hat er gesagt?«

Klunk schwieg einen Moment lang, um die Aufzeichnung von Hals Anruf noch einmal abzuspielen. »Darauf läuft es hinaus.«

Eine braune Qualmwolke trieb über den Bildschirm. »Richte Spacejock Folgendes von mir aus: Entweder meine Ladung trifft rechtzeitig hier ein, oder ich lasse ihn verhaften, foltern und erschießen!«

»Verstanden.«

»Gottverdammte Selbstständige«, knurrte Jerling und klemmte sich die Zigarre in einen Mundwinkel. »Machen nichts als Ärger.«

Klunk fiel noch etwas anderes ein. »Ich denke, das wird Sie

interessieren. Ich habe diese Sache mit Incubots herausgefunden.«

Jerling sog so scharf die Luft ein, dass er beinahe seine Zigarre verschluckte.

»Alles in Ordnung mit Ihnen?«, fragte Klunk besorgt, als er sah, wie sein Boss hustend Speichel versprühte.

Walter Jerling hob die bandagierte Hand. »Wichtiges Treffen, Klunk«, keuchte er. »Muss los.« Der Monitor flirrte und erlosch.

Eine weitere Rauschwolke trieb über den Bildschirm. Klunk starrte sie verblüfft an und blickte sich auf der Kommandobrücke um. Ein dunkelbrauner Dunstschleier hing in der Luft.

Als Klunk von irgendwoher ein leises Geräusch hörte, drehte er den Regler seiner Audioschaltkreise höher. Sofort vernahm er ein Heulen und Prasseln, das von draußen kam. Feuer!

Er sprang aus dem Pilotensitz und eilte in die Luftschleuse. Das Außenschott öffnete sich, und dichter brauner Qualm quoll herein. Klunk trat auf den Sims vor der Schleuse hinaus und wedelte in dem sinnlosen Versuch, klare Sicht zu bekommen, mit den Händen in der Luft herum. Dann entdeckte er die Quelle des Rauches in einer Lücke zwischen den Schwaden. Durch das trockene Gras nahe dem Heck der *Schwarzen Möwe* fraß sich eine Flammenwand.

Klunk rannte zurück in die Kommandozentrale. Seine Schritte hallten laut auf dem Metalldeck wider. »Navcom, ruf sofort Mr. Spacejock! Wir haben einen Notfall!«

Kapitel 5

Hafenmeister Linten musterte Hal über den Schreibtisch hinweg. Seine Augen wurden schmal. »Wollen Sie mir erzählen, dass dieser Jerling Ihre Rechnung bezahlt?«

»Ihm bleibt gar nichts anderes übrig. Schließlich kann ich seine Fracht nicht ausliefern, wenn die *Möwe* hier festsitzt, oder?«

Das Kommunikationsset summte. Linten beugte sich vor. »Ja?«

Aus dem Lautsprecher drang lautes Rauschen und Knistern. »Hilfe!«, übertönte eine Stimme den Lärm. »Feuer!«

»Wer spricht da? Was soll das heißen?«

»Das Gras brennt!«, schrie die Stimme. »Auf dem Landefeld ist Feuer ausgebrochen!«

»Welche Plattform?«, fragte Linten.

»52«, informierte ihn Hal, wobei er ein Grinsen unterdrückte. »Das ist Jerlings Roboter.« Er beugte sich über das Mikrofon. »Klunk, ist das Schiff in Gefahr durch dieses ... äh, Feuer?«

»Noch nicht, Mr. Spacejock, aber das kann nicht mehr lange dauern. Möchten Sie, dass ich es aus der Gefahrenzone entferne?«

»Finger weg von der Steuerung! Ich bin in einer Sekunde da.«

»Dann sollten Sie sich aber lieber beeilen. Das Feuer hat bereits die Betankungsvorrichtung erreicht. Wenn die explodiert ...«

»Ich bin schon unterwegs.« Hal schob seinen Stuhl zurück und sprang auf.

Linten trennte die Verbindung zu Klunk und hob den Kopf. »Wo, glauben Sie, gehen Sie hin?«

»Haben Sie denn nicht gerade zugehört? Mein Schiff ist in Gefahr!«

Der Hafenmeister seufzte. »Auf diesen Quatsch falle ich nicht rein, Sohn.«

Hal blinzelte. »Was soll das heißen?«

»Haben Sie eine Vorstellung, wie viele abgebrannte Piloten diesen ›Schiff-in-Gefahr‹-Trick schon bei mir ausprobiert haben?«

»Trick? Mein Schiff befindet sich inmitten eines wütenden Infernos! Wenn ich es nicht rette, können Sie demnächst einen Haufen heißen Schrott versteigern!«

»Mr. Spacejock, ich weiß zufälligerweise, dass momentan ein Wartungsdroide an den Treibstoffleitungen ganz in der Nähe Ihres Schiffes arbeitet. Meinen Sie nicht auch, dass er Alarm geschlagen hätte, wenn es dort brennen würde?«

Hal wich Lintens Blick aus. »Vermutlich.«

Die Augen des Hafenmeisters verengten sich. »Wie sind Sie überhaupt so schnell hierhergekommen? Wie man mir berichtet hat, konnten Sie sich nicht mal ein Taxi leisten.«

Hals Kehle wurde trocken. »Also, ich ... äh ...«

Das Kommunikationsset summte.

Linten starrte Hal ein oder zwei Sekunden lang durchdringend an, bevor er auf die Sprechtaste drückte. »Ja?«

»Sir, in der Nähe der schrottreifen Raumschiffe ist ein Feuer ausgebrochen!«, drang eine aufgeregte Stimme aus dem Lautsprecher. »Die Treibstoffleitungen können jeden Moment in die Luft fliegen!«

*

»Löschschlauch abrollen!«, rief Klunk.

»Wird abgerollt.« Von draußen klang ein winselndes Geräusch auf, das urplötzlich mit einem scharfen Knacken verstummte.

»Was war das?«

»Die Winde ist gerade abgefallen«, sagte der Navcom.

Klunk sah sich auf der Brücke um. »Was haben wir sonst noch zum Feuerlöschen?«

Der Navcom schwieg einen Moment lang, während er seine Datenbank durchforstete. »Im Laderaum befindet sich eine Schaufel.«

»Metall?«

»Plastik.«

»Feuerdecken?«

»Negativ. Die einzige Decke in meiner Inventarliste ist diejenige auf Mr. Spacejocks Bett.«

»Dann werde ich es eben damit versuchen«, sagte Klunk. »Wo ist sie?«

»Tritt zurück.«

Gegenüber der Luftschleuse glitt ein Wandsegment hinunter, hinter der eine Nische mit einem ungemachten Bett zum Vorschein kam. Klunk zog die Decke vom Bett, ließ sie aber gleich wieder entnervt fallen. »Das Ding wird keine fünf Sekunden überstehen. Haben wir nichts anderes?«

»Wir haben einen tragbaren Feuerlöscher, aber der ist nur für Kabelbrände ausgelegt.«

»Besser als nichts. Wo ist er?«

»In einem Materialschrank in der Luftschleuse.«

Klunk eilte in die Luftschleuse, wo er einen aus der Wand ragenden halbkreisförmigen Griff entdeckte. Er zog daran und fiel beinahe hintenüber, als sich zusammen mit dem Griff ein Teil der Wandverkleidung löste. Dahinter befand sich nichts weiter als eine nackte glatte Metallfläche.

»Das war die Halterung für die Sicherheitsleine«, klärte ihn der Navcom auf. »Der Schrank befindet sich in der gegenüberliegenden Wand.«

Klunk warf die Wandverkleidung beiseite und wirbelte herum. Er entdeckte eine kleine Vertiefung und drückte seine Finger hinein. In der Wand sprang eine kleine Klappe auf, hinter der ein vertäfelter Stauraum gähnte, der mit einem Durcheinander von Sicherheitszubehör gefüllt war. Klunk zwängte die Arme an einer schwarzen Seilrolle und einer Schalttafel vorbei, packte den an der Rückseite des Materialschranks befestigten Feuerlöscher mit beiden Händen und zog mit aller Kraft daran. Die Halterung löste sich mit einem Knacken von der Wand, gefolgt von einem knirschenden Geräusch, als Klunk einen Ellbogen schwungvoll in die Schalttafel rammte. Unmittelbar darauf ertönte außerhalb des Schiffes ein Surren, und vor der Luftschleuse sank ein Metallhaken an einem kräftigen Stahlkabel herab.

Der Roboter trat mit dem Feuerlöscher auf die Plattform hinaus und spähte in die Höhe. Durch die wirbelnden Rauchschwaden sah er einen Träger aus dem Schiffsrumpf über sich ragen, an dessen Ende sich ein Stahlkabel über einen Flaschenzug abspulte.

»Winde vollständig ausgefahren«, meldete der Navcom, nachdem das Kabel zum Stillstand gekommen war.

»Bin ich dafür verantwortlich?«, erkundigte sich Klunk.

»Ja. Die Steuerung der Winde befindet sich im Materialschrank.«

Klunk kehrte in die Luftschleuse zurück und untersuchte die kleine Schalttafel. Eine der Tasten klemmte, und als er versuchte, sie wieder zu lösen, fiel sie herunter und landete in dem Durcheinander auf dem Boden. Er hob sie wieder auf, schob sie an ihren ursprünglichen Platz zurück und schloss hastig die Luke, bevor sie wieder herausfallen konnte.

Draußen auf dem Steg raubte ihm der wirbelnde Rauch die

Sicht. Den Feuerlöscher in einer Hand, tastete er sich durch den immer dichter werdenden Qualm entlang der Rampe abwärts, bis er den Rand der Landeplattform erreicht hatte. Er deaktivierte seine Luftsensoren, um sich vor dem Gestank des brennenden Grases zu schützen, und sprang in den Rauch hinein.

Schwarz verkohlte Halme knirschten unter seinen Füßen. Eine Windbö hüllte ihn in ein Flammenmeer, und seine Außensensoren fielen kurzfristig aus. Als sie sich wieder aktivierten, sah er, dass der Gummischlauch des Feuerlöschers lichterloh brannte. Klunk schlug die Flammen aus und eilte zu der Stelle des Brandherdes, der der *Schwarzen Möwe* am nächsten war. Kurz vor der Flammenwand stieß er mit den Füßen so heftig gegen einen harten Gegenstand, dass er beinahe vornüber ins brennende Gras stürzte. Halb im verkohlten Gras versunken, entdeckte er einen von blauen und gelben Flammen umzüngelten leblosen Roboter. Seine in der Hitze milchig gewordenen Augen starrten blicklos in den Himmel.

Klunk zielte mit dem Feuerlöscher auf den rußgeschwärzten Roboter und drückte den Griff hinunter. Das Gerät gab ein ersticktes Zischen von sich, und der Schlauch bäumte sich kurz auf, doch sonst geschah nichts. Klunk schlug die Düse gegen sein Bein und drückte erneut auf den Auslöser. Wieder nichts. Er spähte in die Düse am Ende des Schlauches und entdeckte einen kalkartigen Pfropfen, der die Öffnung verstopfte. Als er mit dem Finger darin herumstocherte, schoss der Klumpen mit einem scharfen Fauchen hervor und prallte von seiner Stirn ab. Eine Fontäne aus weißem Puder ergoss sich über Klunk, und obwohl er den Finger sofort vom Abzug nahm, sah er bereits wie ein mechanischer Schneemann aus.

Nachdem er den größten Teil des Puders abgeschüttelt hatte, richtete er die Düse auf den Wartungsroboter und zog den Abzug so lange durch, bis der Löschpuder die farbigen Flammen erstickt hatte. Dann stellte er den Feuerlöscher ab, packte den Roboter an den Armen, schleifte ihn von dem Brandherd fort und hievte ihn über die Absperrmauer der Plattform, wo er sicher vor den Flammen war.

Klunk machte wieder kehrt, ergriff den Feuerlöscher und eilte zur Betankungsanlage hinüber, wo er dem Feuer mit wiederholten Stößen des Löschpuders zu Leibe rückte. Doch all seinen Bemühungen zum Trotz rückten die Flammen weiter vor, bis die lackierten Metallleitungen unter der intensiven Hitzeeinwirkung zu qualmen begannen und seine internen Sensoren Alarm schlugen.

Ohne den Alarm zu beachten, schwenkte Klunk den Feuerlöscher weiter hin und her, aber die Puderfontänen wurden immer schwächer und versiegten schließlich endgültig. Klunk warf den leeren Zylinder fort und sah sich Hilfe suchend um, während die Flammen um ihn herum immer höher loderten. Die Treibstoffleitungen gaben ein lautes Quietschen von sich, als sie sich in der Hitze dehnten und bogen. Klunk begriff, dass es nur noch eine Frage von wenigen Momenten war, bis sie in die Luft fliegen würden.

Sein Blick zuckte zur *Schwarzen Möwe* empor. Mr. Spacejock hatte ihm zwar verboten, die Steuerung auch nur zu berühren, aber wenn es ihm gelang, den Navcom zu überreden, dass Schiff zu bewegen ... Nun, später würde er Zeit genug haben, sich zu rechtfertigen.

Klunk legte die Hände auf den Rand der Landeplattform und wollte sich gerade hochziehen, als ihn ein gewaltiger heißer Orkan von den Beinen fegte und inmitten einer Wolke umherwirbelnder Partikel durch die Luft schleuderte. Er schlug hart im Gras auf und verlor die Koordination seiner Augen, bis er alles doppelt sah. Nach einem letzten warnenden Zirpen seiner Sensoren schalteten seine überhitzten Systeme ab, und er fiel mit dem Gesicht voraus in die schwarz verkohlten Grasstoppel.

Kapitel 6

Vurdi Makalukar sah zu, wie Forgberg unter den pechschwarzen Tragflächen seines Fliegers dahinglitt. Er ließ den vergangenen Tag in Gedanken Revue passieren. Durch die Angst, die er Spacejock eingejagt hatte, würde er seine monatlichen Rechnungen bezahlen können, doch die kleine Provision, die er von der Finanzierungsgesellschaft erhielt, war kaum der Rede wert.

Das Schiff überflog eine blühende Vorstadtsiedlung mit großen Anwesen, die von weitläufigen grünen Grundstücken umgeben waren. Vurdis Lippen wurden schmal. Hier war das richtige Geld zu Hause, zusammen mit der wohlhabenden Elite, welche die Geschicke des Planeten lenkte. Umhervagabundierenden Raumfrachterpiloten für Kleingeld hinterherzujagen, mochte ja für Kleinkrämer in Ordnung sein, war aber für jemanden mit Ehrgeiz die reine Zeitverschwendung.

Das Schiff scherte hart nach rechts aus, und Vurdi griff nach einer Halteschlaufe. Brutus saß an der Steuerung und flog das Schiff mit seinem gewohnten Mangel an Feingefühl. Entweder liefen die Triebwerke gar nicht oder aber sie brüllten unter Volllast. Das Schiff glitt entweder gleichmäßig dahin oder es vollführte die wildesten Schlenker.

Vurdi wandte sich dem Roboter zu. »Könntest du die Steuerung vielleicht ein bisschen behutsamer bedienen?«, übertönte er das Dröhnen der Motoren.

Brutus starrte ihn ausdruckslos an.

»Stell dir vor, das Schiff wäre ein Vogel. Schwebe und gleite durch die Luft, spür den Wind unter deinen Schwingen, lande elegant.«

Brutus' Gesicht wurde noch leerer. »Häh?«

»Du musst sanft mit der Steuerung umgehen. Sie regelrecht liebkosen.«

Ein Schatten fiel über den Sichtschirm. Vurdis Kopf fuhr herum, seine Augen weiteten sich, als er unvermittelt eine verrostete Brücke in Flugrichtung aufragen sah. »Pass auf!«

Brutus riss den Steuerknüppel zurück. Das Schiff schoss steil in den Himmel und spuckte gleißende Feuerlanzen aus jeder einzelnen Düse, als es knapp über die rostigen Träger schrammte. »Sprechen Sie mich nicht an, während ich fliege«, sagte der Roboter eindringlich, nachdem sie wieder auf Kurs waren. »Das ist irritierend.«

Er steuerte das Schiff auf ein gedrungenes braunes Gebäude zu, brachte es über den Dachschüsseln zum Stehen und setzte hart auf dem Landefeld auf. Während er noch damit beschäftigt war, die Triebwerke abzuschalten und die Flugsysteme zu deaktivieren, löste Vurdi die Sicherheitsgurte und trat auf das Dach hinaus. Ohne die Gebäude, die sich unter ihm ausbreiteten, mehr als nur eines flüchtigen Blickes zu würdigen, überquerte er das Dach und wartete vor dem Aufzug ungeduldig darauf, dass der Scanner seine Retina durchleuchtete, seinen Daumenabdruck abtastete und seine Körpermaße mit den gespeicherten Daten abglich.

»Guten Abend, Mr. Makalukar«, begrüßte ihn das Sicherheitssystem mit einer synthetischen Stimme. »Wissen Sie bereits, dass es diesen Monat ein Sonderangebot für eine Mitgliedschaft im Sportcenter gibt?«

»Schick mir bitte einfach den Aufzug hoch.«

»Bestätigt.« Der Lautsprecher gab einen Glockenton von sich und ein Lämpchen leuchtete auf. »Dürfte ich die Wartezeit zu der Bemerkung nutzen, dass Sie einen gesunden Eindruck machen?«

»Du darfst, aber ich werde trotzdem nichts kaufen.«

»Verstanden. Allerdings ist mir nicht entgangen, dass Ihr Körpergewicht im Verlauf der letzten Wochen kontinuierlich zugenommen hat. Eine Mitgliedschaft im Sportcenter ist für lediglich 99 Kredite im Monat erhältlich, und eine schnelle Überprüfung Ihres Einkommens verrät, dass Sie eine solch bescheidene Gebühr problemlos entrichten könnten.«

Ein weiterer Glockenton kündigte das Eintreffen des Aufzugs an. Vurdi machte einen Schritt, doch die Fahrstuhltüren blieben geschlossen. »Öffne die Türen!«, fauchte er.

»Ich fürchte, das kann ich nicht tun, Vurdi.«

Hinter Vurdi ertönte ein dumpfes Geräusch, gefolgt von schweren Schritten, als Brutus aus dem Flieger stieg und zum Fahrstuhl ging

»Ich denke, du wirst es tun müssen«, sagte Vurdi, während sich der Roboter neben ihm aufbaute.

»Nicht bevor wir Ihre Mitgliedschaft im Sportcenter unter Dach und Fach gebracht haben.«

Vurdi winkte Brutus in Richtung der Tür. »Aufmachen.«

»Nur 99 Kredite«, sagte die Tür, die nicht nur auf Hartnäckigkeit programmiert war, sondern auch darauf, ihrer eigenen Sicherheit keinerlei Bedeutung zuzumessen.

Brutus ließ die Fingerknöchel langsam und genüsslich knacken. Dann trat er die Tür ein.

Vurdi betrat den Lift. Die Kabine sackte ein Stückchen ab, als ihm Brutus folgte. »Notier dir einen neuen Auftrag«, sagte Vurdi, während sie abwärts fuhren. »Such die Gebäudeverwaltung auf und mach den Leuten dort auf die denkbar nachdrücklichste Art und Weise klar, dass es die Mieter gar nicht zu schätzen wissen, wenn übereifrige Einrichtungsgegenstände ihnen etwas mit Macht anzudrehen versuchen.«

Brutus nickte, und seine Augen leuchteten in stiller Vorfreude: Auf die denkbar nachdrücklichste Art und Weise!

Vurdi verließ den Lift auf seiner Etage und begab sich zu seinem Apartment. Die Tür glitt zur Seite. Bevor er eintrat, entdeckte er eine glänzende Broschüre auf der Fußmatte. Noch eine Reklame für das Sportcenter! Er zerriss sie, warf die Fetzen in den Flur und schlug die Tür hinter sich zu.

Auf dem Weg zur Küche machte er eine Geste in Richtung der Kaffeemaschine, die sofort zu blubbern begann. Dann aktivierte er den Computer, ein leuchtend orangefarbenes Gerät auf einem auf Hochglanz polierten Schreibtisch. Mit einer angenervten Geste löschte er eine Werbung für das Sportcenter vom Display und rief seine persönlichen Dateien durch eine kreisende Bewegung des Zeigefingers auf. Nachdem er drei Anfragen bezüglich der Reparatur von Aufzugtüren abgelehnt hatte, verblieben einige weitere Icons auf dem Monitor. Vurdi tippte das Spacejock-Icon an, schrieb ein paar Bemerkungen dazu und speicherte sie mit einer wischenden Handbewegung. Die verbliebenen Icons gruppierten sich neu, füllten die entstandene Lücke aus, und Vurdi betrachtete die jeweiligen Provisionszahlungen unter den Einträgen. Keine davon war der Rede wert, außer …

»Was hat ein Hinchfig mit Zahlungsschwierigkeiten am Hut?«, murmelte er. Sein Blick saugte sich an einem roten Icon fest, unter dem eine hohe Provisionssumme stand. Er dachte an die teuren Häuser, die er soeben auf dem Rückweg zu seinem Büro überflogen hatte. Die Hinchfigs waren so reich, dass sie das gesamte Viertel planieren und anschließend mit goldenen Ziegelsteinen hätten pflastern lassen können.

Er berührte das Icon. »Eine kurze Inhaltsangabe, bitte.«

Auf dem Bildschirm erschien eine eng gedrängte Textseite. »Hintergrundinformationen«, erläuterte der Computer mit einer wohltönenden männlichen Stimme. »Die Hinchfig Corporation pflegt intensive geschäftliche Beziehungen mit Forg. Zu ihren Betätigungsfeldern gehören kommerzielle und private Immobilien, zwei Banken und eine Roboterfabrik.«

»Das ist mir bekannt«, sagte Vurdi. »Aber wie kommt es, dass ein Hinchfig in der Schuldnerkartei steht?«

»Soll ich weitere Details berichten?«

»Nur für den Fall, dass du nicht sofort zum Wesentlichen kommen kannst.«

Der Computer fuhr mit einer ausführlicheren Berichterstattung fort. »Der ursprüngliche Leiter der Hinchfig-Corporation gilt seit dem Unfall eines Passagierschiffes vor zehn Jahren als verschollen. Der älteste Sohn, Gordon Hinchfig, trat seine Nachfolge an. Sein Ziel ist es, die Geschäfte der Firma genau so fortzuführen, wie er sie von seinem Vater übernommen hat, was bedeutet, dass sich die Firma weder neuen Betätigungsfeldern öffnet noch zu expandieren versucht.«

Vurdi runzelte die Stirn. »Na und?«

»Farrell Hinchfig ist der jüngere Bruder Gordons. Er hat sich Jahre lang ehrgeizig und opportunistisch bemüht, Gordon dahingehend zu überzeugen, dass sich die Firma verändern müsse, um mit dem Wandel der Zeit Schritt halten und wachsen zu können.«

»Und in welcher Hinsicht hat das mit seinen Schulden zu tun?«

»Farrell hat irgendwann seine Bemühungen aufgegeben, die Firma verändern zu wollen, und stattdessen damit begonnen, sich zu vergnügen.«

»Aha«, murmelte Vurdi. »Spielschulden?«

»Das und noch mehr. In letzter Zeit hat er sich dann Hilfe suchend an Gordon gewandt.«

»Und Gordon hat ihn abgewiesen?«

»Genau. Walter Jerling von Jerling Enterprises hat Exklusivverträge mit allen Herstellern von Roboterteilen in diesem Teil der Galaxis abgeschlossen, und Hinchfig Robots ist auf Grund des empfindlichen Nachfragerückgangs fast aus dem Geschäft ausgestiegen. Der Rest des Unternehmens der Hinchfigs arbeitet zwar noch, doch Gordon wurde gezwungen, die Ausgaben zu reduzieren. Wozu auch eine Kürzung der Zuwendungen an Farrell gehört.«

Vurdis dunkle Augen leuchteten. »Also hat Farrell Hinchfig Schulden?«

»Ja. Er hat versucht, mit seinen Gläubigern zu verhandeln, aber die bestehen auf der vollen Rückzahlung der gesamten Schulden.«

»Kein Wunder bei dem Reichtum der Familie.« Vurdis Finger zitterten, als er den Arm in Richtung des Hinchfig-Icons ausstreckte. Das war das große Ding. Ein neues Haus in der Vorstadt, und vielleicht ...

In diesem Moment flog die Eingangstür seiner Wohnung laut splitternd aus den Angeln. Brutus trat mit energischen Schritten durch den Rauch und die Funken sprühenden Überreste elektronischer Komponenten, den Rahmen der Tür wie einen rechteckigen Kragen um den Hals.

»Und vielleicht ein neuer Roboter«, murmelte Vurdi. Er schüttelte den Kopf, wandte sich wieder dem Computer zu und nahm den Hinchfig-Auftrag an.

*

Das Bodenfahrzeug schoss mit Höchstgeschwindigkeit über den Raumhafen und wirbelte dabei Wolken von Blütenstaub hinter sich auf. Im Licht der untergehenden Sonne warf der Wagen lange Schatten auf das Flugfeld, die genau auf die rings um die *Schwarze Möwe* in den Himmel steigenden Rauchsäulen zielten.

Hal hockte gebückt vor der Steuerung, die Augen zu schmalen Schlitzen zusammengekniffen. In seinen Ohren dröhnte das Brüllen des Motors und das Heulen des Fahrtwindes, der durch die offene Fahrzeugkabine fegte und ihn aus dem Sitz zu reißen drohte. Trotzdem drückte er den Gashebel noch kräftiger nach vorn, bis sich das warme Metall in seinen Fingern anfühlte, als würde es sich gleich verbiegen.

Der Wagen erreichte die äußeren Ausläufer der Rauchwolken und zog eine Kielspur aus Strudeln hinter sich her, als er die ersten Schwaden durchpflügte. Die Sicht nahm so schnell ab, dass Hal die Geschwindigkeit drosseln musste, um sein Schiff nicht zu rammen, bevor er es überhaupt erblickte.

Der Rauch wurde immer dichter, und die Sicht fiel auf Null. Hal reduzierte das Tempo weiter bis auf Schrittgeschwindigkeit. In der plötzlichen Stille konnte er das Prasseln des wütenden Feuers hören. Links vor ihm drang ein rotes Glühen wie aus einem offenen Ofen durch den Qualm, und selbst über diese Entfernung hinweg spürte er die Hitze. Schließlich schälte sich der Rand der Landeplattform aus dem Rauch. Als er die zerborstenen Treibstoffleitungen passierte, sah er den Widerschein der Flammen über den Rumpf der *Schwarzen Möwe* tanzen wie die Glut eines Herdes auf einem alten Kessel.

Er stoppte den Wagen direkt neben der Plattform, sprang hinaus und rannte los. Der dichte Rauch ließ ihn husten. Am Fuß der Rampe stolperte er, als er sich beinahe in einem Kabelhaufen verhedderte, der dort auf der Erde lag. Er befreite sich und eilte die Rampe hinauf. Das Metallgitter schepperte unter seinen Schritten. Nachdem er die Luftschleuse erreicht hatte, warf er einen Blick zurück.

Die Sonne war unter den Horizont gesunken, und ihr Nachglühen schaffte es kaum, den Rauch zu durchdringen, weil die außer Kontrolle lodernden Treibstoffleitungen in einem noch grelleren Rot leuchteten. Nicht weit davon entfernt spiegelten sich die Flammen auf dem Körper eines Roboters wider, der mit dem Gesicht nach unten im verkohlten Gras lag. Hal betrachtete den rußverschmierten bronzenen Roboter einen Moment lang und drehte sich zum Innenschott um. »Wer hat das gemacht?«, fragte er, als er ein zerbrochenes Stück der Wandverkleidung auf dem Boden entdeckte.

»XG99«, sagte der Navcom.

»Wer?«

»Walter Jerlings Roboter. Er hat den Feuerlöscher gesucht.«

»Warum hast du ihm nicht verraten, wo das Ding ist, und ihn stattdessen die Schleuse zerlegen lassen?« Hal trat über die Verkleidung hinweg auf die Kommandobrücke und ließ sich in den Pilotensessel fallen. »Starte die Haupttriebwerke!«, befahl er. »Wir verschwinden von hier.«

Die Motoren erwachten grollend zum Leben. Heiße Abgase fegten durch die offene Luftschleuse.

»Rampe einziehen und Luftschleuse schließen!«, rief Hal. Das Dröhnen ebbte schlagartig ab, als das Außenschott ins Schloss fiel. Die Rampe schmiegte sich unter dem lauten Rasseln der Zugkabel gegen den Rumpf.

»Ihre Befehle?«, erkundigte sich der Navcom.

»Setz Kurs auf Seraph. Wir starten unverzüglich.«

Der gedämpfte Lärm der Triebwerke steigerte sich, und der Boden begann zu zittern. »Was ist mit der Starterlaubnis?«

»Das habe ich mit dem Hafenmeister geklärt.« Hal entdeckte das ausgeklappte Bett und die zerknüllte Decke auf dem Boden. »Hat der Roboter etwa ein Nickerchen gemacht?«

»Negativ. Er hat nach einer Feuerdecke gesucht.«

»Dabei hatte er Befehl, den Boden zu wischen.« Hal richtete den Blick auf den Sichtschirm. »Sind wir startbereit?«

»Wir können nicht mit ausgefahrener Lastwinde abheben.«

Hal erinnerte sich an die Kabelschlingen am Fuß der Rampe. »Dann zieh sie ein!«

»Die Winde kann nur manuell betätigt werden.«

Hal eilte in die Luftschleuse, öffnete die Schranktür und fing den losen Schalter auf, der ihm entgegenfiel. »Ist das auch das

Werk des Roboters?«, fragte er, während er die beschädigte Steuerung der Winde betrachtete.

»Ja.«

»Ich dachte, ich hätte ihm ausdrücklich befohlen, die Finger von dem Schiff zu lassen.« Hal drückte auf den unteren Schalter und kehrte ins Cockpit zurück. Die Winde begann, das ausgespulte Kabel einzuholen.

»Er hat lediglich versucht, das Schiff zu retten.«

»Hätte ja auch sein können, dass du lügst.«

»Schub bei 50 Prozent. Bitte nehmen Sie Platz, damit wir starten können.«

Hal setzte sich in den Pilotensessel und legte die Füße auf die Steuerkonsole. »Okay, auf geht's!«

*

»Lass mich in Ruhe«, knurrte Klunk, als ihn eine Warnsirene weckte. Herrschte um ihn herum Dunkelheit? Er befeuchtete die Oberfläche seiner Augen mit einer Schmierflüssigkeit und öffnete sie. Lichtstrahlen bohrten sich in seine visuellen Sensoren, und seine Sicht kehrte zurück, wenn auch vorerst noch verschwommen und verzerrt.

Klunk rollte sich auf die Seite, hob den Kopf und spähte in Richtung der Landeplattform. Durch die Rauchschwaden sah er ganz in der Nähe ein Bodenfahrzeug über dem verkohlten Unkraut schweben, einen eckigen Wagen mit einer grünen Schrift auf der Seite. Er seufzte erleichtert. Hilfe war eingetroffen.

Sein Kopf fiel in die schwarzen Grasstoppeln zurück, und er wollte bereits in den Stand-by-Modus schalten, als er das Donnern zündender Schiffsmotoren hörte. Er kniff die Augen zusammen und erblickte das Leuchten von Schubstrahlen, die aus den Raketentriebwerken schossen. Das Schiff schickte sich an, ohne ihn zu starten!

»*Schwarze Möwe, Schwarze Möwe,* bitte kommen!« In seinem internen Funkempfänger zischte und knisterte es. »*Schwarze Möwe,* hier spricht GX99. Ich befinde mich auf dem Flugfeld!« Er wartete auf eine Antwort, aber das ununterbrochene Brüllen der Schiffstriebwerke war Antwort genug. Niemand konnte ihn hören.

Klunk stemmte sich unsicher hoch, stolperte auf die Landeplattform zu und ignorierte dabei die akustischen Warnsignale seiner Energieversorgungs-Software. Als er die Plattform erreichte, brüllten die Haupttriebwerke der *Möwe* noch lauter auf, ließen den dichten Qualm auseinanderstieben und schleuderten ihm eine Wolke aus Staub und Steinen entgegen. Er zog sich auf die Plattform hinauf, schirmte seine Augen gegen den umherwirbelnden Unrat ab und kämpfte sich weiter zum Schiff vor, aber die von den Raketenmotoren erzeugten heißen Windböen schlugen ihm mit einer solchen Wucht entgegen, dass er kaum vorankam.

Das Schiff begann, sich unter ohrenbetäubendem Donnern zu erheben. Klunk streckte eine Hand nach einer Landestütze aus, doch die Gewalt der Schubstrahlen schleuderte ihn zu Boden. Halb geblendet von dem Orkan aus Staub, Rauch und Unrat, war er schon kurz davor, aufzugeben und sich in Sicherheit zu bringen, als er einen flüchtigen Blick auf eine huschende Bewegung erhaschte. Kaum fünf Meter entfernt von ihm wurde ein Stahlkabel schnell in die Höhe gezogen, während das Schiff gleichzeitig in den Himmel kletterte. Die Winde!

Klunk kroch auf Händen und Knien über den ölverschmierten Beton auf das Kabel zu, und gerade als es über ihm zu verschwinden drohte, gelang es ihm, den schweren gelben Metallhaken an seinem Ende zu packen.

Kapitel 7

Die Zentrale des Hinchfig-Imperiums befand sich in North Forgberg, ein halbes Dutzend Kilometer von Vurdis Apartment entfernt. Theoretisch hätte Farrell Hinchfig von seinem hochgelegenen Büro mit einer Laserkanone direkt in Vurdis Fenster schießen können; abgesehen davon, dass er weder eine Laserkanone besaß noch wusste, dass Vurdi überhaupt existierte. Noch nicht ...

Er saß an seinem Schreibtisch, wo er kurze Texte in einen altmodischen Notizblock schrieb, bevor er sie in die Tastatur seines Computers tippte. Es war seine tägliche Routine; er tauchte gegen Mittag auf und verbrachte die ersten fünf Minuten damit, dringende Botschaften in den Papierkorb des Computers zu verschieben, bevor er sich an etliche Stunden harter Arbeit machte. Diese Arbeit bestand darin, eine Verbindung zur Buchhaltungsabteilung der Firma herzustellen und dann einen möglichen Zugangscode nach dem anderen in der Hoffnung in die Tastatur zu tippen, dass ihm einer davon endlich Zugriff zu all dem Geld der Firma verschaffte.

Farrell betrieb seine Nachforschungen mit äußerster Gründlichkeit. Er machte sich regelmäßig Notizen über seinen älteren Bruder – darüber, wo Gordon zu Mittag aß, welches seine Lieblingssendungen waren, die Namen seiner Freunde und Geschäftspartner. Das alles eröffnete ihm endlose Kombinationen neuen Materials, mit denen er seinen Computer füttern konnte.

Bisher, nach drei Monaten fleißiger Arbeit, hatte der Computer jedoch jede Eingabe zurückgewiesen.

»Spaghetti carbonara Eiscreme«, murmelte Farrell, während er einen Buchstaben nach dem anderen eintippte.

»Zugangscode nicht akzeptiert«, sagte der Computer höflich.

Farrell kennzeichnete die Wortkombination in seinem Notizblock mit einem Kreuz. »Spaghetti carbonara Gelee«, buchstabierte er die nächste Eingabe laut mit.

»Ungültiger Zugangscode«, erwiderte der Computer, der seine Antworten gern immer ein bisschen variierte.

»Spaghetti carbonara Limone.«

»Dieser Zugangscode wird ...«

Farrells Kopf ruckte erwartungsvoll hoch. Sein Blick saugte sich förmlich an dem Monitor fest.

»... nicht akzeptiert«, beendete der Computer, der auch über einen ausgeprägten Sinn für Dramatik verfügte, seine Antwort.

»Scheiße!«, zischte Farrell und kritzelte ein dickes X in den Notizblock. Er wollte gerade die nächste Wortekombination ausprobieren, als sein Terminal summte. »Yeah?«

»Farrell?«, fragte eine gedämpfte Stimme.

»Wer sollte es denn sonst sein?«

»Ich habe eine äußerst wichtige Info für Sie.«

Farrell runzelte die Stirn. Das war ziemlich hinterlistig, selbst für seinen Computer. Ob er jetzt wohl einen Anruf fingierte, der ihm den Zugangscode verriet, nur um dann im letzten Moment doch wieder aufzulegen? »Wer spricht da?«

»Snake. Sie wissen schon, wir haben uns gestern Abend unten im Pub kennengelernt.«

Das schloss den Computer aus. »Hören Sie, Snake, ich weiß nicht mehr, was ich Ihnen versprochen habe, aber ich bin momentan etwas knapp bei Kasse.«

»Sie haben mir gesagt, ich sollte die Augen für Sie offen halten, Ihnen Bescheid sagen, was so abgeht.«

»Habe ich das?« Farrell versuchte angestrengt, sich an den letzten Abend zu erinnern, aber genauso gut hätte er sich daran machen können, das Innere eines Schwarzen Lochs mit einer Kerze in der Hand zu erforschen.

»Yeah, und ich hab 'ne heiße Info für Sie. Was ganz Frisches. Könnte was wert sein.«

»Eine Info über was?«

Aus dem Terminal erklang ein Kichern. »Ich bin nicht blöde, Farrell. Ich hab den Spitznamen Snake verpasst gekriegt, weil ich echt gerissen bin, klar?«

»Ich dachte, so jemand heißt Ratte.«

»Nee, Snake.«

Farrell schwor sich stumm, den Pub zu wechseln. »Also, Snake, wie komme ich an diese Info?«

»Sie müssen was dafür zahlen.«

»Ja, das haben wir wohl vereinbart. Wie viel?«

»Wie viel ist es Ihnen wert?«

»Keine Ahnung. Worum geht es?«

»Das sag ich Ihnen erst, wenn Sie zahlen.«

Farrell seufzte. »In Ordnung. Ich gebe Ihnen 20 Kredite dafür.«

»20?« Nur ein einziges Wort, aber die Enttäuschung war unüberhörbar.

»Gut, dann also 30. Und ein paar Gläser dazu unten im Pub.«

»30 machen mich nicht reich.«

»Greifen Sie zu oder lassen Sie es bleiben.«

»Machen Sie 50 draus, wenn die Info echt Gold wert ist?«

»Meinetwegen. Spucken Sie sie schon aus.«

»Also, meine Alte arbeitet doch für Jerling, ja? In der Marketingabteilung.«

»Sie rufen doch bestimmt nicht an, um mir das Passwort für Jerlings Konto zu geben, oder?«

»Nee, zu so was hat sie keinen Zugang. Hören Sie, Ihre Firma stellt doch Roboter her, aber Sie kommen gerade nicht an Einzelteile ran, stimmt's?«

Farrell verzog das Gesicht. Er erinnerte sich noch gut an sein letztes Gespräch mit Gordon. »Richtig.«

»Also, meine Alte hat Wind von einer Lieferung gekriegt.«

»Na und?«

»Die Ladung ist rund 200 Riesen wert. Damit könnten Sie Ihre Fabriken wochenlang am Laufen halten.«

»Ausgeschlossen. Jerling kennzeichnet seine Schiffe. Wenn einer seiner Piloten auch nur ein bisschen vom Kurs abweicht, kann er seinen Kopf am nächsten Tag auch schon auf Jerlings Schreibtisch besichtigen.«

»Ja, aber für diesen Job benutzt Jerling keins von seinen eigenen Schiffen.« Snake senkte die Stimme. »Er hat 'nen schrägen Vogel angeheuert, der die Teile von Seraph abholt und sie direkt bei ihm abliefert. Sie könnten ihn ganz leicht abfangen.«

»Und wie soll ich das anstellen? Ihn freundlich bitten, mir die Teile zu überlassen?«

»Sie sind der Geschäftsmann. Ihnen wird schon was einfallen, um ihm die Teile abzuluchsen.«

Farrell schüttelte den Kopf. »Tut mir leid, Snake, damit kann ich nichts anfangen.«

»Krieg' ich wenigstens meine 30?«

»Ich schätze, ja.«

»Und die Drinks?«

»Wenn ich Sie sehe.«

»Danke, Farrell. Hören Sie, ich werd' meiner Alten sagen, dass sie Ihnen die Sachen trotzdem rüberschicken soll. Lesen Sie sie durch, vielleicht sind die Infos mehr wert, wenn Sie sie erst richtig kennen.«

»Sicher, Snake. Danke für den Anruf.« Farrell schaltete das

Mikrofon aus und wandte sich wieder seinem Notizblock zu. »Zeitverschwender Snake«, schrieb er, bevor er die Buchstaben in die Tastatur tippte. Vielleicht hatte Gordon ja ebenfalls schon Bekanntschaft mit dem Typ gemacht.

»Unbekannter oder falscher Zugangscode«, sagte der Computer.

Farrell versah den Eintrag mit einem Kreuz. Er wollte gerade einen weiteren Code versuchen, als das Terminal einen Piepton von sich gab.

»Ein Anruf für Sie«, sagte der Computer höflich.

»Ist es wieder dieser Snake?«

»Negativ.«

»Jemand, der mir irgendwas verkaufen will?«

»Negativ.«

»In Ordnung, dann stell das Gespräch durch.«

Es folgte eine kurze Pause, bevor sich eine leise Stimme meldete. »Spreche ich mit Mr. Farrell Hinchfig?«

»Ja.«

»Mein Name ist Vurdi, Vurdi Makalukar. Ich betreibe ein Inkassobüro hier auf Forg, und ich würde gern einen Termin mit Ihnen vereinbaren, damit wir uns über Ihre finanzielle Situation unterhalten können.«

»Es gibt nichts, worüber wir uns unterhalten könnten«, erwiderte Farrell und streckte eine Hand aus, um die Verbindung zu trennen.

»Wenn Sie vor Ihren Probleme davonrennen, machen Sie sie nur noch größer«, sagte Vurdi. »Sagen wir, drei Uhr?«

»Völlig egal ob drei, vier oder fünf Uhr, ich habe kein Geld.«

»Ihr Bruder schon.«

»Mag sein, aber er wird mir keins geben. Die Geschäfte laufen momentan schlecht.«

»Es geht doch nur um 120 000 Kredite. Können Sie sich nicht selbst aus der Firmenkasse bedienen?«

Farrell schielte auf seinen Notizblock. »Ich untersuche gerade eine oder zwei Optionen.«

»Verraten Sie mir eins: Sollte Ihrem Bruder das Undenkbare zustoßen, wer würde die Firma erben?«

»Ich, nehme ich an.« Farrells Gesicht verdunkelte sich. »Jetzt hören Sie mir mal zu, Sie dreckige kleine Ratte. Wenn Sie mir vorschlagen ...«

»Nichts läge mir ferner. Ihr Bruder erfreut sich bester Gesundheit, und wir müssen natürlich zusammenarbeiten, damit das auch so bleibt. Wir sehen uns dann also um drei Uhr. Lassen Sie mich, bitte, nicht warten.« Es klickte, als Vurdi das Gespräch beendete.

Einige Minuten lang starrte Farrell einfach ins Leere. Was würde er nicht alles tun können, wenn er der Leiter des Managements wäre? Die Firma ins Hier und Heute befördern, Pläne für die Zukunft schmieden, neue Fabriken eröffnen, neue Betätigungsfelder erforschen ... Innerhalb eines Jahres wäre ihm diese kleine Viper Jerling hilflos ausgeliefert; bereit, erbarmungslos von ihm geschluckt zu werden. Er würde Ruhm und Reichtum ernten und ...

Farrell seufzte. Welche Fehler Gordon auch haben mochte, letztendlich waren sie immer noch Brüder. Ihn diesem Vurdi-Typen ans Messer zu liefern, war einfach undenkbar.

Das Terminal gab erneut einen Piepton von sich. »Sie haben eine neue Nachricht«, informierte ihn der Computer höflich. »Soll ich sie Ihnen vorlesen?«

»Nein, schmeiß sie in den Papierkorb.«

»Der Text der Betreffzeile legt nahe, dass sie äußerst wichtige Informationen enthält.«

»Das sind die schlimmsten.«

»Der Absender ist eine Mrs. Snake von Jerling Enterprises.«

Farrells Brauen hoben sich. »Auf den Schirm damit.«

Der Login-Bildschirm der Buchhaltungsabteilung wich einer Textbotschaft folgenden Inhalts: »Lieber Farrell, diese äußerst wichtige Info stammt von Snake aus dem Pub. Er sagt, Sie würden ihm dafür 20 Kreds zahlen, und ich will die Hälfte davon.«

»Wo ist der Rest der Nachricht?«, wollte Farrell wissen.

»In einem Anhang, aber den habe ich unterdrückt.«

»Warum?«

»Anhänge sind gefährlich. Sie können Viren und Trojaner enthalten.«

»Dieser hier nicht. Öffne ihn.«

»Meine Sicherheitseinstellungen lassen das nicht zu.«

»Dann ändere sie.«

»Autorisieren Sie hiermit die Aufhebung aller Schutzvorrichtungen?«

»Yeah. Jetzt zeig mir das Ding endlich.«

»Sehr wohl, auf Ihren ausdrücklichen Wunsch hin.« Der alte Bildschirminhalt erlosch und machte mehreren Textabsätzen Platz.

Farrell überflog sie. Es war eine ganze Menge, genau wie Snake gesagt hatte. Jerling bezahlte einen unabhängigen Spediteur dafür, eine Ladung Roboterteile von Seraph IV nach Forg zu transportieren. Trotzdem war es völlig illusorisch, die Ladung zu stehlen. Für so etwas landete man im Gefängnis. Farrell näherte einen Finger der Löschtaste, doch dann zögerte er. Illusorisch oder nicht, sollte er die Sache irgendwie durchziehen können, würden seine Geldnöte der Vergangenheit angehören. Doch wie stahl man Frachtgut? Er unterteilte das Problem in seine Einzelschritte, die er in den Notizblock kritzelte.

Erstens: Jerlings Piloten die Ladung abholen lassen. Gut, der Teil war ein Kinderspiel. Zweitens: Dem Piloten die Ladung abnehmen. Schon schwieriger. Drittens: Die Ladung verkaufen und Vurdi auszahlen. Nicht allzu schwer.

Ein erneuter Piepton seines Terminals riss ihn aus seinen Überlegungen. »Farrell, bist du da?«

Es war sein Bruder.

»Ja, Gordon.«

»Mike hat gerade einen neuen Nachrichtenspot fertig gestellt. Hast du Zeit, ihn dir schnell einmal anzusehen?«

»Ich denke schon.«

»Ich schicke ihn dir rüber«, sagte Gordon und beendete das Gespräch.

Farrell starrte auf seine Notizen. Den Piloten zu überzeugen, würde am schwersten werden. Sich mit einem Anruf als ein Angestellter Jerlings auszugeben, war sinnlos, da der Pilot irgendeine Identifikation verlangen würde. Ein Anruf von Jerling persönlich würde das Problem umgehen, aber wie sollte er das bewerkstelligen? Er klopfte mit dem Stift auf den Schreibtisch. Angenommen, er brachte den Piloten dazu, zu kooperieren, wo sollte die Übergabe der Ladung stattfinden? Die Antwort auf diese Frage war einfach; auf dem Forg-Orbiter. Große Frachter benutzten die Raumstation als Zwischenlager, wo sie ihre Waren in kleinere Schiffe umluden, die sie dann auf die Oberfläche von Forg brachten. Also konnte er sich ein Firmenschiff ausleihen und sich mit Jerlings Piloten auf dem Orbiter treffen. Doch was sollte er danach mit den Roboterteilen anfangen? Sie natürlich seinem Bruder verkaufen! Gordon von der Ladung erzählen, das Geld an Ort und Stelle kassieren, Vurdi auszahlen und sich selbst 80 Riesen einstecken.

Jetzt musste er sich nur noch etwas einfallen lassen, wie er in Jerlings Haut schlüpfen konnte ...

Er schrak zusammen, als sein Terminal unvermittelt die Hinchfig-Erkennungsmelodie spielte. Farrell drehte die Lautstärke herunter und versuchte, seine unterbrochenen Gedankengänge wieder aufzunehmen, doch der Anblick einer riesigen jubelnden, klatschenden, Banner mit der Aufschrift »Auf geht's,

Hinchfig!« schwenkenden Menschenmenge brachte ihn aus dem Konzept. Nachdem der Clip geendet hatte, gab das Terminal erneut einen Piepton von sich.

»Was hältst du davon?«

»Verblüffend. Unglaublich.«

»Hast du den Laden wiedererkannt?«

Farrell hatte nicht wirklich aufgepasst. »Ein Imbiss?«, fragte er.

»Es ist die alte Autowaschanlage an der Ecke Achte und Stuart. Ein paar Spritzer Farbe, und schon sieht der Laden wie neu aus. Was für eine Schande, dass Vater das nicht sehen kann.«

»Wie hast du all die Leute da reingekriegt? Der Schuppen ist doch nicht größer als ein Heuschober.«

»Durch die Magie der Technik, Farrell. Die angeblichen Leute waren in Wirklichkeit Simuloide. Mike hat sie an seinem Computer programmiert.«

»Der gerissene kleine Mike«, murmelte Farrell, als Gordon die Verbindung trennte. »Simulierte Menschen, was? Was die sich wohl als Nächstes ausdenken?« Er schüttelte langsam den Kopf und erstarrte plötzlich.

Eine Simulation von Jerling!

Farrell griff nach der Fernbedienung und schaltete durch die Videokanäle seines Computers. Jerling war doch ständig irgendwo auf Sendung, um seinen Ramsch anzupreisen oder endlose Ansprachen zu halten. Bestimmt war er gerade ... Da!

Ohne den Blick vom Bildschirm abzuwenden, kramte Farrell in den Schreibtischschubladen herum, bis seine Fingerspitzen einen Datenchip berührten. Er tastete nach dem Steckplatz an seinem Computer, schob den Chip hinein und drückte die Aufnahmetaste. Dann lehnte er sich mit einem triumphierenden Grinsen in seinem Sessel zurück und verschränkte die Finger im Nacken.

*

Das vor Wut gerötete Gesicht von Hafenmeister Linten füllte den kompletten Hauptbildschirm aus. »Ich bin nicht bereit, mir irgendwelche Ausreden anzuhören!«, schrie er. Seine grauen Augen quollen beinahe aus ihren Höhlen. »Niemand hat Ihnen erlaubt, Lamira zu verlassen!«

»Sie haben mir befohlen, mein Schiff zu entfernen«, erwiderte Hal. Er musste laut sprechen, um das Dröhnen der Triebwerke zu übertönen.

»Aber das heißt nicht, es gleich in den Orbit bringen!«, bellte Linten.

»Das hatte ich auch gar nicht vor. Meine Hand ist versehentlich auf dem Schubhebel ausgerutscht.«

»Jetzt hören Sie mir genau zu, Spacejock. Ich habe hier unten einen verschmorten Roboter und ein loderndes Feuer, und dafür sind Sie verantwortlich!« Linten wedelte mit einem Blatt Papier vor dem Bildschirm herum. »Das hier ist ein Bericht über Ihre Umtriebe, der jetzt gleich an jeden Planeten der Union rausgeht. Ich sorge dafür, dass Sie auf der Schwarzen Liste landen, Sohn. Sie sind erledigt! Haben Sie verstanden? Erledigt!«

»Hören Sie, sobald ich diese Ladung ausgeliefert habe, komme ich zurück und bezahle alle offenen Rechnungen. Ehrenwort!«

»Werfen Sie nicht mit etwas um sich, das Sie gar nicht besitzen«, knurrte Linten und hieb mit der Faust auf die Tastatur.

Hal starrte mit sorgenvoller Miene in den erloschenen Bildschirm. »Navcom, was hatte Klunk eigentlich mit dem Feuerlöscher vor?«

»Er ist damit auf das Landefeld gegangen, um das Feuer zu bekämpfen.«

»Und wo steckt er jetzt? Treibt er sich irgendwo im Frachtraum herum?«

»Negativ.«

Hal runzelte die Stirn. »Wo ist er denn hingegangen, nachdem er zurückgekommen ist?«

»Wer hat gesagt, er wäre zurückgekommen?«

Hals Unterkiefer klappte herab. »Soll das heißen, dass Klunk nicht an Bord ist?«

»Korrekt.«

»Warum hast du mir das nicht gleich gesagt, du dämlicher Haufen Silizium!«, rief Hal. »Schnell, gib mir die Details zu unserem Job. Zu welchem Planeten wollen wir noch mal? Es war Seraph, stimmt's?«

»Korrekt.«

»Dann setz Kurs auf Seraph. Wir kriegen das auch ohne den Roboter hin.«

»Welches Seraph möchten Sie denn aufsuchen?«

»Was?«

»Es gibt acht Planeten namens Seraph. Sie alle wurden nach einem erfolgreichen Entdecker benannt.«

»Acht?«

»Ja. Und alle acht befinden sich im selben Sonnensystem.«

»Verdammt!«, stieß Hal hervor und schlug mit einer Faust auf die Steuerkonsole. Der Motor der Winde hörte auf zu surren und begann, ein klapperndes Geräusch von sich zu geben. »Was ist das für ein Lärm?«

»Der Ladungshaken lässt sich nicht vollständig einziehen.«

»Warum nicht?«

»Ursache unbekannt.«

»Auf den Schirm damit!«, befahl Hal. Seine Augen wurden groß, als er auf dem Monitor Klunk entdeckte, der sich wie ein überdimensionaler bronzefarbener Wurm am Haken wand. »Was treibt er da draußen? Wie hoch sind wir überhaupt?«

»4000 Meter.«

»Sag ihm, dass er reinkommen soll. Verstanden?«

»Botschaft wird gesendet.«

Auf dem Schirm war zu sehen, wie der Roboter die Lippen bewegte.

»Was sagt er?«, wollte Hal wissen.

»Das weiß ich nicht. Er kann nicht senden.«

»Sag ihm, er soll auf der Stelle seinen Blecharsch hier reinschaffen, oder ich werde ...«

Klunk blickte direkt in die Kamera und schüttelte nachdrücklich den Kopf.

»Da liegt also das Problem, was?« Hal verschränkte die Arme vor der Brust. »Na schön, öffne die Luftschleuse und fahr den Landesims aus.«

»Befehl nicht ausführbar. Sämtliche Außenbordaktivitäten sind während des Startvorgangs untersagt.«

»Ach, ja?« Hal deutete auf Klunk, der sanft an seinem Haken hin und her pendelte. »Und wie steht es mit diesem Burschen da draußen?«

»Er hat keine Genehmigung für seine Aktivitäten eingeholt.«

»In Ordnung, Navcom. Schwebemodus!«

Die Triebwerksgeräusche und die Neigung des Decks veränderten sich.

»Diese Position beibehalten.« Hal sah, wie der Roboter die Augen öffnete. Klunks Augen wurden noch größer, als er den Blick nach unten richtete und bemerkte, in welcher Höhe er sich befand. »Öffne auf der Stelle das Schott und fahr den Sims aus, oder ich werde damit beginnen, dich zu durchlöchern.«

»Befehl kann nicht ausgeführt werden. Sämtliche Außenbordak-«

Hal zog den Blaster aus dem Gürtel. »Ich meine es ernst!«

Es zischte, als das Außen- und das Innenschott der Luftschleuse mit einem Schmatzen auseinanderfuhren. Hal stolperte in die Schleuse und hielt sich die Ohren zu, so laut hallte das Dröhnen der Triebwerke in dem engen Raum wider. Er zog die Sicherheitsleine aus dem Schrank, hakte ein Ende an seinem Gürtel fest und drehte sich um, um das andere Ende an der Haltevorrichtung zu befestigen. Doch dort, wo sich der entsprechende Haken eigentlich hätte befinden sollen, war nichts als eine glatte Metallfläche zu sehen. Nachdem er sich erfolglos nach irgendeiner anderen Halterung umgesehen hatte, gab er es auf und trat auf den Sims hinaus.

Mit zusammengebissenen Zähnen näherte er sich vorsichtig dem Rand des Vorsprungs und spähte in die Tiefe. Unter ihm drehte sich der Roboter langsam am Ende des Kabels um die eigene Achse. »Klunk!«, rief Hal. »Hey, Klunk!«

Der Roboter blickte zu ihm auf. »Kehren Sie lieber ins Schiff zurück. Es ist zu gefährlich hier draußen.«

»Kommt gar nicht in Frage. Hier, fang auf!« Hal spulte ein Stück der Sicherheitsleine ab und schwang es so, dass es über die Schulter des Roboters fiel. Klunk packte es mit einer Hand und schlang es sich um die Taille.

Sobald das Seil sicher befestigt war, begann Hal, es Hand für Hand langsam einzuholen, wobei er sich immer weiter zurücklehnen musste, um nicht das Gleichgewicht zu verlieren. Klunk reckte die Arme in die Höhe. Seine sich hektisch krümmenden Finger waren nur noch wenige Zentimeter vom Rand des Steges entfernt.

Plötzlich klang aus der Ferne ein Dröhnen auf, und als Hal nach unten blickte, entdeckte er einen silbernen Punkt, der rasend schnell auf sie zuschoss. »Oh, verdammt!«, stieß er gepresst hervor. »Beeil dich, Klunk! Da kommt ein Schiff!«

Er hatte kaum ausgesprochen, als das Schiff auch schon mit einem pfeifenden Heulen gefährlich nahe an ihnen vorbeijagte. Der Luftwirbel schüttelte die *Schwarze Möwe* durch, und Hal schrie vor Schreck auf. Der Sims schwankte wild unter seinen Füßen. Hal spürte, wie ihm das Seil durch die Finger glitt. Die losen Schlaufen zu seinen Füßen wickelten sich immer schneller ab, während der schwere Roboter am Ende des Metallkabels wie ein Pendel seitlich ausschlug und dabei die Sicherheitsleine mit sich zog.

Der lose Rest des Seiles hatte sich bereits fast vollständig abgespult, als sich Hal erinnerte, dass das andere Ende an seinem Gürtel befestigt war. Er tastete mit fliegenden Fingern nach dem Verschluss und versuchte verzweifelt, ihn zu öffnen.

Zu spät.

Das Seil straffte sich abrupt und riss ihn von der Plattform. Er erhaschte einen flüchtigen Blick auf Klunks überraschtes Gesicht, als er an ihm vorbeisauste, bis sein Sturz mit einem heftigen Ruck am Gürtel gestoppt wurde und er hilflos an der Sicherheitsleine durch die Luft schwang.

Hal öffnete die Augen und starrte auf die Fußsohlen des Roboters über ihm, dessen Worte er durch das Brüllen der Triebwerke nur undeutlich verstehen konnte.

»Kann Gewicht ... nicht mehr lange halten. Batterie ... fast leer.«

Kapitel 8

Gordon Hinchfig las aufmerksam den Bericht auf seinem Computermonitor durch. Die rot glühenden Ziffern spiegelten sich in seinen fast farblosen Augen. Mit sorgenvoller Miene ließ er den Blick über die Datenkolonnen wandern, und sein sonst so ebenmäßig glattes Gesicht nahm einen finsteren Ausdruck an, als er den Saldo am Ende des Geschäftsberichtes sah.

Die Tür seines Büros glitt zur Seite. Gordon hob den Kopf und sah seinen Bruder eintreten. »Hallo, Farrell. Was kann ich für dich tun?«

»Mir ein bisschen Geld leihen.«

Das Lächeln, das Gordon zur Begrüßung aufgesetzt hatte, verblasste. »Das haben wir doch bereits besprochen. Du weißt, dass ich das nicht tun kann.«

»Entspann dich, es ist nicht das, was du denkst.« Farrell legte seine Aktentasche auf Gordons Schreibtisch und zerquetschte dabei eine zerbrechliche Drahtskulptur. Er löste die Schnappschlösser, die mit einem lauten Knall wie von einem Pistolenschuss aufsprangen. »Ich weiß, wo wir eine Ladung Roboterteile herbekommen. Qualitätsware, alles, was wir nur brauchen, um die Produktion wieder anfahren zu können.«

»W-wo?«

»Dazu komme ich gleich.« Farrell überreichte Gordon einige Blätter Papier. »Hier hast du eine Liste mit dem Kram.«

Gordon warf einen Blick auf das Deckblatt und blätterte den Papierstoß mit wachsender Erregung durch. Schließlich blickte er mit leuchtenden Augen auf. »Das ist genug, um damit 300 Roboter zu bauen! Das hier ist Gold wert, pures Gold!«

Farrell grinste. »Nicht schlecht, was?«

»Verrat mir, wo steckt diese Lieferung?«

»Sie ist bereits unterwegs. Du wirst mir in Bezug auf einige Dinge vertrauen müssen.«

»Ich verstehe.« Gordon zog die zerquetschte Skulptur unter Farrells Aktentasche hervor und begann, sie wieder in Form zu biegen. »Über wie viel reden wir?«

»Hör mich erst zu Ende an, bevor du dich entscheidest.« Farrell beugte sich über den Schreibtisch. »Ich weiß von einem Piloten, der übel aufs Kreuz gelegt geworden ist, ein Freund eines Freundes. Er hat die Ladung im Voraus bezahlt, und als er sie abliefern wollte, musste er feststellen, dass der ursprüngliche Käufer pleite ist. Jetzt versucht er, sein Geld zurückzubekommen.« Er tippte auf den Papierstoß. »Der springende Punkt ist, es ist ihm egal, an wen er verkauft, solange er nur aus der Nummer wieder rauskommt.«

Gordon griff nach dem Telefon. »Gib mir seine Nummer, und ich erledige das sofort.«

»Es ist nicht ganz so einfach.« Farrell legte eine kurze Pause ein. »Also, der Pilot hat Schulden, und sollten seine Gläubiger von diesem Geschäft erfahren, würden sie über ihn herfallen und ihm das gesamte Geld sofort wegnehmen. Deshalb muss die Sache mit Fingerspitzengefühl gedeichselt werden.«

»Wenn er Schulden hat, sollte er sie begleichen«, sagte Gordon steif.

»Das wird er auch. In Form von geregelten Ratenzahlungen.«

»Du erwartest also von mir, dass ich dem Freund eines Freundes von dir eine beachtliche Summe Geld gebe, um von ihm im Gegenzug gestohlene Roboterteile zu bekommen?«

»Verdreh nicht die Tatsachen!«, fauchte Farrell. »Das tust du nämlich immer, immer ...«

»Was ist, wenn dieser Pilot zwar das Geld kassiert, die Teile dann aber nicht liefert?«, unterbrach Gordon seinen Bruder.

»Was, wenn es sich um Ware zweiter Wahl handelt, um Rückläufer? Was, wenn der Geldeintreiber diesem Piloten die Teile wegschnappt, bevor er sie uns übergeben kann?« Gordon seufzte. »Da gibt es nicht viel zu verdrehen, oder?«

»Du glaubst doch wohl hoffentlich nicht, dass ich das Geld aus der Hand geben würde, ohne die Ladung zuerst zu überprüfen.«

»Ich werde dir sagen, was ich denke. Ich denke, du wirst das Geld nehmen, mir anschließend ein paar Tage lang ausweichen und mir dann irgendeine komplizierte Ausrede auftischen.« Gordon stellte die Drahtskulptur wieder an ihren Platz zurück. »Wie groß sind die Schwierigkeiten, in denen du steckst?«

»Nichts, womit ich nicht allein zurechtkommen würde.« Farrell starrte seinen Bruder an. »Du täuschst dich in dieser Sache, ist dir das klar? Ich hätte mir diese Liste gar nicht ausdenken können, weil ich nicht die geringste Ahnung davon habe, wie man Roboter herstellt.«

Gordon ordnete die Papiere. »Das ist eine Menge Geld, von der wir hier reden, Farrell. Was, wenn man es dir mit Gewalt abnimmt?«

»Kennst du Terry?«

»Deinen Fahrer?«

»Ich werde ihn mitnehmen. Niemand wird etwas Dummes versuchen, wenn er dabei ist.«

»Hältst du das wirklich für klug? Ich habe nicht vergessen, was damals bei dieser Party für die Belegschaft passiert ist.«

»Terry ist ein guter Mann. Er ist zuverlässig.«

»Behalt ihn unter Kontrolle, ja? Wir können uns diese Art von Aufmerksamkeit nicht leisten.«

»Sicher, Gordon.« Farrell zögerte. »Also, heißt das, du gibst grünes Licht?«

»Es gibt da ein oder zwei Details, die ich noch klären muss, aber ich denke, ja.«

Farrell verkniff sich ein triumphierendes Grinsen. Gordon würde mitspielen!

»Zum Beispiel, wie willst du die Geldübergabe abwickeln?«

»Dieser Typ mit den Teilen befindet sich zurzeit in der Nähe von Seraph und wartet darauf, dass ich mich melde. Ich werde ein Firmenschiff brauchen.« Farrell reichte Gordon ein weiteres Blatt Papier. »Hier hast du eine Aufstellung aller Kosten plus meiner Kontonummer. Wenn du das Geld dort deponierst, zahle ich es dem Piloten aus, sobald er uns die Ware übergeben hat.«

Gordon musterte seinen Bruder argwöhnisch. »Wie viel springt dabei für dich raus?«

»Für mich? Nichts.«

»Ach, komm schon.«

Farrell ließ den Kopf hängen. »Ich dachte mir, wenn ich das Robotergeschäft rette, könntest du mir ein letztes Mal mit meinen Schulden helfen.«

Gordon nickte langsam. »Wenn du das Robotergeschäft rettest, werde ich genau das tun.«

*

Der donnernde Triebwerkslärm der *Schwarzen Möwe* ließ Hal fast taub werden, während er am Ende der Sicherheitsleine baumelte, doch das registrierte er kaum, weil er wie hypnotisiert auf das Landefeld einige Kilometer unter seinen Füßen starrte.

Ein Ruck lief durch das Seil. Hal riss den Blick von den aus dieser Entfernung wie Spielzeug anmutenden Gebäuden unter ihm los und blickte auf. Klunk, der nur noch mit den Fingerspitzen an dem Ladehaken hing, betrachtete Hal besorgt.

»Navcom sagt ... Triebwerke überhitzen!«, schrie er.

»Sag ihm, dass er landen soll!«, schrie Hal zurück. Er deutete mit einem Daumen nach unten.

Klunk schüttelte den Kopf. »Kann nicht senden, nur empfangen.«

Hal spürte, wie die Sicherheitsleine ein Stückchen durchrutschte, und überlegte sich seine nächsten Schritte. Wie verhielt man sich am besten, wenn man mitten im Nichts an einem Seil baumelte, dessen anderes Ende um die Taille eines Roboters geknotet war? Keine ganz einfache Frage, da seine Erfahrungen in diesem Punkt gegen null tendierten. Er konnte warten, bis Klunks Batterie endgültig leer war und zusammen mit ihm 4000 Meter tief in den Tod stürzen. Oder aber er wartete, bis ihm die Triebwerke der *Möwe* um die Ohren flogen, und er stürzte an ein brennendes Schiff gefesselt 4000 Meter tief in den Tod ...

Es musste eine bessere Möglichkeit geben.

Er blickte wieder auf und versuchte, die Entfernung zwischen Klunk und dem Sims abzuschätzen. Obwohl ihn nur zwei Meter vom Rand der Plattform trennten, war sie für den Roboter unerreichbar. Wenn er es schaffte, ihn zum Pendeln zu bringen ...

Hal winkte ihm zu. »Halt dich gut fest!«, rief er und packte die Sicherheitsleine mit beiden Händen. Er schwang die Beine rhythmisch vor und zurück, bis der Roboter und er wie ein Doppelpendel hin und her zu schwingen begannen. Als der Ausschlag groß genug war und sich Klunk wieder auf den Sims zu bewegte, deutete Hal mit dem Finger darauf und schrie: »Springen!«

Klunk ließ den Haken los, und für einen Sekundenbruchteil befanden sie sich im freien Fall. Dann lief ein heftiger Ruck durch das Seil, und Hals Gürtel wurde aufwärtsgerissen. Er sog die Luft zwischen zusammengebissenen Zähnen scharf ein und blinzelte die Tränen fort, die ihm plötzlich in die Augen geschossen waren. Als sich seine Sicht klärte, sah er, dass Klunk den Rand des Steges umklammert hielt und über seine Schulter in die Tiefe spähte.

»Was jetzt?«, rief der Roboter.

»Hochklettern!«

Klunk zog sich vor Anstrengung zitternd weiter hoch, bis sein Kinn auf einer Höhe mit dem Sims war.

»Weiter!«, schrie Hal.

»Ich hänge fest!«

Hal packte das dünne Seil, hangelte sich mühsam daran empor und verzog das Gesicht, als ihm die Sicherheitsleine schmerzhaft in die Hände schnitt. Mit brennenden Muskeln zog er sich Zentimeter für Zentimeter in die Höhe, bis seine Finger einen Fuß des Roboters berührten. Erst als er eine Hand um den Knöchel des Roboters krallte, erinnerte er sich wieder an Klunks asymmetrische Beine, die aussahen, als hätten ein paar verkaterte Mechaniker sie nach einem durchgezechten Wochenende im Dunkeln zusammengeschraubt. Er verscheuchte den Gedanken und streckte die andere Hand nach dem Kniegelenk des Roboters aus, doch seine tastenden Finger fanden an dem glatten Metall keinen Halt.

»Nehmen Sie meinen Arm!«, rief Klunk. Er löste eine Hand von dem Sims und streckte sie Hal entgegen.

Hal griff danach und zog sich über den Ellbogen und die Schulter des Roboters weiter in die Höhe. Irgendwann gelang es ihm, die Knie auf Klunks Schultern zu schieben und sich vollständig auf den Steg zu hieven, wo er eine Weile vor Anstrengung am ganzen Körper zitternd liegen blieb.

»Helfen Sie mir, wenn Sie bereit sind!«, rief Klunk. »Nur keine Eile!«

Hal spähte über den Rand des Steges. »Kannst du dich nicht weiter hochziehen?«

»Keine ausreichende Energiereserven.«

»Nicht loslassen!« Hal löste die Sicherheitsleine von seinem Gürtel und blickte sich verzweifelt nach irgendetwas um, woran er sie befestigen konnte. Vergebens.

Klunk löste eine Hand vom Steg und griff sich an die Brust, worauf dort eine Klappe aufsprang, aus der mehrere kleine Gegenstände in die Tiefe fielen. Er ignorierte sie und deutete auf eine Steckdose. »Energie … hier …«

»Ich hole ein Stromkabel!« Hal hechtete in die Luftschleuse und rannte auf die Brücke. Er warf sich mit dem Oberkörper über die Konsole, riss alle erreichbaren Klappen auf und warf den Inhalt zu Boden, bis er eine Kabelrolle gefunden hatte, mit der er zurück in die Luftschleuse lief. Er schob den Stecker in die Steckdose und eilte mit dem anderen Ende des Kabels auf den Sims vor der Luftschleuse zurück. Klunk hing immer noch am Rand des Steges. Der Kopf war ihm auf die Brust gesunken.

»Ich komme!«, rief Hal. Er legte sich flach auf den Sims und schob seinen Kopf über die Kante. »Klunk! Nimm den Stecker!«

Der Kopf des Roboters hing weiter reglos herab. Er zeigte keinerlei Reaktion.

Hal griff an seinem Oberkörper hinab und tastete nach der Steckdose. Seine Fingerspitzen strichen über den oberen Rand der Öffnung in Klunks Brust hinein, doch wie weit er sich auch streckte, er konnte die Steckdose nicht erreichen. »Klunk!«

Der Roboter baumelte weiter leblos am Rand der schmalen Plattform.

»Ich werde das noch bereuen«, murmelte Hal vor sich hin. Er ließ sich mit dem Unterkörper über den Rand des Steges gleiten, stellte die Füße auf die Schultern des Roboters, ging in die Hocke und beugte sich so weit seitlich hinab, bis er den Stecker des Stromkabels in die Steckdose schieben konnte.

Im selben Moment begann Klunk, sich wie ein Presslufthammer zu schütteln. »F-f-fal-sche … Sp-spa-annung …«

»Welche brauchst du?«

Klunk löste eine Hand vom Rand des Steges und griff nach dem Stecker. »Ra-aus-zie-iehen ...!«

Hal riss den Stecker heraus, und der Roboter erschlaffte.

»Schalter ... unter ... Steckdose ...«, flüsterte Klunk kaum hörbar.

Hal fand den Schalter, legte ihn um und schob den Stecker wieder in die Steckdose.

Ein Ruck lief durch Klunks Körper. »Wow, ich bin am Leben! Ich lebe!«

»So in etwa«, erwiderte Hal. »Aber ...«

»Passen Sie auf!« Ein gewaltiges Beben ließ Klunks Körper erzittern, und urplötzlich flogen sie hoch durch die Luft. Klunk vollführte eine perfekte Riesenfelge und landete geschmeidig wie eine Katze mit den Füßen auf dem Steg, während Hal flach auf den Rücken klatschte.

»Du bist verrückt!«, ächzte er. Er setzte sich auf und starrte den Roboter finster an. »Ich hätte dich lieber fallen lassen sollen, du Irrer!«

Klunks Augen glühten im Zwielicht in einem hellen Gelb. »Niemand kann mich töten!«, rief er mit einem wilden Lachen. »Ich bin unbesiegbar!«

Kapitel 9

Hal ließ sich im Pilotensitz zurücksinken und sah zu, wie der Autopilot das Fadenkreuz der Zielerfassung auf die immer größer werdende weiß-blaue Scheibe zentrierte, die Seraph IV war. Sie hatten den Hyperraumsprung von Lamira ohne irgendwelche Zwischenfälle hinter sich gebracht. Nach einem kurzen Flug durch den Normalraum und zwei Umkreisungen des Planeten ging das Schiff jetzt zum Zielanflug über. Auf dem Sichtschirm erschien ein grünes Rechteck mit der aktuellen lokalen Zeit. 17:30 Uhr.

Ein Stöhnen ließ Hal sich umdrehen. Klunk saß mit dem Rücken an eine Wand gelehnt auf dem Boden, den Kopf in die Hände gestützt, das Stromkabel in einem unordentlichen Knäuel neben sich.

»Unbesiegbar, was?«, fragte Hal spöttisch.

Der Roboter schüttelte behutsam den Kopf. »Ich hätte es wohl besser mit einer gedrosselten Ladung Strom versuchen sollen.«

»Wo sollen wir übrigens landen? Jerling meinte, du hättest die genauen Koordinaten.«

»Die Informationen wurden in meinen Datenspeichern deponiert, bevor ich an Bord gekommen bin. Ich muss mich mit dem Navcom verbinden, um sie ihm überspielen zu können.«

»Dann leg mal los.«

Klunk stand auf und trat ans Steuerpult, wobei er das Kabel hinter sich her zog. Er strich mit den Händen über die Konsole.

»Tiefer«, sagte der Navcom.

Aus den Lautsprechern quoll ein Schwall von Störgeräuschen hervor, als Klunk unter dem vorderen Konsolenvorsprung herumtastete. »Interessant.« Er warf Hal einen Blick zu. »Der Navcom ist mit einem nicht auf den Standard genormten Kommunikationsport ausgestattet.«

»Irgendwie überrascht mich das nicht.«

»Ich werde einen besonderen Adapter verwenden müssen, um den Datentransfer abzuschließen.«

»In Ordnung, lass dich nicht aufhalten. Wir sind auch so schon ziemlich spät dran.«

»Lassen Sie mich zuerst die Initialprogrammierung beenden.« Klunk ließ seine Hände über die Konsole wandern. Er drückte Tasten und klopfte auf Anzeigen. Die Lautsprecher gaben wiederholt Störgeräusche von sich.

Hal runzelte die Stirn. »Hör mal, während du da rumfummelst, jagt das Schiff mit sehr hoher Geschwindigkeit auf einen äußerst massiven Planeten zu. Ich möchte dir ja nicht den Spaß verderben, aber ...« Seine Brauen schossen in die Höhe, als der Roboter einen Stecker in die Vorderseite der Konsole schob. Die Lämpchen flackerten einen Moment lang, dann erlosch die Deckenbeleuchtung mit einem Plopp völlig.

Klunk löste die Verbindung und sah sich im schummrigen Licht der Instrumentenanzeigen auf der Brücke um. »Datentransfer ist komplett.«

»Also, da brat mir doch einer einen Storch«, ließ sich Hal vernehmen.

Klunk schüttelte den Kopf. »Tut mir leid, aber dazu fehlt mir das passende Zubehör.«

*

Farrell saß vor seinem Schreibtisch und stierte in seinen Computermonitor. Seit seinem Gespräch mit Gordon waren bereits zwei Stunden verstrichen, und in einer halben Stunde stand das Treffen mit Vurdi an. Konnte sich sein Bruder denn nicht schneller entscheiden?

»Ja?«, fragte er, als sein Terminal einen Piepton von sich gab.

»Gordon hier. Das Wartungspersonal ist gerade mit meinem Flieger fertig geworden. Hast du Zeit, ihn für mich abzuholen?«

»Sicher.« Farrell bemühte sich um einen gelassenen Tonfall. »Ich habe ohnehin nichts Besseres zu tun.«

»Ach ja, ich habe außerdem deine Zahlen durchgesehen. Warum enthält die Liste deiner Ausgaben zusätzliche Posten für Treibstoff und Landegebühren? Du benutzt schließlich ein Firmenschiff.«

Farrell grinste. Sein Bruder hätte einen hervorragenden Steuerprüfer abgegeben. »Tut mir leid, Gordon. Ich habe ein altes Kostenvoranschlagsformular für die Aufstellung verwendet. Offenbar habe ich vergessen, ein paar der Posten zu streichen.«

»Gut. Ich werde das korrigieren, die Endsumme entsprechend verändern und das Geld gleich anschließend auf dein Konto überweisen.«

Farrell seufzte erleichtert. Das würde ihm Vurdi vom Hals schaffen.

»Brauchst du vielleicht sonst noch irgendwas?«, erkundigte sich Gordon.

Ein paar Millionen und ein neues Haus, dachte Farrell. Er warf einen Blick auf seinen Notizblock. Nein, dafür konnte er arbeiten. »Damit wäre so weit alles geklärt.«

»Die Fabrikbelegschaft ist über die Lieferung informiert worden, und die Produktionsbänder werden wieder angefahren. Bist du dir sicher, dass du diese Teile auch wirklich besorgen kannst?«

Farrell nickte. »Überlass alles Weitere nur mir.« Unmittelbar nachdem Gordon aufgelegt hatte, schickte er Vurdi folgende Nachricht: *Treffen abgesagt. Schulden werden in voller Höhe beglichen.*

Jetzt musste er nur noch die Ladung in die Finger bekommen.

*

Die *Schwarze Möwe* schaukelte unruhig hin und her, als sie sich durch die dünnen Schichten der äußeren Atmosphäre von Seraph IV kämpfte. Klunk saß an der Steuerung, überprüfte die Instrumente und hantierte mit Schaltern und Reglern herum.

»Bist du früher schon einmal hier gewesen?«, wollte Hal wissen.

Klunk schüttelte den Kopf. »Auf Seraph IV wird in erster Linie Landwirtschaft betrieben, seine Bevölkerung besteht aus …«

Ein Krachen aus den Lautsprechern unterbrach ihn. »*Hier spricht das Schlachtschiff* Almeria *von der Imperialen Flotte Seraphs*«, klang eine Männerstimme auf. *Sie sind im Begriff, in ein Sperrgebiet einzudringen und werden hiermit aufgefordert, uns unverzüglich Ihre Identität, Ihre Flugkoordinaten und Ihre Absichten zu melden. Jede Weigerung, dieser Anweisung nachzukommen, würde Ihre sofortige Zerstörung zur Folge haben.«*

»Nur zu, Navcom«, sagte Hal.

»Sir, ich habe Modifizierungen in meiner Programmierung entdeckt, die mich auffordern, gefälschte Daten zu übermitteln. Bitte um Anweisungen.«

»Stammen diese Änderungen deiner ursprünglichen Programmierung von Klunk?«

»Bitte, definieren Sie Klunk.«

»Der Roboter, der gerade deine Transistoren gekitzelt hat.«

Klunk grinste.

»Ja, das ist die Quelle der Modifizierungen.«

»Schön, dann verfahre entsprechend der neuen Anweisungen.«

»Gefälschte Daten werden übermittelt.«

Die Lautsprecher knisterten und rauschten. *»Dieses Seraph IV ist … Imperiale bitte … Flottenblick … Danke, bingo.«*

»Was, zum Teufel, war *das?*«

Klunk warf Hal einen kurzen Blick zu. »Die Kommunikationssysteme des Schlachtschiffs wurden von einem Trojaner in Mitleidenschaft gezogen, den wir ihm soeben übermittelt haben. Sie halten uns jetzt für einen Asteroiden oder vielleicht sogar für einen kleinen Mond. Das lässt sich nicht eindeutig feststellen.«

»Was ist mit allen anderen Schiffen, die das Militär reinlotst? Es könnte jemand zu Schaden kommen!«

»Die Beeinträchtigung ist lediglich vorübergehender Natur. Wir müssen nur schnell landen und von ihren Ortungsschirmen verschwinden.«

Hal betrachtete den Sichtschirm, der eine detaillierte Karte der Planetenoberfläche zeigte. »Was stellen diese dunklen Flecken dar?«

»Ozeane.«

»Wo landen wir?«, fragte er, nachdem er die Karte noch etwas länger studiert hatte.

»Genau hier«, erwiderte Klunk und steuerte ein helles grünes Kreuz in die Mitte des Monitors. »Wir müssen darauf achten, keine bebauten Gebiete zu überfliegen.«

»Wo sind die?«

Auf eine Handbewegung Klunks hin färbten sich drei Viertel der Karte rot.

»Oh, komm schon! Wie sollen wir es denn anstellen, den gesamten Bereich zu umgehen?«

»Lassen Sie mich die nur schwach besiedelten Gebiete ausblenden.« Klunk wedelte mit der linken Hand über den Schirm, während er mit der rechten an einer imaginären Strippe zog. Die roten Flächen verblassten, bis nur noch ein Dutzend kleiner Flecken übrig waren.

»Das sieht schon etwas besser aus«, kommentierte Hal. Er betrachtete die Landezone und starrte auf einen flackernden roten Fleck am Rand der gekennzeichneten Fläche. »Ist das eine Stadt?«

»Das glaube ich nicht.« Klunk formte einen Kreis mit Daumen und Zeigefinger und blies hindurch. »Ein schwach industrialisierter Landstrich«, sagte er, nachdem sich der Fleck gelb gefärbt hatte.

In den Ecken des Bildschirms erschienen grün umrandete Rechtecke, durch die in schneller Abfolge Textblöcke liefen.

»Was hat das jetzt wieder zu bedeuten?«, wollte Hal wissen.

»Wir nähern uns der Planetenoberfläche.«

»Okay, halt dich zurück«, sagte Hal selbstbewusst. »Von jetzt an übernehme ich.«

»Ist Ihnen bewusst, dass wir bei völliger Dunkelheit landen werden?«

»Damit komme ich schon klar.«

»Sind Sie sich sicher? Ich meine ...«

»Ich bin mir sicher.« Hal streckte eine Hand aus und drückte eine große grüne Taste auf der Konsole. Ein kratzendes Geräusch hallte über die Brücke, gefolgt von einer automatischen Bandansage: *»An alle Besatzungsmitglieder, an alle Besatzungsmitglieder! Bitte bereiten Sie sich auf die Landung vor. Ich wiederhole: Bitte bereiten Sie sich auf die Landung vor!«*

Hal warf dem Roboter einen triumphierenden Blick zu und lehnte sich in seinem Sessel zurück.

Klunk beäugte die dunkle Planetenoberfläche auf dem Sichtschirm. Als ihm klar wurde, dass Hal offensichtlich nicht beabsichtigte, irgendwelche weiteren Maßnahmen zu ergreifen, räusperte er sich. »Werden Sie das Schiff nun landen oder nicht?«

»Alles Erforderliche ist bereits erledigt«, erwiderte Hal und deutete auf die grüne Taste.

»Wissen Sie überhaupt, wofür diese Taste gut ist?«

»Sicher weiß ich das. Damit wird das Landemanöver aktiviert.«

»Das ist ganz eindeutig nicht der Fall. Die Betätigung dieser Taste führt lediglich dazu, dass eine Warnansage über die Bordlautsprecher abgespielt wird.«

»Hör auf!«, sagte Hal lachend. »Ich drücke immer diese Taste, wenn ich irgendwo landen will.«

Klunk starrte weiter auf den Bildschirm, auf dem die Oberfläche von Seraph IV näher und näher kam. Dann nickte er langsam. »Ich nehme an, dass das auf vielen Planeten tatsächlich funktioniert. Dort erfasst Ihr Navigationscomputer den Leitstrahl des Raumhafens und kontrolliert den Sinkflug automatisch.«

»Du meinst ... in Wirklichkeit landet der Navcom die *Möwe* für mich?«

»Richtig, mit Unterstützung durch den Leitstrahl des jeweiligen Raumhafens.«

»Aber hier gibt es keinen Raumhafen und keinen Leitstrahl!« Hals Augen wurden groß. »Wir landen auf einem Feld!«

»Korrekt«, bestätigte Klunk. »Obwohl ich angesichts Ihrer Sinkgeschwindigkeit nicht die Bezeichnung ›landen‹ verwenden würde.«

Hal starrte auf den Bildschirm. Eben noch hatte er eine dunkle Fläche gezeigt, die nur hier und da von den vereinzelten Lichtquellen einer Stadt erhellt wurde. Jetzt konnte er bereits die dazugehörenden Häuser erkennen.

Auf dem Schirm blitzte ein großes rotes Kreuz auf. »Warnung«, meldete der Navcom ruhig. »Aufprall steht unmittelbar bevor.«

Hal sprang aus dem Pilotensitz. »Ich habe es mir anders überlegt«, sagte er hastig zu Klunk. »Du landest das Schiff.«

»Ich?«

»Du bist der Spezialist. Das hat Jerling jedenfalls behauptet.«

»Aber wir sind im Begriff, uns in den Boden zu bohren!«

»Dann solltest du lieber sofort etwas dagegen unternehmen!«

Leise vor sich hin murmelnd, ließ sich Klunk in den Pilotensessel sinken und übernahm die Steuerung. »Halten Sie sich fest«, sagte er über die Schulter. »Das dürfte ziemlich heftig werden.«

Kapitel 10

Schweißtropfen rannen Hal übers Gesicht, als die *Schwarze Möwe* dem Planeten entgegenstürzte. Klunks Kampf mit der Steuerung wurde vom Heulen der Triebwerke und dem Ächzen der Schwerkraftgeneratoren untermalt. Zwar schienen seine Bemühungen, die Sinkgeschwindigkeit zu verlangsamen, erste Früchte zu tragen, aber durch die Energiemengen, die er dabei freisetzte, wurde es auf der Kommandobrücke unangenehm heiß.

»Kannst du die Klimaanlage nicht wieder anschalten?«, erkundigte sich Hal.

»Nein. Wir benötigen die gesamte Energie für das Bremsmanöver.«

»Aber es ist heiß!«

»Was ist Ihnen lieber: Zu überleben, oder in einer behaglichen Umgebung zu sterben?«

»Das ist eine Fangfrage, richtig?«

»Warum befeuchten Sie sich nicht das Gesicht mit etwas kühlem Wasser?«

»Mir das Gesicht *befeuchten?* Was für eine Hightech-Lösung soll das denn sein?«

Klunks Hände flogen nur so über die Steuerkonsole. »Ich bin momentan leider ein wenig beschäftigt«, sagte er, als sich das Schiff schräg auf die Seite legte. »Könnten wir diesen Punkt vielleicht später weiter erörtern?«

»Falls es überhaupt so etwas wie ein Später gibt«, flüsterte Hal tonlos. »Werden wir es schaffen?«

»Die Triebwerke laufen mit vollem Umkehrschub, aber wir verlangsamen immer noch nicht stark genug.«

»Ich interpretiere das als ein Nein.« Hal starrte auf den Bildschirm. Das Feld war von der Größe eines Fingernagels zu einem ansehnlichen Rechteck angewachsen. »Kannst du denn überhaupt nichts machen?«

»Es gibt da eine letzte Sache, die ich versuchen könnte«, erwiderte Klunk. »Wenn es funktioniert, bremsen wir ab.«

»Und wenn nicht?«

»Dann wird Ihnen Ihr Schuldenproblem längst nicht mehr so wichtig erscheinen.« Klunk legte die Hand auf einen großen silbernen Hebel. »Halten Sie sich fest.«

»Festhalten?«, rief Hal. »Woran denn?«

Klunk drehte den Hebel herum und beugte sich über das Mikrofon des Navcoms. »Bremsschub auf 120 Prozent erhöhen«, sagte er laut und grinste über Hals verblüfften Gesichtsausdruck. »Das nennt man Grenzwerte überschreiten.«

Das Heulen der Schubdüsen verwandelte sich in ein schrilles Kreischen, und Hals Knie knickten unter der plötzlichen Belastung von sieben oder acht g ein. Auf die Konsole gestützt, starrte er mit zusammengebissenen Zähnen auf den Bildschirm. Alle Umrisse verschwammen vor seinen Augen, während die *Schwarze Möwe* jede handgeschweißte Naht bis zum Anschlag strapazierte. Der Boden schoss ihnen viel zu schnell entgegen.

»Achtung!«, schrie Klunk.

Die Landebeine des Schiffes bohrten sich in den Boden. Der harte Aufprall schleuderte Hal aufs Deck, der Rückstoß sofort wieder hoch in die Luft, bevor er reglos auf den kalten Metallplatten liegen blieb. Das Dröhnen der Triebwerke verebbte abrupt.

»Landung erfolgreich beendet«, durchbrach die ruhige Stimme des Navcoms die plötzliche Stille. »Ortszeit ist 18:00 Uhr.«

Hal blinzelte die Sterne fort, die vor seinen Augen umhertanzten, und setzte sich auf. »Gut zu sehen, dass das alte Mädel immer noch eine anständige Landung zustande bringt.« Er stemmte sich mühsam hoch. »Heutzutage baut niemand mehr Schiffe wie dieses.«

»*So* sind diese Schiffe nie gebaut worden«, entgegnete Klunk mit einem schnellen Rundblick über die Kommandobrücke. »Es bedarf schon Jahre des Missbrauchs und der Vernachlässigung, um ein Schiff in einen derartigen Zustand zu versetzen.«

Hal grinste ihn an. »Gute Arbeit an der Steuerung.«

»War mir ein Vergnügen.«

»Jetzt sollten wir besser Regan Muller ausfindig machen und die Ladung an Bord schaffen.«

»Regan?« Klunk schüttelte den Kopf. »Sie meinen bestimmt Redge.«

»Jerling hat den Mann mir gegenüber Regan genannt.«

»Es spielt keine Rolle, was Mr. Jerling Ihrer Meinung nach gesagt hat. Der Name unserer Kontaktperson lautet Redge Muller.«

»Du scheinst dir da ja ziemlich sicher zu sein.«

»Ich habe unter Incubots in Ihrer Onboard-Datenbank nachgeschlagen.«

Hal hob die Brauen. »Wer hat dir eigentlich erlaubt, in meinem Schiff herumzuschnüffeln?«

Klunk wirkte unbehaglich. »Ich war neugierig.«

»Steck deine Sonden von jetzt an nicht weiter in meinen Computer.« Hal begab sich zur Luftschleuse und öffnete sie. Das Innenschott glitt mit einem schmatzenden Geräusch zur Seite. Ein Zischen verriet, dass der Druckausgleich hergestellt wurde.

»Es ist ein bisschen dunkel da draußen«, sagte Hal, während er durch das winzige Bullauge des Außenschotts spähte.

Klunk trat vor. »Möchten Sie, dass ich vorgehe und mich draußen ein bisschen umsehe?«, fragte er. »Ich kann meine Infrarotsensoren aktivieren und die Bilder auf den Hauptsichtschirm überspielen.«

Hal beäugte den Roboter misstrauisch. »Schon wieder scharf auf eine Interface-Direktverbindung mit meinem Schiff?«

»Nein, ich kann die Daten per Funk mit geringer Reichweite senden.«

Hal wollte gerade auf die Brücke zurückkehren, hielt aber plötzlich inne, als ihm eine Unstimmigkeit auffiel. »Ich dachte, dein Sender wäre defekt.«

»Nur eine loser Kontakt.« Klunk schob sich an Hal vorbei in die Luftschleuse. Das Außenschott öffnete sich knirschend, und Hal atmete tief ein, als sich ein Schwall kalter Luft in die *Möwe* ergoss. Er sah, wie Klunk auf den Außensteg trat und stehen blieb. Der Sichtschirm flackerte kurz und zeigte dann die Aufnahmen, die der Roboter mit der in seiner Brust integrierten Kamera machte.

»Können Sie die Bilder empfangen, die ich sende?«, rief Klunk.

»Mach weiter.«

Der Roboter stapfte die metallene Rampe hinunter, um sich mit ihrer Kontaktperson zu treffen. Anfangs wackelte und hüpfte das Bild auf dem Monitor heftig, beruhigte sich aber allmählich und zeigte schließlich einen grünen Umriss, der sich dem Schiff näherte. Hal betrachtete das Geschehen aus schmalen Augen, unsicher, ob es sich um ein Fahrzeug oder um einen Baum handelte. »Navcom, kriegst du die Aufnahme etwas sauberer rein?«

»Negativ. Das Signal wird durch eine starke elektromagnetische Interferenz überlagert.«

»Wie ein Störsender? Ein Spionagestrahl?«

»Nein, durch unsere Generatoren.«

Hal schnaubte. Die blassgrüne Gestalt auf dem Sichtschirm näherte sich Klunk und streckte ihm eine Hand entgegen. »Vorsicht«, murmelte Hal.

Von draußen klang ein gedämpfter Schrei auf, als Klunk die

ihm dargebotene Hand begeistert schüttelte. »Sir, ich habe den Kontakt hergestellt«, meldete er.

»Status bestätigt!«, rief Hal zurück. »Wilco. Roger and out.« Er klopfte auf das Mikrofon. »Ist das Ding überhaupt angeschaltet?«

»Ja«, erwiderte Klunk. »Und Sie können das Schiff jetzt gefahrlos verlassen.«

*

Hal betrat die Schleuse und spähte hinaus. Das Ende der Rampe verschwand in der feuchten lockeren Erde eines frisch gepflügten Ackers. Die Strahlen aus mehreren im Rumpf verborgenen Scheinwerfern tauchten den Boden unter dem Schiff in grelles weißes Licht.

In der Luft hing ein leichter Nebel, der sich um eine kleine Waldinsel herum konzentrierte, in der unsichtbare nachtaktive Insekten zirpten. Neben dem Schiff verlief ein Maschendrahtzaun, der von verrosteten Stacheldrahtrollen gekrönt wurde. An ihm waren auffällige große Schilder mit diversen Werbeslogans befestigt: »Wir haben die Teile, die Sie brauchen!« »Die besten Preise auf ganz Seraph!« »Incubots: Wir schlachten aus und liefern!« Ein großes, momentan geschlossenes Doppeltor versperrte den Zugang zu dem Grundstück jenseits des Zaunes, doch in einen der Torflügel war eine kleine, augenblicklich offen stehende Tür eingelassen.

Hal schritt die Rampe hinab. Seine Schritte hallten dumpf von dem Metallgitter wider, auf dem der Nebel kondensiert war. Die Erschütterungen ließen Tropfen herabregnen, die im Licht der Scheinwerfer wie winzige Sterne funkelten.

Am Fuß der Rampe unterhielt sich Klunk mit einem großen schlanken Mann, der einen zerbeulten Hut mit breiter Krempe und einen knielangen Mantel trug. Das Gesicht des Mannes war schmerzverzerrt. Er massierte sich vorsichtig die rechte Hand. »Sie haben sich Zeit gelassen«, sagte er, die Augen im grellen Licht zu schmalen Schlitzen zusammengekniffen.

»Freut mich auch, Sie kennenzulernen.« Als er von der Rampe trat, sank Hal so tief in die feuchte Erde ein, dass er beinahe das Gleichgewicht verlor. Er fing sich wieder und streckte die Hand aus. »Hal Spacejock.«

»Entschuldigen Sie, wenn ich Ihnen nicht die Hand schüttle, aber Ihr verdammter Roboter hat mir gerade die Finger gequetscht.«

»Er ist nicht mein Roboter. Ich habe ihn nur hierher mitgenommen. Hören Sie mal, klären Sie doch bitte eine Sache für mich. Sind Sie Redge oder Regan Muller?«

»Keiner von beiden. Mein Name ist Bevan.«

»Aber wir sind hier doch am richtigen Ort, ja? Das ist doch Incubots?«

»Korrekt.«

Hal blickte sich um. »Also, wo ist die Fracht?«

»Nicht so schnell, mein Lieber. Ich muss zuerst Ihre Legitimation sehen.«

»Wie bitte?«

»Legitimation.« Bevan hob eine Hand und hielt Daumen und Zeigefinger ein kleines Stückchen auseinander. »Ein Datenchip von etwa dieser Größe.«

»Jerling hat nichts von irgendeiner Legitimation erwähnt.« Hal wandte sich an Klunk. »Weißt du irgendwas darüber?«

»Ich kenne mich nicht aus mit geschäftlichen Praktiken.«

»Es muss immer einen Chip für diese Art von Jobs geben«, erklärte Bevan. »Ihr werdet den Kram nicht mitnehmen, wenn ihr nicht irgendeine Legitimation vorweisen könnt.«

»Also, jetzt hören Sie mal zu, wenn Sie glauben, dass ich die ganze Strecke nach Forg zurückfliege …«

Bevan brach in lautes Gelächter aus. »Alle Neulinge werden

von uns auf diese Art verarscht«, sagte er und wischte sich eine Träne aus dem Augenwinkel. »Ist doch zum Lachen, was?« Er schob sich zwei schmutzige Finger zwischen die Lippen und stieß einen ohrenbetäubenden Pfiff aus. Von jenseits des Zaunes ertönte ein Rasseln, worauf beide Torhälften aufschwangen und ein schwerer Traktor herausfuhr. Er sank tief in die weiche Erde ein, doch die breiten Ballonreifen hatten genug Griff, um nicht durchzudrehen und mehrere überdachte Anhänger über das unebene Gelände ziehen zu können.

Hal beäugte das Gespann. »Wie viel Zeugs haben Sie denn überhaupt für uns?«

»So viel, wie wir in die Finger kriegen konnten«, sagte Bevan. »Jerling steht unter Strom.«

Während sich der Traktor durch den Acker in Richtung des Schiffes wühlte, baute sich Klunk vor Bevan auf. »Entschuldigen Sie, bitte.«

Bevan musterte den Roboter von Kopf bis Fuß. »Yeah?«

»Ich sollte mich eigentlich bei einem Redge Muller melden.«

»Das dürfte nicht ganz einfach werden. Redge ist bereits vor fünf Jahren gestorben.«

Klunk wirkte schockiert. »Gestorben?«

»Yeah. Danach hat dann sein Sohn Regan den Laden übernommen.«

Hal warf Klunk einen triumphierenden Blick zu. »Ich habe dir ja gesagt, dass Regan unser Mann ist.«

»Aber laut dem Datenspeicher der *Schwarzen Möwe* ...«

»Der ist wahrscheinlich älter als du.« Hal beobachtete den Traktor, der sich durch die feuchte Erde kämpfte. »Wie viel wiegt diese Ladung?«

»Einiges.« Bevans Blick ruhte immer noch auf Klunk. »Bist du einer von Jerlings Robotern?«

Klunk runzelte die Stirn. »Ich arbeite für Mr. Jerling, ja.«

»Er hat dich hergeschickt, richtig?«

»Seine Angestellten haben mich angewiesen, mich direkt bei Ihnen zu melden.« Klunk nickte. »Ein paar von meinen Teilen funktionieren nicht mehr richtig.«

»Na, was für eine Überraschung«, murmelte Bevan. »In Ordnung, dann geh zu Regan auf das Gelände. Du findest ihn im Büro.«

»Verabschiedest du dich jetzt?«, wollte Hal wissen, als Klunk Anstalten machte zu gehen.

Klunk grinste ihn an. »Ich komme wieder.«

Bevan sah zu, wie der Roboter durch den morastigen Acker stakste. »Die Alten sind die Schlimmsten«, knurrte er, als Klunk außer Hörweite war. »Die kommen ständig auf dumme Gedanken, verstehen Sie?« Er spuckte auf den Boden. »Glauben, sie wären schlauer als wir.«

»Na, was für eine Überraschung«, sagte Hal spöttisch.

Der Traktor hielt vor der Ladeluke der *Schwarzen Möwe.* Ein gedrungener grauer Roboter sprang aus der Fahrerkabine, dem zwei derb aussehende Männer folgten, die sich ihre schmuddeligen T-Shirts in den weiten Bund ihrer Jeans stopften. Sie hielten sich im Hintergrund, während der Roboter an den ersten Anhänger trat. Er öffnete eine kleine Klappe und drückte einen darunter verborgenen Knopf, worauf sich nacheinander alle Plastikabdeckungen der Anhänger hoben und zusammenfalteten. Auf den Ladeflächen kam eine Reihe roh gezimmerter Holzkisten zum Vorschein, auf die jemand mit roter Farbe *VORSICHT! ZERBRECHLICHE WARE!* gepinselt hatte.

Hal betrachtete die Kistenstapel voller Sorge. »Das ist aber eine Menge Fracht.«

»Es kommen sogar noch zwei Ladungen dazu.«

»Sie machen Witze!« Hal starrte Bevan an.

Bevan grinste. »Yeah.« Er deutete auf die Männer, die gemächlich zu dem ersten Anhänger schlenderten und die Hände auf eine der Kisten legten. Sie hoben sie unter ausgiebigem Fluchen, Ächzen und Keuchen herunter und begann sich dann darüber zu streiten, wer von ihnen rückwärts gehen musste. Währenddessen schnappte sich der Roboter eine andere Kiste und trug sie trotz ihres beachtlichen Gewichts mühelos an den beiden Männern vorbei. Als er das Heck des Schiffes erreicht hatte, blieb er stehen und wartete.

»Wollen Sie nicht den Frachtraum öffnen?«, fragte Bevan.

»Bin schon unterwegs.« Hal begab sich zum nächsten Landebein, klappte eine kleine Abdeckung auf und drückte auf einen Knopf. Die Hecktüren glitten auseinander. Eine große Rampe schob sich mit einem Knirschen und Kratzen aus der Unterseite des Schiffes hervor, bis ihr Ende über dem grauen Roboter schwebte; der wich langsam zurück. Hal drückte einen weiteren Knopf. Die schwere Rampe hob sich noch eine Handbreit und fiel dann unvermittelt mit einem lauten Zischen herab.

»Pass auf!«, brüllte Bevan.

Der Roboter ließ seine Kiste fallen, warf sich flach in den Morast und war nicht mehr zu sehen, als die Rampe auf dem Boden aufprallte.

»Heben Sie die verdammte Rampe an!«, schrie Bevan und rannte los.

Hal lugte hinter dem Landebein hervor. »Was?«

»Fahren Sie das Ding hoch!«

Als Hal an den Kontrollen herumhantierte, löste sich die Rampe zitternd und ruckend aus der feuchten Erde und gab den Roboter frei, der mit dem Gesicht nach unten im Schlamm lag und sich mühsam hochstemmte. Die Kiste neben ihm war zur Hälfte im weichen Boden versunken. »Nichts passiert!«, rief Hal. »Los, zieh die Kiste raus!«

Bevan beäugte die schwankende Rampe. »Sind Sie sicher, dass das Ding diesmal da oben bleibt?«

Hal nickte. »Nein.«

Bevan schoss wie der Blitz unter die Rampe, packte die Kiste mit beiden Händen und versuchte, sie aus dem Griff des Morasts zu lösen, indem er mit aller Kraft daran rüttelte. Der Roboter richtete sich auf die Knie auf, schüttelte den Kopf und schleuderte dabei Schlammspritzer nach allen Seiten, die auf Bevans Mantel klatschten.

»Vorsicht!«, schrie Hal.

Bevan hechtete unter der Rampe hervor und landete mit dem Gesicht voraus im Morast. Der Roboter rannte einfach über ihn hinweg und drückte Bevans Gesicht dabei durch sein Gewicht noch tiefer in den weichen Boden. Bevan stemmte sich wieder hoch und spuckte einen Mund voll Erde aus. Er starrte ängstlich in die Höhe, wo die Rampe über ihm immer noch schräg in die Luft ragte. »Was, zum ...«

»Tut mir leid«, sagte Hal. »Ich dachte, das Ding würde fallen.«

Bevan sprang auf und ging auf Hal zu. »Wenn ich denken würde, dass Sie das absichtlich gemacht haben ...«

»Nein, das war ein Versehen.« Hal drückte einen Knopf, und die Laderampe fiel wieder in den Morast zurück. »War aber trotzdem irgendwie lustig, was?«

Bevan starrte Hal lange und finster an, bevor er auf dem Absatz kehrtmachte und dem Roboter eine Reihe von Befehlen zuschrie. Der Roboter packte die Kiste, stapfte damit die Rampe empor und verschwand im Inneren des Schiffes. Ein dumpfes Poltern klang aus dem Frachtraum auf, als er die Kiste fallen ließ und sich wieder auf den Rückweg machte. Mittlerweile waren die beiden Männer dabei, ihre Kiste zum Fuß der Rampe zu schleppen, wobei sie sich immer noch lautstark darüber stritten, wie sich die Last am besten tragen ließ.

Hal vernahm ein tiefes Summen in der Ferne, und als er in die Richtung sah, aus der das Geräusch kam, entdeckte er ein rot blinkendes Licht, das sich dicht über den Horizont bewegte. »Was ist das?«

»Patrouillen«, sagte Bevan. Er wischte sich das lehmverschmierte Gesicht mit dem Ärmel seines Mantels ab. »Die werden Sie vermutlich abschießen, sobald Sie gestartet sind.«

Das Licht verschwand, und Hal drehte sich zu seinem Schiff um, wo die beiden Männer gerade den Laderaum mit ihrer Kiste erreichten. Plötzlich wurde ihm bewusst, dass die Durchgangstür zur Kommandobrücke offen stand. »Ich werde mir was zu essen holen«, sagte er. »Schreien Sie, wenn Sie mich brauchen.«

*

Klunk näherte sich in freudiger Erwartung dem Firmengelände von Incubots. Zum ersten Mal seit Jahren bemerkte er weder das Ächzen und Knirschen in seinen Knien und Ellbogen, noch registrierte er die Steifheit seines Halses. Schon in wenigen Tagen würden alle Schmerzen und Schwierigkeiten der Vergangenheit angehören.

Er schlüpfte durch die kleine Tür im Seitenflügel des großen zerbeulten Tores, betrat den Hof und blieb gleich wieder wie angewurzelt stehen. Das sollte eine Roboterfabrik sein? Er hatte weiß gestrichene Labore, saubere Räume, Ersatzteillager und von überall her das sanfte Summen von Hightech-Maschinen erwartet. Stattdessen sah er lediglich zwei baufällige Gebäude, zwei Blechschuppen und einen großen Haufen schmutzigen Schrotts inmitten eines ansonsten leeren ölverschmierten Geländes.

Der Roboter beäugte das erste Gebäude. Es stimmte zwar, dass Mr. Jerling ein riesiges Unternehmen von einem alten Schuppen aus lenkte, aber selbst Walter Jerling wäre es vermutlich schwer gefallen, aus dieser Bruchbude heraus auch nur einen Bauchladen zu betreiben. Was nicht zuletzt daran lag, dass das Gebäude nicht einmal über ein Dach verfügte. Nein, korrigierte er sich, es hatte schon ein Dach, aber die verbogenen Streben und Tragbalken mit den großen rostigen Dachschindeln ruhten nicht auf den Mauern, sondern lagen direkt auf dem Boden. Zumindest vermutete Klunk, dass sich irgendwo unter dem Dach so etwas wie ein Fußboden befand, denn der Rest des Grundstücks war mit einer knietiefen Schicht aus Schrott und Abfall bedeckt.

Das zweite Gebäude befand sich in einem etwas besseren Zustand, es hatte zumindest ein reguläres Dach. Der Umstand, dass nur rund die Hälfte der Fensterscheiben zerbrochen waren, stimmte Klunk schon optimistischer, und die Existenz einer Eingangstür, über der ein Schild mit der Aufschrift »Büro« hing, war einigermaßen ermutigend.

Er trat ein und fand sich in einem kleinen Verschlag wieder. Vor einem windschiefen Schreibtisch saß ein Mann, der die Füße auf die Tischplatte gelegt hatte und gerade in ein Sandwich beißen wollte. Als er Klunk bemerkte, ließ er das Sandwich wieder sinken. »Was willst du?«

»Ich suche Regan Muller.«

»Du hast ihn gefunden. Lass hören.«

»Mr. Jerling hat mich geschickt.«

»Ah.« Regan zog eine Schublade auf und entnahm ihr ein zerfleddertes Notizbuch und einen Bleistiftstummel. Er blätterte das Buch bis zur Mitte durch und hielt den Bleistift schreibbereit. »Alter?«

»Etwas über 30.«

»Wie viel älter?«

»Sechs Jahre«, gestand der Roboter.

»Du siehst älter aus.« Regan kritzelte in das Buch. »Irgendwelche verschlissenen Gelenke?«

Klunk berührte einen Ellbogen. »Manchmal habe ich Schwierigkeiten mit dem hier. Ich habe schon letztes Jahr Ersatz dafür angefordert, aber es waren leider keine Teile erhältlich.«

»Alle anderen Gelenke in Ordnung? Knie? Hüften?«

»Sind in Ordnung, danke.«

»Lückenhaftes Gedächtnis?«

»Ich habe eine Speicherbank als verdächtig markiert, weil sie gelegentlich fehlerhafte Daten liefert, besonders im Standby-Modus. Die drei anderen stammen von verschiedenen Herstellern.«

Regan verzog das Gesicht, während er in sein Buch schrieb. »Würde den Wert steigern, wenn jeweils zwei von der gleichen Art wären.«

»Ich glaube, sagen zu können, dass sie das sind.«

»Wie sieht's mit deinem Gehirn aus?«

»Ausgezeichnet«, sagte Klunk knapp. »Und mit Ihrem?«

Regan machte sich eine letzte Notiz, schlug das Buch zu und verstaute es wieder in der Schublade. »Okay, du kannst gehen. Bleib aber auf dem Hof und pass auf, dass du nicht nass wirst, wenn es regnet.«

»Wann werden Sie loslegen? Mit mir, meine ich.«

»Freitag geht die nächste Lieferung ab.« Regan zuckte die Achseln. »Deine Teile werden dabei sein.«

»Vielen Dank. Ich bin mir sicher, dass Mr. Jerling über die zügige Erledigung erfreut sein wird.«

»Das ist er immer.«

Klunk verließ das Büro und schlenderte in Richtung des Zauns, um nachzusehen, wie es mit der Beladung der *Schwarzen Möwe* voranging. Die Arbeit war noch in vollem Gange, und der Menge der verbliebenen Kisten nach zu urteilen, hatte er jede Menge Zeit, sich weiter umzusehen, bevor er sich von Hal verabschieden musste. Also erforschte er den Rest des Geländes. In einem der Blechschuppen entdeckte er einen heruntergekommenen Lastwagen. Der andere enthielt eine Auswahl von Werkzeugen, mit denen sich Metall zerkleinern ließ; handbetriebene Geräte mit langen Hebeln und robusten Schneiden.

Nachdem er die Gebäude inspiziert hatte, wandte sich Klunk den Schrotthaufen zu. Es gab mehrere davon, Berge ausrangierter Roboterteile – Arme, Beine, Torsohüllen, sogar ein paar Köpfe, alle verwittert und lehmverschmiert. Klunk runzelte die Stirn. Wieso lagerte die Fabrik die aussortierten Teile unter freiem Himmel zwischen, anstatt sie gleich wieder einzuschmelzen? Das schien ihm eine gewaltige Verschwendung wertvoller Metalllegierungen zu sein.

Neugierig geworden, näherte er sich dem größten Haufen. Ein weißes Aufblitzen erregte seine Aufmerksamkeit, ein Arm mit einem ungelenken Handballen und einer dreifingrigen Hand. Klunk hielt inne. Wieso stellte Incubots Ersatzteile für ein derart veraltetes Modell her? Der einzige LFE-15, den er jemals kennengelernt hatte, war der alte Roboter, der den Imbisswagen durch Jerlings Firmenbüros auf Forg schob. Alfie, das war sein Name. Vor einigen Monaten war er als letzter seiner Modellreihe an eine Familie in Forgtown verschenkt worden und hatte den Traumjob ergattert, sich um einen gebrechlichen alten Menschen kümmern zu dürfen. Klunk musste unwillkürlich lächeln, als er sich an Alfies glücklichen Gesichtsausdruck erinnerte, an das wohlig warme Gefühl, das er in diesem Moment verspürt hatte. Er hatte sich aufrichtig darüber gefreut, dass der alte Roboter auf eine solche Weise für all die langen Jahre treu geleisteter Dienste belohnt worden war. Die Menschen murrten häufig über Mr. Jerlings Geschäftspraktiken, aber der Mann wusste wirklich, wie man sich um seine Mitarbeiter kümmerte.

Klunk hob die Brauen, während er den Arm betrachtete. Wenn dieser Arm aussortiert worden war, hätte man sich nicht die Mühe gemacht, ihm ein Gelenk zu verpassen. Warum hatte er dann überhaupt eine Hand bekommen?

Der Roboter bückte sich, ergriff die gekrümmten Finger und begann, vorsichtig daran zu ziehen. Lose Blechteile rutschten scheppernd herab, als der Schrotthaufen in Bewegung geriet, doch der Arm steckte fest. Nachdem er sich schnell vergewissert hatte, dass ihn niemand beobachtete, mobilisierte Klunk all seine Kräfte und zerrte erneut an der Hand.

Der Schrotthaufen teilte sich, und ein Roboterkopf mit leeren toten Augen in einem verbeulten weißen Gesicht kam zum Vorschein. Es folgte eine Schulter, und als Klunk weiter zerrte, förderte er den Rest des begrabenen Roboters zutage, der die Böschung herabrutschte, bis er mit dem Gesicht im Morast am Fuß des Müllberges steckenblieb. Klunk starrte entsetzt auf den ausgehöhlten Schädel, den verdrehten Hals und die zerkratzten Schultern. Und dann entdeckte er den Aufkleber mitten auf dem zerbeulten, lehmverschmierten Rücken des Roboters, auf dem handgeschrieben ein Name stand: Alfie.

Kapitel 11

»Es tut mir leid, Mr. Hinchfig, aber Mike ist gerade beschäftigt. Er kann ohne vorherige Anmeldung niemanden empfangen.«

»Jetzt passen Sie mal auf, Sie, Sie ...« Farrell verschluckte mühsam eine scharfe Entgegnung. Er atmete tief durch und musterte den Sekretär nachdenklich. »Arbeiten Sie schon lange in dieser Position?«

»Seit drei Jahren«, erwiderte der Sekretär unterkühlt. »Ihr Bruder hat mich befördert. Wenn Sie ein Problem damit haben, wie ich meine Arbeit mache, können Sie das gern mit ihm erörtern.«

Farrell versuchte es mit einer anderen Taktik. »Sie wissen doch, dass unsere Roboterabteilung zurzeit in Schwierigkeiten steckt, stimmt's?«

»Tatsächlich?« Der Tonfall des Sekretärs deutete an, dass, wenn dem so war, die Schuld dafür vermutlich bei Farrell lag.

»Die Abteilung bekommt keinerlei Teile und kann deshalb keine neuen Roboter mehr bauen. Deshalb sind unsere Läden dazu übergegangen, gebrauchte Modelle zu verkaufen.«

»Und inwiefern ist das für diese Abteilung von Bedeutung?«

»Personalkürzungen.« Farrell beugte sich vertraulich vor. »Ich habe die Zahlen gesehen. Wenn Robots den Bach runter geht, wird mein Bruder zwei Drittel der Belegschaft entlassen.«

»Drohen Sie mir, Mr. Hinchfig?«

»Es ist Mike, um den Sie sich Sorgen machen sollten. Wenn der Einbruch stattfindet, werden hochbezahlte Computerprogrammierer zuerst entlassen. Sie stellen einen Luxus dar.«

»Einen Luxus? Diese Firma profitiert enorm von Mikes Arbeit. Die Werbespots und Firmennachrichten, die er produziert, würden ...«

»Erzählen Sie das der Finanzbuchhaltung.«

»Inwiefern würde sich irgendetwas an der Situation verbessern, wenn Sie jetzt mit Mike sprechen?«

»Es gibt da etwas, das er tun könnte, um die Roboterabteilung zu retten. Und damit alle Jobs, die an der Abteilung hängen.«

»Alles, was ich für einen Termin brauche, ist Mr. Hinchfigs Genehmigung.«

»Die haben Sie soeben erhalten.«

»Mike nimmt nur von Gordon Anweisungen entgegen. Warum bitten Sie Ihren Bruder nicht, sich diesen kleinen Auftrag von ihm genehmigen zu lassen? Wenn der Job wirklich so wichtig ist, wie Sie behaupten, wird Ihr Bruder mehr als glücklich sein, Mike damit zu beauftragen. Wenn nicht, haben Sie eben Pech gehabt.«

In diesem Moment öffnete sich die Tür, und ein junger Mann mit schütterem blondem Haar steckte den Kopf hindurch. »Wären Sie vielleicht so freundlich, etwas leiser zu sprechen? Ich arbeite gerade an einem komplexen Algorithmus, und ...«

»Mike!« Farrell eilte dem jungen Mann entgegen, ergriff seine Hand und schüttelte sie eifrig. Ohne zu zögern, schob er Mike zurück in sein Büro, schloss die Tür mit Nachdruck hinter sich und erstickte damit den Protest des Sekretärs. »Hören Sie, Gordon hat mich mit einem Auftrag zu Ihnen geschickt. Es dauert nur einen Moment.«

»Farrell Hinchfig, nicht wahr?« Mike zog die Hand zurück und deutete mit einer unbestimmten Geste auf das Büro. »Ich arbeite gerade an einer wichtigen Sache. Drängender Termin, Sie wissen schon. Alles wie immer viel zu eilig.«

Farrell sah sich kurz um. Der Raum war mit Geräten vollgestopft. Überall liefen Bündel farbiger Kabel entlang, das Licht von einem Dutzend Monitoren flackerte. Auf der Hälfte davon waren Gesichter zu sehen, die sich ständig fließend veränderten, von jung zu alt, von unscheinbar zu schön und über alle erdenklichen Varianten der Hautpigmentierung hinweg. Das Ergebnis war eine erstaunliche Vielfalt einzigartiger Charaktere, ein Schnelldurchlauf durch die Liste aller Personen, denen Farrell jemals begegnet war.

»Das Programm kann in weniger als fünf Minuten 10 000 Individuen generieren«, erklärte Mike, als er Farrells Interesse bemerkte. »In allen Einzelheiten und mit jeder erdenklichen Mimik und Gestik.«

»Das Material für die gefälschten Menschenmengen, richtig?«

Mike nickte. »Wir dürfen bei keiner einzigen Person schlampen, sonst könnte uns ein aufmerksamer Beobachter auf die Schliche kommen.«

»Die wirken wirklich sehr lebensecht.«

»Jedes Detail ist modelliert.«

Farrell bedachte Mike mit einem fragenden Blick. »Wirklich jedes?«

Mike errötete. »Sie müssen in jeder Beziehung akkurat ausgearbeitet sein, sonst würde ihre Kleidung nicht richtig sitzen.«

»In Ordnung, ersparen Sie mir den Rest.« Farrell verschränkte die Arme vor der Brust. »Hören Sie, Mike, Sie müssen eins von diesen Dingern für mich zusammenbasteln. Eine individuelle Arbeit nach einer bestimmten Vorgabe.«

»Suchen Sie sich was aus.« Mike deutete auf einen summenden grauen Kasten. »Ich habe einige tausend Simuloide da drin.«

»Ich will kein beliebiges Simu-Dings. Was ich brauche, ist die Kopie einer echten Person.«

»Das ist längst nicht so einfach, wie Sie sich das vielleicht vorstellen. Zuerst müssen Sie die betreffende Person abscannen, um ihre Konturen zu erfassen, die Daten dann für den Modellierer übersetzen, jedem einzelnen Muskel Elastizität verleihen ...« Mike schüttelte den Kopf. »Wir sprechen hier von mindestens acht Stunden Zeitaufwand, und ich hinke jetzt schon zwei Tage hinter meinem Zeitplan zurück.«

»Dieser Auftrag hat höchste Priorität, auf Befehl von ganz oben.«

»Gordon?«

»Ich habe mit meinem Bruder gesprochen, unmittelbar bevor ich zu Ihnen gekommen bin.«

»Also, wenn er gesagt hat, dass es in Ordnung geht ...« Mike wirkte skeptisch. »Er hat aber auch sehr darauf gedrängt, dass die nächste Serie von Firmennachrichten fertig wird.«

»Er drängt sogar noch mehr darauf, dass der Job, den ich für Sie habe, erledigt wird.« Farrell hob die Brauen. »Moment mal, haben Sie gerade gesagt, Sie müssten die Person, die Sie simulieren wollen, vorher abscannen?«

»Das ist die einzige Möglichkeit, um ein akkurat ausgearbeitetes Modell zu bekommen. Ich verwende drei verschiedene Laseraufzeichnungsgeräte, um den Körper von Kopf bis Fuß zu erfassen.«

»Das ist unmöglich.«

»Ich kann auch ein einigermaßen akzeptables Bild mit Hilfe eines Gesichtsabdrucks bekommen. Die Körpermaße können notfalls geschätzt werden, und mit der richtigen Kleidung lassen sich alle Ungenauigkeiten kaschieren.«

Farrell versuchte, sich eine Situation vorzustellen, die es ihm ermöglichte, einen Abdruck von Jerlings Gesicht zu bekommen. Sollte er zum Beispiel vorgeben, schon immer ein Fan von ihm gewesen zu sein? *Mr. Jerling, wie überaus aufregend, Sie kennenzulernen. Könnten Sie mir bitte ein Autogramm geben? Und wenn wir schon einmal dabei sind, würde es Ihnen etwas ausmachen, Ihr Gesicht in diese Schale mit nassem Gips zu drücken?* Er schüttelte den Kopf. »Dafür habe ich leider keine Zeit. Können Sie auch mit einer Videoaufzeichnung etwas anfangen?«

»Könnte ich, vorausgesetzt, sie zeigt die Frontal- und beide Profilansichten der betreffenden Person.«

»Ich habe eine Ansprache von ihm aufgenommen.« Farrell zog den Datenchip aus der Tasche.

Mike nahm den Chip entgegen. »Walter Jerling?«, fragte er überrascht, als er den beschrifteten Aufkleber auf dem Datenträger bemerkte.

»Yeah, aber Sie können den Namen getrost wieder vergessen, sobald wir die Sache erledigt haben.«

»Sie wissen, dass es illegal ist, die Simulation eines echten Menschen zu erstellen?«

»Es handelt sich lediglich um einen harmlosen Scherz. Ich möchte damit ein paar Freunde überraschen.«

»Sie haben gesagt, Gordon wäre damit einverstanden.«

»Ja, also ... es handelt sich auch um seine Freunde.«

»In Ordnung, aber Sie müssen mir ein paar Tage Zeit geben. Es ist eine zeitaufwändige Arbeit, und ich muss vorher noch einige andere Dinge erledigen.«

Farrell schüttelte den Kopf. »Ich brauche die Simulation in drei Stunden.«

»In drei Stunden! Allein der Entwurf ...«

»Was, wenn Sie sich auf Jerlings Kopf und die Schultern beschränken? Ich brauche nicht all die Gesten, von denen Sie gesprochen haben. Es reicht, wenn er den Mund bewegt.«

»Und blinzelt und lächelt und ...«

»Sie kennen Jerling offensichtlich nicht«, murmelte Farrell. Plötzlich fiel ihm etwas anderes ein. »Ach, ja, und er raucht ständig große dicke Zigarren.«

»Rauch funktioniert nicht, der wirkt immer unecht. Außerdem bräuchten wir dazu dann noch seine Hände. Die würden immer ins Bild kommen, wenn er mit der Zigarre herumhantiert.«

»Gut, dann also kein Rauch. Nur das Gesicht und die Stimme.«

»Die Stimme?«

»Natürlich. Ich habe vor, in ein Mikrofon zu sprechen, und er soll meine Worte dann mit seiner eigenen Stimme wiederholen.«

»Aber ...«

»Sie finden alles, was Sie brauchen, in der Aufzeichnung.« Farrell klopfte Mike auf die Schultern. »Kommen Sie schon, angeblich sind Sie der Beste. Gordon hat Sie gerade erst gestern in den höchsten Tönen gelobt und davon gesprochen, dass Sie die Firma mehr als einmal gerettet haben.«

»Das hat er gesagt?«

»Sicher. Als dieser neue Typ aus der Computerabteilung vor ihm herumschwadroniert hat. Er hat behauptet, er könnte ein halbes Dutzend junge Burschen anheuern, Ihre Geräte unter ihnen verteilen und der Firma so eine hochdotierte Stelle einsparen.«

Mikes Lippen wurden schmal. »Wirklich?«

»Yeah. Hey, da kommt mir gerade eine Idee ... Wenn Sie das Jerling-Simuloid machen, könnte ich es dazu benutzen, diesem großspurigen Kerl einen Job mit doppeltem Gehalt bei Jerling Enterprises anzubieten und ihn so dazu bringen, bei Gordon zu kündigen.«

»Das würden Sie für mich tun?«

»Wir müssen nun mal alle zusammenhalten, nicht wahr? Uns umeinander kümmern.«

Mike nickte. »Sie werden Ihren Simuloiden in drei Stunden bekommen«, versprach er. »Und wenn ich alle Computer der Firma dafür einspannen muss.«

*

Hal begab sich zum Verbindungsschacht in der Kommandozentrale und stieg die Leiter zum Unterdeck hinunter, wobei er sorgsam darauf achtete, nicht auf die defekte Sprosse zu treten. Als seine Füße die nackten Metallplanken berührten, flammte über ihm ein grelles Deckenlicht auf. Er kniff die Augen zusammen. »Dreh die Helligkeit runter, Navcom.«

Das blendende Licht verwandelte sich in ein mattes Glühen. Hal warf einen Blick durch den Gang zu der Tür, die in den Frachthangar führte. Er konnte die beiden Arbeiter auf der anderen Seite hören, den dumpfen Widerhall ihrer Stiefel auf dem hohlen Boden, ihre Flüche, mit denen sie eine schwere Kiste in die richtige Position dirigierten, und einen lauten Schmerzschrei, als sich einer die Finger klemmte. Über die Lärmkulisse hinweg waren die gleichmäßigen mechanischen Schritte des Roboters zu vernehmen, der unermüdlich eine Kiste nach der anderen in den Laderaum schleppte.

Hal wandte sich kopfschüttelnd ab. Arbeitsgesetze hin oder her, es war nur noch eine Frage der Zeit, bis man die letzten Menschen vollständig ersetzen würde. Roboter waren einfach verdammt viel effektiver als menschliche Arbeitskräfte.

Er quetschte sich zwischen der Leiter und der Wand hindurch und erreichte bereits nach wenigen Schritten das Ende des engen Flurs, von dem zwei Türen abzweigten. Auf der einen stand »Toilette«, auf der anderen »Küche«. Einen Moment lang fragte sich Hal, wie es um die Kompetenz von Raumschiffkonstrukteuren bestellt war, die eine Kombüse von gerade einmal der halben Größe der Toilette entwarfen. Verdiente denn nicht der Raum, in dem eine Mahlzeit zubereitet wurde, die doppelte Größe des Raumes, in dem man sie nach dem Verzehr wieder entsorgte?

»Vermutlich haben sie die Konstruktion von einem Haufen Roboter erstellen lassen«, knurrte er, während er die Küchentür aufstieß. Er klappte den Miniaturtisch aus der Wand und öffnete den Kühlschrank. Ein Hagelschauer aus Eispartikeln ergoss sich auf den zerschlissenen Bodenbelag, und Hal sorgte für weiteren Nachschub, als er zwischen den Lebensmittelbehältern herumhantierte. »Was, zum Teufel, ist das?«, fragte er und zog eine große Kugel aus dem Gefrierfach. Er las den Aufkleber und blickte ungläubig zur Kamera des Navcoms empor, die an der Küchendecke befestigt war. »Weihnachtspudding?«

»Laut meinen Unterlagen wurde dieser Klumpen Lebensmittel auf Xankor erworben. Man hatte Ihnen ein Sonderangebot unterbreitet.«

»Navcom, wenn ich eins von diesen Dingern auftaue, habe ich tagelang daran zu essen. Außerdem ist das keine richtige Mahlzeit.«

»Lassen Sie es mich so formulieren: Es deckt sich mit meiner Definition verdaubarer Materie.«

»Du solltest eine Hamburgerbude eröffnen.« Hal wackelte mit dem schweren Brocken vor der Kamera herum. »Das Ding mag zwar genießbar sein, aber es ist definitiv nicht *genießbar*. Kapiert?«

»Negativ.«

»Unter genießbar verstehe ich Nahrungsmittel wie Fleisch, Brot oder Gemüse.« Hals Blick wurde sehnsüchtig. »Pastete mit Pommes. Steak mit Pommes. Irgendwas mit Pommes!« Er schob den schweren Pudding zurück in den Kühlschrank und zog einen viereckigen Behälter hervor. »Dieses Zeug werde ich nicht noch einmal essen«, knurrte er und verstaute den Behälter ebenfalls wieder in den Tiefen des Kühlschranks. Genauso verfuhr er mit den nächsten drei Dosen, bis nur noch eine übrig blieb.

Er zog sie heraus und betrachtete das feuchte Etikett, das einen Haufen dampfender Fleischbällchen auf braunem Reis mit Unmengen von dickflüssiger Bratensoße zeigte. »Ich kann mich nicht daran erinnern, das hier schon einmal gegessen zu haben.«

»Es handelt sich um ein komplettes Gericht«, sagte der Navcom.

»Soll das vielleicht eine Ermutigung sein?« Hal schloss die Gefriertruhe und stellte den Behälter vor dem Herd ab. Als er die Klappe öffnete, ertönte ein Knirschen, und es kam eine runde, dunkle Öffnung zum Vorschein, deren Ränder dick mit den verkrusteten Überresten vergangener Mahlzeiten überzogen waren. Hal drückte den Behälter in die Öffnung, schloss den Deckel und zählte bis zehn, während sich der Herd unter seinen Händen erwärmte.

Er nahm den Behälter heraus und stellte ihn schnell auf den Tisch, bevor er sich die Finger verbrannte. Als er die Folie abzog, schlug ihm eine Dampfwolke entgegen, die ihm für einen Moment die Sicht raubte. Schließlich verflog der Dampf und gab den Blick auf eine Art dünne, ölige Suppe frei.

Hal rührte mit einer Einweggabel in der Flüssigkeit herum, worauf ein paar kleine braune Brocken an die Oberfläche stiegen. »Wenn ich einmal unanständig reich bin, werde ich die Hälfte meines Vermögens dazu verwenden, die Bastarde, die für dieses Zeugs verantwortlich sind, wegen irreführender Werbung zu verklagen«, sagte er.

»Das dürfen Sie nicht«, erwiderte der Navcom. »Auf dieses Recht haben Sie mit dem Öffnen des Behälters ausdrücklich verzichtet. Das ist ein fester Bestandteil der Endverbrauchervereinbarung.«

»Was für eine Endverbrauchervereinbarung?«

»Diejenige, die auf der Innenseite der Verschlussfolie steht.«

Hal bearbeitete einen der braunen Klumpen mit der Gabel. »Sind das wirklich Fleischbällchen?«, fragte er misstrauisch, als er die Gabel zurückzog, worauf das Gebilde sofort wieder seine ursprüngliche Form annahm.

»In Anbetracht der Höhe unseres Verpflegungsbudgets wohl eher nicht«, sagte der Computer.

Hal hielt sich in Gedanken die Nase zu, schob sich einen der Klumpen in den Mund und begann zu kauen. Und kaute. Und kaute … »Aromatisch«, stellte er fest, nachdem er es endlich geschafft hatte, das Ding herunterzuschlucken. »Navcom, wie viel kostet ein Gericht in einem anständigen Geschäft?«

»Mehr als Sie sich leisten können.«

»War ja klar.« Hals Magen grollte. »Ich kann mich nicht von diesem Zeugs ernähren, das ist dir hoffentlich klar.«

»Es ist essbar.«

»Nein, ist es nicht.« Hal schob den Behälter von sich und warf die Gabel daneben auf den Tisch. »Sobald Jerling mit dem Geld rüberkommt, werde ich die Hälfte davon in neuen Proviant investieren.«

»Und was ist mit Mr. Makalukar? Er wird Brutus damit beauftragen, Ihnen das gesamte Geld wegzunehmen.«

»Das glaubt er.« Hal grinste. »Schließlich habe ich ihm nicht verraten, wie viel mir Jerling für den Auftrag bezahlt, oder?«

*

»Es hat ein schreckliches Missverständnis gegeben.«

Regan blickte von seinem Monitor auf. »Was meinst du damit?«

»Ich habe das hier auf dem Hof gefunden.« Klunk legte Alfies zerschrammten Arm behutsam auf den Schreibtisch. »Ich habe diesen Roboter persönlich gekannt, er hat für Mr. Jerling gearbeitet. Irgendwie haben Ihre Leute … Also, sie haben ihn in seine Einzelteile zerlegt.«

»Natürlich haben wir ihn zerlegt. Wir haben die brauchbaren Teile ausgeschlachtet und den Rest weggeworfen.«

»Aber Mr. Jerling hat ihn hierher geschickt, damit er repariert und neu programmiert wird, und nicht, um ihn in Stücke reißen zu lassen!« Klunk beugte sich über den Tisch. »Ich war selbst auf Alfies Abschiedsfeier. Er ist in den Ruhestand versetzt worden, sollte als Pfleger zu einer Menschenfamilie geschickt werden!«

»Offensichtlich nicht«, sagte Regan mit Blick auf den Arm.

»Sie werden gewaltige Schwierigkeiten bekommen, wenn Mr. Jerling davon erfährt.«

Regan wirkte verblüfft. »Wieso das?«

»Weil seine kostbaren Roboter einfach weggeworfen werden!«

»Kostbare Roboter?« Regan schüttelte den Kopf. »Ich weiß nicht, was man dir erzählt hat, aber wir führen hier weder Reparaturen noch Neuprogrammierungen durch. Das hier ist nur ein Schrottplatz.«

»Incubots ist eine Fabrik!«, rief Klunk. »Neue Roboter, Reparaturen, Ersatzteile!«

»Mein alter Herr hatte tatsächlich mal eine Fabrik. Aber die ist schon vor Langem pleite gegangen.« Regan deutete auf ein blau-gelbes Schild mit der Aufschrift »Incubots Schrottplatz«, das an der Wand hing. »Siehst du? Ich betreibe einen Schrottplatz.«

Klunks Augen wurden groß. »Und Jerling weiß das?«

»Er ist mein bester Kunde.«

»Sie meinen ...« Der Roboter drehte sich um und starrte durch das schmuddelige Fenster nach draußen. Er konnte gerade noch erkennen, wie jenseits des Zaunes die Holzkisten in die *Schwarze Möwe* geladen wurden. »All diese Teile ... Stammen die von ausgedienten Robotern?«

Regan nickte. »Wir schlachten aus und liefern. Unser Firmenmotto.«

Klunk setzte einen entschlossenen Gesichtsausdruck auf. »Ich werde mit Mr. Jerling sprechen, sobald Sie mich repariert haben.«

»Dich reparieren?«

»Ja. Meine Reparatur! Mr. Jerling hat mich hierhergeschickt, um mich …« Klunks Blick fiel auf den lehmverschmierten weißen Roboterarm auf dem Schreibtisch vor ihm. »Oh …«

»Alle Maschinen nutzen sich irgendwann ab«, sagte Regan sanft. »Ich weiß, das ist ein Schock für dich, aber wenigstens werden deine Teile dazu beitragen, dass andere Roboter weiterfunktionieren können.«

Klunks Schultern fielen herab. »Kann ich mich wenigstens von Mr. Spacejock verabschieden?«

»Dem Piloten?«

»Wenn Sie es mir erlauben, werde ich keine Szene machen. Später, meine ich.«

»In Ordnung. Aber lauf nicht weg.«

»Sie haben mein Wort.«

*

Alle Kisten waren verstaut, und Bevans Traktor zog die Reihe der jetzt leeren Anhänger zurück durch das Tor im Zaun. Hal stand neben dem Steuerbord-Landebein, die Finger über der Schalttafel. Mit einer der Tasten schloss man die Hecktorflügel, aber er konnte sich einfach nicht mehr erinnern, welche es war, selbst wenn sein Leben davon abgehangen hätte.

Ein Schatten fiel über die Schalttafel. »Mittlere Taste, zweite Reihe.«

»Danke, Klunk.« Hal bedachte den Roboter mit einem kurzen Blick, während sich die Türflügel schlossen. »Alles in Ordnung?«

»Alles klar«, erwiderte Klunk tonlos.

»Du wirkst ein bisschen bedrückt. Sind die Mühlen in Ordnung?«

»Die Mühlen?«

Hal deutete in Richtung des Zauns. »Die Maschinen.«

»Ach, die.« Klunk seufzte. »Ja, die sind prima.«

»Warum dann diese Leichenbittermiene? Du bleibst nur ein paar Tage hier und bist schon bald wieder an Bord eines Raumschiffes.«

»Das stimmt. Auf mehreren Raumschiffen, vermute ich.«

»Hey, wir könnten uns ja später irgendwo treffen!«

Klunks Miene hellte sich auf. »Meinen Sie das wirklich ehrlich? Würden Sie das gern tun?«

»Aber sicher! Hör mal, du hast mein Schiff gerettet. Das Mindeste, was ich dafür tun kann, ist, dir einen Drink zu spendieren. Na ja, sagen wir, einen Ölwechsel oder so was.«

»Das ist sehr freundlich von Ihnen, Mr. Spacejock. Ich werde Sie in guter Erinnerung bewahren, so... solange ich das kann.«

Hal ergriff Klunks Hand und schüttelte sie fest. »Pass auf dich auf, Kumpel.«

Klunk setzte zu einer Antwort an, drehte sich dann aber wortlos um und eilte davon. Hal sah dem Roboter hinterher, wie er zum Tor humpelte und durch die kleine Personaltür verschwand, die hinter ihm ins Schloss fiel.

Kurz darauf schloss er die Abdeckklappe über der Steuertafel des Landungsbeins und wischte sich die Finger an seiner Fliegermontur ab. »Zeit, die Ladung auf den Weg zu bringen«, murmelte er und schritt die Rampe hinauf. Oben angekommen, warf er einen letzten Blick auf Incubots. Der Schrottplatz lag größtenteils im Dunklen, auch wenn sich hier und da ein Lichtstrahl auf einem Roboterteil oder einer öligen Wasserpfütze widerspiegelte. Von Klunk war weit und breit nichts mehr zu sehen.

Hal betrachtete den Hof noch ein bis zwei Minuten lang schweigend, bevor er sich umdrehte und das Cockpit betrat. »Luftschleuse schließen, Rampe einziehen und Motoren starten«, befahl er. »Lass uns von hier verschwinden.« Er ließ sich in den Pilotensitz fallen und sah zu, wie das Armaturenbrett zum

Leben erwachte und Reihe um Reihe der Anzeigen aufleuchteten, während die Systeme des Schiffes nacheinander hochfuhren. Schließlich kündete ein surrendes Geräusch aus dem Heck die Zündung des Haupttriebwerkes an, das in ein leises Grollen überging. Ein Zischen komprimierter Luft, gefolgt vom Winseln hydraulischer Pumpen, verriet, dass die Passagierrampe eingefahren wurde. Außen- und Innenschott der Luftschleuse fielen mit einem dumpfen Geräusch zu.

»Alles bereit?«, fragte Hal.

»Befehle analysiert und ausgeführt.«

»Gut. Schub erhöhen.«

Das Grollen steigerte sich zu einem Brüllen, und die Steuerkonsole begann zu rütteln. »Startbereit«, meldete der Navcom.

»Los!«, rief Hal. Die Konsole erzitterte so heftig unter seinen Füßen, dass ihm die Zähne aufeinanderschlugen. Das Heck der *Schwarzen Möwe* hob sich, und das Deck krümmte sich erkennbar, als die Landebeine des Schiffes Furchen durch den morastigen Acker zogen. Aus der Steuerkonsole erklang ein Zweitonträllern, und ein rotes Licht begann zu blinken. Hal umklammerte die Armlehnen. »Was ist los?«, schrie er.

»Kein ausreichender Schub verfügbar. Abheben unmöglich.«

»Maximale Beschleunigung!«

»Wird ausgeführt.« Die Triebwerke kreischten, Unrat wirbelte um die *Möwe* herum auf.

»Haben wir abgehoben?«, rief Hal, als die Schläge, die das Schiff durchschüttelten, nachließen.

»Flughöhe ein Meter. Wir bewegen uns auf das Incubots-Gelände zu.«

Hal ergriff den silbernen Hebel auf der Konsole und drehte ihn nach rechts und nach links. »Überirgendwas um 150 Prozent! 200 Prozent! Voller Notschub!«

»Maximumschub bereits aktiviert«, sagte der Navcom ruhig. »Bereit machen für Aufprall.«

Kapitel 12

Klunk hatte die Finger in den Maschen des Zauns verkrallt und presste das Gesicht gegen den rostigen Draht. Die *Schwarze Möwe* war nur undeutlich als dunkelgrauer Schemen vor dem Himmel sichtbar, die offene Luftschleuse ein schwarzes Loch in der Finsternis. Er schaltete auf Nachtsicht um, doch das Ergebnis war lediglich ein sattgrüner Klecks vor einem dunkelgrünen Himmel; kaum eine Verbesserung zum Normalsichtmodus.

Plötzlich klang vom Schiff her ein Grollen, und Klunk schirmte die Augen mit einer Hand ab, als die Landelichter aufflammten. Die Turbinen liefen an, und die Düsen stießen Rauchwolken aus, die sich in Dampfschwaden verwandelten, als die heißen Abgase auf den feuchten Boden trafen. »Bereit zum Abheben«, murmelte Klunk. Er lächelte in sich hinein. Mr. Spacejock hatte offensichtlich den richtigen Knopf gefunden.

Klunk tastete nach dem Tor. Das Schiff war jetzt von einer dichten Dampfwolke eingehüllt, in der es grün und rot aufblitzte. Der Lärm steigerte sich zu einem dumpfen pulsierenden Brüllen, und ein ohrenbetäubender Donnerschlag rollte über den Roboter hinweg, als die Haupttriebwerke zündeten. Klunk starrte gebannt in das grelle Leuchten, um nicht eine Sekunde des Starts zu verpassen. »Los, mach schon, hoch mit dir«, flüsterte er, während das Schiff auf seinen Landestützen schaukelte und versuchte, sich aus dem Griff der Gravitation zu befreien. Seine Stirn legte sich in Falten. »Weiter«, murmelte er. »Benutz die Hilfsdüsen.« Er lächelte erleichtert, als das Schiff einen oder zwei Meter in die Höhe stieg, doch dann driftete es seitlich weg, und wieder gruben sich Falten in Klunks

Stirn. »Sekundärdüsen zuschalten!«, rief er und rüttelte hilflos am Zaun. Das Schiff neigte sich in seine Richtung, glitt dicht über den Boden auf den Schrottplatz zu und wurde dabei immer schneller.

Die Landedüsen der *Möwe* spuckten weiße Flammen und frästen qualmende Furchen in den Boden, während sich das Schiff in dem vergeblichen Versuch, Höhe zu gewinnen, schnell dem Schrottplatz näherte. Die Ladeluke sprang auf. Kisten fielen aus dem Hangar herab, die beim Aufprall zerbrachen und ihren Inhalt über dem Acker verstreuten. Eine Landestütze nach der anderen streifte den unebenen Boden und versetzte das Schiff in Rotation.

Erst im letzten Moment warf sich Klunk flach auf den Boden. Der Zaun wölbte sich einwärts und fiel auf ihn herab, die Flammenlanzen aus den Düsen fauchten links und rechts knapp an ihm vorbei, dann war das Schiff über ihn hinweggeglitten, schwebte hüpfend und schwankend weiter über den Schrottplatz und ließ eine Spur verkohlten Unrats hinter sich zurück. Noch immer schneller werdend, plättete es auch den Zaun auf der gegenüberliegenden Seite, schoss in die Bäume hinein und pflügte eine Schneise aus zersplitterndem und schwelendem Holz in das Wäldchen.

Klunk sprang auf, um dem Schiff hinterherzurennen, doch dann erinnerte er sich an das Versprechen, das er Regan gegeben hatte: Er würde nicht weglaufen.

*

Hal setzte sich hustend in der Dunkelheit auf und rieb sich den Hinterkopf. Das Deck der Brücke war in einem verrückten Winkel geneigt, die Luft mit Staub erfüllt und die Instrumententafel tot.

»Navcom?«

Keine Antwort.

Hal zog sich am Pilotensitz hoch und stand auf. Er tastete nach der Steuerkonsole und ließ die Finger über die Schalter und Anzeigen gleiten, bis er einen kleinen Kippschalter fand. Als er ihn umlegte, flammte die Notbeleuchtung über dem Hauptbildschirm an und tauchte die Brücke in ein fahles blaues Licht. Die Schotts der Luftschleuse öffneten sich rumpelnd. Von draußen war das Knistern eines Feuers zu hören.

Mit wackligen Knien stolperte Hal das schiefe Deck hinunter zur Luftschleuse, die von einem flackernden roten Feuerschein erleuchtet wurde. Er spähte hinaus und entdeckte ein halbes Dutzend kleinere Brandherde, die sich durch das Unterholz fraßen.

RUMMS!

Fast wäre er vor Schreck aus der Schleuse gestürzt, als ein hellgelbes Bündel aus einer Seitenöffnung des Schiffes hervorschoss und im Gebüsch landete. Das Gebilde gab ein lautes Zischen von sich, und Hal sah, wie sich ein gelbes Rettungsfloß im zerfetzten Gestrüpp unter ihm entfaltete. Nachdem es sich vollständig aufgeblasen hatte, fuhr es einen biegsamen Mast aus, der im leichten Wind hin und her schwankte und an dessen Ende eine kleine rote Lampe wie verrückt blinkte.

»Was, zum Teufel, ist das denn?«, rief Hal verblüfft. Sein Herz raste immer noch wie wild. In den Bäumen zwitscherten einige Vögel. »Soll ich die dämliche Fracht vielleicht nach Forg rudern?«

Das Licht schien ihn mit seinem fröhlichen Aufblitzen zu verhöhnen.

Hal ließ sich hilflos auf den Sims vor der Luftschleuse sinken und vergrub den Kopf in den Händen.

*

»Tango Drei, Bericht!«

Die laute Stimme klang so unvermittelt aus der Dunkelheit auf, dass Klunk hinter einen Busch in Deckung ging. Vorsichtig streckte er die Arme aus und bog die Äste auseinander. Fast hätte er sie wieder zurückschnellen lassen, als er die Flanke eines schweren Panzers in kaum zehn Metern Entfernung erblickte. In der Fahrerkabine saß ein Soldat, dessen Gesicht von einem riesigen Headset verdeckt wurde. Klunk sah, wie der Mann sein Mikrofon aktivierte.

»Tango Eins ruft Tango Drei! Kommen, Tango Drei!« Der Soldat lauschte einen Moment lang und senkte dann den Kopf. »Nichts, Sir!«

»Irgendwas über das Schiff?«, erkundigte sich eine zweite Stimme.

»Negativ.«

»Verdammte Computer!«, fluchte die wütende Stimme aus den Tiefen des Panzers. »Wartet nur, bis ich den Kerl in die Finger kriege, der dieses Chaos veranstaltet hat!«

Klunk veränderte den Frequenzbereich seiner Empfangeinheit, bekam aber außer einigen Störgeräuschen keinen Sender herein. Jerlings Programmierung hatte mehr Schaden als erwartet angerichtet. Er zog sich ein Stückchen kriechend zurück, bevor er sich wieder aufrichtete und weiter durch das Unterholz schlich, wobei er einen weiten Bogen um den Panzer schlug. Schon bald hatte er wieder seine ursprüngliche Richtung eingeschlagen und folgte der unübersehbaren Spur der *Schwarzen Möwe* durch den Wald.

Rund zehn Minuten später stieß er am Ende einer Schneise aus zersplitterten Bäumen und angesengten Pflanzen auf das Schiff. Das Leitwerk der *Schwarzen Möwe* hatte sich in den Ästen eines Baumes verfangen, sodass ihr Heck schräg in den Himmel ragte.

Klunk näherte sich vorsichtig und blieb vor einem gelben

Rettungsfloß stehen. Er streckte eine Hand aus und zog an dem Mast mit dem blinkenden roten Licht, der wie ein Metronom zu schwingen begann. Während er ihn wie gebannt beobachtete, hörte er eine Stimme über sich.

»Was zur Hölle hast du hier verloren?«

Der Roboter hob den Kopf und entdeckte Hal, der auf dem schmalen Sims vor der Luftschleuse saß und die Beine herabbaumeln ließ. »Mr. Spacejock!«, rief er. »Geht es Ihnen gut?«

»Natürlich geht es mir gut!«, rief Hal zurück. »War nur eine etwas raue Landung, nichts weiter.«

In unmittelbarer Nähe ertönte ein Knirschen. Kurz darauf kippte ein großer Baum um und prallte mit einem dumpfen Schlag gegen den Schiffsrumpf.

»Ich dachte, Sie würden abheben.«

»Das dachte ich auch.« Hal zuckte die Achseln und runzelte dann die Stirn. »Und ich dachte, du solltest auf dem Schrottplatz bleiben.«

»Ich habe Regan versprechen, nicht wegzulaufen. Von langsamem Gehen war nie die Rede.«

»Wirst du keine Schwierigkeiten bekommen?«

»Wahrscheinlich schon.« Klunk richtete den Blick auf das gelbe Rettungsfloß. »Warum haben Sie das Floß ausgeworfen?«

»Das war ich nicht.« Hal deutete mit dem Daumen hinter sich. »Es hat sich von selbst aus dem Rumpf herauskatapultiert, nachdem ich, äh ... gelandet bin.«

Klunk hob einen Arm. »Ist Ihnen klar, dass diese Antenne ein Notrufsignal ausstrahlt?«

»Und?«

»Ich habe gerade einen Panzer hier im Wald gesehen. Man sucht Sie. Und dieses Funksignal könnte die Leute direkt zu Ihnen führen.« Klunk riss die Antenne von dem Floß und zerquetschte das blinkende Licht zwischen den Händen. »Wir müssen sofort von hier verschwinden.«

»Wir?«

Klunk sah ihm in die Augen. »Sie glauben doch nicht wirklich, dass Sie es schaffen, allein aus diesem Schlamassel wieder herauszukommen, oder?«

*

Die Klappe zu den Schaltelementen vor dem Innenschott des Hangars stand offen und enthüllte eine Reihe weißer Plastikkabelstränge, die halb unter einem Gewirr roter und blauer Drähte verborgen waren. Auf der Klappeninnenseite klebten über jedem der Kabelstränge handbeschriftete Etiketten. Der Steckplatz unter dem mit »Navcom« beschrifteten Aufkleber war frei.

Klunk hielt das Navcom-Modul gegen das Licht und kniff die Augen in dem Versuch zusammen, dem Verlauf der dünnen grünen Schaltungen in dem roten Plastikglaskästchen zu folgen.

»Ich dachte, dafür gäbe es spezielle Werkzeuge«, sagte Hal.

»Die habe ich auch«, erwiderte Klunk. Seine Augen vergrößerten sich. »Diese hier.«

»Sind sie dafür gut genug?«

»Nicht wirklich, aber sie sind leider alles, was ich habe.« Klunk ließ die Hand sinken. »Und sie sind gut genug, um mir zu verraten, dass dieses Modul nicht mehr funktionstüchtig ist. Sagen Sie mir, wo bewahren Sie die Reserveteile auf?«

»Du machst wohl Witze? Ich besitze nicht einmal Reservelebensmittel.«

»Aber ...«

»Du musst es einfach irgendwie hinflicken.«

»Flicken?«, fragte Klunk tonlos. »Diese Module werden von hochspezialisierten Technikern gezielt für ganz spezielle Schaltungen zusammengebaut. Ich kann da nichts hinflicken.«

»Warum ersetzt du das Ding dann nicht durch eins der anderen Module?«

»Das ist ...« Klunk musterte die Aufkleber nachdenklich. »Das ist gar keine schlechte Idee.« Er fuhr mit den Fingern an den Modulen entlang und hielt vor einem Aufkleber mit der Aufschrift »Kühltank-Eindämmungsfeld« inne. »Dieses hier müsste passen.«

»Brauchen wir das nicht?«

»Es ist eine Reserveeinheit«, sagte Klunk. Er zog das Modul ab und schob es in den freien Steckplatz. »Das sollte funktionieren.«

Aus dem Deckenlautsprecher ertönte ein Piepton. »Bootsequenz initiiert. Betriebssystem Antares Version Null-Punkt-Sechs Drei Beta wird geladen.«

Hal blickte auf. »Navcom, kannst du mich hören?«

»Eingabefehler«, meldete der Navcom. »Drücken Sie eine beliebige Taste, um fortzufahren.«

»Override Delta Sechs«, sagte Klunk.

»Fehlermeldung überbrückt. Wünschen Sie, dass weitere Fehlermeldungen unterdrückt werden?«

»Ja, bitte.«

»Bootsequenz vollständig ausgeführt«, verkündete der Navcom nach mehreren Sekunden Schweigen. »Erwarte Befehlseingabe.«

»Ich weiß, wie's jetzt weitergeht«, sagte Hal. »Starte die Motoren und lass uns von hier verschwinden.«

Klunk schüttelte den Kopf. »Wir müssen zuerst einen vollständigen Satz Diagnoseläufe durchführen.«

»Navcom, befolge seine Anweisungen.«

»Anweisung bestätigt. Beginne Diagnosedurchläufe.«

Klunk schloss die Zugangsklappe. »Das könnte zehn oder fünfzehn Minuten dauern. Ich schlage vor, dass wir die Zeit nutzen, um Gewicht zu reduzieren. Alles, was nicht unbedingt benötigt wird, muss von Bord. Einrichtungsgegenstände, Verkleidungselemente ... einfach alles.«

»Moment mal!«, protestierte Hal. »Wir sprechen hier von *meinem* Schiff.«

»Mr. Spacejock, wenn Sie diese Fracht nicht abliefern, werden Sie kein Schiff mehr haben.«

»Guter Punkt.«

»Haben Sie eine atomare Schneidvorrichtung an Bord?«

»Nein, aber dafür etwas fast genauso Gutes.« Hal öffnete einen Spind und entnahm ihm zwei Zylinder mit einem zusammengerollten Gummischlauch.

»Was ist das?«, erkundigte sich Klunk.

»Ein Sauerstoffschweißbrenner.«

»Wie bitte?«

»Damit kann man Metall schneiden.« Hal deutete auf einen silbernen Hebel. »Man öffnet die Ventile, reguliert den Durchlass ein bisschen und achtet auf einen gewissen Sicherheitsabstand.«

»Einen wie großen Abstand?«

»Nun ja, ich werde mich solange auf der Brücke aufhalten.«

Klunk nahm die zerbeulten Zylinder entgegen und beäugte misstrauisch den brüchigen Schlauch. »Das ist doch nicht etwa gefährlich, oder?«

»Oh, nein, so sicher wie nur irgendwas. Aber versuch, bitte, keine Löcher in die Außenhaut der *Möwe* zu brennen. Ich bin nämlich sauerstoffsüchtig.«

»Na klar«, sagte Klunk und hievte sich die schweren Zylinder auf die Schulter. »Verkriechen Sie sich nur auf die Brücke, während ich mein Leben riskiere.«

*

Hal saß im Pilotensessel, die Füße auf das Steuerpult gelegt, und nippte an einem Becher mit einer lauwarmen, mattbraunen Flüssigkeit. Seit einigen Minuten rollten nun schon kryptische Mitteilungen über den Hauptbildschirm. Der Ladebalken am unteren Rand des Monitors war bei 99 Prozent angekommen.

»Diagnosedurchlauf abgeschlossen«, meldete der Navcom, als die Anzeige auf 100 sprang.

»Alles in Ordnung?«, erkundigte sich Hal.

»Ich habe einige nicht so wichtige Funktionen auf unbeschädigte Schaltkreise umgeleitet, mehrere Prozesse so modifiziert, dass kein Zugriff auf möglicherweise schadhafte Speicherbänke erfolgt, Neukonfigurationen der …«

»Bist du betriebsbereit oder nicht?«

»Ja.«

»Hervorragend. Starte die Motoren.« Hal hob den Becher an die Lippen und wollte gerade einen Schluck trinken, als das Schiff von einer gedämpften Explosion durchgerüttelt wurde. Er zuckte zusammen, wobei er etwas von der braunen Flüssigkeit auf seine Fliegermontur spritzte. »Was zur Hölle …?«

Auf der Konsole blitzte ein rotes Lämpchen auf. »Explosion im Frachtraum«, sagte der Navcom ruhig.

»Klunk!« Hal wartete noch ein wenig, nur für den Fall, dass noch einmal irgendetwas in die Luft flog, bevor er sich auf den Weg in den Frachthangar machte.

Als er dort ankam, klopfte Klunk gerade die letzten Flammen mit den bloßen Händen aus. Gesicht und Oberkörper des Roboters waren mit einer dünnen Rußschicht überzogen. Holzsplitter und geschwärzte Roboterteile lagen verstreut in einem Kreis um ihn herum.

»Was ist passiert?«, wollte Hal wissen.

»Womit soll ich anfangen?« Klunk schnippte einige undefinierbare verkohlte Teile von seinen Schultern. »Erst einmal war bei einem der Zylinder das Ventil defekt. Dann hätten wir da den brüchigen Schlauch, der die Sache auch nicht besser gemacht hat. Als Nächstes kam es zu einer Kettenreaktion, die durch die Kisten selbst ausgelöst worden ist.« Er stocherte mit einem Fuß in den Trümmern auf dem Boden herum. »Das hier ist gefährlich brennbares Material. Aber um es von der positiven Seite her zu betrachten, wenn wir das ganze Zeug über Bord werfen, sparen wir ein paar Kilos ein.«

»Oh, nein, das wirst du nicht tun«, sagte Hal. »Ich werde dafür bezahlt, diese Kisten abzuliefern. Wir können sie nicht zurücklassen.«

Der Roboter deutete auf den Boden. »Aber diese Teile sind ruiniert!«

»Unsinn. Die müssen nur ein bisschen aufpoliert werden, das ist alles. Setzt die Kisten wieder zusammen und schaufel den ganzen Kram wieder hinein.«

»Das ist unmoralisch! Mr. Jerling bezahlt Sie dafür, dass Sie ihm eine intakte Ladung liefern!«

»Wer hat sie denn gerade in die Luft gejagt?«

»Es ist nicht meine Schuld, dass es eine Explosion gegeben hat«, verteidigte sich Klunk.

»Unfähige Handwerker schieben immer die Schuld auf ihr Werkzeug.«

»Unfähige Handwerker? Wenn *Sie* mit diesem Gerät gearbeitet hätten, wären Sie jetzt tot!«

»Nein, wäre ich nicht«, widersprach Hal. »Weil ich gar nicht weiß, wie man dieses Ding bedient.«

»Aber wenn Sie es gewusst hätten, hätte es Sie umgebracht.«

»Nein, hätte es nicht. Dann hätte ich es richtig bedient.«

»Es würde auch keinen Unterschied machen, wenn ein Facharbeiter mit 20 Jahren Berufserfahrung damit gearbeitet hätte«, sagte Klunk. »Selbst der wäre jetzt tot.«

»Nein, wäre er nicht«, behauptete Hal stur. »So jemand hätte sich gut genug mit Sauerstoffschweißbrennern ausgekannt, um das Ding auszuschalten, bevor es in die Luft hätte fliegen können.«

»Mag ja sein, allerdings war es gar nicht das Schweißgerät, das explodiert ist.« Klunk deutete auf eine verbogene Stahlstrebe an der Innenwand des Hangars. »Tatsächlich ist die Gasleitung da drinnen in die Luft geflogen. Und ich hoffe, Sie mögen Sandwiches, weil diese Leitung nämlich einmal die Gaszufuhr zur Küche war.«

»Mach dir keine Gedanken wegen meiner Essgewohnheiten. Reparier nur die Kisten und verstau diese Teile wieder darin.«

Klunk machte sich an die Arbeit, wobei er irgendetwas von der grundsätzlichen Überlegenheit der auf Silizium basierenden Humanoiden gegenüber biologischen Menschen vor sich hin murmelte.

»Und auf deine Kommentare können wir auch gut verzichten«, fügte Hal hinzu. Er wollte gerade gehen, als die Stimme des Navcoms aus den Lautsprechern aufklang. »Mr. Spacejock, mehrere Fahrzeuge nähern sich dem Schiff.«

»Welche Art von Fahrzeugen?«

»Ich bin mir nicht sicher, aber sie sind schwer bewaffnet.«

Hal stieß einen Fluch aus. »Ich bin sofort da.«

Kapitel 13

Hal trat von der Leiter und starrte auf den flackernden Bildschirm, auf dem mehrere grüne Kleckse vor einem dunkelgrünen Hintergrund umherwuselten. »Nicht schon wieder dieser Nachtsichtmüll!«, stöhnte er. »Zeig mir ein echtes Bild.«

Der Bildschirm schaltete auf die farbige Darstellung einer Reihe von Fahrzeugen um, die auf das Schiff zurasten. Eins von ihnen, ein gepanzerter Schweber, scherte seitlich aus und kam schlitternd zum Stehen. Sein Geschützturm schwenkte herum, bis der Lauf genau auf einen Punkt zwischen Hals Augen zu zielen schien.

»Ich denke, ich bevorzuge doch den Infrarot-Modus«, murmelte Hal. »Wie weit sind sie entfernt?«

»Vier Kilometer.«

Hal zuckte zusammen, als ein Knall durch das Schiff hallte. »Wir wurden getroffen!«

»Negativ. Keins der Fahrzeuge hat das Feuer eröffnet.«

Ein weiteres lautes Geräusch aus dem Verbindungsschacht zum Unterdeck ließ Hal erneut zusammenzucken. »Was hat dann all dieser Lärm zu bedeuten?«

»Klunk wirft diverse Gegenstände aus dem Schiff, um das Gewicht zu reduzieren.« Ein Piepton ertönte. »Ich empfange eine Audiobotschaft.«

»Spiel sie ab!«

Eine metallisch klingende Stimme dröhnte aus den Lautsprechern. *»Sie haben acht Minuten Zeit, um Ihr Schiff zu verlassen. Jeder Startversuch Ihrerseits wird gewaltsam unterbunden werden. Jeder Versuch, diese Abteilung der Streitkräfte von Seraph IV anzugreifen,* *wird die Anwendung von Gewalt nach sich ziehen. Diese Botschaft wird in 90 Sekunden wiederholt.«*

»Großartig«, murmelte Hal. »Einfach großartig. Und was machen wir jetzt?«

Klunks verschmutztes Gesicht tauchte in der Bodenluke auf. »Das sollte ausreichen. Lassen Sie uns verschwinden.«

»Verschwinden?« Hal deutete auf den Bildschirm. »Denk lieber noch mal nach.«

Klunks Augen weiteten sich, als er die Fahrzeuge entdeckte. »Entfernung?«

»Vier Kilometer«, antwortete der Navcom.

»Das hatten wir bereits«, sagte Hal.

»Feuerreichweite?«

»3000 Maximum, 2800 Optimum.«

»BG Vertikalverlagerung 1900, Zeit?«

»25 Sekunden.«

»Wäre vielleicht irgendwer so freundlich ...«, begann Hal.

»Fahrzeug Horizontalverlagerung 1000 Meter. Zeit?«, fiel ihm Klunk ins Wort.

»22 Sekunden.«

»Setzen Sie sich«, befahl Klunk. »Navcom, starten!«

»Moment, was...!«, rief Hal. Das Dröhnen des Hauptantriebs verschluckte seine Stimme, und als sich das Schiff heftig schüttelte, ließ er sich in den Pilotensessel fallen. »Was ist mit der Sicherheitsüberprüfung?«

Klunk blickte ihm in die Augen. »Treffen Sie die Wahl: Gefangennahme oder Flucht.«

»Niemand hat mich vor die Wahl gestellt!«

Der Roboter schüttelte den Kopf und deutete auf seine Ohren. »Ich kann Sie nicht verstehen.«

Hal richtete den Blick auf den Bildschirm und sah, dass die Fahrzeuge in ihre Richtung rasten und aus allen Rohren feuerten. »Sie werden uns in Stücke schießen!«

»Nein, werden sie nicht.«

»Aber sie schießen auf uns!«

»Spielt keine Rolle, sie befinden sich immer noch außer Schussreichweite.« Klunk zeigte auf die sich schnell drehende Nadel des Höhenmessers. »Wir steigen kontinuierlich, deshalb können sie uns auch nicht näher kommen.«

»Ausgezeichnet!« Hal grinste übers ganze Gesicht. »Woher wusstest du, dass wir entkommen können?«

»Sie hätten sich nur dann auf Schussweite nähern können, wenn sie entlang der Hypotenuse des Dreiecks geflogen wären, das aus ...«

»Gut gemacht, ganz wunderbar«, unterbrach Hal den Roboter und klopfte ihm jovial auf die Schulter. »Gute Arbeit.«

»Ich hatte meine Erklärung noch nicht beendet.«

»Nicht nötig, ich habe das Wesentliche begriffen. Übrigens, wie hast du es geschafft, unser Gewicht ausreichend zu reduzieren?«

»Ja, also, Sie hatten Recht mit Ihrer Bemerkung, dass der Sauerstoffschweißbrenner fast so gut wie der atomare funktioniert. Ich hatte kein Problem damit, die Frachtrampe abzutrennen.«

Hal starrte ihn an. »Du hast ... *was?*«

»Keine Sorge, wir können sie bei Bedarf später wieder abholen.«

»Das war ein Teil meines Schiffes!«

»Jetzt nicht mehr«, sagte Klunk. »Nebenbei, ich hoffe, dass das Außenschott dicht hält.«

Ein gewaltiger Schlag warf das Schiff ohne jede Vorwarnung auf die Seite und schleuderte Hal aus dem Pilotensitz.

»Uh ... oh ...«, sagte Klunk.

»Was, zum Teufel, war *das?*«, wollte Hal wissen, während er sich wieder auf die Füße kämpfte.

»Unsere Verfolger müssen über ein Langstreckengeschütz verfügen. Das habe ich nicht mit einkalkuliert.«

Hal setzte gerade zu einer Erwiderung an, als eine weitere Explosion die *Möwe* erschütterte und er erneut zu Boden geschleudert wurde. Grüne und rote Lichtblitze zuckten über den Bildschirm. Der Geschützturm eines Fahrzeugs spie eine Reihe massiver Geschosse aus, die bogenförmig in die Höhe stiegen, zuerst langsam, aber mit zunehmender Geschwindigkeit, je näher sie dem Schiff kamen.

»Schilde hochfahren, Navcom!«, schrie Hal. »Aktivier die Schutzschilde!«

»Befehl nicht ausführbar«, erwiderte der Navcom über das Dröhnen der Triebwerke hinweg.

»Warum nicht?«

Klunk gab ein Geräusch von sich, das an ein Räuspern erinnerte. »Die *Schwarze Möwe* verfügt über keinerlei Schutzschilde.«

Hal starrte ihn entsetzt an. »Was?«

»Schiffe der Rigel-Klasse sind nicht mit Schutzschilden ausgerüstet.«

»Dann weich den verdammten Geschossen irgendwie aus!«

Explosionen warfen das Schiff hin und her, das sich wie eine mit Unwucht beladene Waschmaschine im Schleudergang schüttelte. Für einen Sekundenbruchteil leuchtete eine dünne rote Linie im Cockpit auf, die vom Boden bis zur Decke verlief. »Was war das?«, rief Hal laut, um das Zischen zu übertönen, das plötzlich die Kommandobrücke erfüllte.

»Laser«, sagte Klunk.

»Und der Lärm?«

»Das ist Ihr Luftvorrat, der durch zahllose Löcher in der Außenwandung der *Schwarzen Möwe* entweicht.«

»Schön, dann steh nicht einfach tatenlos in der Gegend rum! Stopf die Löcher!«

Klunk öffnete eine Klappe seitlich in seiner Brust, zog eine kleine Metalldose hervor und stellte sie auf der Konsole ab. Ein weiterer Schlag traf das Schiff. Die Dose fiel zu Boden, und als ihr Deckel aufsprang, kamen eine kleine Tube Klebstoff und mehrere Gummistreifen zum Vorschein.

Hal starrte das Sammelsurium fassungslos an. »Willst du die Löcher etwa mit Fahrradflickzeug abdichten?«

»Haben Sie denn etwas Besseres zur Hand? Vielleicht ein selbstdichtendes Aerosol?«

»Beeil dich!« Hal griff sich an die Kehle. »Ich kriege kaum noch Luft!«

»Sie haben noch genügend Luft für viele Stunden«, sagte Klunk. Er hob die Tube auf und drehte an ihrer Verschlusskappe.

Plötzlich ertönte ein Knall aus dem Unterdeck, und ein kalter Luftzug pfiff durch die Kommandobrücke. »Was zur Hölle war das jetzt schon wieder?«, rief Hal. Seine Stimme klang merkwürdig dünn in der kalten Luft.

»Ein sehr viel größeres Loch«, erwiderte Klunk. Er musterte Hal prüfend. »Wie lange können Sie die Luft anhalten?«

*

Die *Volante* war gerade erst in Dienst gestellt worden. Sie kam direkt aus der Zargan-Werft. Der Frachter der Gamma-Klasse verfügte über die doppelte Ladekapazität der *Schwarzen Möwe* bei einem Drittel des Treibstoffverbrauchs eines Rigel-Frachters. Sie war ein Schiff, das sofort alle Blicke auf sich zog, das mühelos in den Orbit gelangen, die tiefsten Weiten des bekannten Weltraums durchkreuzen und seine Besatzung rechtzeitig zum Tee sicher wieder zu Hause abliefern konnte. Kurz gesagt, sie war ein perfektes Raumschiff.

Farrell Hinchfig betrat die Kommandobrücke und ließ sich in den bequemen Pilotensessel fallen. In seinen Augen spiegelte sich das warme Leuchten der Kontrollanzeigen auf der

Instrumentenkonsole vor ihm wider. Die Luft war vom angenehmen Geruch warmer Elektronik erfüllt, in den sich ein Hauch von verbranntem Treibstoff mischte. »Alles bereit?«, fragte er.

»Zu Ihren Diensten«, erwiderte der Bordcomputer höflich.

»Wo ist Terry?«

»Meinen Außenkameras zufolge hat er gerade die Luftschleuse passiert.«

Wie aufs Stichwort schwang im gleichen Moment die Innentür auf, und ein kleiner Mann in einem blauen Overall kam herein. Terrance Bull war ein 40-jähriger, durchtrainiert wirkender Mann mit kurzgeschorenem schwarzem Haar und hellen, geröteten Augen. Die hochgerollten Ärmel seines Overalls entblößten muskulöse Unterarme. Ein aufwändig gestaltetes Drachentattoo zierte Terrys rechten Arm. Er schleppte zwei stabile große Koffer, deren Schalen mit Metallplatten und Nietenbändern verstärkt waren. »Tut mir leid, dass ich mich verspätet habe, Boss. Die Clowns vom Zoll haben mich gründlich gefilzt.«

»Zahlen wir ihnen vielleicht nicht genug?« Farrell wandte sich wieder der Steuerkonsole zu. »Starte jetzt, bitte.«

»Befehl wird ausgeführt«, bestätigte der Computer.

Nachdem das Schiff unterwegs war, drehte sich Farrell erneut zu Terry. »Was haben Sie in den Koffern?«

»Meinen ganzen Kram, Sie wissen schon.«

»Kram?«

»Sie haben doch gesagt, das hier wäre eine wichtige Mission, stimmt's?« Terry hob den kleineren der beiden Koffer. »Handfeuerwaffen, Munition, drei Sorten von Granaten.« Er klopfte auf den größeren Koffer. »Tragbare Laserkanone, zwei Reservebatterien.«

»Wofür haben Sie einen solchen Haufen Waffen mitgebracht?«

»Sie haben gesagt, Sie bräuchten Rückendeckung bei dieser Sache«, rechtfertigte sich Terry.

»Rückendeckung, ja. Aber keine komplette Ausrüstung für eine Ein-Mann-Invasions-Armee.«

»Man kann nie zu viele Waffen mit sich rumschleppen.« Terry ließ seine Fingergelenke knacken. »Worum geht's denn überhaupt?«

Farrell kippte die Sessellehne zurück und verschränkte die Hände im Nacken. »Wir treffen uns mit einem von Jerlings Piloten. Er wird uns eine Ladung Roboterteile übergeben.«

»Und was meint Jerling dazu?«

»Jerling weiß von nichts.«

»Und der Pilot?«

»Hat ebenfalls keine Ahnung. Er geht noch davon aus, dass er direkt vor Jerlings Fabrik landet.«

»Und wie soll die Sache dann funktionieren?«, erkundigte sich Terry irritiert.

»Wir werden ihn täuschen und ihm die Fracht auf dem Orbiter abluchsen.«

»Also ein hübscher kleiner Raubzug, ja?« Terry grinste und entblößte dabei eine Reihe ungleichmäßiger Zähne. »Dann *werden* Sie also meinen Kram brauchen.«

Farrell seufzte. »Gewalt wird nicht nötig sein. Ich werde stattdessen meinen Verstand benutzen.«

Terry musterte ihn skeptisch. »Wenn Sie das sagen ...«

»Werfen Sie mal einen Blick auf den Hauptschirm.« Farrell ergriff das Mikrofon der Steuerkonsole. »Computer, Simuloid aktivieren.«

Es knisterte und rauschte, und plötzlich erschien Walter Jerlings Gesicht auf dem Bildschirm. Er hatte die Stirn gerunzelt, und als er Terry erblickte, verfinsterte sich seine Miene. »Sie werden Ihre Waffen nicht brauchen, wenn ich in der Nähe bin«, dröhnte seine Stimme aus den Lautsprechern.

Terry drehte sich fassungslos zu Farrell um, der Mühe hatte, nicht laut aufzulachen. »Das da ist doch Jerling, oder?«

»Natürlich bin ich das«, sagte Farrell, und ein oder zwei Sekunden später wiederholte Jerlings laute Stimme die Worte.

»Heh, lassen Sie mich auch mal!«, rief Terry und streckte die Hand nach dem Mikrofon aus.

Farrell zog es hastig zurück. »Werden Sie nicht albern.«

»Werden Sie nicht albern«, wiederholte der Simuloid mit kurzer Verzögerung.

»Na schön, lassen wir das.« Terry hob die Brauen. »Und wie soll uns das jetzt dabei helfen, uns die Roboterteile unter den Nagel zu reißen?«

Farrell schob das Mikrofon zurück in seine Halterung. »Wenn Jerlings Pilot erscheint, werde ich das Simuloid dazu benutzen, ihm zu sagen, dass er uns am Orbiter treffen soll. Dann verschwinden wir mit der Ladung, und er bleibt zurück und guckt in die Röhre.«

»Und wenn er rausgefunden hat, dass Sie ihn übers Ohr gehauen haben?«

Farrell zuckte die Achseln. »Wen schert's?«

»Er könnte Sie verfolgen.«

»Und was tun? Er ist nur ein Niemand, er kann mir nichts anhaben.«

Terry rammte sich einen Daumen in die Brust. »Und was wird aus mir? Ich habe schon einmal im Knast gesessen, und ich gehe da nie wieder rein. Wenn der Kerl mich anzeigt, lande ich im Bau, bevor die Tinte auf meinem Haftbefehl trocken ist.«

»Sie arbeiten für mich. Also kann er Ihnen ebenfalls nichts anhaben.«

»Zu riskant.« Terry schüttelte den Kopf. »Besser, wir schaffen uns diesen Piloten endgültig vom Hals.«

»Ich will nichts dergleichen hören«, sagte Farrell. »Ich habe die Sache in allen Einzelheiten wieder und wieder durchgespielt, und wenn allesglatt geht, wird er den Schwindel erst durchschauen, wenn es längst zu spät für ihn ist.«

»Und wenn es nicht glattgeht?«

»Zweifeln Sie an mir?«

»N-nein, aber ...«,

Farrell deutete auf Terrys Koffer. »Verstauen Sie die Dinger im Frachtraum und kommen Sie dann wieder hoch zu mir. Ich muss ein paar Dinge mit Ihnen einüben, bevor wir Spacejock treffen.«

*

Nach einer halben Stunde hatte Klunk alle Löcher bis auf eins gestopft.

»Beeil dich ein bisschen, ja?«, drängte Hal. Er rieb sich die Hände. »Es ist eiskalt.«

Der Roboter begutachtete einen Gummiflicken im Licht der Deckenbeleuchtung. Dann schmierte er etwas Klebstoff darauf und drückte den Flicken auf ein winziges Loch im Boden. »Sie können sich glücklich schätzen, dass Sie noch leben«, sagte er. »Da unten ist jede Menge zu Bruch gegangen. Die Kisten haben ganz schön heftig gebrannt.«

»Du hättest ja den Feuerlöscher benutzen können«, murmelte Hal und fügte dann ironisch hinzu: »Ach, wie dumm von mir! Da habe ich doch einen Moment lang glatt vergessen, dass du ihn auf Lamira vergeudet hast.«

Klunk warf ihm einen vorwurfsvollen Blick zu. »Wie ist es denn überhaupt zu diesem Feuer gekommen?«

»Also, weißt du ...«

Die Bordlautsprecher rauschten. »Schiff geortet. Nähert sich schnell von achtern.«

»Hölle, sie sind uns auf den Fersen! Was jetzt?«

Klunk beugte sich über die Steuerkonsole. »Navcom, Ausführung Programm 53 Strich Vier.«

»Identität des Schiffs wird verschleiert.«

»Ist das legal?«, erkundigte sich Hal.

»Wir können es uns nicht leisten, irgendjemanden an Bord kommen zu lassen«, sagte Klunk. »Sie haben so viele Gesetze gebrochen, dass man Sie einsperren und den Zellenschlüssel wegwerfen würde.«

»*Ich* habe Gesetze gebrochen? *Du* bist es doch, der mit illegalen Programmen nur so um sich schmeißt!«

Die Konsole gab ein dringlich klingendes Summen von sich.

»Das ist merkwürdig«, sagte Klunk.

»Überrasch mich.«

»Die Verfolger versuchen, unseren Kurs umzuprogrammieren.« Klunk drückte eine kleine grüne Taste, worauf das Summen zwar verstummte, aber sofort durch ein leises Klingeln ersetzt wurde. Als er eine gelbe Taste drückte, verstummte auch das Klingeln, an dessen Stelle ertönte jetzt ein Hupen. Doch auch das konnte Klunk durch das Drücken einer weiteren Taste zum Schweigen bringen. Für einen Sekundenbruchteil herrschte Stille, doch dann drang aus der Konsole eine ganze Kakofonie der unterschiedlichsten Töne hervor, von denen einer so schnell auf den anderen folgte, dass Klunk kaum mit dem Abschalten hinterherkam. Schließlich, nach einem letzten Tuten, kehrte endgültig Stille ein. Kurz darauf registrierte Klunk ein zischendes Geräusch hinter sich, und als er sich umdrehte, sah er, dass Hal Mühe hatte, nicht in lautes Gelächter auszubrechen. »Was ist denn so lustig?«, wollte er wissen.

»Du hättest dich sehen sollen!«, prustete Hal. »Du hast wie ein Oktopus ausgesehen, der versucht, Boogie-Woogie zu tanzen!«

»Ich habe gerade alles getan, um Ihnen das Leben zu retten!«, erwiderte Klunk hitzig. »Das Wenigste, was ich von Ihnen dafür …«

Rrrrriiinnng!

Hal starrte die Konsole an. »Was hat *das* jetzt zu bedeuten?«

»Wir empfangen eine Botschaft«, sagte der Navcom.

»Ich dachte, Funksprüche würden durch einen Glockenton gekennzeichnet.«

»Ich verwende eine Auswahl beliebiger Geräusche dafür.«

»Nein, das wirst du ab jetzt nicht mehr tun. Eingehende Gespräche oder Botschaften müssen immer durch einen Glockenton angezeigt werden.«

»Wahrscheinlich ist mein Zufallsgenerator nicht richtig programmiert.«

Hal seufzte. »Spiel einfach nur die Botschaft ab, ja?«

Es krachte im Lautsprecher der Steuerkonsole. »*Schlachtschiff* Almeria *ruft Zieldrohne* Igor. *Bitte Steuerungssysteme freigeben, damit wir dir das neue Ausweichmanöverprogramm überspielen können.*«

Hal machte eine einladende Handbewegung in Richtung des Steuerpults. »Sprich mit ihnen«, forderte er Klunk auf.

»Was soll ich denn sagen?«

»Dass sie verschwinden und uns in Ruhe lassen sollen.«

»Hallo, Schlachtschiff«, sagte Klunk laut. »Dies ist ein Frachter und keine Zieldrohne.«

Aus dem Lautsprecher ertönte ein unterdrückter Fluch. »*Verschleierung und Täuschung hatten wir bereits letzte Woche. Diese Woche stehen Schießübungen auf dem Plan.*«

»Sie verstehen nicht. Hier spricht die *Schwarze Möwe* vom …« – Klunk warf Hal einen fragenden Blick zu, doch der zuckte die Achseln – »… vom Planeten Lamira. Wir sind mit einer Ladung Roboterteile unterwegs nach Forg.«

»Sicher, klar doch. Fahr die Schilde hoch, ja? Dann hältst du ein bisschen länger durch.«

Klunk drehte sich zu Hal um. »Ich denke, es ist besser, wenn *Sie* mit denen sprechen.«

»Mein Name ist Hal Spacejock«, sagte Hal in das Mikrofon der Steuerkonsole. »Ich bin der Besitzer dieses Schiffes.«

Aus dem Lautsprecher drang ein verächtliches Schnauben. *»Da klingt ja mein Auto eher nach einem echten Menschen als das da.«*

»Wer, zum Teufel, sind Sie?«

»Lieutenant Cycoh vom Schlachtschiff Almeria.«

»Hören Sie zu, Sie Trottel. Wenn Sie uns nicht sofort in Ruhe lassen, komme ich rüber zu Ihnen und kicke Ihnen die Eier samt Sack über die linke Schulter. Kapiert?«

»Das hört sich schon ein bisschen mehr wie ein Mensch an«, erwiderte die Stimme unwillig. *»Aber wir werden dich trotzdem abschießen.«*

»Dies ist ein Handelsschiff, Sie verdammter Idiot! Wir sind auf dem Weg nach Forg!«

»Jetzt nicht mehr.« Es folgte eine kurze Pause. *»Hey, jetzt hab ich's kapiert! Die haben dich mit einem Überlebensinstinkt programmiert!«*

»Ich bin mit einem Überlebensinstinkt *geboren* worden, du Schwachkopf!«

»Du ziehst hier 'ne Show ab, was? Wir werden dir einen kleinen Vorsprung geben, dann kannst du ein paar Haken schlagen und es uns schwerer machen.« Ein Klicken aus dem Lautsprecher verriet, dass der Lieutenant die Verbindung beendet hatte.

Hal starrte Klunk an. »Hau mich aus diesem Schlamassel raus, Roboter.«

»Es gäbe da in der Tat etwas, das ich versuchen könnte.« Klunk trat an die Steuerung. »Programm 72 Strich Eins ausführen!«

»Wofür steht das?«

»Ich habe dem Computer des anderen Schiffs gerade mitgeteilt, dass sich ein Asteroid auf Kollisionskurs mit ihm befindet.«

»Und was passiert, wenn er seine Ortung überprüft?«

»Das wird er nicht tun. Das Standardmanöver in so einem Fall sieht vor, zuerst einen Hyperraumsprung zu machen und dann erst nachzusehen.«

»Gut gemacht, Klunk. Hervorragend!«

Auf der Konsole blitzte ein rotes Licht auf. »*Hier spricht das Schlachtschiff* Almeria. *Ihr Versuch, die Operation eines Kriegsschiffes durch die Übertragung gefälschter Daten zu behindern, stellt einen Verstoß gegen die Verordnung 124 des Galaktischen Abkommens dar. Dieses Vergehen kann durch die Konfiszierung und Zerstörung Ihres Schiffes sowie durch die Inhaftierung des kommandierenden Offiziers geahndet werden.*«

»Navcom ...«, begann Klunk.

»Ich übernehme das«, unterbrach ihn Hal. »Navcom, gib mir volle Energie!«

Die Triebwerke brüllten auf und schleuderten das Schiff vorwärts.

»Und jetzt Hyperraumsprung!«

»Bitte Zielkoordinaten definieren.«

»Mir egal! Irgendwohin!«

»Befehl nicht ausführbar. Zielangabe erforderlich.«

»Forg«, sagte Klunk eilig, bevor Hal den Namen eines Planeten am anderen Ende der Galaxis hervorsprudeln konnte.

»Berechne Hyperraumkurs.«

»Mach schon, du Schrotthaufen!«, rief Hal und hieb auf sämtliche Tasten in seiner Reichweite. »Beeil dich!«

»Kursberechnung läuft.«

»Ich hätte da einen Vorschlag«, sagte Klunk.

»Was auch immer es ist, tu es!«

»Navcom, Programm 52 senden.«

»Befehl wird ausgeführt«, sagte der Computer. »Übertragung beendet.«

»Das sollte sie lange genug außer Gefecht setzen, bis wir entkommen sind.«

»Wie das?«

»Das ist ein Programm, das ich in meiner Freizeit geschrieben habe«, erklärte Klunk bescheiden. »Es legt die Computer der Feuerleitstelle lahmt, indem es all ihre Zieldaten in imperiale Maßeinheiten umwandelt.«

»Du bist verrückt! Darauf fallen die doch nie rein!«

Der Roboter hob eine Augenbraue. »Sie wären überrascht.«

Aus dem Lautsprecher kam ein Piepton. »Eine eingehende Nachricht.«

»*Hier spricht das Schlachtschiff* Almeria. *Ihr Versuch, ein unautorisiertes Programm auf einem Raumschiffcomputer auszuführen, stellt einen Verstoß gegen die Verordnung 316 des Galaktischen Abkommens dar. Dieses Vergehen kann durch ...*«

Eine ungehaltene Männerstimme unterbrach die Ansage. *»Ihr seid aber auch ein gerissenes Pack, wirklich! Hier habt ihr ein Programm, das von mir stammt. Viel Spaß damit.«*

»Blark sning bichhh ...«, sagte der Navcom, als die Lichter in den Anzeigen der Steuerkonsole erloschen.

Klunk eilte herbei und inspizierte die dunklen Armaturen. »Gute Güte, ihre Sicherheitssysteme sind besser, als ich gedacht habe.«

»Was hast du mit meinem Computer angestellt?«, fragte Hal.

»Lassen Sie mich nachsehen.« Klunk hielt die Hände über die Konsole, die Finger gespreizt. Plötzlich begann er zu zittern und riss die Augen auf, die plötzlich wie schadhafte Christbaumkerzen flackerten. Am ganzen Körper bebend, wich er zurück, wobei er mit den Händen in der Luft vor sich herumfuchtelte, als wolle er irgendein unsichtbares Grauen verscheuchen.

»Vorsicht!«, schrie Hal auf, als sich der Roboter dem Verbindungsschacht näherte.

Klunk blieb abrupt stehen. Dann erlosch das Licht in seinen Augen. Er kippte rücklings um und verschwand mit einem blechernen Rasseln in der Bodenöffnung. Aus dem Unterdeck klang ein lautes Scheppern auf, als er auf dem Metallboden aufschlug, gefolgt von einem klappernden Geräusch, als würde irgendein Gegenstand davonrollen.

Hal lief zur Schachtöffnung und spähte in die Dunkelheit hinab. »Klunk!«, rief er. »Klunk, alles in Ordnung mit dir?«

Kapitel 14

Hal rutschte die Leiterholme so schnell hinunter, dass er kaum die Sprossen berührte. Er wagte sich gar nicht auszumalen, was er in der Dunkelheit am Boden des Decks vorfinden würde. Als er auf eine Hand des Roboters trat, ertönte ein Knirschen und gleich darauf ein metallisches Quietschen, als er seinen zweiten Fuß auf einen von Klunks Fußknöcheln setzte, der unter seinem Gewicht spürbar nachgab. Doch weder der erste, noch der zweite Tritt entlockte dem sonst so gesprächigen Roboter auch nur den leisesten Laut. Als sich Hal neben ihm in die Hocke niederließ, entdeckte er auch den Grund für die untypische Stille. Klunks Kopf fehlte.

Der Kopf lag ein Stückchen weiter entlang des Ganges wie der achtlos fortgeworfene Schädel einer kaputten Marionette. Hal hob ihn hoch, schüttelte ihn und starrte in die leblosen Augen. »Klunk, sprich mit mir!«

Die einzige Antwort bestand aus einem Klappern, als sich irgendetwas in der Schädelhöhle bewegte.

»Klunk?« Hal drehte den Kopf herum und spähte in die Halsöffnung, wo er einen Haken und einen Verbindungsstecker am Ende eines verknäulten Kabelstrangs entdeckte. Er trug den Kopf zu Klunk hinüber und untersuchte den Körper des Roboters. In dem Loch zwischen den Schultern befand sich das Gegenstück des Verbindungssteckers neben einem elastischen Band. Hal legte den Kopf dicht neben Klunks Schultern auf den Boden und schob die beiden Steckverbindungen ineinander. Dann schnippte er mit den Fingern vor den Augen des Roboters, doch die blieben dunkel und tot.

Er angelte mit den Fingern nach dem elastischen Band in der Öffnung zwischen Klunks Schultern, zog es heraus und führte es über den Haken am unteren Ende des Roboterkopfes. Als er das Band losließ, zog es den Kopf mit einem Ruck in seine ursprüngliche Position zurück. Schließlich richtete er Klunk vorsichtig in eine sitzende Position auf und wedelte mit einer Hand vor seinen Augen herum. »Klunk? Soll ich dir ein Glas Wasser bringen?«

Keine Reaktion.

»Erloschen wie eine Kerzenflamme«, seufzte er. Er ließ Klunk los und richtete sich auf. Es schepperte, als der Roboter das Gleichgewicht verlor und rücklings umkippte. Hal starrte mit zusammengebissenen Zähnen die Leiter empor. Jetzt, nachdem Klunk ausgefallen war, der Navcom nicht mehr funktionierte und ihm das Kriegsschiff immer näher auf die Pelle rückte, blieb ihm nur noch eine Wahl.

»Es kann doch gar nicht so schwer sein, dieses Ding zu fliegen«, murmelte er, während er wieder zum Cockpit hinaufkletterte.

Hal nahm im Pilotensessel Platz, ließ den Blick über die Reihen der unbeschrifteten Tasten und Schalter wandern und spürte er, wie ihn gleich wieder der Mut verließ. Er überlegte gerade, wie lange es wohl dauern würde, bis der Schlachtkreuzer wieder vollen Zugriff auf seine blockierten Waffensysteme hatte und ihn in einen Haufen Weltraumschrott verwandeln würde, als hinter ihm ein metallisches Kratzen ertönte und er herumfuhr. Durch die Schachtöffnung im Boden schob sich ein zerschrammtes Gesicht hervor.

»Hey!«, rief Hal erleichtert. »Du hast dich ja wieder erholt!«

Klunk schüttelte den Kopf. »Ich bin kaum richtig online.« Er stolperte zum Steuerpult und stützte sich mit schmerzverzerrtem Gesicht auf der Verkleidung ab. »Ich habe offenbar bei dem Sturz durch den Zugangsschacht erhebliche Beschädigungen davongetragen.«

»Wirklich?«

»Ja.« Klunk hob eine Hand. »Meine Finger sind verbogen, einer meiner Fußknöchel wurde gequetscht, und ein heftiger Schlag auf meinen Hinterkopf hat eine Delle in meinem Schädel zurückgelassen. Davon abgesehen, scheint alles andere in Ordnung zu sein.«

»Puhh! Ziemlich viel Glück gehabt, was?«

»Ja, obwohl einige der Beschädigungen ein wenig merkwürdig sind. Da ist zum Beispiel ein Fußabdruck auf meinem Handrücken.« Klunk hob den lädierten Fuß. »Wie seltsam, da ist ja noch einer auf meinem Knöchel. Also, wenn ich es nicht besser wüsste ...«

»Mach dich nur nicht damit verrückt«, fiel ihm Hal eilig ins Wort. »Du könntest sonst unangenehme Erinnerungen wachrufen.« Er half Klunk in den Pilotensessel. »Also, was ist hier vor deinem Blackout eigentlich passiert?«

»Unsere Verfolger haben den Navcom mit einem Schadprogramm angegriffen, und als ich versucht habe, mir einen Eindruck vom Ausmaß des Schadens zu verschaffen, hat es mich ebenfalls erwischt. Ich musste alle Systeme runterfahren, um mich zu schützen.« Klunk erschauderte. »Ich habe das Programm nur unterdrückt. Es ist noch da und könnte jederzeit wieder ausbrechen und mich vernichten.«

»Gut. Und wie reparieren wir jetzt den Navcom?«

»Ihr Computer könnte einen dauerhaften Schaden davongetragen haben.« Klunk richtete sich langsam auf. »Wenigstens ist der Schlachtkreuzer immer noch nicht funktionsfähig.«

»Woher weißt du das?«

»Weil wir noch leben«, erwiderte Klunk trocken. Er überprüfte ein paar Anzeigen der Armaturenkonsole. »Warum bewegen wir uns nicht?«

Hal zögerte. »Ich wollte mir erst meine Optionen durch den Kopf gehen lassen.«

»Sie haben nicht die geringste Ahnung, wie man dieses Schiff fliegt, nicht wahr?«

»Ich könnte die *Möwe* mit verbundenen Augen fliegen«, behauptete Hal. »Aber da du nun gerade am Steuer sitzt, da ...«

»Nein, nein, es ist Ihr Schiff«, wehrte Klunk ab und stand auf.

»Ich, äh ...«

Klunk machte eine einladende Geste in Richtung des Sitzes. »Ich bestehe darauf.«

Da er sich eingestehen musste, Klunk in die Falle getappt zu sein, nahm Hal Platz und betrachtete hilflos die Steuerkonsole. »Wofür stehen all diese roten Lichter?«

»Für Systemausfälle.«

»Wow, die Dinge scheinen aber wirklich schlecht zu stehen.«

Klunk warf ihm einen kurzen Blick zu. »Diese Kontrollen haben schon geleuchtet, als ich Ihr Schiff zum ersten Mal betreten habe.«

»Also sollte ich sie am besten einfach ignorieren, richtig?«

Klunk nickte.

»Ich schätze, dann sollte ich jetzt den Kurs setzen.«

»Der Kurs ist bereits gesetzt. Die *Möwe* ist darauf programmiert, direkt ins Forg-System zu fliegen. Alles, was Sie jetzt noch tun müssen, ist, den Hyperraumantrieb zu aktivieren und den Sprung durchzuführen.«

»Prima.« Hals Blick wanderte über die Konsole.

»Dazu müssen Sie zuerst die Haupttriebwerke starten.«

Hal klopfte mit dem Finger auf einige der Anzeigen. Dann ließ er die Hand über einer Batterie von Tasten schweben und ging im Geist einen alten Abzählreim durch: *Ene-mene-miste ...*

»Eine große rote Taste, die zweite von links«, kam ihm Klunk zu Hilfe.

Hal streckte die Hand aus und drückte die rote Taste, doch nichts geschah.

»Natürlich müssen Sie die Schubdüsen initiieren, bevor Sie den Hauptantrieb starten können.«

Die große rote Taste war von vier andersfarbigen kleineren Tasten umgeben. Hal drückte aufs Geratewohl die gelbe.

»Die grüne«, klang Klunks Stimme in der plötzlichen Dunkelheit auf.

Ein Klicken ertönte, und es wurde wieder hell. Hal drückte die grüne Taste, und vom Heck her war ein winselndes Geräusch zu vernehmen.

Klunk schüttelte den Kopf. »Sie müssen natürlich den Kompressor abschalten, bevor Sie die Triebwerke starten können.«

»Du genießt das wirklich, nicht wahr?«, fragte Hal mit zusammengebissenen Zähnen. »Okay, ich habe es kapiert. Du bist schlau, ich dagegen dumm wie ein Affe.«

»Oh nein, Mr. Spacejock«, sagte Klunk. »Affen sind ziemlich intelligente Tiere.«

Hal verschränkte die Arme vor der Brust. »Ich denke, ich werde wohl einfach hier so sitzen bleiben, bis der Kreuzer das Feuer eröffnet.«

»Hören Sie, vielleicht können wir das Schiff ja zusammen fliegen«, schlug Klunk vor. »Ich nenne Ihnen die Tasten in der richtigen Reihenfolge, und Sie drücken sie. Aber was auch immer geschieht, berühren Sie keine Taste, bevor wir es nicht vorher abgesprochen haben.«

»Wenn ich mir vorstelle, dass ich immer davon geträumt habe, mein eigenes Schiff zu fliegen …«

»Drücken Sie die Tasten in dieser Reihenfolge«, sagte Klunk. »Weiß, blau, grün, rot.«

»Weiß, blau, grün, rot«, wiederholte Hal, während seine Finger über die Tasten wanderten. Die Konsole gab eine Reihe von Pieptönen von sich, und ein Lämpchen blitzte auf.

»Gut«, sagte Klunk. »Weiter: orange, lila, gelb, purpur.«

»Orange, lila, gelb, purpur.« Hal vernahm ein dumpfes Rumpeln, und die Brücke begann zu vibrieren. »Hey, das ist einfach.«

»Rot, grün, blau, weiß, purpur, purpur, rosa, grün, rot.« Klunk deutete über die Konsole. »Legen Sie diese Schalter dort um und drücken Sie dann wieder die orangene Taste.«

»Rot, grün, blau, weiß ... äh ... welche?«

»Purpur, purpur, rosa, grün, rot. Schneller, Mr. Spacejock. Die Sequenz muss in weniger als 15 Sekunden abgeschlossen sein.«

»Purpur, purpur, rosa, grün, rot«, sagte Hal. Seine Finger flogen über die Konsole und drückten eine Taste nach der anderen.

»Legen Sie diese Schalter um und drücken Sie dann die orangene Taste«, sagte Klunk, einen Finger ausgestreckt.

Hal betätigte die Schalter und drückte die Taste, auf die Klunk zeigte. Die Konsole gab einen einzelnen Piepton von sich.

»Gut so«, sagte Klunk. »Orange, orange, orange, rosa, grün, rot, orange, gelb, blau, indigo, violett.«

»Orange, orange, orange, rosa, grün, rot, orange ...« Hal verstummte, als sich Klunk vornüber neigte und seltsame prustende Laute von sich gab. »Was stimmt nicht? Was passiert mit dir?«

Klunk lehnte sich zurück, öffnete den Mund und stieß ein Heulen aus.

Hal sprang auf. Ihm standen sämtliche Haare zu Berge. »Wa-was ist los? Klunk, ist das etwa der Virus? Geht es dir gut?«

»Hee-hee-heeee!«, kicherte Klunk. Er krümmte sich erneut zusammen und schlug wiederholt mit der Stirn gegen den Rand der Konsole.

Hal starrte ihn fassungslos an. »Du verschlagene Blechkiste! Du hast mich reingelegt!«

Klunk sah ihn einen Moment lang wortlos an und prustete dann wieder los.

»Was, verdammt noch mal, spielst du hier für ein Spiel?«, schrie Hal wütend. Er deutete auf die Konsole. »Ich hätte mich durch das Drücken dieser ganzen Tasten umbringen können!«

»Keine ... keine ... Verbindung«, keuchte Klunk.

»WAS?«

»Tasten ... haben ... keine Verbindung mit ... dem System.«

Hal starrte die Konsole aus großen Augen an. »Keine einzige?«

»Keine außer dem Lichtschalter.«

»Du lügst! Es ist etwas passiert, als ich sie gedrückt habe!«

Klunk schüttelte den Kopf. »Ich kontrolliere die Schiffsfunktionen durch eine Infrarotfernsteuerung mit kurzer Reichweite.«

Hal bedachte ihn mit einem finsteren Blick. »Du hast dir wirklich einen merkwürdigen Zeitpunkt für einen dämlichen Scherz ausgesucht. Hast du den verdammten Schlachtkreuzer vergessen?«

»Tut mir leid, Mr. Spacejock, aber ich konnte einfach nicht widerstehen. Es kommt schließlich nicht jeden Tag vor, dass ich einem Menschen einen Streich spielen kann.«

»Eines Tages wirst du damit zu weit gehen. Irgendjemand wird dich im All aussetzen!«

»Oder mir die Finger platt treten«, erwiderte Klunk trocken. Er deutete auf die Konsole. »Abgesehen davon ist der Abstand zu dem Planeten noch zu gering, als dass ein Hyperraumsprung durchführbar wäre.«

Ohne Vorwarnung erlosch die Beleuchtung.

»Was war das?«, rief Hal in der plötzlichen Dunkelheit.

Die Notbeleuchtung sprang an und tauchte die Brücke in ein mattes blaues Zwielicht. »Der Schlachtkreuzer scheint seinen Feuerleitcomputer wieder in Betrieb genommen zu haben«, sagte Klunk. »Wir müssen uns am äußersten Rand der Reichweite seiner Waffen befinden.«

»Wo ist er?«

Über der Konsole leuchtete ein Hologramm auf, das eine Ansammlung von Sternen zeigte.

Hal blinzelte. »Wie hast du das gemacht?«

»Das ist eine Zusatzfunktion Ihres Navcoms. Ich habe mir die Freiheit genommen, die Programmsperre zu knacken und die Funktion zu aktivieren.«

»Hübsch«, bemerkte Hal. »Könntest du bei dieser Gelegenheit auch gleich das Schachprogramm verändern?«

»Ich habe jetzt wirklich keine Zeit für solche ... oh, na gut. Welches Level hätten Sie denn gern?«

»Einfach.«

»Es ist bereits auf einfach eingestellt.«

»Sehr einfach?«

»Einfacher geht es nicht mehr.«

Hal schnaubte.

»Die Sternenkarte reagiert auf Spracheingabe«, wechselte Klunk das Thema.

Hal nickte. »Zeig mir Seraph IV.« Die Karte zoomte ein Sonnensystem heran und ließ es rotieren, bis sich ein kleiner Planet im Mittelpunkt der blinkenden Lichtsäule befand. Dann erschien ein blaues Viereck, das sich langsam von dem Planeten entfernte.

»Das sind wir«, erklärte Klunk.

»Zeig mir den Bösewicht.«

Zwischen dem Planeten und dem blauen Rechteck leuchteten zwei rote Dreiecke auf. Hal starrte sie besorgt an. »Sie sind in der Überzahl!«

Klunk schlug mit der Faust auf die Konsole, worauf eins der Dreiecke erlosch. »Sie werden uns in 15 Minuten erwischen.«

Hal verzog das Gesicht. »Können wir einen Hyperraumsprung durchführen?«

»Nein, dafür ist der Abstand zu Seraph noch immer zu gering.«

»Können wir die Verfolger abhängen?«

»Nein.«

»Wie stehen unsere Chancen in einem Kampf?«

»Wir sind unbewaffnet, und sie besitzen genug Feuerkraft, um einen Planeten zu zerstören.«

»Wenn wir weder fliehen noch kämpfen können, was zur Hölle können wir dann tun?«

»Das ist doch offensichtlich. Uns ergeben.«

»Ich werde mein Schiff nicht aufgeben.« Hal starrte irritiert auf die Sternenkarte. »Hey, sie kommen näher! Ich dachte, du hättest von 15 Minuten gesprochen.«

»Sie beschleunigen. Geschätzter Kontakt in drei Minuten.«

»Beschleunigung angleichen!«

Der Maschinenlärm wurde lauter, doch der Abstand zwischen dem roten und dem blauen Symbol in der Holografie schrumpfte immer noch, wenn auch langsamer als zuvor. Der Lärm steigerte sich weiter, bis der Abstand konstant blieb. Aber Hals Erleichterung währte nicht lange. Schon kurze Zeit später holten die Verfolger wieder auf.

»Sie haben ihre Beschleunigung über unser Sicherheitsmaximum hinaus erhöht«, erklärte Klunk.

»Wo liegt unser Unsicherheitsmaximum?«

»Dieses Schiff ist bei jeder beliebigen Geschwindigkeit unsicher.« Klunk hielt den Blick nachdenklich auf die Karte gerichtet. »Ich wüsste vielleicht eine Lösung für unser Problem. Navcom, berechne eine Parabel um Seraph Prime herum. So nahe der Oberfläche wie möglich.«

Auf der Karte erschien eine gekrümmte Linie aus blauen Punkten, deren Scheitelpunkt den Stern berührte.

»Nicht so nahe.« Der Bogen wurde etwas weniger steil. »Zeig mir den frühestmöglichen Punkt für einen Hyperraumsprung.« Die gepunktete Linie auf der dem Stern gegenüberliegenden Seite verlängerte sich, bis auf ihr ein blauer Kreis erschien. »Auflösung vergrößern.« Der Kreis bewegte sich zurück in Richtung des Sternes. »Abfangpunkt darstellen.« Im Zentrum des blauen Kreises leuchtete ein roter Punkt auf.

Hal stieß einen Pfiff aus. »Ziemlich knapp, aber wir könnten es vielleicht gerade noch schaffen.«

»Nein, sie würden uns vorher abschießen«, sagte Klunk.

»Fällt dir irgendwas Besseres ein?«

Klunk zögerte. »Es gibt da eine Sache, die wir probieren könnten.«

»Tatsächlich?«

»Meine Archive enthalten Informationen über frühere Experimente, bei denen es darum ging, die Auswirkung großer Massen auf Hyperraumpfade zu berechnen. Gestatten Sie mir, aus einem dieser Experimente zu zitieren: ›Für ein Schiff, das sich auf direktem Kollisionskurs mit einem stellaren Objekt befindet, besteht eine erhebliche Wahrscheinlichkeit, einen Hyperraumsprung zu überstehen, vorausgesetzt, seine Finalgeschwindigkeit entspricht der oder übersteigt die mit der Masse des Sternes korrespondierende Fluchtgeschwindigkeit in Relation zu der Strecke des beabsichtigten Sprunges.‹«

»Yeah, gute Idee. Lies diesen Unfug doch den Leuten in dem Schlachtkreuzer da hinten vor. Dann werden ihre Augen anfangen zu tränen und sie sich garantiert in den nächsten Stern stürzen.«

Klunk hob die Brauen. »Mein Vorschlag war ernst gemeint.«

»Wirklich? Was hatte das ganze Geschwafel dann zu bedeuten?«

»Betrachten Sie die Karte.«

Die blau gepunktete Parabel verschwand und wurde durch eine schnurgerade Linie ersetzt, die ihren Ausgangspunkt in dem blauen Rechteck hatte und unmittelbar vor dem Stern endete.

»Du hast eine Schraube locker«, protestierte Hal. »Wenn wir *da* springen, enden wir als Weltraumstaub.«

Klunk schüttelte den Kopf. »Nein. Wenn wir da springen, *könnten* wir als Weltraumstaub enden. Die Experimente wurden nie in der Praxis getestet, aber in der Theorie lag die Erfolgswahrscheinlichkeit bei 50 Prozent.«

»Dafür oder dagegen?«

»Wie bitte?«

»50 Prozent dafür, dass wir es schaffen, oder dagegen?«

Der Roboter öffnete den Mund und schloss ihn dann langsam wieder. »Dafür«, antwortete er schließlich.

Hal betrachtete das rote Dreieck, das sich ihnen schnell näherte. »In Ordnung, tu es!«

»Ja, Sir.«

»Solltest du jetzt nicht eigentlich versuchen, mir die Sache auszureden?«

»Ich bin ein Roboter. Ich kenne keine Angst.«

Die Triebwerke brüllten, und das blaue Rechteck begann, einen Vorsprung vor dem roten Dreieck zu gewinnen. Beide näherten sich dem Stern rasend schnell in einer schnurgeraden Linie.

Klunks Finger flogen über die Steuerkonsole. »Ich werde während der nächsten Phase alle nicht zwingend benötigten Energieverbraucher abschalten.«

»Welche denn?«

»Beleuchtung, Kühlungssysteme, Sauerstoffwiederaufbereitung ...«

»Alles außer den Triebwerken und dem, was noch vom Navcom übrig ist, richtig?«, unterbrach ihn Hal.

»Korrekt«, bestätigte Klunk. »Ich kann zumindest die Sternenkarte angeschaltet lassen.«

»Danke.«

Die Notbeleuchtung erlosch mit einem letzten Flackern. Nur das schwache Glühen der Holo-Sternenkarte tauchte die Brücke in ein geisterhaftes Licht. Hal sah zu, wie sich das blaue Rechteck den Sprungkoordinaten näherte, dicht gefolgt von dem roten Dreieck. Als sie sich dem Stern näherten, blitzte eine Reihe von Zahlen in dem Hologramm auf.

»Halten Sie sich fest!«, warnte Klunk.

Hal umklammerte den Sessel, als das Deck unter ihnen ruckte. Zwei heftige Schläge liefen kurz hintereinander durch das Schiff, und die holografische Sternenkarte erlosch.

»Klunk?«

»Muss mich konzentrieren.«

Ein noch heftigerer Schlag schleuderte Hal aus dem Pilotensitz. Er krallte sich mit beiden Händen an der Rückenlehne fest und zuckte zusammen, als die Sprungaggregate kreischend hochfuhren. Gleich darauf ebbte das Geräusch wieder ab, und sein Herzschlag setzte kurz aus, nur um sich sofort wieder zu beschleunigen, als das Heulen der Aggregate erneut anschwoll, lauter als zuvor. Einen Moment lang wurde er von einem gewaltigen Druck niedergepresst, dann übertönte Klunks Stimme laut und deutlich das Dröhnen aus der Steuerkonsole:

»Sprung erfolgreich durchgeführt! Forg-System liegt direkt vor uns. Geschätzte Ankunft in zwei Stunden.«

»Brillant!«, rief Hal und stemmte sich hoch, um dem Roboter auf die Schultern klopfen zu können. »Gott sei Dank, dass du von diesen Experimenten gewusst hast.«

Klunk blickte wortlos zu Boden.

»Klunk?«

Der Roboter wich Hals Blick aus.

»Du meinst ... Soll das heißen, dass du die ganze Geschichte erfunden hast? Es hat überhaupt keine derartigen Experimente gegeben?«

»Sie hätten mir nie erlaubt, ein so gefährliches Manöver auszuprobieren, wenn ich Ihnen keine dazu passenden Daten geliefert hätte«, verteidigte sich Klunk.

»Eigentlich besteht deine Aufgabe darin, Menschen zu beschützen und nicht, mit ihnen durch Sterne zu fliegen!«, stieß Hal hervor. »Du bist völlig verrückt!«

Vom Unterdeck klang ein bedrohliches Knarren auf.

»Was ist das für ein Geräusch? Was ...« Hals Stimme wurde von einem lauten Krachen und dem Gurgeln von sprudelndem Wasser verschluckt. »War das so vorgesehen?«, fragte er in die sich anschließende Stille hinein.

»Das bezweifle ich.« Klunk wandte sich der Instrumententafel zu, tippte auf ein oder zwei Anzeigen und drückte mehrere Tasten. »Ich glaube, dass all diese Warnlichter hier auch schon vorher geleuchtet haben.«

»Gib mir nicht die Schuld daran. Die *Möwe* war schon in diesem Zustand, als ich sie gekauft habe.«

»Sie haben tatsächlich Geld für dieses Schiff bezahlt?« Klunk las einen Wert von einem Monitor ab. »Aha, wie es aussieht, ist das Eindämmungsfeld des Kühlflüssigkeitstanks ausgefallen.«

»Gibt es dafür denn kein Reservesystem?«

»Das gibt es tatsächlich, aber aus irgendeinem Grund springt es nicht an.« Klunk warf Hal einen besorgten Blick zu. »Anscheinend sind mehrere tausend Liter Kühlflüssigkeit ausgelaufen.«

»Gut. Und wohin?«

»Sie haben sich am tiefsten Punkt des Schiffes gesammelt.«

Hal starrte den Roboter entsetzt an. »Aber das ist der Frachthangar!«

Kapitel 15

»Kannst du das Zeug nicht einfach abpumpen?«, erkundigte sich Hal.

Klunk schüttelte den Kopf. »Ohne den Navcom können wir die Pumpen nicht anfahren.«

»Und den hast du mit deinen Programmierungskunststücken gegrillt.«

»Ich wüsste da vielleicht eine Lösungsmöglichkeit«, sagte Klunk. »Wenn ich das Betriebsprogramm des Navcoms in meine eigenen Datenspeicher überspiele, kann ich die beschädigten Programmteile reparieren und anschließend wieder eine fehlerfreie Kopie in die Hardware des Schiffes uploaden.«

Hals Miene verriet seine Skepsis. »Und du glaubst, dass das funktioniert?«

»Wenn ja, können wir die Pumpen anwerfen und den Frachtraum leeren.«

»Und wenn nicht, werfen wir eine Münze, um zu entscheiden, wer die 4000 Liter radioaktiver Kühlflüssigkeit rausschaffen darf.« Hal seufzte. »In Ordnung, versuchen wir's.«

Klunk stützte sich auf die Konsole und schloss die Augen. Sofort ertönte von irgendwoher ein lautes Stöhnen und Ächzen. Es klang wie das Wehklagen einer Horde von Gespenstern.

Hals Blicke huschten erschrocken umher. »Was, zum Teufel, ist das?«

»Hätten Sie vielleicht die Freundlichkeit, mich nicht zu stören?«, erkundigte sich Klunk. Er öffnete vorwurfsvoll die Augen. »Das hier ist eine heikle Operation.«

»Entschuldige.«

Klunk schloss wieder die Augen, und das Stöhnen begann von neuem. Nach einer Weile hielt er die Hände über die Steuerkonsole und wackelte mit den Fingern, während sich das Wehklagen gleichzeitig in ein hohes Heulen verwandelte. In seiner Brust leuchtete ein matter blauer Schimmer auf, der aus den Arm- und Beinansätzen hervordrang. Klunk begann heftig zu zittern, seine Zähne schlugen klappernd aufeinander. »Dadadadada!«, röchelte er mit wild blitzenden Augen.

Hal wich unwillkürlich zurück.

Das blaue Leuchten wechselte zu Rot, und der Roboter schüttelte sich. »Rot, rot, blau ... hi-hi-hi! Incu-incu-incu ... bots ... bots... Beim mächtigen Muller ... Mhmm ... Mauern, Maulwürfe, Mäuse... Dunst... diesig... Dampf... Brrrrrrrr-Ting!«

Das rote Licht erlosch, und Klunk legte eine Hand auf die Konsole, um sich abzustützen.

»Alles in Ordnung mit dir?«, erkundigte sich Hal besorgt.

»Ich säubere den Programmcode.«

»Wie lange wird das dauern?«

»Erledigt. Jetzt muss ich ihn nur noch zurück in das Schiff überspielen.« Klunk schloss erneut die Augen und berührte seine Stirn mit den Fingerspitzen. Das blaue Licht in seiner Brust begann, rhythmisch zu blitzen, und aus seinem Mund drang ein dumpfes Knurren. Das Blitzen steigerte sich zu einem stroboskopartigen hektischen Flackern, das Knurren verwandelte sich in ein durchdringendes Pfeifen. Schließlich schlug das Blau wieder in Rot um. Klunk breitete die Arme weit aus, riss Mund und Augen auf und schrie: »Jaa-äääch!«

Hal machte einen Satz zurück und stolperte dabei über die eigenen Füße. »Verdammter Mist! Wie wäre es mit einer Vorwarnung?«

»Operation abgeschlossen«, verkündete Klunk. »Navcom, kannst du mich hören?«

»Ja, Klunk.«

»Hey, das sind gute Nachrichten«, sagte Hal. »Navcom, wirf die Pumpen an.«

Ein Ächzen drang aus den Tiefen des Schiffes empor, und die Pumpen sprangen mit einem irrsinnig lauten unregelmäßigen Rasseln an. »Sofort abschalten!«, schrie Hal und hielt sich die Ohren zu.

»Darf ich vielleicht davon ausgehen, dass Ihnen die Formulierung ›regelmäßige Wartung‹ geläufig ist?«, erkundigte sich Klunk.

»Yeah. Aber kennst du auch die wahre Bedeutung des Ausdrucks ›pleite‹?« Hal seufzte. »In Ordnung, die Pumpen sind also defekt. Was ist der nächste Schritt?«

»Wenn wir auf einem Planeten landen und die Frachtluke am Heck öffnen, würde die Kühlflüssigkeit auslaufen«, schlug der Roboter vor.

»Wir haben keine Zeit für solche Manöver. Warum öffnen wir die Luke nicht gleich?«

»Es ist illegal, Schadstoffe im All zu entsorgen«, sagte Klunk.

»Ach, aber sie auf einen Planeten zu kippen, ist in Ordnung?«

»Nein. Ich habe gesagt, die Kühlflüssigkeit würde auslaufen, wenn wir landen und die Frachtluke öffnen. Ich habe nicht gesagt, dass das auch erlaubt ist.«

»Gib mir Kraft ...«, schickte Hal ein Stoßgebet gen Himmel. »Okay, vergessen wir fürs Erste, was legal und was illegal ist. Was würde passieren, wenn wir jetzt die Luken öffnen?«

»Die künstliche Schwerkraft würde die Kühlflüssigkeit in der *Möwe* festhalten.«

»Würde sie denn nicht sofort im Vakuum zu kochen beginnen und verdunsten?«

»Nein. Aus diesem Grund nennt man sie ja Kühlflüssigkeit.«

»Was, wenn wir die Luken öffnen und gleichzeitig beschleunigen?«

»Das würde die Kühlflüssigkeit aus dem Hangar entfernen«, bestätigte Klunk mit einem Nicken.

»Großartig.«

»So würden wir aber auch gleichzeitig die Ladung verlieren.«

Hal runzelte die Stirn. »Was, wenn wir die Luken nur einen Spalt weit öffnen?«

»So würde die Ladung zwar im Schiff bleiben, aber auf Grund der künstlichen Schwerkraft besteht eine große Wahrscheinlichkeit, dass die Kühlflüssigkeit gleich wieder in den Frachtraum zurückströmt.«

»Dann schalten wir die Schwerkraft eben ab.«

»Das könnte funktionieren, aber das ganze Manöver wäre dann immer noch illegal.«

»Das trifft auch auf Mord zu, aber ich sehe trotzdem niemanden, der sich zwischen mich und Vurdis verrückten Roboter stellt. Also halt die Klappe und lass uns die Sache durchziehen.«

»Sehr wohl, aber nur unter Protest.« Klunk wandte sich an die Steuerkonsole. »Navcom, künstliche Schwerkraft abschalten.«

»Künstliche Schwerkraft abgeschaltet.«

Hal presste eine Hand auf seinen Magen, als sein Innenohr plötzlich nicht mehr zwischen oben und unten unterscheiden konnte.

Klunk warf ihm einen prüfenden Blick zu. »Soweit ich weiß, hat Schwerelosigkeit bisweilen äußerst unangenehme Begleiterscheinungen für Menschen.«

Hal nickte.

»Ist mit Ihnen alles in Ordnung, Mr. Spacejock? Ihr Gesicht ist grün angelaufen.«

»Das liegt an der Instrumentenbeleuchtung.« Hal deutete auf die Steuerkonsole. »Navcom, öffne die Heckluken einen Spalt weit.«

»Definieren Sie ›einen Spalt‹.«

»Knapp zehn Zentimeter weit.«

Klunk sah Hal an. »Das ist kein Spalt, dass ist eine Schlucht.«

Vom Unterdeck her ertönte ein winselndes Geräusch, als sich die Flügeltore des Laderaums einen Spalt weit öffneten. Hal ließ sich in den Pilotensitz sinken, hielt sich mit einer Hand an der Konsole fest und packte den Schubhebel mit der anderen. »Bist du bereit?«, fragte er Klunk.

Der Roboter schwebte zum Sessel hinüber und legte die Hände auf die Rückenlehne. Es knirschte, als er fest zudrückte. »Bereit.«

Hal rammte den Schubhebel bis zum Anschlag vor. Das Schiff sprang mit einem bellenden Brüllen vorwärts. Die Beschleunigung presste Hal in den Sessel und riss ihm den Kopf in den Nacken. Hinter ihm erklang ein erstickter Schrei. Hal warf einen Blick über die Schulter und sah Klunk, der nur noch mit den Fingerspitzen an der Sessellehne hing, waagerecht in der Luft schweben.

Der Sessel gab mit einem Knarren nach und neigte sich langsam nach hinten. Hal bog den Oberkörper vor, um den Schub zu reduzieren, doch durch die plötzliche Bewegung brach auch der letzte, den Fuß des Sessels noch am Boden festhaltende Bolzen, sodass Hal und Klunk zusammen mit dem Pilotensitz durch die Kommandobrücke Richtung Rückwand segelten.

Klunk prallte zuerst auf. Die Kunststoffverkleidung der Wand splitterte unter seinen Füßen. Dann schlug der Sessel auf, und Hal knallte so heftig mit dem Hinterkopf gegen die Rückwand, dass Sterne vor seinen Augen aufleuchteten.

Aus dem Frachtraum ertönte ein lautes Splittern und Schmatzen, als die Kisten und die zähe Kühlflüssigkeit gegen die Türflügel der Ladeluke klatschten. Nach einer Weile wurde der Lärm etwas leiser. Klunk stemmte die Füße gegen die Wand, stieß sich ab und segelte durch die Brücke. Als er die Konsole passierte, packte er den Schubhebel und zog ihn zurück. Die Triebwerke erloschen, und für einen Augenblick kehrte Stille ein.

»Nein!«, schrie Hal auf, als er sah, dass der Hebel nicht in der neutralen Position, sondern in der Stellung für vollen Umkehrschub einrastete.

Die Bugdüsen des Schiffes feuerten mit einem gewaltigen Aufbrüllen und stoppten die Vorwärtsbewegung der *Schwarzen Möwe.* Dieses Mal wurde Hal in die umgekehrte Richtung geschleudert und flog auf die harte, unnachgiebige Steuerkonsole zu. Er prallte gegen die Vorderkante, schlug einen Salto und krachte zusammen mit Klunk in den Hauptbildschirm. Als er die Augen wieder öffnete, erblickte er den auf sich zuschießenden Pilotensitz. Er duckte sich, und der Sitz bohrte sich unmittelbar über seinem Kopf in den Sichtschirm, worauf ein Hagelschauer aus Glas- und Kunststoffscherben durch die Brücke spritzte.

»Künstliche Schwerkraft an!«, rief Klunk.

Hals Gewicht kehrte übergangslos zurück. Er landete mit dem Rücken auf der Steuerkonsole. Der Aufprall raubte ihm den Atem, und er schnappte noch nach Luft, als er sah, wie der schwere Sessel auf ihn herabstürzte.

*

»Forg-Orbiter voraus«, meldete eine tiefe Männerstimme. »Landeerlaubnis wird erbeten.«

Farrell erhob sich, ging zum hinteren Ende der Kommandobrücke und öffnete einen Spind. Er entnahm ihm einen Overall und schlüpfte hinein. Der Overall roch nach altem Schweiß. Farrell rümpfte die Nase.

»Stimmt irgendwas nicht?«, fragte Terry.

»Nichts, was Ihnen auffallen würde.« Farrell führte die Aufschläge des Oberteils zusammen. Sie verbanden sich miteinander, und das Kleidungsstück passte sich den Konturen seines Körpers an. Dann setzte er eine Mütze auf, zog ein paar abgewetzte Lederstiefel aus dem Spind und zwängte die Füße hinein. Er wackelte so lange mit den Zehen, bis sich die Stiefel passgenau um seine Füße geschmiegt hatten.

»Landeerlaubnis wurde bestätigt«, sagte der Computer.

Farrell richtete den Blick auf den Sichtschirm, auf dem die Andockkupplung zu sehen war, die seitlich aus dem Orbiter hervorragte. Ein Feuerstoß aus den Bugdüsen bremste das Schiff ab. Der Deckboden neigte sich, und ein Schatten wanderte über den Sichtschirm, der die Beleuchtung der Andockvorrichtung verschluckte. Dann lief ein leichter Ruck durch das Schiff, der Farrell verriet, dass die *Volante* Kontakt hergestellt hatte, gefolgt von einer Reihe metallischer Klickgeräusche, als das Schiff von Greifklammern des Orbiters gepackt und gegen die Dichtungsringe des Andockstutzens gezogen wurde.

»Bereithalten für Druckausgleich«, sagte der Computer.

Farrell hörte das Zischen entweichender Luft und spürte ein leichtes Knacken in den Ohren.

Ein Piepton ertönte. »Andockmanöver abgeschlossen«, verkündete der Computer.

»Kommen wir jetzt also zu diesem Spacejock«, murmelte Farrell. »Computer, such nach der *Schwarzen Möwe.* Gib mir ihre Ankunftszeit.«

»Verstanden.« Es folgte eine kurze Pause, bevor sich der Computer wieder zu Wort meldete. »Die *Schwarze Möwe* befindet sich nicht im Forg-System. Ankunftszeit kann nicht bestimmt werden.«

»Bist du dir sicher? Sie hätte schon vor 20 Minuten hier sein sollen.«

»Ich bin mir sicher.«

Farrell fluchte leise. »Kannst du die Reichweite deiner Ortungssysteme erhöhen?«

»Negativ. Ortung wird durch die energetische Streustrahlung des Orbiters beeinträchtigt.«

»Das ist es!« Farrell schnippte mit den Fingern. »Benutze den Computer des Orbiters zur Fernortung!«

»Verbindung wird hergestellt. *Schwarze Möwe* wurde im Anflug auf den Planeten Forg geortet.«

»Gut, halt den Simuloid bereit.« Farrell ergriff das Mikrofon. »Geben wir diesem Spacejock ein paar neue Anweisungen.«

*

Hal kam stöhnend wieder zu sich und fuhr ruckartig hoch, als ihm ein nasses Tuch ins Gesicht klatschte. Dann entdeckte er Klunk vor sich, der ihn besorgt anstarrte.

»Geht es Ihnen gut, Mr. Spacejock?«

»Es ging mir solange gut, bis du mich mit deinem nassen Lappen beinahe ertränkt hättest.« Hal blinzelte, um die schwarzen Flecken zu vertreiben, die vor seinen Augen umherschwirrten.

»Während Sie bewusstlos waren, habe ich die Beschädigungen im Cockpit repariert«, sagte der Roboter stolz.

Hal sah sich um. Der Pilotensitz stand wieder auf seinem alten Platz, wenn auch in einem leicht schiefen Winkel. Helle Metallnähte, die entlang seines Fußes über den Boden verliefen, verrieten, wo Klunk ihn mit dem Deck verschweißt hatte. Das riesige Loch im Sichtschirm war geflickt worden, über die äußere Kunststoffscheibe verliefen meterlange Bahnen von Klebeband in wilden Zickzackmustern.

»Ja, äh ... gut gemacht«, lobte Hal. »Sieht fast aus wie neu.«

Klunk musterte ihn immer noch misstrauisch, als ein Klingeln ertönte.

»Wir werden gerufen«, sagte der Navcom.

»Auf den Hauptbildschirm damit«, befahl Hal.

Der Bildschirm gab ein lautes Knacken von sich, und aus Lücken zwischen den Klebestreifen drangen bläuliche Rauchschwaden hervor.

»Vielleicht sollten Sie lieber einen anderen Monitor benutzen«, schlug Klunk vor.

»Mr. Spacejock?«, fragte eine grollende Stimme.

Hal richtete sich auf die Knie auf und spähte über die Instrumentenkonsole auf einen winzigen Monitor, auf dem er einen Kopf plus Schultern sehen konnte. Er versuchte noch herauszufinden, um wen es sich bei dem Anrufer handelte, als sich die grollende Stimme wieder meldete.

»Wo zur Hölle stecken Sie, Spacejock?«

»Mr. Jerling, sind Sie das?«

»Wer sollte es denn sonst sein? Was hat Sie so lange aufgehalten?«

»Wir nähern uns gerade dem Planeten Forg«, sagte Hal. »Wir müssten in etwa einer halben Stunde vor Ihrer Fabrik landen.«

»Gut, ausgezeichnet. Passen Sie auf, es hat sich eine kleine Änderung ergeben.«

»Wirklich?«

»Ja. Eins meiner Schiff befindet sich gerade am Forg-Orbiter. Wenn Sie die Fracht dort umladen, sparen Sie Treibstoff.«

»Gleiche Bezahlung?«

»Natürlich. Meine Männer erwarten Sie. Sie heißen Farrell und Terry. Sobald Sie angedockt haben, werden sie zu Ihnen an Bord kommen und sich um das Umladen der Ladung kümmern.«

Hal nickte. »Verstanden. Ach, übrigens, ich muss Ihnen leider sagen, dass ich immer noch Klunk bei mir habe.«

Aus dem Lautsprecher drang ein merkwürdiges Flüstern, während ihn das Gesicht auf dem Monitor weiter anstarrte. Erst kurz darauf bewegten sich Jerlings Lippen erneut. »Das besprechen wir später.«

Der Bildschirm wurde dunkel.

Hal hörte ein Quietschen hinter sich und drehte sich zu Klunk um. Der Roboter schüttelte langsam den Kopf, einen verblüfften Ausdruck im Gesicht.

»Irgendein Problem?«, erkundigte sich Hal.

»Da ist irgendwas faul«, sagte Klunk. »Ich kann den Finger nur noch nicht so richtig darauf legen.«

»Du kannst deine Finger auf gar nichts richtig legen«, murmelte Hal. »Wie auch immer, jetzt ist nicht die Zeit für Rätselspiele. Wir müssen dringend die Ladung säubern.«

*

Farrell starrte mit gerunzelter Stirn auf den Bildschirm. »Wer zur Hölle ist Chunk?«

»Er hat Klunk gesagt, Boss, nicht Chunk«, erwiderte Terry. »Vielleicht ist das der Copilot.« Er zog den Blaster aus seinem Gürtel und überprüfte die Ladungsanzeige. »Ich werde mich zuerst um ihn kümmern.«

»Machen Sie sich deswegen keine Gedanken, ich komme schon selbst mit den beiden zurecht.« Farrell griff in seine Jackentasche und zog ein Blatt Karten hervor. »Lust auf ein Spielchen?«

»Kann ich mir nicht leisten.«

»Sie könnten gewinnen.«

Terry schnaubte.

»Was soll das jetzt heißen?«

»Dass Sie Glück im Spiel haben, sonst nichts.«

»Sie wollen doch nicht etwa andeuten, dass die Karten gezinkt sind, oder?« Farrell fächerte das Blatt auf, um Terry das Logo des Forberg-Casinos auf der Rückseite zu zeigen. »Mit denen ist überhaupt nichts faul.«

»In Ordnung.« Terry seufzte. »Aber ich setze nicht mehr als einen Kredit pro Spiel.«

»Machen Sie fünf daraus, und Sie sind dabei.«

*

Hal und Klunk standen neben einem geöffneten Schrank auf halbem Weg zwischen dem Ende des vertikalen Verbindungsschachts und dem Innenschott zum Frachtraum. Hals Arme ragten wie zwei Stöcke aus einer gepolsterten gelben Jacke hervor, aus deren zahlreichen Rissen das silberne Innenfutter zu quellen versuchte, und das größtenteils erfolgreich.

Klunk zupfte mit skeptischer Miene ein paar der flauschigen Fasern von Hals Schultern. »Sind Sie sich wirklich sicher, dass das ein Strahlenschutzanzug ist?«

»Der frühere Besitzer hat ihn jedenfalls dafür gehalten«, keuchte Hal, während er versuchte, eine ebenfalls gefütterte gelbe Hose zu seiner Hüfte hochzuziehen.

»Sie müssen vorher Ihre Stiefel ausziehen.«

»Nein, die passen schon durch die Hosenbeine.«

»Das glaube ich nicht.«

»Dann sieh zu und lern.« Hal verpasste der Hose einen heftigen Ruck, worauf beide Beine vom Hosenboden abrissen und sich Flocken des silbernen Innenfutters über das Deck verteilten.

»Ich wiederhole, Sie werden zuerst die Stiefel ausziehen müssen.«

»Das hatte gerade nichts mit meinen Stiefeln zu tun, die dämlichen Hosenbeine haben sich nur irgendwo verhakt.« Hal hob einen Fuß und packte das Hosenbein mit beiden Händen. Als er den steifen Stoff über seine Ferse zog, begannen die Längsnähte aufzureißen.

»Ich wiederhole …«

»Wenn du nicht gleich die Klappe hältst, schicke ich dich da rein.«

»Der Boden ist zu glitschig für meine Füße. Außerdem habe ich den Münzwurf gewonnen.«

Hal schleuderte entnervt die Stiefel von seinen Füßen und zog die sackartigen Hosenbeine über seine Fliegermontur. Als er sie losließ, rutschten sie sofort wieder hinunter und legten sich wie abgestreifte Schlangenhäute um seine Fußgelenke. Also zog er sie wieder so weit wie möglich hoch, hüpfte zum Schrank hinüber und hielt sie mit einer Hand in Position, während er mit der anderen im Inneren des Schranks herumsuchte. »Aha«, sagte er und hielt eine Rolle Klebeband in die Höhe. »Das Flickzeug.«

Klunk schnaubte.

»Mach schon, kleb die Beine für mich fest«, sagte Hal. »Ich kann sie nicht loslassen, sonst rutschen sie sofort wieder runter.«

Der Roboter nahm die Rolle, riss einen Streifen nach dem anderen ab und flickte damit die Risse des Strahlenschutzanzugs.

Nach fünf Minuten begann Hal, ungeduldig mit dem Fuß auf den Boden zu klopfen. »Bist du nicht allmählich fertig? Du musst mittlerweile den gesamten Anzug mit dem Klebeband gepflastert haben.«

»Fast fertig.« Klunk strich mit der Hand über den letzten Streifen, um ihn zu fixieren.

»Du weißt, dass wir hier keine Schönheitspreise vergeben.«

»Das ist auch gut so«, erwiderte Klunk. Er richtete sich auf und begutachtete sein Werk, den Kopf auf die Seite gelegt. »Erledigt, schätze ich.«

Hal blickte an sich herab. Nachdem der lockere Schutzanzug kreuz und quer mit straff sitzenden Klebestreifen umwickelt war, sah er wie ein gequetschter gelber Riesenschwamm aus. »Das sollte funktionieren. Ich werde ja nicht lange da drinnen sein.«

»Sie wissen schon, dass Strahlenschutzanzüge ungefähr so hilfreich wie Ballettkostüme sind.«

»Ich will mich ja nur schnell umsehen.«

»Sehen Sie sich aber besser nicht zu schnell um, denn allzu ruckhafte Bewegungen würde das Ding nicht mehr aushalten.«

»Dieser Anzug ist zäh wie Leder«, behauptete Hal. »Ich habe ihn von einer Asteroidenschürferin erstanden.«

»Hatte sie vielleicht eher schütteres Haar?«

»Ihr Schädel war so kahl wie eine Radarkuppel. Wie hast du das erraten?«

»Mit Hilfe psychischer Subroutinen.«

Hal watschelte steifbeinig zum Innenschott und streckte eine Hand zum Öffnungsmechanismus aus, der aus einem gelben, T-förmigen Hebel und einem großen roten Schalter bestand. Er hieb mit der durch einen Handschuh geschützten Faust auf den Schalter, der laut knirschend nachgab. Die Tür öffnete sich langsam mit einem dumpfen Grollen, und ein dünnes, grün leuchtendes Rinnsal sickerte in den Gang.

Hal wich reflexartig zurück.

»Die Flüssigkeit kann Ihnen nichts anhaben!«, rief Klunk, der sich ans andere Ende des Ganges zurückgezogen hatte und an der Leiter zur Kommandobrücke lehnte. Er betrachtete Hal mit dem Ausdruck eines Zuschauers, der sich darauf eingestellt hat, bestens unterhalten zu werden. »Natürlich immer vorausgesetzt, das Ding, in dem Sie stecken, ist wirklich ein Strahlenschutzanzug.«

Hal spähte in den Frachtraum. Die Ladung war während seines abgebrochenen Startversuchs von Seraph ordentlich durcheinandergeschüttelt worden. Jetzt bildeten die Kisten einen chaotischen Haufen und waren außerdem mit einer dicken grünen Glibberschicht überzogen.

»Igitt«, sagte Hal. Er musterte die leuchtende grüne Flüssigkeit unbehaglich. »Womit soll ich diesen Haufen überhaupt sauber machen?«

»Was ist mit Ihrem Kopf?«, rief Klunk.

Hal starrte ihn böse an. »Sehr witzig.«

»Nein, ich meine, Ihr Kopf ist völlig ungeschützt.«

»Gut, dass du es erwähnst. Der Kopfschutz liegt noch im Schrank.«

Klunk kramte in dem Spind herum, fand aber nur einen schmutzigen gelben Sack und eine alte Seilrolle. »Hier ist nichts«, sagte er.

Hal deutete auf den Sack. »Und was ist das?«

»Ein alter Stofffetzen.« Klunk zuckte die Achseln.

»Nein, das ist der Kopfschutz. Wirf ihn mir rüber.«

Klunk warf den kapuzenförmigen Sack nicht weit genug, sodass er vor Hal auf dem Boden landete. Als Hal sich bückte, um ihn aufzuheben, riss der Schutzanzug mit einem lauten Ratsch am Rücken auf. Er verdrehte den Oberkörper, um den Schaden zu begutachten, worauf sich der Riss noch verlängerte.

Während Klunk auch diesen Riss mit dem Klebeband flickte, schüttelte Hal die Kapuze aus und stülpte sie sich über den Kopf. Hinter zwei unregelmäßigen Schlitzen waren seine Augen zu erkennen. »Siehst du?«, fragte er. Der dicke Stoff dämpfte seine Stimme.

Klunks Lippen bewegten sich.

»Was?«, rief Hal.

»Keine Mundöffnung«, wiederholte Klunk. Er hatte seine Stimme bereits bis zum Maximum verstärkt.

»Du musst lauter sprechen!«, schrie Hal. »Ich kann dich nicht hören!« Er zeigte auf zwei Ausbeulungen in der Kapuze rechts und links von seinem Kopf.

»Ist nicht so wichtig.«

Hal verdrehte die Augen. »Heiß hier drinnen.«

Klunk grinste und hob beide Daumen.

»Okay, gehen wir rein«, murmelte Hal. Er betrat den Hangar. Jeder seiner Schritte ließ glitschige Kühlflüssigkeit aufspritzen. Bereits auf halbem Weg wurde er langsamer. Es fiel ihm zunehmend schwerer, die Füße zu heben und zu bewegen. Also blieb er stehen und hob probehalber langsam einen Fuß. Der Stiefel löste sich nur widerwillig mit einem schmatzenden Geräusch vom Deck. Hal versuchte, die Stelle zu betrachten, an der die Sohle den Boden berührt hatte, aber die Kapuze bewegte sich zusammen mit seinem Kopf, sodass sie sein Blickfeld blokkierte.

Schritt für Schritt, wobei er den Körper stocksteif aufgerichtet hielt, um den Anzug nicht erneut einzureißen, drehte er sich um, bis er in Richtung des Innenschotts blickte. Dann knickte er den Oberkörper vorsichtig in der Taille ab und starrte auf den Boden hinab, wo er eine Spur weißer Fußabdrücke entdeckte, die zurück zum Eingang führten.

Das war der Moment, in dem die letzte Gummischicht der Stiefelsohlen schmolz. Hal schrie auf, als er spürte, wie die eisige Kühlflüssigkeit durch seine Socken sickerte, und hechtete instinktiv auf das Frachtraumschott zu. Dabei rutschte er auf dem schmierigen Rest der aufgelösten Gummisohlen aus und landete rücklings in dem schleimigen grünen Gel. Er versuchte verzweifelt, sich auf den Bauch zu drehen und aufzustehen, aber der Untergrund war einfach zu glitschig.

Plötzlich hörte er einen dumpfen Aufprall und erblickte zu seiner Überraschung das verknotete Ende eines Seiles dicht vor seinem Gesicht. Am anderen Ende des Seiles sah er Klunk im

Rahmen des Schotts stehen, der ihm zuwinkte, das dicke Tau in den Händen.

Hal ergriff sein Ende des Seiles. Es straffte sich, als sich Klunk zurücklehnte und zu ziehen begann. Hal rutschte langsam über das Deck. Auf halber Strecke erschlaffte das Tau plötzlich, und Klunk kippte mit einem verblüfften Gesichtsausdruck rückwärts um, ein kurzes Seilstück in beiden Händen.

Es dauerte eine Weile, bis Hals Gelächter verstummte und es ihm dämmerte, dass Klunks Rettungsversuch gescheitert war und er hilflos im Frachtraum festsaß.

Kapitel 16

Hal erschauderte, als die Kühlflüssigkeit unaufhaltsam durch den Strahlenschutzanzug drang und seine Haut wie mit den eisigen Fingern einer Totenhand berührte. Was für eine Art, zu sterben – im Frachtraum des eigenen Schiffes zu erfrieren.

Aus den Augenwinkeln heraus bemerkte er eine Bewegung. Er drehte sich auf die Seite und entdeckte Klunk im Schott. Der Roboter gestikulierte in seine Richtung. Nachdem er sich vergewissert hatte, dass Hal ihn sah, vollführte er eine kreiselnde Bewegung mit den Armen.

»Du willst, dass ich über den Boden zu dir rolle?«, fragte Hal.

Klunk grinste und hob beide Daumen.

»Das wollte ich gerade tun, als du mit deiner Pantomime angefangen hast!«, rief Hal. Die Kapuze dämpfte seine Stimme. Er wand und krümmte sich, bis er seinen Körper parallel zum Schott ausgerichtet hatte. Dann begann er, sich um seine Körperachse zu drehen, wobei er sorgfältig darauf achtete, den Kopf aus dem klebrigen Gel herauszuhalten. Als er nahe genug war, packte ihn Klunk an den Händen und zog ihn durch das Schott.

»Ich bin ja so froh, dass Sie in Sicherheit sind, Mr. Spacejock.«

»Was ich nicht dir zu verdanken habe«, knurrte Hal. Er zog sich die Kapuze vom Kopf. »So viel zur Reinigung des Frachtraums. Was jetzt?«

»Ich habe eine Idee.«

»Raus damit.«

»Wenn wir das Hecktor öffnen, könnte ich das Gel dort hinausschieben.«

»Du hast doch gesagt, dass du dich auf dem glitschigen Zeugs nicht bewegen kannst.«

»Richtig, aber ich kann mir aus den Resten des Strahlenschutzanzugs ein Paar rutschfeste Pantoffeln basteln.«

»Warum ist dir das nicht eingefallen, bevor du mich da reingeschickt hast?«, fragte Hal, wobei er mit dem Daumen auf den Frachtraum deutete.

»Weil der Anzug da noch nicht kaputt war.«

Hal setzte zu einer bissigen Erwiderung an, verzichtete dann aber darauf und blieb einfach mit ausgestreckten Armen stehen, während Klunk ihm zuerst aus den Stiefeln und dann aus den zerfetzten Überresten des Schutzanzugs half. Als der Roboter ihn von dem letzten Fetzen befreit hatte, machte Hal sich daran, seine Stiefel wieder anzuziehen. »Verdammt!«, stieß er hervor.

»Was?«

Er zeigte Klunk die Sohlen. »Völlig durchgefressen. Und das war mein einziges Paar.«

»Sie werden sich auf der Raumstation bestimmt ein Paar neue Stiefel kaufen können.«

»Und wovon?«

Aus einem über ihren Köpfen angebrachten Lautsprecher ertönte ein Geräusch wie von einer losschnellenden Bogensehne. »Ein Anruf«, meldete der Navcom.

»Stell ihn durch.«

Es rauschte und krachte aus dem Lautsprecher, dann dröhnte Jerlings Stimme auf. »Wo zur Hölle stecken Sie? Meine Leute warten darauf, Ihre Ladung zu löschen. Ich habe es eilig, Mann!«

»Tut mir leid, Mr. Jerling. Wir hatten ein kleines Problem mit dem Antrieb. Ist fast erledigt.«

»Was meinen Sie mit ›wir‹?«

»Ich und Klunk«, erwiderte Hal.

Ein oder zwei Sekunden lang rauschte der Lautsprecher nur leise vor sich hin. »Natürlich. Also, beeilen Sie sich. Wenn Sie nicht in den nächsten 20 Minuten hier andocken, kürze ich Ihnen das Honorar um die Hälfte.«

Ein Klicken verriet, dass Jerling das Gespräch beendet hatte.

Hal stieß Klunk an. »Ich dachte schon, er würde dir die Hölle heiß machen, weil du weggelaufen bist.«

»Das kommt noch.«

»Komisch, dass er nicht ein Wort über dich verloren hat.«

»Das wird er«, prophezeite Klunk düster.

»Mach dir deswegen keine Sorgen. Ich werde ein gutes Wort für dich einlegen.«

Klunk sah Hal hoffnungsvoll an. »Wirklich?«

»Sicher. Und wenn ich dann mit meiner Lobrede fertig bin, wird er so beeindruckt sein, dass er dir eine Medaille anstecken wird.«

»Das ist wirklich sehr freundlich von Ihnen, Mr. Spacejock.«

»Nicht der Rede wert.« Hal drückte dem Roboter die Überreste des Strahlenschutzanzugs in die Hände. »Und was die Reinigung des Hangars betrifft ...«

*

Klunk bewegte sich vorsichtig über den tückischen Boden, kletterte über umgestürzte Kisten hinweg und rutschte auf dem dicken Schlick herum, der das Deck wie ein nasser Schleimteppich überzog. Obwohl er nur langsam vorankam, erreichte er schließlich das Tor am Heck. Er wollte es gerade öffnen, als Hals Stimme aus den Deckenlautsprechern ertönte:

»Bist du schon fertig?«

»Ich habe bisher nicht einmal angefangen.«

»Dann komm allmählich in die Gänge. Zeit ist Geld, die Leute warten. Und noch etwas, ich werde …«

Klunk drückte die Öffnungstaste. Der Rest von Hals Worten wurde vom Pfeifen der entweichenden Luft verschluckt. Die Torflügel schwangen auf und schmiegten sich flach an den Rumpf. Hinter ihnen kam eine tintige Dunkelheit zum Vorschein, die mit unzähligen, wie Diamanten leuchtenden Sternen übersät war.

Während Klunk den Blick über das Sternenpanorama wandern ließ, fragte er sich, ob es den Planeten Aklam wirklich irgendwo dort draußen gab. Seit Jahren hatte er Geschichten über Aklam gehört, doch jedes Mal, wenn er ihnen bis zu ihrem Ursprung folgte, erwiesen sie sich als reine Legenden. Trotzdem war er fest entschlossen, diese Welt eines Tages zu finden, vielleicht, indem er sein gesamtes Geld sparte und die *Schwarze Möwe* mietete. Doch dann erinnerte er sich wieder an das Schicksal, das ihn auf Seraph erwartete. Es würde keine Expeditionen mehr für ihn geben, keine gemieteten Raumschiffe und keinen Roboterplaneten.

Niedergeschlagen drückte er den Besen in den dicken Schlick, schob eine Ladung davon zur Heckluke hinaus und sah zu, wie das Kühlmittel davontrieb. Nachdem es aus seinem Blickfeld verschwunden war, schaute er sich in dem geräumigen Frachthangar um und führte eine schnelle Überschlagsrechnung durch. Die Säuberung des Hangars mit dem Besen würde Stunden dauern. Es musste eine praktikablere Lösung geben.

Er dachte kurz nach und grinste. Etwa eine Minute später kehrte er mit dem Sauerstoffschweißgerät, von dem er den Schlauch entfernt hatte, in die Ladebucht zurück. Er richtete die Düse auf den Belag vor seinen Füßen, drehte das Ventil auf und blies große Fladen der sirupartigen Substanz zur offenen

Heckluke hinaus. Auf dem Deck zeichneten sich die ersten sauberen Streifen ab. Trotz der künstlichen Schwerkraft war der Schub aus den Druckflaschen so stark, dass er beinahe den Boden unter den Füßen verlor. Also drosselte er den Gasausstoß ein wenig, um ihn zu reduzieren.

Es dauerte nur kurze Zeit, und er hatte die Kühlflüssigkeit beseitigt und den größten Teil der Kisten wieder ordentlich aufgestapelt. Zufrieden mit seiner Arbeit sah er sich gerade um, als er spürte, dass der Boden unter seinen Füßen zu vibrieren begann. Die Triebwerke des Schiffes erwachten zum Leben!

Klunk verfluchte Hals Ungeduld und hastete in Richtung der Schalttafel neben der Heckklappe. Er hatte erst die Hälfte der Strecke zurückgelegt, als das Schiff einen Satz vorwärts machte und ihn zu Boden schleuderte. Erschreckt registrierte er, dass er über das Deck in Richtung des geöffneten Hecktores rutschte, hinter dem die sternenübersäte Leere gähnte.

Klunk rollte sich herum und begann, in Richtung des anderen Endes des Frachtraums zu kriechen, die Gaszylinder noch immer unter einen Arm geklemmt. Als er eine der schweren Kisten erreichte, klammerte er sich an ihr fest. Die raue Oberfläche des Holzes unter seinen Fingern vermittelte ihm ein Gefühl der Sicherheit. Der Besen, den er achtlos auf den Boden geworfen hatte, rutschte an ihm vorbei und verschwand durch die offene Ladeluke im All. Ein Lächeln huschte über Klunks Gesicht, als er sich vorstellte, was für einen albernen Anblick er abgegeben hätte, wenn er hilflos zappelnd über das Deck geschlittert wäre.

Im gleichen Augenblick geriet die Kiste ins Rutschen.

*

Hal beobachtete einen Lichtfleck auf dem kleinen Bildschirm vor ihm, der langsam größer wurde. »Wie lange brauchen wir bis dorthin?«, erkundigte er sich.

»Keine fünf Minuten«, erwiderte der Navcom.

Das Deck begann zu beben, als die Bugdüsen feuerten. Die erhitzten Gase ließen die Sterne auf dem winzigen Monitor verschwommen wabern. Als die Düsen wieder erloschen, lag der Forg-Orbiter genau in Flugrichtung, eine riesige, an den Polen abgeflachte Kugel. Aus dem oberen Pol ragte eine mit zahllosen Scheinwerfern bestückte Antenne empor, aus dem unteren Pol ein langer balkenförmiger Ausleger, an dem mehrere Raumschiffe angedockt hatten; modern aussehende Frachter mit den Emblemen bekannter Fracht- und Passagiergesellschaften, die im hellen Scheinwerferlicht des Orbiters glitzerten. Die blinkenden Positionslichter an ihren Stummelflügeln ließen die glatt polierten Schiffsrümpfe abwechselnd rot und grün leuchten.

Hal betrachtete die Schiffe voller Neid. Ganz abgesehen von den schlanken modernen Rümpfen und den professionellen Lackierungen wäre er schon zufrieden gewesen, wenn die *Möwe* über funktionierende Positionslichter verfügt hätte.

Gerade als er sich fragte, was er als Nächstes tun sollte, begann ein rotes Lämpchen auf der Instrumentenkonsole rhythmisch zu blinken. »Wir werden gerufen«, meldete der Navcom.

»Stell durch.«

»Hier ist der Forg-Orbiter«, verkündete die Raumkontrolle in einem säuselnden Tonfall. Die weibliche Stimme erfüllte die gesamte Kommandobrücke. *»Bitte geben Sie die Identifikationsnummer des Schiffes nach dem Signalton bekannt.«* Nach einer kurzen Pause ertönte ein Piepton.

»BG35467-CS«, sagte Hal.

Es folgte eine längere Pause. *»Wir haben Schwierigkeiten damit, Sie zu identifizieren. Bitte wiederholen Sie Ihre Seriennummer.«*

Hal beugte sich tiefer über das Mikrofon. »BG35467-CS«, sagte er laut. »Die *Schwarze Möwe.*«

»Die Seriennummer allein reicht aus«, erwiderte die Sprecherin. *»Bitte warten Sie.«*

Hal wartete. Und wartete ... Schließlich klang die Stimme wieder auf. *»Entschuldigen Sie bitte die Verzögerung, aber wir mussten zunächst unseren Museumscomputer hochfahren. Sie haben jetzt Andockgenehmigung für Hangar 4B.«*

»Danke«, erwiderte Hal. Erst nachdem die Lotsin der Raumstation die Verbindung beendet hatte, fiel ihm auf, dass er gar nicht wusste, wo sich Hangar 4B befand. »Äh ... Navcom?«

»Ich kann automatisch andocken.«

»Dann hör auf zu quatschen und komm in die Gänge.« Hal streckte sich. »Ich kann es gar nicht erwarten, endlich Jerlings Leute zu treffen. Es wird allmählich Zeit, dass einer dieser Jobs mal richtig funktioniert.«

*

»Irgendwas muss schiefgelaufen sein«, sagte Farrell, den Blick auf die Uhr gerichtet. »Er hätte schon vor einer Ewigkeit hier sein sollen.«

»Vielleicht hat sich der echte Jerling ja in der Zwischenzeit bei ihm gemeldet.«

»Wenn das stimmt, sind wir geliefert.« Farrell legte eine Karte auf den Tisch. »Zehn Kredite für mich, denke ich.«

»Der Einsatz beträgt fünf Kredite.«

»Ich weiß, aber Sie haben schon zum zweiten Mal verloren.«

Terry kramte in seinen Taschen herum und überreichte Farrell zwei Kreditchips. »Vielleicht ist er auch einfach nur misstrauisch geworden«, sagte er. »Sie wissen schon, kann sein, dass er gerade auf der Station rumschleicht, um uns auszuschnüffeln. Vielleicht hat ihm dieser Klunk irgendwas gesteckt.«

»Ich werde noch mal den Simuloid benutzen. Ich muss rausfinden, was da los ist.«

»Wenn Sie ihn zu oft benutzen, wird Spacejock Ihnen noch auf die Schliche kommen.«

Farrell mischte die Karten und klatschte das Blatt dann mit Schwung auf die Konsole. »Warum konnte Jerling keinen vernünftigen Piloten auftreiben? Wieso musste er diesen Idioten anheuern?«

Ein Summen ertönte, und ein rotes Lämpchen begann zu blinken.

»Ja?«

»Laut Angabe des Orbiters hat die *Schwarze Möwe* inzwischen angedockt«, verkündete der Computer.

»Wo?«, wollte Terry wissen.

Er erhielt keine Antwort.

»Der Computer ist nicht auf Ihre Stimme programmiert«, erklärte Farrell. Er wandte sich der Konsole zu. »Wo hat die *Schwarze Möwe* angedockt?«

»Hangar 4B.«

Farrell stopfte sich die Spielkarten in die Tasche und sprang auf. »Ich treffe mich mit Spacejock, Sie schaffen das Schiff rüber zu ihm.«

»Wie soll ich das anstellen, wenn mir das Ding nicht gehorcht?«

»Terry ist hiermit autorisiert, das Schiff zu fliegen«, sagte Farrell der Konsole.

»Freigabe bestätigt«, erwiderte der Computer.

Farrell schob eine Hand unter die Konsole, löste einen Blaster aus seiner Halterung und ließ ihn in seinem Overall verschwinden.

»Ich dachte, Sie wollten lediglich mit ihm sprechen«, sagte Terry.

»Nur als kleine Argumentationshilfe für alle Fälle«, erklärte Farrell, während er die Ausbeulung in seinem Overall tätschelte.

Kapitel 17

Hal betrat die Luftschleuse der *Schwarzen Möwe* und spähte durch das dicke Glas des Bullauges in den Andockstutzen des Orbiters, der vor einem schweren zweiflügligen Metallschott endete. Direkt oberhalb der Aufschrift »4B« waren getönte Bullaugen in das Metall eingelassen.

Die Schleusentore schwangen auf, und ein großer dunkelhaariger Mann in einem blauen Overall trat hindurch. Hal drückte auf die Öffnungstaste der Luftschleuse. Als sich das schwere Außenschott knarrend öffnete, wartete der Mann bereits direkt davor. Er wirkte gereizt, doch als er Hal entdeckte, setzte er ein gekünsteltes Lächeln auf und streckte eine Hand aus. »Ich bin Farrell. Sie müssen Spacejock sein.«

»Das bin ich«, bestätigte Hal, während sie sich die Hände schüttelten.

»Terry bringt mein Schiff zu Ihrem rüber. Wir werden die Schiffe mit den Heckluken zusammenkoppeln und die Fracht direkt von Ihrem auf meins umladen. Ich stehe ein bisschen unter Zeitdruck, also, je schneller wir anfangen ...«

»Folgen Sie mir.« Hal führte den hochgewachsenen Mann von der Schleuse in die Kommandobrücke. Er stieg die Leiter hinunter und wollte gerade vor der losen Stufe warnen, als Farrells Stimme durch den Schacht hallte. »Ein bisschen altmodisch hier, was? Gibt es keine Aufzüge in dem alten Kahn?«

Hals Lippen wurden schmal. »Nein, hier gibt es keine Aufzüge.« Er stieg von der Leiter und ging weiter zum Innenschott des Frachtraums. Hinter sich hörte er Farrell eine Verwünschung ausstoßen, als dieser beinahe auf der defekten Sprosse ausglitt.

»Passen Sie auf, wohin Sie treten!«, rief er mit einem unterdrückten Grinsen. Er betätigte den Öffnungsmechanismus, doch nichts geschah. Auch als er die Taste erneut drückte, bewegte sich das Schott um keinen Millimeter.

Farrell hatte inzwischen zu ihm aufgeschlossen. »Ich möchte Sie ja nicht bedrängen, aber Jerling hat es ziemlich eilig.«

Hal hieb mit der Faust auf die Taste und wartete darauf, dass sich das Schott öffnete. Wieder tat es ihm nicht den Gefallen.

»Irgendwas nicht in Ordnung?«, erkundigte sich Farrell.

»Die Taste hat auch früher schon gelegentlich geklemmt. Sieht so aus, als funktioniert sie jetzt gar nicht mehr.« Hal packte den Notbetriebsöffnungshebel und zog kräftig daran. Statt das Schott zu öffnen, riss er den gelben Hebel aus seiner Verankerung. »Navcom, kannst du diese Tür für mich öffnen?«, rief er.

»Negativ.«

»Was soll das heißen, negativ? Du öffnest jetzt sofort die Tür!«

»Befehl nicht ausführbar. Der Frachtraum steht nicht unter Druck.«

Der gelbe Hebel entglitt Hals Fingern und landete scheppernd auf dem Deck.

»Keine Luft?«, keuchte Farrell. »Sie hätten uns fast ins Vakuum geblasen, Sie Trottel! Wäre der Hebel nicht abgebrochen ...«

Hal runzelte die Stirn. »Klunk hätte die Torflügel mittlerweile längst schließen sollen. Was treibt der da nur?«

»Klunk ist da drinnen?« Farrell starrte das Schott an. »Ich hoffe, er trägt einen Raumanzug.«

»Wofür? Er ist ein Roboter.«

»Aber sicher. Wie konnte ich das nur vergessen?«

»Navcom, mach die Außentore zu.«

»Befehl wird ausgeführt.« Es ertönte ein winselndes Geräusch, gefolgt von zwei dumpfen Schlägen und dem Zischen einströmender Luft. »Außentore geschlossen.«

Hal drückte erneut auf die Öffnungstaste, und diesmal glitt das Innenschott sofort auf. Sobald der Spalt breit genug war, zwängte er sich hindurch. »Klunk? Bist du hier?«

Keine Antwort.

Hal umrundete mehrere säuberlich übereinander gestapelte Kisten und blieb stehen, als die Kälte durch die ruinierten Sohlen seiner Stiefel kroch.

»Was ist mit Ihren Stiefeln passiert?«, fragte Farrell, als er sah, wie Hal vorsichtig über eine Pfütze auf dem Boden stieg.

»Geschmolzen. Nur ein kleiner Unfall.«

»Warum wechseln Sie sie dann nicht?«

Hal hob die Schultern. »Würde ich ja, wenn ich ein zweites Paar hätte.«

»Auf dem Orbiter gibt es ein Geschäft.«

»Das kann warten, bis Jerling mich bezahlt hat.« Hal ging weiter.

Farrell folgte ihm und betrachtete dabei die Kisten. »Ich dachte, die Ladung wäre umfangreicher.«

»Ein Teil davon befindet sich noch auf Seraph«, erwiderte Hal. Er verzichtete darauf zu erwähnen, dass die Kisten auf Regans Schrottplatz verstreut herumlagen.

Sie erreichten den hinteren Bereich des Hangars mit dem Rest der säuberlich gestapelten Kisten. Der Roboter hatte gute Arbeit geleistet, fand Hal, während er sich bückte, um zwei parallel verlaufende Kratzspuren auf dem Boden zu untersuchen, die etwa in der Mitte des Hangars begannen und bis zu den Doppelflügeln des Hecktors reichten. Der Boden war sauber, selbst der schmierige Überzug auf den Kisten war verschwunden. Klunk leider auch.

Farrell lachte. »Sieht so aus, als hätten Sie Ihren Roboter im Weltraum über die Planke gehen lassen, Hal.«

*

Klunk konnte gerade noch die Umrisse des Orbiters vor dem blau-weißen Hintergrund Forgs ausmachen. Dann entdeckte er einen flammenden Lichtstrahl und fragte sich, ob es die Feuerzungen aus den Steuerdüsen der *Schwarzen Möwe* waren, mit denen das Raumschiff das Andockmanöver durchführte.

Der Orbiter schien immer weiter anzuschwellen. Das Schiff hatte beschleunigt, als Klunk durch die Heckluke gerutscht war, und seine Restgeschwindigkeit war so groß, dass er sich der Raumstation rasend schnell näherte. Er führte eine schnelle Überschlagsrechnung durch und kam zu dem Schluss, dass er bei seinem derzeitigen Tempo etwa 30 Minuten benötigen würde, um die Station zu erreichen. Dann musste er nur noch die Arme ausstrecken und sich irgendwo festhalten.

Irgendetwas schrammte an seinem Bein entlang, und als er an sich hinabblickte, entdeckte er den Sauerstoffbrenner, der unter ihm trieb. Er packte die Flaschen und klemmte sie sich unter den Arm. Schließlich konnte er sie nicht einfach gegen die Station prallen lassen. Dabei könnten Menschen zu Schaden kommen.

Klunk richtete den Blick wieder auf den Orbiter und erkannte augenblicklich, dass irgendetwas schieflief. Bisher war er direkt auf die Station zugeflogen, doch jetzt schien sie sich seitlich von ihm fortzubewegen. Klunk überprüfte seine Berechnungen und befand sie als korrekt. Wieso veränderte sich dann sein Flugvektor?

Sein Blick fixierte den Forg-Orbiter, der über die Planetenoberfläche wanderte. Die Raumstation folgte kontinuierlich ihrer Umlaufbahn, aber Klunk hatte ihre Eigenbewegung bei seiner Berechnung berücksichtigt. Die Sonne war ein ferner Lichtpunkt, ihre Auswirkungen über diese Entfernung hinweg nicht der Rede wert. Der Planet …

Klunk stieß einen Fluch aus. Wie hatte er etwas derart Offensichtliches nur übersehen können? Er fügte Forgs Masse der Gleichung hinzu und berechnete sie erneut. Als das Ergebnis feststand, betrachtete er das Grün und Braun der Kontinente und fragte sich, ob die Menschen dort unten den Flammenschweif am Tageshimmel bemerken würden, wenn er durch die Atmosphäre pflügte. Oder würden ihn die planetaren Abwehrgeschütze schon vor dem Eintritt in die Stratosphäre zu Staub zerstrahlen? Wie auch immer, Forgs Schwerkraft zog ihn unerbittlich von dem Orbiter fort.

In Klunk stieg das Bild des Wartungsroboters auf Lamira mit seinen geblendeten Augen und dem von der Hitze verschmorten Gesicht auf. Er wischte es weg und malte sich stattdessen aus, wie er auf der Brücke der *Schwarzen Möwe* saß und die private Landeplattform des Roboterkaisers anflog. Weil ihm der Ruhm für die langen Jahre seiner treuen Pflichterfüllung vorausgeeilt war und er nun dafür ausgezeichnet werden sollte, vielleicht in Form einer Ehrenposition in der Kaiserlichen Garde.

Mit geschlossenen Augen fiel Klunk dem ahnungslosen Planeten entgegen, ein zufriedenes Lächeln auf seinem geschundenen Antlitz.

*

Die *Volante* hatte mit ihrem Heck am Heck der *Schwarzen Möwe* angedockt. Da Hals Schiff das kleinere war, ragte die Andockschürze der *Volante* weit über die Heckluke des Frachters hinaus. Und da die Andockklammern der *Möwe* nicht passgenau ausgerichtet waren, wurde das Umladen der Fracht vom unablässigen Fauchen entweichender Luft begleitet.

Um das tiefere Niveau des Hangarbodens der *Volante* zu kompensieren, waren ein paar Planken zwischen beide Schiffe gelegt worden, die jedes Mal bedenklich knarrten, wenn Farrells Lastenschlepper die Kisten von einem Schiff in das andere schaffte. Es war ein grauer Roboter mit tiefen Schrammen an Brust und Oberarmen, dessen Kopf ständig in Bewegung war. Seine blutroten Augen zuckten blitzschnell hin und her, erfassten jede auch noch so winzige Bewegung in seinem Umfeld.

»Ein ehemaliger Marineinfanterist«, erklärte Farrell, der bemerkte, wie Hal den Roboter beobachtete. Er klopfte ihm auf die Schulter. »Vor dem Verkauf wurden alle Abzeichen und Orden entfernt.«

»Zum Glück hat man ihm auch die Waffen abgenommen.« Als Hal sein Gewicht von einem Fuß auf den anderen verlagerte, ruckte der Kopf des Roboters herum. Seine Augen bohrten sich in die des Menschen. Einen Sekundenbruchteil lang befürchtete Hal schon, der Roboter würde die Kiste fallen lassen und sich auf ihn stürzen.

»Diese Roboter benötigen keine Waffen«, sagte Farrell trocken.

»Wie halten Sie ihn unter Kontrolle?«

»Überhaupt nicht. Man bittet ihn höflich darum, seine Anweisungen zu befolgen, und hofft, dass er es auch tut.«

Hal musste an Klunks liebenswertes freundliches Gesicht denken. »Glauben Sie wirklich, dass Sie einen Suchtrupp organisieren können? Für Klunk, meine ich.«

»Entspannen Sie sich. Ich kenne jeden hier auf dem Orbiter. Die schaffen den Roboter zurück zu Jerling, bevor Sie bis drei gezählt haben.«

»Danke.«

Auf der Rückseite des Hangars der *Volante* öffnete sich eine Tür, und ein Mann trat hindurch. Er war kleiner als Farrell, ein vierschrötiger Bursche mit muskulösen tätowierten Armen, der sich eine blaue Schirmmütze über das hellblonde Haar gestülpt hatte. Der Mann wartete, bis der Roboter ihn passiert hatte, bevor er die Planken überquerte und den Frachtraum der *Schwarzen Möwe* betrat. Hal registrierte die unverkennbaren Umrisse eines Blasters unter seinem Overall.

»Hal, das ist Terry«, sagte Farrell. »Terry, Hal hat Klunk kürzlich ins All befördert. Sie wissen schon, den Roboter Klunk.«

Hal verspürte ein Frösteln, als sich Terrys blasse Augen auf ihn richteten. »Äh ... hi.«

Terry nickte und blickte sich im Frachthangar um. »Fast fertig, ja?«

»Fast.« Farrell warf Hal einen Blick zu. »Hören Sie, haben Sie schon etwas gegessen?«

Hal schüttelte den Kopf.

»Warum besorgen Sie sich nicht eine Kleinigkeit auf dem Orbiter? Da gibt es jede Menge zu essen, und Sie sehen so aus, als könnten Sie einen Happen vertragen.«

»Vielleicht später.«

»Stiefel gibt es da ebenfalls. Sie könnten sich ein neues Paar besorgen.«

»Nicht bevor Jerling mich bezahlt hat.«

»Oh, ich verstehe.« Farrell griff in seinen Overall und beförderte eine Hand voll Kreditchips zutage. »Das können wir auch später erledigen.«

»Ich dachte immer, Jerling würde nie im Voraus bezahlen.«

»Ich werde es ihm nicht verraten, wenn Sie es nicht tun. Hier, nehmen Sie.«

Hal steckte die Chips in die Hosentasche. Die Ausbeulung und das Gewicht der Chips auf seinem Oberschenkel waren eine neue Erfahrung, und er beschloss, die billigsten Stiefel und das billigste Essen zu kaufen, das er finden konnte, um dieses angenehme Gefühl so lange wie möglich zu genießen. »Ich bin in einer halben Stunde zurück.«

»Nur keine Eile, ich kann Ihnen jederzeit eine Nachricht schicken. Und hören Sie auf, sich Sorgen wegen Klunk zu machen. Ich werde schon dafür sorgen, dass man sich angemessen um ihn kümmert.«

*

Ein Stimmenwirrwarr riss Klunk aus seinem Tagtraum. Es war die Frequenz der Verkehrskontrolle des Orbiters, auf der rege Aktivität herrschte. Er versuchte, sich in den Funkverkehr einzuschalten und um Hilfe zu rufen, doch die leistungsfähigeren Anlagen der vorbeifliegenden Schiffe überlagerten seinen schwachen Sender.

Klunk starrte auf die abgeflachte Scheibe vor sich und entdeckte die *Schwarze Möwe*, die an einem Andocktunnel festgemacht hatte und beinahe von einem großen weißen Schiff verdeckt wurde. Der Anblick entlockte ihm ein Lächeln, denn das bedeutete, dass die Fracht umgeladen wurde und Hal bald seinen Lohn erhalten würde. Es war schade, dass der Mensch ihn vergessen hatte, doch vermutlich gingen Hal jede Menge anderer Dinge im Kopf herum.

Als der Orbiter vorbeiglitt, ließ Klunk den Zwillingszylinder los und verschränkte die Arme. Er war weniger als 200 Meter von der nächsten Sichtluke entfernt, und es gab nichts, was er daran ändern konnte. Er würde es nicht schaffen, irgendwo Halt zu finden.

Klunk zog ein Bein zurück, um den Gasflaschen einen Tritt zu verpassen, doch plötzlich erinnerte er sich, wie er die Kühlflüssigkeit mit dem komprimierten Gas durch die Heckklappe des Hangars ins All geblasen hatte, und er verharrte mitten in der Bewegung. Der Doppelzylinder hatte in seinen Armen heftig hin und her geruckt und wäre ihm einige Male aufgrund des Rückstoßes beinahe entglitten.

Der Rückstoß!

Klunk griff hektisch nach den Flaschen und öffnete das Ventil. Hoffentlich hatte er nicht zu viel Zeit verloren. Ein weißer Dampfstrahl schoss aus der Düse, und Klunk drehte das Ventil eilig wieder zu, bevor ihm die glatten Zylinder zwischen den Armen hindurchrutschen konnten. Dann richtete er die Düse seitlich vom Orbiter weg, drehte das Ventil wieder auf und umklammerte die Flaschen mit aller Kraft.

Kapitel 18

Hal durchquerte den Andocktunnel des Orbiters mit grimmiger Miene. Obwohl Farrell ihm versichert hatte, dass die Suche nach Klunk in vollem Gang war, würde Jerling garantiert von dem Fiasko erfahren. Sicher, der Roboter war kaum mehr als ein wandelnder Schrotthaufen, aber wahrscheinlich würde Jerling nie wieder Hals Dienste in Anspruch nehmen. Und es gab noch etwas, das ihm Sorgen machte: Farrells Mitarbeiter Terry. Der Mann erinnerte mehr an einen Auftragskiller als an einen Frachterpiloten.

Die Tür am Ende der Rampe öffnete sich, und Hal betrat einen nur spärlich beleuchteten Tunnel. Er folgte den Hinweisschildern zum Haupteingang des Orbiters, einem runden Schott mit einer Kontrollleiste an der Wand. Hal drückte auf die Öffnungstaste, doch nichts passierte. Als er die Taste erneut drückte, klang eine knisternde metallische Stimme aus dem Deckenlautsprecher auf: »Manuelle Befehlsüberbrückung inoperativ. Bitte verwenden Sie Stimmeingabe.«

»Öffne die Tür«, sagte Hal. Seine Stimme hallte durch den Tunnel. Das Schott glitt langsam zur Seite, und Hal trat in eine dürftig erleuchtete Luftschleuse. Er drückte auf die Taste an der gegenüberliegenden Wand, doch wie zuvor passierte nichts. »Öffne die Tür«, wiederholte er.

Der Deckenlautsprecher rauschte und knisterte. »Schließen Sie zuerst die andere Tür.«

»Schließ sie doch selbst.«

»Ich bin nur eine Luftschleuse. *Sie* müssen die Befehle geben.«

Hal zuckte die Achseln. »Schließ das Schott.«

»Welches der Schotte soll ich schließen? Das äußere oder das innere?«

»Wie solltest du denn das Innenschott schließen können? Das ist doch gar nicht offen!«

»Es tut mir leid, aber Sie müssen Ihre Anweisung noch einmal wiederholen.«

»Schließ das Außenschott und öffne das Innenschott!«

»Ich bin nicht in der Lage, multiple Anweisungen zu interpretieren.«

»Okay, dann interpretiere mal das!« Hal zog seinen Blaster. »Ich werde jetzt so lange Löcher in die Wände schießen, bis ich irgendwas treffe, das das Schott öffnet. Und ich werde in drei Sekunden damit anfangen.«

»Ich kann das Innenschott nicht ohne die korrekte Anweisung öffnen«, sagte die Luftschleuse.

»Das sind alle Anweisungen, die du erhalten wirst.« Hal zielte mit dem Blaster auf den Deckenlautsprecher. »Eins ...«

»Ich werde diesen Vorfall den Behörden melden müssen«, warnte die Luftschleuse.

»Sobald ich den Abzug gedrückt habe, wirst du niemandem mehr irgendwas melden. Zwei.«

Ein flehentlicher Unterton schlich sich in die Stimme der Luftschleuse. »Alles, was Sie sagen müssen, ist: ›Außen schließen, innen öffnen.‹«

»Ich bevorzuge diese Methode«, sagte Hal und hob den Blaster. »Drei!«

Das Außenschott fiel zu, und eine Sekunde später glitt das Innenschott auf. Hals Ohren stellten mit einem Knacken den Druckausgleich her. »Das war doch gar nicht so schwer«, knurrte er und hakte den Blaster wieder an seinem Gürtel fest.

Er erhielt keine Antwort.

Hal verließ die Luftschleuse und bestieg einen kleinen Aufzug. Es gab nur einen Knopf auf der Kontrolltafel, und so drückte er ihn. Die Tür schloss sich. Der Lift schoss aufwärts, und als er wieder hielt, öffnete sich die Tür in eine hell erleuchtete Halle, in der es durchdringend nach Schimmelpilz roch. An einer Reihe billiger Plastiktische saßen mehrere Leute, die aus großen Krügen tranken und sich irgendetwas zu essen in den Mund schaufelten. Ein Roboter stand hinter einer Durchreiche und teilte Krüge und Schüsseln aus. Rechts neben ihm befand sich ein großes Fenster in der Wand, darüber hing ein Schild mit der Aufschrift »General Store«. Hinter dem Fenster waren Regale zu sehen, auf denen sich unregelmäßig geformte Pakete stapelten.

Als sich Hal dem Fenster näherte, tauchte übergangslos das strahlende Gesicht eines Dienerdroiden hinter dem Tresen auf. »Hallo, da«, begrüßte ihn der Roboter fröhlich. Er machte eine weit ausholende Handbewegung, welche die überladenen Regale umfasste. »Wie Sie bemerken werden, halten wir eine riesige Auswahl diverser Artikel für den anspruchsvollen Kunden parat.« Er musterte Hal von Kopf bis Fuß und fügte hinzu: »Wir haben außerdem auch einige Artikel für Kunden mit einem eher bescheidenen Kreditlimit im Angebot.«

»Hast du irgendwelche Stiefel?«

»Ob ich Stiefel habe?«, fragte der Roboter. »Ich habe so viele Stiefel auf Lager, dass ich ein Geschäft damit eröffnen könnte.«

»Welche Sorten Stiefel hast du denn?«

»Interessieren Sie sich für bequeme, hochwertige, robuste oder eher für billige Stiefel?«

»Verrat mir, was du im Angebot hast, und ich verrate dir, was ich will.«

»Kein Problem«, sagte der Roboter fröhlich. Er drehte sich um, kramte eine Weile in den Regalen hinter dem Fenster herum und verschwand dann tiefer im Laden. Hal konnte hören, wie Schachteln gerückt und Papier zerknautscht wurde. Kurz darauf kehrte der Roboter mit einem Paar brauner, aus einem weichen Material bestehender Stiefel zurück. »Also, das ist es, was ich unter Qualität verstehe«, erklärte er und legte die Stiefel auf den Tresen. »Fühlen Sie mal.«

Hal strich mit den Fingern über die seidig weiche Oberfläche. »Leder?«

»Ja, aber nicht irgendein Leder«, erwiderte der Roboter. Er streichelte einen der Stiefel liebevoll mit seinen Metallfingern. »Nein, dieses Leder stammt von den legendären Muhkuutieren auf Froid III.«

»Froid III, ja?«

»Sie haben von Froid III gehört?«

»Nicht in diesem Zusammenhang.«

»Ich verstehe. Also, Muhkuuleder zieht sich bei Wärme zusammen. Deshalb passen sich die Stiefel perfekt den Konturen Ihrer Füße an. Sie sind völlig und absolut einzigartig.«

»Ich habe noch nie etwas von derartigen Stiefeln gehört.«

»Genau«, sagte der Roboter. »Alle Leute schwören darauf. Und sie kosten gerade einmal 248 Kredite.«

Hal hüstelte. »Hast du auch irgendwas Billigeres?«

»Ich könnte jetzt natürlich so tun, als würde ich im Lager nach anderen Stiefeln suchen, aber das ist das einzige Modell, das ich führe.«

»Du meinst, das ist alles? Und was ist mit den Artikeln für den schmaleren Geldbeutel?«

»Was soll ich sagen? Früher hatte ich einmal viele unterschiedliche Modelle im Angebot, aber meine Kunden haben immer nur Muhkuuleder verlangt.«

»Yeah, aber das ist ein Haufen Geld.«

»Betrachten Sie es doch mal so: Wenn sie zehn Jahre lang halten, bezahlen Sie pro Tag nur einen Drittelkredit für diese Stiefel.« Der Droide beugte sich über den Tresen. »Was bekommen Sie denn heutzutage noch für einen Drittelkredit?«

»Wenn man es von der Seite betrachtet, klingt es vernünftig.«

»Ich sag Ihnen was: Ich kann sehen, dass Sie ein Mann sind, der einen Sinn für schöne Dinge besitzt.« Der Roboter legte eine Kunstpause ein.

»Ja?«

»Also, ich könnte Ihnen diese Stiefel zu einem reduzierten Spezialpreis überlassen.« Der Roboter senkte vertraulich die Stimme. »Allerdings nur unter einer Bedingung.«

»Und die wäre?«

»Sie dürfen niemandem verraten, was Sie dafür bezahlt haben.«

Hal schob die Hand in die Tasche und tastete nach Farrells Kreditchips. Er ergriff einen der Stiefel, drehte ihn herum und strich über das weiche Leder.

Der Verkäuferdroid stand absolut reglos da.

Hal blickte auf seine Zehen hinab, die aus den Spitzen seiner geschmolzenen Stiefel herausragten. »Also gut. Wie viel?«

»Sie werden es nicht glauben, aber für Sie kann ich den Preis auf nur 98 Kredite senken.«

Hal spitzte die Lippen.

»Aber nicht vergessen, Sie dürfen niemandem etwas davon verraten.« Der Roboter beugte sich weiter vor. »Dies ist ein Spezialtarif, der nur wenigen ausgewählten Kunden gewährt wird.«

»In Ordnung. Ich nehme sie.«

In dem Tresen öffnete sich ein Schlitz. »Könnten Sie schon einmal bezahlen, während ich Ihre Ware hole?«

»Du hast mich ja nicht mal nach meiner Schuhgröße gefragt!«

Der Droide lächelte. »Sir, wie ich bereits sagte: Dies sind Muhkuustiefel. Die gibt es nicht in unterschiedlichen Größen.«

Während er hinter den Regalen verschwand, fischte Hal mehrere Chips aus der Tasche und steckte sie nacheinander in den Einwurfschlitz. Der Schlitz akzeptierte alle Chips bis auf den letzten, den er wieder ausspuckte. Hal schob ihn erneut hinein und hielt den Daumen auf den Schlitz gedrückt. Der Prüfmechanismus gab ein Klackern von sich, als er vergeblich versuchte, den Chip wieder auszuspucken. Hal erhöhte den Druck. Irgendetwas im Inneren des Mechanismus erzeugte ein metallisches Geräusch, und der Chip verschwand.

Der Roboter kehrte mit einem Karton zurück. »Hätten Sie das Päckchen gern eingewickelt?«

»Nein, ich brauche die Stiefel jetzt.«

Der Roboter legte einen blauen Kreditchip auf die Schachtel und schob sie über den Tresen. »Ihr Wechselgeld, Sir.«

Hal steckte den Chip ein, nahm den Deckel des Kartons ab und starrte auf die beiden formlosen Haufen aus braunem Leder. Er griff in die Schachtel und zog einen der Stiefel daraus hervor. Das Leder fiel in seiner Hand wie ein Sack in sich zusammen. »98 Kredite dafür?«

»Unbenutzte Muhkuustiefel sind immer weich und formlos«, erklärte der Roboter. »Probieren Sie sie an.«

Hal schleuderte den geschmolzenen rechten Stiefel mit einem Tritt in die Luft von seinem Fuß und schob ihn in den neuen Stiefel. »Der hat immer noch keinerlei Halt«, beschwerte er sich.

»Warten Sie, er wird sich Ihrem Fuß gleich anpassen.«

Nachdem er auch den zweiten Stiefel übergestreift hatte, machte Hal versuchsweise ein paar Schritte. Er spürte, wie sich die Stiefel langsam zusammenzogen und seine Füße von allen Seiten gleichmäßig umschlossen. »Hey, das ist prima!«, rief er.

»Ich habe es Ihnen ja gesagt«, erwiderte der Roboter.

»Sie ziehen sich immer weiter zusammen.« Hal runzelte die Stirn.

»Sie müssen sehr warme Füße haben, Sir.«

»Hey, das tut weh!«, keuchte Hal, als die Stiefel seine Füße heftig zusammenzuquetschen begannen. »Ahh-uuh! Nimm mir die Dinger wieder ab!«

Mehrere der Leute an den Tischen drehten sich neugierig zu ihm um.

»Sir, ich muss Sie davor warnen, sich übermäßig aufzuregen«, sagte der Roboter besorgt. »Sonst erwärmen sich Ihre Extremitäten noch stärker, und Ihre Stiefel reagieren entsprechend darauf.«

Hal setzte sich und zerrte mit aller Kraft an den Stiefeln. Sein Gesicht lief vor Anstrengung rot an. »Wie, zum Teufel, werde ich die wieder los?«

»Drücken Sie auf die Vertiefung über dem Absatz.«

Als Hal die Aufforderung des Roboters befolgte, weiteten sich die Stiefel sofort wieder. Er streifte sie ab. »Warum hast du mir das nicht verraten, bevor ich die Dinger angezogen habe?«

»Sir, ich bin untröstlich«, versicherte der Verkäuferdroide.

»Du hättest mich verkrüppeln können«, beschwerte sich Hal. Er massierte seine malträtierten Füße. »Weißt du, ich bin mittlerweile nicht mehr ganz überzeugt, was diese Stiefel betrifft.«

»Tut mir leid, es gibt keinerlei Rückerstattung«, sagte der Roboter. Er drehte sich um und machte sich demonstrativ hinter dem Schreibtisch zu schaffen.

Vorsichtig schlüpfte Hal erneut in die Muhkuustiefel. Wieder schmiegten sie sich sofort um seine Füße, doch diesmal schrumpften sie nicht so stark. Hal wackelte prüfend mit den Zehen, stand auf und beförderte seine alten Stiefel mit einem Tritt gegen die Wand.

Der Roboter blickte sofort von seiner Arbeit auf. »Sie wollen die doch nicht etwa hier zurücklassen? Nicht wahr, Sir?«

»Nein«, sagte Hal. »Hast du vielleicht eine Schachtel für mich?«

Der Droide fand einen leeren weißen Karton und schob ihn über den Tresen.

Hal ließ die halb geschmolzenen Stiefel in die Schachtel fallen und schob sie zurück über den Tresen. »Hier«, sagte er. »Da hast du ein bisschen neues Rohmaterial gratis von mir.«

*

Terry schlüpfte in den Maschinenraum der *Schwarzen Möwe* und schloss vorsichtig die Tür hinter sich. Er bückte sich unter einem Kabelgewirr hinweg und schob seinen muskulösen Körper hinter den kompakten zylindrisch geformten Motor des Hauptantriebs. Ganz in der Nähe heulte ein Generator, der die elektrischen Systeme des Schiffes mit Strom versorgte. Direkt dahinter entdeckte Terry, was er gesucht hatte, einen großen öligen Zylinder, der auf dicken Gummipolstern vor der rückwärtigen Wand stand und mittels großer gewundener Leitungen mit den Triebwerksmotoren verbunden war: das Hyperraumaggregat der *Schwarzen Möwe.*

Farrells Mann fürs Grobe griff in seine Jacke und zog ein schlankes Röhrchen aus poliertem Metall daraus hervor. Er schob es behutsam um das Hyperraumaggregat herum und befestigte es an der Rückseite des eingefetteten Zylinders. Nachdem er sich vergewissert hatte, dass es festsaß, drehte er die beiden beweglichen Enden in die entgegengesetzten Richtungen, worauf eine Leiste blinkender roter Lämpchen aufleuchtete. Ein Licht nach dem anderen wurde grün, und als auch das letzte aufgehört hatte zu blinken, zog sich Terry wieder zurück.

Er war bereits auf halbem Weg zur Tür des Maschinenraums, als er einen dumpfen Schlag auf der Schiffswandung direkt über sich hörte. Terry richtete den Blick auf die ölverschmierte Deckenverkleidung, die Waffe halb aus dem Holster gezogen. Einige Sekunden lag blieb es still, dann ertönte ein Quietschen aus der gleichen Richtung.

»Was für ein rattenverseuchter Kahn«, murmelte er und verstaute die Waffe wieder unter der Jacke. Vor der Tür drehte er sich ein letztes Mal um und warf einen Blick zurück in den Maschinenraum, konnte aber nicht die geringste Spur seines Eingriffs entdecken. Befriedigt zog er die Tür hinter sich zu und verschwand genauso verstohlen, wie er gekommen war.

*

Der Kellnerroboter blickte auf. »Kann ich Ihnen irgendwie helfen, Sir?«

Hal nickte. »Ich möchte etwas essen. Was hast du im Angebot?«

Der Roboter zuckte die Achseln. »Zu essen und zu trinken.«

»Das habe ich mir gedacht, aber welche Gerichte und Getränke?«

»Ich verkaufe Essen und Getränk«, erklärte der Roboter geduldig. »Was davon wünschen Sie?«

»Woraus besteht denn das Essen?«, erkundigte sich Hal.

»Aus einer Kombination der fünf unterschiedlichen Hauptnährstoffgruppen, nicht allzu eiweißlastig.«

»Und wie sieht es aus?«

»Wie Scheiße«, bekannte der Roboter nach einer Weile schließlich.

»Aber es schmeckt doch ganz passabel, oder?«

Der Roboter beugte sich vor und senkte die Stimme. »Den Reaktionen meiner Kunden nach zu urteilen, würde ich die Vermutung wagen, dass das Essen nicht nur wie Scheiße aussieht, sondern auch so schmeckt. Was die positive Seite betrifft, kann ich Ihnen versichern, dass es äußerst nahrhaft ist.«

Hal verzog das Gesicht. »Ich denke, ich nehme nur einen Kaffee.«

»Was ist Kaffee?«

»Ein Getränk.«

»Oh, ich verkaufe ein Getränk«, sagte der Droide.

»Und was für eine Art von Getränk?«, fragte Hal misstrauisch.

»Ich nehme etwas von dem Essen und löse es in Wasser auf.«

*

Farrell legte eine Spielkarte auf die Instrumentenkonsole der *Schwarzen Möwe* und versuchte, es sich in dem zerschlissenen Pilotensessel bequem zu machen, der ein bisschen nach links neigte. Die stampfenden und ächzenden Geräusche der Lastenheber aus dem Frachthangar, die die schweren Kisten in die *Volante* umluden, entlockten ihm ein Grinsen. Nicht mehr lange, und die komplette Ladung würde ihm gehören.

Terrys Stiefel klapperten auf den Leiterstufen, als er zur Kommandozentrale hochstieg.

»Wo sind Sie gewesen?«, fragte Farrell, während er eine weitere Karte umdrehte.

»Mich ein bisschen im Schiff umschauen.«

»Warum?«

»So aus Nostalgie. Mein Vater hat mich früher immer heimlich auf solche Kähne mitgenommen. Er war sozusagen in der Reinigungsbranche tätig und hatte sich darauf spezialisiert, unangenehme Dinge zu beseitigen und hinter anderen sauber zu machen.«

»Eine Dienstleistung, die Sie nötig hätten«, sagte Farrell und deutete auf Terrys Brust.

»Häh?« Terry fluchte, als er den schmierigen Ölfleck auf seiner Jacke entdeckte. »Und dabei ist die noch ganz neu.«

»Bleiben Sie locker, mit Ihrem Anteil an der Beute können Sie sich ein Dutzend neue Jacken kaufen.« Farrell hielt sich eine Hand trichterförmig hinters Ohr. »Hören Sie das?«

»Ich höre gar nichts.«

»Genau. Wenn ich mich nicht täusche, gehört die Fracht jetzt uns.«

Von der Decke her klang ein schabendes Geräusch. Terry hob den Kopf und zog die Waffe.

»Stecken Sie das Ding sofort wieder ein, verstanden?«, fauchte Farrell gereizt. »Ich finde das äußerst irritierend.«

Terry gehorchte widerstrebend, während seine Blicke über die Decke wanderten. Farrell schob die Spielkarten zusammen, klopfte den Stoß auf der Instrumentenkonsole in Form und wollte ihn gerade in die Tasche stecken, als ein Teil der Decke auseinanderbrach und ein zerbeulter bronzener Roboter auf das Deck stürzte.

Terry riss den Blaster aus der Jacke. Farrell sprang auf und verstreute das Kartenblatt in der Kommandobrücke. »Wer zur Hölle bist du denn?«, fragte er.

Kapitel 19

Klunk richtete sich auf, blickte zur Decke empor und schüttelte den Kopf, als er die zerbrochene Verkleidung entdeckte. »Ich muss irgendwo die falsche Abzweigung genommen haben«, stellte er fest. Er drehte sich um und musterte die beiden Männer. »Es tut mir leid, aber ich glaube nicht, dass wir einander vorgestellt wurden. Ich bin Klunk.«

Farrells Miene hellte sich auf. »Du bist also der Roboter, ja? Spacejock dachte schon, er hätte dich verloren.«

»Hat er auch, aber ich konnte über den Noteinstieg zurück an Bord gelangen. Und wer sind Sie?«

»Das da ist Terry. Ich bin Farrell.«

»Vermute ich richtig, dass Sie gerade die Fracht auf Ihr Schiff umladen?« Klunk streckte sich und versuchte, die Deckenverkleidung wieder in ihre ursprüngliche Position zu drücken.

»Yeah. Auf Befehl von Jerling.«

»Das erklärt die Anwesenheit des Frachters dort draußen.« Klunk runzelte die Stirn. »Ich wusste gar nicht, dass Mr. Jerling eines dieser Schiffe besitzt.«

»Du kennst Jerling?«

»Natürlich. Ich arbeite schließlich für ihn.«

Terry schob eine Hand unter die Jacke.

Klunk musterte ihn ausführlich. »Ich kann mich nicht erinnern, schon einmal Ihr Gesicht gesehen zu haben. Arbeiten Sie ebenfalls für Mr. Jerling?«

Farrell trat vor und legte dem Roboter einen Arm um die Schultern. »Hör mal, Klunk, warum gehst du nicht schon mal auf unser Schiff und machst es dir dort bequem?«

»Wo ist Mr. Spacejock?«

»Auf dem Orbiter unterwegs. Er will sich ein Paar neue Stiefel kaufen.«

Klunk hob die Augenbrauen. »Ich wusste nicht, dass er das Geld dafür hat.«

»Ich habe ihm einen kleinen Vorschuss gegeben.«

»Das war sehr großzügig von Ihnen.«

»Ich konnte die Notlage eines Pilotenkollegen einfach nicht mitansehen.« Farrell beugte sich vertraulich vor. »Also, ich kann dir ebenfalls helfen.«

»Danke, aber ich benötige keine Stiefel.«

»Das habe ich auch nicht gemeint. Ich kann dich zurück zu Jerling bringen.«

Ein unglücklicher Ausdruck huschte über Klunks Gesicht. »Er ... er erwartet mich nicht.«

»Es hat sich eine Planänderung ergeben. Mr. Jerling braucht deine Hilfe.«

Klunks Miene hellte sich auf. »Wirklich?«

»Sicher. Er hat eine wichtige Aufgabe für dich.« Ein Summen unterbrach ihn. Farrell griff in die Innentasche seines Overalls und zog seinen Kommunikator hervor. »Ja?«

»Frachttransfer abgeschlossen, Sir«, meldete eine metallisch klingende Stimme.

Farrell schob das Gerät in den Overall zurück. »Geh schon mal mit Terry voraus«, sagte er zu Klunk. »Ich hinterlasse Spacejock eine Nachricht, in der ich ihm alles erkläre.«

Terry ging zum Verbindungsschacht und stieg die Leiter hinunter. Sein Kopf war kaum in der Bodenöffnung verschwunden, da ertönte von unten ein dumpfer Schlag, gefolgt von einer gepressten Verwünschung, als er mit dem Fuß auf der lockeren Leiterstufe abrutschte. Klunk folgte ihm und blieb noch einmal vor der Leiter stehen. »Es ist sehr schade, dass ich mich nicht mehr von Hal verabschieden kann«, sagte er.

»Ruf ihn doch einfach später an«, schlug ihm Farrell vor. Er zog einen goldenen Füllfederhalter aus seinem Overall.

Der Roboter zögerte.

»Du kannst nicht hierbleiben, Klunk. Du weißt doch, wie ungeduldig Jerling sein kann.«

Nachdem der Roboter verschwunden war, klopfte Farrell die Taschen seines Overalls auf der Suche nach einem Stück Papier ab, doch alles, was er fand, waren die Spielkarten. Er entschied sich für den Joker und dachte kurz nach, den Füllfederhalter in der Hand. Dann verzog er das Gesicht zu einem breiten Grinsen und begann zu schreiben.

*

Hal war auf dem Rückweg zur *Schwarzen Möwe*. Er verließ den Fahrstuhl und betrat die Luftschleuse in der Zuversicht, zum ersten Mal in seinem Leben einen Auftrag erfolgreich abgeschlossen zu haben.

Das Schott schloss sich mit einem scharfen Ruck hinter ihm, und Hal grinste vor sich hin. Erstaunlich, was man gegenüber einer störrischen Maschine erreichen konnte, wenn man nur entschlossen genug auftrat. Plötzlich vernahm er ein schnüffelndes Geräusch.

»Uh-oh!«, stieß die Luftschleuse hervor.

Hal blickte sich verwundert um. »Was ist denn?«

»Es wurde eine gefährlich hohe Bakterienkonzentration gemessen. Bitte verlassen Sie unverzüglich die Luftschleuse!«

»Bin schon unterwegs«, sagte Hal und trat an das Schott. Er drückte auf die Öffnungstaste, doch nichts geschah. »Hey, lass mich raus!«

»Dekontaminationszyklus wird in drei Sekunden eingeleitet. Bitte verlassen Sie die Luftschleuse.«

»Öffne die Tür!«

»Zwei«, sagte die Luftschleuse.

Allmählich dämmerte Hal die Erkenntnis, dass ihn sein entschlossenes Auftreten wieder einmal in Schwierigkeiten gebracht hatte.

»Eins«, beendete die Luftschleuse den kurzen Countdown, und eine Batterie von in der Verkleidung verborgen angebrachten Düsen begann, einen feinen Nebel zu versprühen. Die seifenartige Lösung kroch in Hals Nasenhöhle und drang ihm selbst unter die Augenlider. Kurz darauf verstummte das Zischen. Dafür fegte ein Schwall heißer Luft durch die Schleuse und blies das Desinfektionsmittel fort.

Hal öffnete seine tränenden Augen. »Ist das alles, was du drauf hast?«

Hinter ihm ertönte ein lautes Klicken, und als er herumfuhr, schoss ihm auch schon ein kräftiger Wasserstrahl entgegen, der ihn quer durch die Kabine gegen die gegenüberliegende Wand schleuderte. Der Wasserstrahl versiegte abrupt, doch gleich darauf spritzte ein zweiter Strahl aus der anderen Wand hervor und ließ Hal erneut durch die Luftschleuse stolpern. Nach etlichen Wiederholungen der Prozedur versiegten die Strahlen endlich, und das Wasser wurde abgepumpt. Hal richtete sich unsicher auf. Das Haar klebte ihm im Gesicht, seine Kleidung triefte vor Wasser. Schließlich öffnete sich das Außenschott, und er konnte undeutlich einen leisen melodischen Glockenton durch das laute Schlürfen der Absaugpumpe vernehmen.

»Dekontaminationszyklus abgeschlossen«, verkündete die Luftschleuse. »Die Kleen-Aire-Corporation möchte bei dieser Gelegenheit ausdrücklich darauf hinweisen, dass bei der Entwicklung von DecoWash Airlock Decontamination keine Tierversuche durchgeführt wurden.«

Hal spuckte einen Mund voll Schaum aus und zog den Blaster aus dem Gürtel. Er visierte den nächsten Lautsprecher an und drückte auf den Abzug. Doch statt wie erwartet ein rauchendes Loch in die Wand zu schießen, entlud die nasse Batterie ihre Ladung direkt in seine Hand und jagte ihm einen so heftigen Stromschlag durch den Arm empor bis in den Kopf, dass sein Gehirn verzweifelt versuchte, sich mit einem Sprung durch die Schädeldecke in Sicherheit zu bringen. Über das Klingeln in seinen Ohren hinweg konnte Hal erneut ein schnüffelndes Geräusch hören.

»Uh-oh!«, stieß die Luftschleuse hervor. »Es wurde eine gefährlich hohe Bakterienkonzentration gemessen. Bitte verlassen Sie unverzüglich die Luftschleuse!«

Hal hechtete auf den Ausgang zu, als sich das schwere Schott zu schließen begann, und schaffte es gerade noch, sich durch den schnell schmaler werdenden Spalt zu quetschen. Die Tür schloss sich scheppernd hinter ihm, worauf das metallisch klingende Kichern aus der Luftschleuse abrupt verstummte.

*

Farrell begleitete Klunk durch den Frachtraum der *Möwe* und die Andockkupplung in den Hangar der *Volante.* Sie passierten die Reihen der gestapelten Holzkisten und erreichten eine offen stehende Tür in der gegenüberliegenden Wand, die in eine beengend kleine, etwa mannshohe Kammer führte.

Hinter ihnen ertönten dumpfe Schläge. Klunk warf einen Blick über die Schulter und entdeckte einen grau lackierten Lastenschlepper, der ihnen mit schweren, gemessenen Schritten folgte. Der Kopf des Roboters pendelte ständig hin und her, während er seine Umgebung unablässig nach potenziellen Gefahrenquellen absuchte.

»Ich denke, diese Nische dürfte dir alle Annehmlichkeiten bieten, die du brauchst«, erklärte Farrell mit einer einladenden Handbewegung in Richtung der Tür.

Klunk bückte sich, um einen Blick in den Verschlag zu werfen. Dutzende Kabelstränge liefen über die Rückwand, die mit etlichen Sicherungskästen und Lichtschaltern bestückt war. »Sie ist etwas klein«, sagte er.

»Unsinn«, widersprach Farrell. »Sie verfügt sogar über einen Starkstromanschluss, an dem du dich aufladen kannst. Los, hüpf schon rein, ich muss Vorkehrungen für den Abflug treffen.«

Klunk verdrängte seine Vorbehalte, zog den Kopf ein und schob sich in die kleine Kammer. Bevor er sich umdrehen konnte, fiel hinter ihm auch schon scheppernd die Tür ins Schloss.

»Komm gar nicht erst auf den Gedanken zu fliehen!«, rief ihm Farrell durch die dünne Metalltür zu, während gleichzeitig die Riegel einrasteten. »Ich werde vorsorglich eine Wache mit einem Blaster hier draußen postieren.«

»Warum haben Sie mich eingeschlossen?«, fragte Klunk verwirrte. Seine Stimme hallte laut in der kleinen Kammer wider.

»Befehl von Jerling. Er möchte dich in Sicherheit wissen.«

Klunk bückte sich und spähte durch eine Reihe von Lüftungsschlitzen, die sich auf halber Höhe in der Tür befanden. Er entdeckte den grauen Roboter gegenüber der Kammer, ein Gewehr in den massigen Händen. Der Roboter sah Farrell hinterher, bis dieser den Hangar verlassen hatte. Dann drehte er sich wieder um und richtete den Blick seiner roten Augen direkt auf die Türschlitze.

Die kunststoffummantelten Leitungen knarrten, als sich Klunk gegen die Rückwand seines Gefängnisses sinken ließ. Er stellte sich vor, wie Walter Jerling mit einer Zigarre in der Hand auf ihn zielte und ihm einen Vortrag über Gehorsam hielt, bevor er ihn in eine Schrottpresse warf. Gerade noch war er überglücklich gewesen, weil er es geistesgegenwärtig geschafft hatte, dem tödlichen Sturz in die Atmosphäre des Planeten zu entgehen, und schon steckte er in größeren Schwierigkeiten als je zuvor. Eine Welle der Enttäuschung raste durch seine Schaltkreise und ließ ihn die Hände zu Fäusten ballen. Das war einfach nicht fair!

Rumms! Seine Fäuste hämmerten gegen die Rückwand, und eine der Plastikröhren, die die Kabel umhüllten, zersplitterte der Länge nach. Klunk erstarrte. Vorsätzlicher Vandalismus! Mr. Jerling würde ihn einschmelzen lassen! Doch dann lachte er stumm in sich hinein. Was für einen Unterschied machte das denn schon? Muller würde ihn ohnehin ausschlachten und anschließend wie eine leere Blechdose zerquetschen.

Mit einem bösartigen Glitzern in den Augen hob Klunk beide Fäuste und ließ sie auf die Leitungen niederfahren. Das Knacken und Knirschen entlockte ihm ein Kichern. Er schlug wieder und wieder zu, bis die Isolierung der Kabelstränge aufplatzte und die nackten Drähte einander berührten. Es blitzte grell auf. Die Gewalt des Kurzschlusses schleuderte Klunk gegen die dünne Blechtür, die wölbte sich nach außen und riss mit einem Kreischen malträtierten Metalls auf. Klunk stürzte kopfüber in den Hangar hinein, landete auf dem harten Deck und schlang instinktiv die Arme um den Kopf, doch entgegen seiner Erwartung eröffnete der vor der Kammer postierte Lastenschlepper das Feuer nicht. Als er den Kopf hob, fand er sich in vollkommener Dunkelheit wieder.

Er schaltete in den Nachtsichtmodus und blickte sich um. Kaum zwei Meter von ihm entfernt konnte er verschwommen die Umrisse des grauen Roboters ausmachen, der gerade den Arm mit dem großen Blaster hob. Ein gleißender Energiestrahl traf den Boden unmittelbar vor Klunks Nase und brachte beinahe seine Systeme zum Absturz. Er hörte die stampfenden Schritte des Lastenschleppers, als der graue Roboter auf ihn zustapfte und ein zweiter Blitz aufflammte. Der Strahl streifte seinen Kopf, bohrte sich in die Wand hinter ihm und ließ einen glühenden Funkenregen aufstieben.

Klunk huschte auf Händen und Knien in die Deckung einer Reihe Holzkisten. Hinter ihm änderten die schweren Schritte des Lastenschleppers ihre Richtung.

*

Das Außenschott der *Schwarzen Möwe* öffnete sich langsam und stöhnte dabei wie ein Dutzend Geister, die über die Nachwirkungen eines gewaltigen Besäufnisses klagten. Hal betrat die Brücke, wo er ein Teil einer zerbrochenen Deckenverkleidung auf dem Boden und eine Spielkarte auf der Steuerkonsole fand. »Das sollte lieber eine Entschuldigung sein«, murmelte er, als er die Karte aufhob. Er las den ersten Satz und hob den Kopf. »Hey, Klunk geht es gut!«, rief er erfreut aus. »Er hat es also zurück auf die *Möwe* geschafft!«

»Korrekt«, bestätigte der Navcom.

»Farrell nimmt ihn mit zurück nach Hause«, las Hal laut weiter. »Und es wird sogar noch besser! Jerling möchte, dass ich sofort zurück nach Seraph fliege, um eine weitere Ladung für ihn abzuholen.«

»Sind Sie sicher, dass das klug ist?«, fragte der Navcom.

»Aber natürlich ist es das. Dabei kann ich auch gleich meine Frachtrampe aufgabeln.«

»Aber das Militär von Seraph wird bereits auf Sie warten.«

»Dem bin ich das letzte Mal auch entkommen.«

»Negativ. Klunk ist ihm entkommen.«

»Er hat mir ein bisschen geholfen. Nichts, was ich nicht auch allein schaffen könnte.« Hal bemerkte ein blinkendes rotes Licht auf der Instrumentenkonsole. »Ist das eine aufgezeichnete Nachricht?«

»Korrekt.«

»Spiel sie auf Monitor drei ab«, sagte Hal und blickte in den winzigen Bildschirm. Ein blasses rundliches Gesicht nahm Konturen an. »Vurdi!«, stöhnte Hal gequält auf, doch dann lächelte er. »Hey, was soll's? Jetzt kann ich ihn ja auszahlen.«

Vurdi strich sich eine Haarsträhne aus der Stirn und blinzelte. Seine dunklen Augen funkelten. »Mr. Spacejock, ich habe gerade mit Hafenmeister Linten gesprochen. Ich nehme an, Sie kennen den Gentleman. Wie er mir mitteilte, haben Sie Lamira verlassen, um eine Ladung Fracht zu transportieren, was sowohl höchst erfreulich ist als auch völlig unerwartet kommt.«

»Genau wie ich es dir gesagt habe, du blöder Affe«, murmelte Hal.

»Und ich dachte tatsächlich, Sie würden mich belügen.« Vurdi tippte sich auf das Kinn. »Ich möchte so schnell wie möglich den Namen Ihres Auftraggebers erfahren, damit Ihre Schulden direkt an Garmit und Hash überwiesen werden können. Bitte rufen Sie mich zurück, sobald Sie diese Nachricht erhalten.«

»Das hättest du wohl gern.«

»Sollte ich nicht innerhalb einer Stunde von Ihnen hören«, fuhr Vurdi fort, »werde ich Brutus losschicken, um Sie aufzuspüren.«

Der Bildschirm erlosch. »Ende der Nachricht«, sagte der Navcom.

Hal knüllte die Spielkarte zusammen. »Navcom, verlass den Orbiter und setz Kurs auf Seraph.«

»Ohne Klunk? Sind Sie sicher?«

»Ja.«

»Befehl unter Protest bestätigt«, erwiderte der Navcom. »Hyperraumsprung erfolgt in 15 Minuten.«

*

Farrell lehnte sich in seinem Sessel zurück und streckte sich aus. Das Flickenmuster aus Feldern auf dem Bildschirm wurde allmählich größer, als sich das Schiff seinem Ziel näherte.

»Geschätzte Ankunftszeit 15 Minuten«, meldete der Computer.

Terry blickte auf. »Landen wir bei Ihnen?«

Farrell nickte. »Wir werden die Ware auf Lastwagen umladen. Sobald das erledigt ist, rufe ich Gordon an und lasse ihn wissen, dass mich das Geschäft doppelt so viel wie erwartet gekostet hat.«

»Sie verdienen gut an diesem Job.«

»Für Sie fällt auch ein ordentlicher Anteil ab.« Farrell rieb sich das Kinn. »Tut mir leid für Spacejock, er schien mir ein anständiger Bursche zu sein. Jerling wird vermutlich sein Schiff beschlagnahmen.«

Terry grinste. »Zerbrechen Sie sich nicht den Kopf wegen Spacejock. Ich habe ihn gut versorgt.«

»Sie haben ... was?«

»Hab ihm ein kleines Geschenk hinterlassen.«

»Wovon reden Sie da?«

»Ich habe einen Verzerrer an seinem Sprunggenerator angebracht. Sobald er ihn einschaltet ...« Terry hob eine Faust und spreizte die Finger. *»Wumm!«*

Farrell wirkte schockiert. »Das dürfen Sie nicht! Ich habe das nicht genehmigt!«

»Manchmal muss man eben selbst die Initiative ergreifen, stimmt's? Ich möchte diesen Spacejock jedenfalls nicht auf den Fersen haben.«

»Ich muss ihn warnen!« Farrell beugte sich über die Steuerkonsole. »Computer ...«

»Ich würde das an Ihrer Stelle lieber nicht tun«, sagte Terry.

»Was?« Farrells Augen wurden schmal.

»Wenn Sie Spacejock von der Bombe erzählen und er das Gespräch aufzeichnet ...«

Farrell zuckte zusammen.

»... wird keiner Ihrer Kumpel Sie retten können«, beendete Terry den Satz. »Außerdem ist es dafür ohnehin längst zu spät. Mittlerweile dürfte das Ding bereits losgegangen sein.«

Irgendetwas verursachte einen Schlag in den Tiefen des Schiffes, der die Kommandobrücke erzittern ließ.

»Was war das?«, fragte Terry und zog den Blaster.

Farrell legte den Kopf schief und lauschte. »Ich vermute, der Roboter hat gerade versucht, aus diesem Verschlag zu entkommen.«

Das Geräusch eines Blasterschusses hallte durch das Schiff.

»Zuerst Spacejock, jetzt der Roboter.« Terry grinste. »So viel zu den offenen Enden.« Sein Grinsen erlosch, als das Fauchen einer großkalibrigen Energiewaffe aus dem Frachtraum aufklang. Kurz darauf verstummten die Schussgeräusche; stattdessen ertönte das Poltern irgendwelcher Trümmerstücke, die zu Boden fielen.

Terry rannte zum Personenaufzug.

Farrell starrte ihm hinterher. »Wohin wollen Sie denn?«

»Runter in den Hangar.«

»Sie machen wohl Witze! Haben Sie überhaupt die leiseste Vorstellung davon, was für eine kurze Reaktionszeit dieser Lastenschlepper hat? Er wird Sie wie einen Hasen über den Haufen schießen.«

»Er könnte gar nicht auf mich schießen. Ich bin ein Mensch.«

»Sind Sie bereit, Ihr Leben darauf zu verwetten?«

»Was passiert, wenn Klunk an eine Waffe kommt und Jagd auf uns macht?«

»Das ist etwas ganz anderes. Er könnte uns nicht absichtlich töten.« Farrell warf einen kurzen Blick auf die Instrumentenkonsole. »Computer, haben wir Überwachungskameras im Hangar?«

»Ja, Sir.«

»Dann bitte auf den Schirm damit.«

Der Hauptschirm flackerte, und Farrell starrte auf ein dunkles nebliges Bild. Dann erhellte ein greller Laserblitz die Dunkelheit, und Farrell erblickte Klunk, der hinter einer Kiste in Deckung ging. Der Lastenschlepper folgte ihm. Ein weiterer Feuerstrahl ließ die Kiste explodieren. Holzsplitter und verbogene Metallteile schwirrten durch die Luft.

»Die zerstören meine Fracht!«, schrie Farrell erbost. »Gehen Sie sofort da runter und bringen Sie die Situation unter Kontrolle!«

Terry blinzelte. »Haben Sie nicht gerade noch gesagt, dass ich erschossen werden könnte?«

Farrell schüttelte den Kopf. »Die Roboter werden Ihnen nichts zuleide tun.«

»Aber ...«

»Fürchten Sie sich etwa vor zwei Robotern?«

Terrys Kiefermuskeln traten deutlich hervor. Einen Moment lang herrschte Stille, dann hob er seine Waffe und rannte zum Aufzug.

Farrell ergriff das Mikrofon. »Stell mich zum Hangar durch!«, befahl er. »Audio!«

»Die Verbindung ist hergestellt«, erwiderte der Computer.

»Feuer einstellen, Feuer einstellen!«, rief Farrell. Er sah, wie der Lastenschlepper mitten in der Bewegung verharrte und sich umblickte. Im gleichen Augenblick lugte Klunks Kopf über einer Kiste hervor, und der graue Roboter hob seinen Blaster.

»Feuer einstellen!«, brüllte Farrell erneut.

Der Roboter drückte auf den Abzug, und ein Lichtblitz erhellte die Szenerie. Ein langer Holzstreifen explodierte auf der Oberseite der Kiste. Der Roboter zielte erneut und feuerte eine ganze Salve kurzer Schüsse ab, die eine Reihe qualmender Löcher in die Kiste stanzten. Die durchsiebten Holzlatten fielen auseinander und gaben den Blick auf Klunk frei, der dicht auf dem Boden kauerte, die Hände auf die Ohren gepresst. Der Lastenschlepper hob grinsend seine Waffe.

Kapitel 20

Walter Jerling saß in seinem Büro und versuchte, sich eine glaubwürdige Entschuldigung einfallen zu lassen, weshalb er nicht an der bevorstehenden Feier zur Verabschiedung seines leitenden Ingenieurs in den Ruhestand teilnehmen konnte. Es lag nicht daran, dass der Bursche sein Erscheinen nicht wert gewesen wäre, es war vielmehr so, dass jede Verabschiedung in den Ruhestand eines seiner Mitarbeiter für Jerling einen weiteren Schritt zu seinem eigenen Karriereende darstellte. Indem er die Feiern einfach ignorierte, konnte er so weitermachen, als wäre nichts geschehen, als würde keiner seiner loyalen Untergebenen durch einen jungen Nachfolger ersetzt werden, der frisch vom Businesscollege kam. Männer und Frauen, die in etwa den Geschäftssinn eines Haushaltsroboters besaßen.

Jerlings Blick wanderte durch sein Büro und blieb an seinem neuen Zigarrenanzünder haften, der wie eine gehorsame Statue in einer Zimmerecke stand. Eine halbwegs gehorsame Statue, korrigierte er sich in Erinnerung an seinen schmerzenden Zeigefinger. Er fragte sich müßig, ob der leitende Ingenieur, der demnächst verabschiedet werden würde, ebenfalls Zigarrenraucher war.

Einer der in seinen Schreibtisch eingelassenen Monitore piepte, und Jerling sah, dass eine Nachricht hereingekommen war. Sie stammte von Regan Muller von Incubots. Jerling tippte das Symbol auf dem Bildschirm an, und Regans von blauen und roten Lichtblitzen beleuchtetes Gesicht erschien auf dem Bildschirm.

»Tag, Jerling, Regan hier. Die Polizei hat mich gerade informiert, dass irgendwer meinen Schrottplatz verwüstet hat. Ich möchte eine Nummer haben, unter der ich Ihren Piloten erreichen kann, denn die Bullen glauben, dass er damit zu tun haben könnte. Ach, und Ihr Roboter hat die Fliege gemacht. Also rufen Sie mich zurück, ja?«

Jerling wischte mit der Hand über den Bildschirm. Er hatte Wichtigeres zu tun, als sich um einen flüchtigen Roboter und einen rücksichtslosen freischaffenden Spediteur zu kümmern. Das sollte Regan gefälligst selbst erledigen.

Das Terminal gab erneut einen Piepton von sich, und das Symbol eines Anrufs in der Warteschleife leuchtete auf. Jerling tippte es an und blickte kurz darauf in das Gesicht des Leiters der Roboterfabrik.

»Guten Morgen, Mr. Jerling.« Der Mann zögerte. »Ich wollte Sie wirklich nicht stören, aber ...«

»Spucken Sie's schon aus.«

»Erinnern Sie sich an diese Ersatzteile ... die Lieferung, die Sie organisiert haben?«

»Natürlich erinnere ich mich daran. Stimmt damit irgendwas nicht?«

»Ich weiß es nicht, aber unsere Maschinen sind betriebsbereit, und die Arbeiter treffen jeden Moment ein. Sollten die Teile nicht schon längst hier sein?«

»Lieber Gott!« Jerling riss sich die Zigarre aus dem Mundwinkel. »Sie meinen, die Teile sind nicht bei Ihnen angekommen?«

»Noch nicht. Deshalb rufe ich ja an. Ich weiß, Sie mögen es nicht, wenn bezahlte Arbeitskräfte in Ihren Betrieben nichts zu tun haben, und ...«

»Überlassen Sie das mir.« Jerling trennte die Verbindung, rief sein Adressbuch auf und verstreute Asche auf dem glänzenden Terminal, während er die Einträge durchblätterte. »Spacecow. Spacehog. Spacejock ... das ist er.« Er klemmte sich die Zigarre zwischen die Zähne und berührte das Anrufsymbol. »Es wäre wirklich besser für dich, du hast eine gute Entschuldigung auf Lager, Sohn«, knurrte er.

*

Die Triebwerke der *Schwarzen Möwe* wurden leiser, bis sie nur noch säuselten, und der Lautsprecher in der Steuerkonsole gab zwei Glockentöne von sich. »Hyperraumsprung in 20 Sekunden«, verkündete der Navcom. »Überprüfe Fluchtluken und bereite Sprung vor.«

Hal gähnte entspannt und legte die Füße auf die Konsole.

»Zehn Sekunden bis Hyperraumsprung. Bitte nehmen Sie Platz.«

Einen Moment lang herrschte vollkommene Ruhe auf der Kommandobrücke. Dann schlich sich ein fernes Winseln in die Stille. Anfangs noch leise steigerte sich das Geräusch zu einem schrillen Jaulen, das sich nach und nach in Hals Zähne zu bohren schien.

»Fünf . . .«, sagte der Navcom.

Hal betrachtete die zerknüllte Spielkarte in seiner Hand und blickte sich auf der Brücke um.

». . . vier . . .«

Er entdeckte das Holzkästchen mit den Schachfiguren am anderen Ende der Konsole. Vorsichtig nahm er Maß und holte aus.

». . . drei . . .«

Hal schickte die zerknüllte Karte auf die Reise. Sie prallte gegen die Seitenwand des Kästchens und fiel zu Boden.

». . . zwei . . .« Der Konsolenlautsprecher summte. »Sprung abgebrochen – empfange Nachricht.«

»Du meinst, wir dürfen mit dem ganzen Schwachsinn gleich noch mal von vorn anfangen? Konnte der Anruf nicht warten?«

»Es handelt sich um einen dringenden Anruf von Walter Jerling.«

»Aha, Zahltag!« Hal setzte sich auf. »Mach schon, lass den Mann nicht warten.«

Auf dem Hauptschirm erschien Jerlings Gesicht, umwölkt von Zigarrenrauchschwaden. »Wo ist meine Fracht, Spacejock?«

»Sie müsste jeden Moment bei Ihnen abgeliefert werden. Sie haben mir 24 Stunden Zeit dafür gegeben, erinnern Sie sich noch?«

»Meine Leute hätten es in zwölf Stunden geschafft.« Jerling zog an seiner Zigarre. »Und noch was: Ich habe von Regan Muller erfahren, dass der Roboter geflohen ist. Ist er bei Ihnen?«

»Das war er, bis ich ihn bei Farrell zurückgelassen habe.«

»Wer zur Hölle ist Farrell?«

»Ihr Pilot, wer denn sonst?«

Jerling schüttelte den Kopf. »Ich kenne niemanden namens Farrell.«

»Aber Sie haben mich doch selbst angerufen, als ich nach Forg unterwegs war! Sie haben mir gesagt, dass mich dieser Farrell am Orbiter treffen würde, um dort die Fracht zu übernehmen!«

»Soll das vielleicht so was wie ein Witz sein? Sie liefern die Fracht wie abgesprochen an meine Fabrik, verstanden?«

Hal wurde plötzlich kalt. »Aber ... aber Farrell hat mich mit seinem Schiff am Orbiter erwartet. Er hat die Kisten bereits übernommen!«

Jerling starrte in den Bildschirm. »Sie haben meine Fracht weggegeben?«

Hal nickte.

»Mr. Spacejock, ich bin ein fairer Mann. Holen Sie sich die Kisten von diesem Farrell zurück und schaffen Sie sie innerhalb von zwei Stunden hierher, und ich bezahle Ihnen das gesamte vereinbarte Honorar.«

»Und wenn ich es nicht tue?«

Jerling betrachtete das glühende Ende seiner Zigarre. »Dann nehme ich Ihnen als Ausgleich für meine Verluste Ihr Schiff weg.«

Hal setzte zu einer Erwiderung an, doch da war der Bildschirm auch schon dunkel. »Diese lausigen Piraten haben mir meine Fracht geklaut«, grollte er, die Hände in ohnmächtiger Wut zu Fäusten geballt. »Diese gottverdammten Piraten haben meine Fracht geklaut!«

»Und Klunk«, fügte der Computer hinzu.

»Das ist alles deine Schuld!«, stieß Hal hervor. »Du hast sie damit davonkommen lassen!« Er starrte die Konsole feindselig an. »Warum, zum Teufel, hast du nicht ihre Schiffregistriernummer mit denen in deinem Datenspeicher verglichen? Du hättest wissen müssen, dass es keins von Jerlings Schiffen war!«

»Meine Daten sind zehn Jahre alt. Ich habe keinerlei Aufzeichnungen über jüngere Schiffe.«

Hal hob die zerknüllte Spielkarte vom Boden auf und wedelte damit vor dem Monitor herum. »Diese Leute haben mich wie einen Idioten aussehen lassen! Sie haben meine Fracht geklaut und den Roboter gestohlen, und jetzt werden sie mich auch noch mein Schiff kosten!« Er faltete die Spielkarte auseinander, zerriss sie zu kleinen Fetzen und warf sie in die Luft.

»Wenn sie doch nur eine Spur hinterlassen hätten«, flüsterte er dumpf, während die Pappfetzen auf das Deck herabrieselten.

*

Klunk rollte seitlich weg, als der Blaster aufblitzte, und entging dem tödlichen Treffer um wenige Millimeter. Energiestrahlen bohrten sich in die Bodenplatten und überschütteten ihn mit einem Regen aus glühenden Metallsplittern. Er kroch inmitten eines Gewitters aus hochenergetischen Blitzen weiter, bis er die Deckung einer Mauer aus Holzkisten erreicht hatte.

Einen Moment lang hörten die Salven auf, doch Klunks Erleichterung währte nur kurz. Er konnte schon wieder die gemessenen schweren Schritte des vorrückenden Lastenschleppers hören. Also sprang er auf und jagte los, rannte mit Höchstgeschwindigkeit durch den dunklen Hangar, schrammte an hölzernen Kisten und Metallstreben entlang und ... *Rumms!* Er klatschte aus vollem Lauf gegen die Wand am anderen Ende des Hangars und fiel auf den Rücken.

Benommen schüttelte er den Kopf und versuchte, die diversen vor seinen Augen aufleuchtenden Systemfehlermeldungen zu verarbeiten. Langsam richtete er sich auf die Knie auf und verfluchte seine panische Hast. So unsichtbar wie nur möglich zu werden, war jetzt das Gebot der Stunde!

Klunk schaltete auf Nachtsichtmodus um und empfing sofort verwaschene, grün leuchtende Bilder. Er ließ langsam den Kopf herumschwenken und bemühte sich vergeblich, seinen Gegner zu entdecken. Also versuchte er es auf akustischem Weg, doch das Dröhnen der Schiffstriebwerke im Hintergrund und das Zischen in seinen überalterten Schaltkreisen übertönte alle Geräusche, die der graue Roboter verursachen mochte. Klunk modifizierte die Audiofilter seiner Akustiksensoren, um den Hintergrundlärm des Schiffes zu unterdrücken, aber alles, was er danach hörte, war nur noch mehr Rauschen und Knistern.

Langsam ließ er den Kopf sinken. Seine akustischen und optischen Sensoren waren nutzlos. Er konnte den anderen Roboter weder fühlen, noch riechen oder schmecken. Er war unbewaffnet und saß in der Falle.

Plötzlich hob er wieder den Kopf. Was würde Hal wohl in seiner Situation tun? Was würde er sich einfallen lassen? Die Antwort ließ nicht lange auf sich warten: den Lastenschlepper ablenken, aus dem Hangar fliehen, das Schiff kapern, die Besatzung gefangen nehmen, den Behörden übergeben und eine saftige Belohnung einstreichen. Klunk grinste. Ja, das hörte sich nach einem typischen Spacejock-Plan an. Trotzdem, selbst wenn die Erfolgsaussichten praktisch gegen Null tendierten, konnte er zumindest sein Bestes geben.

Er kroch auf Händen und Knien über das Deck zu einem Stapel Kisten, strich auf der Suche nach Löchern mit den Händen über das raue Holz und fand mehrere scharfkantige Ränder, wo der Lastenschlepper die Kisten mit seinem Strahlengewitter durchsiebt hatte. Klunk schob die Finger in die Löcher und vergrößerte sie, bis er mit der Hand hineinfassen konnte.

Seine Fingerkuppen wanderten über glattes Verpackungsmaterial und streiften einen harten runden Gegenstand von der Größe einer Orange. Er zog ihn hervor, legte ihn neben sich auf den Boden und zwängte die Hand erneut in die Kiste. Ein oder zwei Minuten später hatte er einen kleinen Haufen der runden Gegenstände neben sich aufgestapelt. Er verstaute zwei davon in dem Fach hinter seiner Brustklappe, packte jeweils einen mit beiden Händen, richtete sich wieder aus seiner Deckung auf und blickte sich um. Nichts bewegte sich. Klunk holte weit aus und schleuderte eine der Kugeln in die Dunkelheit. Kurz darauf ertönte das Splittern von Glas, gefolgt von einer wütenden Blastersalve.

Klunk schob sich seitlich an der Hangarwand entlang, bis er eine Ecke erreichte, und schleuderte eine weitere Kugel in die entgegengesetzte Richtung. Energiestrahlen zuckten in der Finsternis auf, erfassten die Kugel mitten im Flug und ließen sie in einer Splitterwolke zerplatzen.

So leise wie möglich schlich Klunk weiter an der Wand entlang. Auf halbem Weg zur nächsten Ecke des Hangars verharrte er reglos. Der Boden hatte zu zittern begonnen. Die Kisten in der Nähe knarrten und schepperten. Ein schrilles Pfeifen erfüllte den Frachtraum, ein Fauchen und Zischen, als fegte heftiger Wind durch ein feines Gitter. Klunk verzog das Gesicht. Das Schiff stürzte durch die Atmosphäre des Planeten. Die Zeit lief ab.

Er zog eine Kugel aus dem Fach in seiner Brust und schleuderte sie in die Dunkelheit. Nichts geschah. Er wollte bereits nach der letzten Kugel greifen, hielt dann aber mitten in der Bewegung inne. Wenn das Fauchen und Heulen von draußen laut genug war, um den Aufprall der Kugeln zu übertönen, würde es vermutlich auch das Geräusch seiner Schritte verschlucken.

Eine Hand immer an der Wand, damit er keine Türöffnung in der Dunkelheit verpasste, sprintete Klunk los. Kurz bevor er die andere Seite des Hangars erreichte, stieß er mit dem Fuß gegen die aus ihren Angeln gerissene Tür des kleinen Stauraums, die immer noch dort lag, wo sie hingefallen war. Sie schlitterte über den glatten Metallboden und prallte gegen eine der Kisten.

»Ich kann dich hören, kleiner Roboter!«, dröhnte die Stimme des Lastenschleppers.

Klunk jagte der Tür hinterher, hob sie hoch und drehte sich zu der Kammer um. Er konnte sie gerade noch erkennen, ein dunkles, rechteckiges Loch in der konturlosen Schwärze. Ohne zu zögern, zwängte er sich rückwärts in sie hinein und zog die zerbeulte Tür mit sich, sodass sie die Öffnung verschloss. Er konnte nur hoffen, dass sein Plan in der Dunkelheit des Frachtraums aufging.

Gerade als er sich vorbeugte, um durch die Lüftungsschlitze zu spähen, flammte die Deckenbeleuchtung auf. Klunk schaltete hastig den Nachtsichtmodus ab und beobachtete weiter. Zuerst konnte er durch die wallenden Rauchschwaden, die den Hangar erfüllten, kaum etwas erkennen, doch als sich seine Augen den veränderten Lichtverhältnissen angepasst hatten, erblickte er die versengten und Blasen werfenden Stellen an den Wänden, wo das wütende Blasterfeuer des Roboters eingeschlagen war, und die schwelenden Überreste eines halben Dutzend zerfetzter Kisten. Klunk schüttelte langsam den Kopf. Mr. Jerling würde alles andere als begeistert sein.

Dann entdeckte er eine Bewegung am anderen Ende des Frachtraums und justierte seine Optik nach. Dicht vor dem Innenschott stand Terry und blickte sich angespannt im Hangar um. Eine seiner Hände schwebte über den Lichtschaltern, in der anderen hielt er eine schwere Waffe.

*

Hal starrte die Fetzen der Spielkarte mit einem unguten Gefühl in der Magengegend an. Da war er so kurz davor gewesen, den Job abzuschließen, Vurdi auszubezahlen und sein Schiff zu retten, nur um sich von irgendwelchen verdammten Gaunern alles abjagen zu lassen, was er sich ehrlich erarbeitet hatte. Er zuckte zusammen, als er sich an die Nachricht auf der Spielkarte erinnerte. Wie hatte er nur so dämlich sein können? Niemand hatte vor, ihm einen weiteren Auftrag zu erteilen. Die Gauner hatten ihn nur aus dem Weg schaffen wollen, um sich gefahrlos mit der Beute aus dem Staub machen zu können!

Er runzelte die Stirn. Ob ihm wohl die Behörden würden helfen können? »Navcom, verbinde mich mit dem Orbiter.«

»Welche Abteilung?«

»Polizei«, sagte Hal grimmig. Mit etwas Glück würde er erreichen können, dass die Polizei Farrell verhaftete oder ihn – besser noch – gleich erschoss, sobald sie ihn zu Gesicht bekam.

»Befehl ausgeführt. Verbindung steht.«

»Hier Forg Orbiter. Wie kann ich Ihnen behilflich sein?«

»Ich möchte einen Diebstahl melden«, sagte Hal.

»Welches Schiff, bitte?«

»Die *Schwarze Möwe.*«

»Und von wo aus rufen Sie an?«

»Ich befinde mich an Bord meines Schiffes.«

»Und welches Schiff ist das?«

»Natürlich die *Schwarze Möwe*«, erwiderte Hal verblüfft. »Was glauben Sie denn, wie viele Schiffe ich besitze?«

Es folgte eine Pause. *»Aber Sie haben gerade erst gesagt, dass man Ihnen das Schiff gestohlen hätte, Sir.«*

»Nicht mein Schiff! Mir ist meine Ladung gestohlen worden!«

»Wo ist das passiert, Sir?«

»Auf dem Orbiter.«

»Um eine wie umfangreiche Ladung handelt es sich?«

»Um etwa 200 Holzkisten. Ich habe die Bastarde auch gesehen, die sie mir gestohlen haben. Ihre Namen lauten Farrell und Terry. Ich wusste natürlich nicht, dass sie mich bestehlen. Sie haben sich die Kisten unter Vorspiegelung falscher Tatsachen angeeignet.«

»Wie das, Sir?«

»Also, Jerling hat mich angerufen und mir mitgeteilt, ich sollte seine Fracht diesen beiden Schuften übergeben«, begann Hal. »Nur dass es gar nicht Jerling gewesen sein kann und diese Typen auch nicht für ihn arbeiten.«

Diesmal folgte ein noch längeres Schweigen.

»Haben Sie verstanden, was ich sage?«, vergewisserte sich Hal.

»Ich schreibe alle Ihre Aussagen mit, Sir. Bitte, fahren Sie fort.«

»Gut, sie haben also an meinem Schiff angedockt und die Fracht übernommen. Ich bin in der Zwischenzeit auf den Orbiter gegangen, um mir ein neues Paar Stiefel zu besorgen. Außerdem würde ich mich bei dieser Gelegenheit gern über das Essen beschweren.«

»Dafür benötige ich ein anderes Formular, Sir.«

»Wie auch immer, als ich schließlich zu meinem Schiff zurückgekommen bin, hatten sie die Ladung bereits gestohlen. Und den Roboter haben sie auch mitgenommen.«

»Welchen Roboter?«

»Den Roboter, den ich im Weltraum verloren hatte. Er ist aus dem Frachtraum gefallen.«

»Wurde Ihnen sonst noch etwas gestohlen?«

»Nein.«

»In Ordnung, Sir. Ich habe Ihre vollständige Anzeige aufgenommen und werde sie sofort weiterleiten. Seien Sie versichert, dass ich meine besten Leute auf den Fall ansetzen werde.«

»Tun Sie das, und ich werde im Gegenzug kein Wort über dieses furchtbare Zeug verlieren, das Ihre Bediensteten ihren Gästen im Speisesaal servieren.«

»Abgemacht, Sir.«

»Over und out«, sagte Hal.

Unmittelbar bevor die Verbindung getrennt wurde, konnte er das unverkennbare Geräusch hören, mit dem sein unsichtbarer Gesprächspartner ein Blatt Papier zerriss. Er seufzte. Wahrscheinlich war es ohnehin zu spät. Seine Fracht war vermutlich bereits in irgendeinem Schuppen verstaut worden, von wo aus sie, in neue Kisten verpackt, in kürzester Zeit zu einem anderen Planeten weitergeschickt werden würde. Hätten die Gauner doch nur irgendeinen Hinweis auf ihre wahre Identität zurückgelassen! Plötzlich hob er die Brauen, als ihm etwas zu Farrells Spielkarte einfiel. Irgendeine Art von Logo oder Aufdruck auf der Rückseite.

»Da ist meine Spur!«, rief er aus, fiel auf die Knie und sammelte die Fetzen zusammen. Dann stand er auf und legte die Stücke mit zitternden Fingern auf die Steuerkonsole. Nach und nach gelang es ihm, genügend Teile so zusammenzusetzen, dass er einen Namen entziffern konnte. »NOSICA GERGFORG!« Er runzelte die Stirn. »Klingt wie eine richtige Räuberhöhle.«

Der Navcom meldete sich zu Wort. »Ich denke, eine Neuordnung der Einzelteile könnte sich als hilfreich erweisen.«

Hal gruppierte einige der Fetzen um, bis der richtige Name erschien. FORBERG CASINO. »Navcom, ruf die Landebehörde. Wir werden uns Jerlings Fracht zurückholen.«

»Und was ist mit Klunk?«

»Yeah, den auch, schätze ich.«

*

Farrell folgte dem unteren Gang der *Volante* zum Innenschott des Hangars. Er näherte eine Hand dem Öffnungsmechanismus, zögerte dann aber und presste stattdessen ein Ohr gegen die Tür. Außer dem Hintergrundgrollen der Triebwerke war nichts zu hören. Keine Schreie, keine Schüsse, kein Lärm von durchgedrehten Robotern im Nahkampf. Nichts.

Als er seinen Blaster ziehen wollte, griffen seine Finger ins Leere. »Verdammt«, murmelte er. Terry hatte den Hangar bis an die Zähne bewaffnet betreten und war trotzdem spurlos verschwunden. Nichts auf der Welt hätte Farrell bewegen können, ihm völlig unbewaffnet zu folgen.

Das Summen aus dem Lautsprecher über ihm ließ ihn zusammenfahren. »Zehn Minuten bis zur Landung«, verkündete der Bordcomputer laut. »Alle menschlichen Passagiere werden gebeten, jetzt die üblichen Sicherheitsvorkehrungen zu treffen.«

»Kannst du ein paar Warteschleifen fliegen?«, fragte Farrell.

»Negativ. Die Bodenkontrolle hat einen kontrollierten Anflugkurs für uns programmiert. Die Landung kann nicht verzögert werden. Bitte nehmen Sie unverzüglich eine sitzende Position ein.«

»Sag der Bodenkontrolle, dass dies ein Notfall ist und sie warten muss.«

»Um was für eine Art von Notfall handelt es sich?«

»Das weiß ich nicht. Sag, dass wir ein Computerproblem haben.«

»Es gibt keinerlei Probleme mit meinen Schaltkreisen«, stellte der Computer ungerührt fest. »Der Landeanflug wird wie geplant fortgesetzt. Nehmen Sie Platz oder tragen Sie die Konsequenzen.«

»Verfluchte Computer«, knurrte Farrell. Er hieb auf die obere Taste und trat einen Schritt zur Seite, als sich das Schott zischend öffnete. Eine Reihe Kisten direkt vor dem Eingang versperrte ihm die Sicht auf das Innere des Hangars. Farrell schob den Kopf durch die Öffnung, warf einen kurzen Blick nach rechts und links und zog sich sofort wieder zurück. Nachdem keine Schreie ertönten und auch niemand einen Schuss in seine Richtung abfeuerte, trat er vorsichtig einen Schritt vor und ließ den Blick wieder in alle Richtungen wandern.

In der Luft hingen Rauchschwaden, von breiten Lichtbahnen aus der Deckenbeleuchtung durchzogen. Der beißende Geruch von verbranntem Holz überlagerte die für Raumschiffe so charakteristischen Gerüche von Öl, erhitztem Metall und elektronischen Komponenten. Zu Farrells rechter Hand lehnten mehrere zerschossene Kisten an der Wand, deren zerfetzter Inhalt über das Deck verstreut lag, ein wirres Durcheinander. Da das Ausmaß der Verwüstungen auf der anderen Seite nicht so groß zu sein schien, entschied sich Farrell für diese Richtung.

Als er sich an den Kisten entlangschob, hörte er eine Stimme auf der anderen Seite. »Terry?«, rief er.

»Hier drüben!«

Verkohlte Fragmente von Roboterteilen knirschten unter Farrells Sohlen, und je mehr er davon sah, desto dunkler lief sein Gesicht an. Mit jedem zerstörten Teil schrumpfte sein Profit, und als er das Ende der Kistenreihe erreicht hatte, stand er kurz davor zu explodieren.

Terry zielte mit seinem Blaster auf Klunk, der mit dem Gesicht nach unten in einer Schmiermittelpfütze lag. Der Lastenschlepper kauerte schussbereit in der Nähe, die Läufe seiner Waffen auf den Boden gerichtet. Farrell baute sich vor ihm auf und starrte ihm in die Augen, die in einem mörderischen Rot glommen. »Du hast Waren im Wert von tausenden Krediten zerstört, du schwachsinniger Blechkopf!«, fauchte er.

Es knarrte, als sich die Klaue des Roboters fester um den Griff seines Blasters schloss.

»Vorsichtig, Farrell«, murmelte Terry.

Farrell stach einen Zeigefinger in Klunks Richtung. »Steck deine Spielzeuge ein und heb das da auf«, knurrte er an den grauen Roboter gewandt.

Der Lastenschlepper zögerte kurz, bevor er sich das Gewehr mit dem Tragriemen über die Schulter hängte, den Blaster ins Holster schob und sich bückte. Er packte Klunk an einem Fußgelenk und zog ihn mit einer flüssigen Bewegung in die Höhe.

»Folg mir!«, befahl Farrell. Er marschierte zum hinteren Ende des Hangars und ergriff ein an der Wand hängendes Handmikrofon. »Flughöhe?«, erkundigte er sich knapp.

»2000 Meter«, erwiderte der Bordcomputer. »Sie müssen Platz nehmen. Wir landen in fünf Minuten.«

»Halt den Mund und schalt auf Schwebemodus um!« Farrell stützte sich an der Wand ab, als sich das Deck neigte. »Heckklappe des Lastenhangars öffnen!«

»Bitte wiederholen Sie den Befehl.«

»Heckklappe des Lastenhangars öffnen!«

»Befehl wird ausgeführt.«

Die Heckklappe schwang zischend auf. Farrell wich einen Schritt zurück, als ein Windstoß durch den Frachtraum fegte. Er drehte sich zu dem Lastenschlepper um, der Klunk immer noch mit dem Kopf nach unten baumelnd an einem Bein in die Höhe hielt. »Wirf ihn raus!«, rief er ihm über das Dröhnen der Triebwerke hinweg zu und deutete mit einem Daumen auf die offene Heckklappe.

Der Lastenschlepper trat an den Rand der Öffnung, warf einen Blick in die Tiefe und schleuderte Klunk, der ohne Gegenwehr sanft in seinem Griff hin und her schaukelte, aus dem Schiff. Farrell spähte über die Kante hinab und sah das Licht der Nachmittagssonne auf dem Roboter schimmern, als der sich wie ein Kreisel drehende Klunk dem Planeten entgegenstürzte.

»Heckklappe wieder schließen!«, sprach Farrell in das Handmikrofon. Nachdem sich die Torflügel wieder geschlossen hatten, hängte er das Mikrofon in seine Halterung zurück und machte sich auf den Rückweg.

»Was wird Gordon zu dem Zustand der Ladung sagen?«, rief ihm Terry hinterher. »Einige der Kisten lösen sich in ihre Einzelteile auf.«

»Sorg dafür, dass diese schießwütige Fehlkonstruktion von einem Roboter sie wieder irgendwie zusammenschustert!«, rief Farrell über die Schulter zurück.

*

Es dröhnte in der Kommandobrücke, als die *Schwarze Möwe* auf Anfluggeschwindigkeit abbremste. Hal saß mit vor der Brust verschränkten Armen vor der Steuerkonsole, starrte ins All hinaus und fragte sich, welche Herausforderungen ihn wohl auf Forg erwarten mochten.

»Landung in 60 Sekunden«, klang die Stimme des Navcoms unvermittelt aus dem Lautsprecher auf. »Bitte nehmen Sie die für eine Bruchlandung vorgeschriebene Schutzhaltung ein.«

Hal unterdrückte ein Gähnen und warf einen Blick auf die Borduhr.

»Ich wiederhole, Schutzposition für Bruchlandung einnehmen!«

»Hast du jemals die Geschichte von dem Jungen gehört, der ständig ›Wolf!‹ gerufen hat?«, fragte Hal.

»Ich erkenne keinen Zusammenhang mit der aktuellen Situation.«

»Spar dir deine Warnungen für die Gelegenheiten auf, in denen sie wirklich nötig sind.«

»Die Schwerkraft dieses Planeten liegt um zwölf Prozent über dem Normwert.«

»Und?«

»Haben die Wörter ›harte Landung‹ irgendeine Bedeutung für Sie?«

Hals Augen weiteten sich. »Harte Landung?« Er setzte sich gerade auf und legte die Hände auf den Rand der Instrumentenkonsole. »Wie hart genau?«

Das Dröhnen der Triebwerke schwoll auf die doppelte Lautstärke an. Ein gewaltiger Druck presste Hal tiefer in die Polster des Pilotensessels. Das Deck ächzte und knarrte bedrohlich unter der Belastung. Die Beleuchtung flackerte, als alle verfügbare Energie in den Antrieb umgeleitet wurde.

»Was für ein Geräusch macht ein Wolf?«, erkundigte sich der Navcom.

»Was?«, stieß Hal zwischen zusammengebissenen Zähnen hervor.

»Ich habe mich gefragt, wie ein Wolf klingt.«

Hal hob mühsam den Kopf. »Dies ist nicht der unbedingt richtige Zeitpunkt, um dein Wissen zu vertiefen. Lande das verdammte Schiff!«

Aus den Lautsprechern ertönte ein metallisches Geräusch. »Wir werden gerufen.«

»Besteht vielleicht die Möglichkeit, dass du immer den gleichen Signalton verwendest, wenn wir gerufen werden?«, fragte Hal.

»Unmöglich.«

»In Ordnung, stell durch.«

»Hier Forg-Raumhafen«, meldete sich eine Frauenstimme. *»Habe ich das Vergnügen, mit Mr. Hal Spacejock zu sprechen?«*

»Das haben Sie.«

»Mir liegt ein Memo von Hafenmeister Linten vor, in dem er Sie als Brandstifter bezeichnet.«

»Es hat ein Missverständnis zwischen mir und einem seiner Roboter gegeben.«

»Ja. Soweit ich gehört habe, konnte das Feuer immer noch nicht unter Kontrolle gebracht werden. Also, können Sie mir einen überzeugenden Grund nennen, weshalb wir Sie hier landen lassen sollten?«

»Landen? Wir werden nicht landen. Wir werden aufprallen!«

»Was?«

»Wir geben so viel Gegenschub, wie wir können. Aber laut Aussage meines Computers ist das nicht genug.«

Am anderen Ende der Leitung war leises Tuscheln im Hintergrund zu hören, bevor sich die Frauenstimme erneut meldete. *»Halten Sie durch, Sir! Rechte Steuerdüsen auf mein Kommando hin feuern. Drei ... zwei ... eins ... Zündung!«*

Hal klammerte sich an der Konsole fest, als das Schiff einen Satz zur Seite machte. »Was, zum ...?«

»Man hat uns vom Landefeld abgedrängt«, sagte der Navcom.

»Und?«

»Wir halten genau auf eine Müllhalde zu. Aufschlag in fünf Sekunden. Schutzposition für Bruchlandung einnehmen!«

Hal beugte den Oberkörper über die Steuerkonsole und bettete den Kopf auf die Armbeugen. Das Brüllen der Triebwerke verstummte schlagartig. Das Schiff schlug auf, und die Beharrungskräfte pressten Hal mit Gewalt in seinen Sitz. Staub rieselte von der Decke herab. Einige Sekunden später kippte das Schiff zur Seite und blieb in einem leichten Neigungswinkel liegen.

Von draußen klang ein Rascheln und Schaben auf.

»Landung erfolgreich abgeschlossen«, verkündete der Navcom. »Ortszeit ist 18:45 Uhr.«

»Was sind das für Geräusche?«

»Wir haben ein Loch in den Müll gestanzt. Die Seitenwände stürzen ein. Der Müll fällt auf uns herab.«

»Können wir aus dem Loch rausfliegen?«

»Wenn wir die Triebwerke aktivieren, würden die Lüftungsschächte Müll ansaugen. Wir könnten einen Brand auslösen.«

Hal schnaubte. »Wen schert's? Das ist doch nur ein Haufen Müll. Schaff uns hier raus!«

Die Triebwerke brüllten. Das Schiff stieg auf gleißenden, aus seinen Landungsdüsen schießenden Flammenzungen in die Höhe.

Aus den Lautsprechern ertönte ein Klingelton.

»Forg-Raumhafen ruft Schwarze Möwe. *Bitte antworten Sie.«*

»Hier ist die *Möwe*«, erwiderte Hal. »Es geht uns gut. Der Müll hat unseren Aufprall abgefedert.«

»Das hatten wir mit unserem Eingriff beabsichtigt«, sagte die Fluglotsin. *»Bitte bewegen Sie Ihr Schiff nicht. Unsere Bergungsmannschaft ist bereits zu Ihnen unterwegs.«*

»Bergungsmannschaft?«

»Ja. Durch einen Start würden Sie die Müllhalde in Brand setzen, und sie würde wochenlang brennen. Halten Sie einfach still. Wir werden Sie ausbuddeln.« Ein Klicken aus dem Lautsprecher zeigte an, dass die Fluglotsin die Verbindung getrennt hatte.

Kapitel 21

Piep-piep-piep! Piep-piep-piep!

Klunk öffnete stöhnend die Augen. Eine fast vergessene Erinnerung stieg in ihm auf, das Gesicht eines verhärmt aussehenden Programmierers, der versuchte, ihm mit Hilfe eines Eimers und eines alkoholischen Getränks die Symptome eines Katers zu erklären. Und in diesem Moment, da alles vor seinen Augen waberte und schlingerte, als blickte er in einen schadhaften Monitor, erschien ihm die Erklärung absolut nachvollziehbar.

Er hob eine Hand, um sich die Augen zu reiben, und erschrak über die Mühe, die es ihn kostete, seinen Arm zu bewegen. Es fühlte sich an, als wäre er um hundert Jahre gealtert. Dann entdeckte er die überall um ihn herum aufsteigenden Luftbläschen.

»Piep-piep-piep!« Das Warnsignal seiner internen Feuchtigkeitssensoren meldete beharrlich das Eindringen von Wasser durch abgenutzte Dichtungen.

Klunk blickte auf. Die Wasseroberfläche befand sich einige Meter über ihm, und seine Schwimmfähigkeiten entsprachen in etwa denen eines Ziegelsteins. Er sah sich in alle Richtungen um, konnte aber keinerlei Gefälle in dem sandigen Boden entdecken. Eine Überprüfung des Wassers verriet ihm, dass es nicht salzig war. Also musste es sich bei dem Gewässer um einen See handeln. Als er aus dem Schiff geworfen worden war, hatte sich die *Volante* im Anflug auf Forgberg befunden, was bedeutete, das er auf dem Grund eines der zahlreichen Seen lag, die einen weiten Kreis um die Hauptstadt des Planeten herum bildeten. Unglücklicherweise gab es in der näheren Umgebung von Forgberg ein paar Dutzend Seen mit einem Durchmesser von wenigen hundert Metern bis hin zu etlichen Kilometern, was bedeutete, dass er es unbedingt vermeiden musste, die falsche Richtung einzuschlagen.

Einen Sekundenbruchteil lang erwog er, einfach aufzugeben. Er musste gar nichts weiter tun, als hier liegenzubleiben und das Wasser weiter in sein Inneres eindringen zu lassen. Doch dann gewann die störrische Seite in ihm Oberhand. Es war ziemlich wahrscheinlich, dass Mr. Spacejock erneut in Schwierigkeiten steckte und Hilfe benötigte, um da wieder heil herauszukommen. Und überhaupt, was sollte man von einem Roboter halten, der einen Menschen einfach seinem eigenen Schicksal überließ?

Plötzlich kam ihm die Erleuchtung. In seinen Datenbänken waren detaillierte Karten des Planeten gespeichert. Wenn es ihm also gelang, seine genaue Position auf Forg zu ermitteln, konnte er problemlos den kürzesten Weg zum nächsten Ufer errechnen. Er stellte seine Empfänger eilig auf die Frequenzen einiger Satelliten und des Forg-Orbiters ein. Innerhalb weniger Sekunden hatte er mittels Triangulation seine exakte Position auf der Karte festgestellt und wusste, in welcher Richtung das nächstgelegene Ufer lag.

Klunk richtete sich auf und begann, langsam über den Grund des Sees zu marschieren. Dazu musste er sich weit vorbeugen, als kämpfte er gegen einen heftigen Sturm an. Seine Beine hoben und senkten sich wie zwei schwere Kolben. Fische umkreisten ihn neugierig und beobachteten ihn misstrauisch aus kalten Augen, bevor sie mit kurzen Schlägen ihrer Schwanzflossen wieder verschwanden.

»Piep-piep-piep!«, ertönte das Warnsignal immer drängender, als das durch die Dichtungen sickernde Wasser die Funktionen empfindlicher elektronischer Komponenten zu gefährden drohte. Klunk hatte bereits kein Gefühl mehr in den Beinen und musste an sich herabblicken, um sich zu vergewissern, dass sie sich noch bewegten.

Endlich durchbrach sein Kopf die Wasseroberfläche. Das Ufer befand sich nur noch wenige Meter entfernt, ein grasbewachsener sanfter Hang, der von dichten grünen Büschen gesäumt wurde. Vor Sand und Schlamm triefend stolperte Klunk eilig den glitschigen Uferstreifen hinauf, fast blind durch eine dicke Schicht aus Tang und anderen Wasserpflanzen, die sich über sein Gesicht gelegt hatte.

Während er sich den zähen Schlick aus den Augen und Ohren wischte, registrierte er in der Nähe laute Stimmen und Angstschreie. Er blinzelte die letzten Überreste von Schlamm und Algen fort und blickte sich suchend um. Schließlich entdeckte er zwei Menschen, die schreiend auf eine Reihe von Bäumen zurannten und dabei eine Spur aus Servietten und Plastikbesteck hinter sich zurückließen. Ganz in der Nähe lag eine Picknickdecke mit einem Weidenkorb und mehreren umgekippten Tellern und Schüsseln darauf im Gras.

»Warten Sie!«, rief Klunk und eilte den beiden Menschen hinterher, um sie zu beruhigen. »Ich bin doch nur ein Roboter!« Zumindest war es das, was er zu rufen versuchte, doch durch das Wasser in seinem Mund und Rachen brachte er lediglich ein Furcht erregendes Krächzen hervor.

Das verängstigte Pärchen warf einen kurzen Blick zurück auf die steifbeinige mit den Armen rudernde Gestalt, die ihnen folgte, und rannte noch schneller. Die beiden verschwanden zwischen den Bäumen, und kurz darauf war das Knallen von zwei ins Schloss fallenden Autotüren sowie das Aufheulen eines Motors zu hören, das schnell leiser wurde.

Klunk ließ die Arme sinken. So viel zu seinen Versuchen, den Menschen die Angst zu nehmen.

Sein Blick fiel auf die Picknickdecke mit ihrer reichhaltigen

Auswahl an Speisen, und er bedauerte die furchtbare Verschwendung. Dann kam ihm der Gedanke, dass sich Hal vielleicht darüber freuen würde. Also machte er sich daran, eilig eine Auswahl an Speisen zusammenzusuchen, wobei er immer wieder verstohlen kurze Blicke in Richtung der Bäume warf. Nachdem er Sand und Gras von Brötchen und eingelegten Zwiebeln gewischt und Kies aus Schweinebratenscheiben geklaubt hatte, wickelte er alles in die saubersten Servietten, die er finden konnte, und verstaute das Päckchen in einem seiner Oberschenkelfächer. Mit sich selbst zufrieden, machte er sich auf den Weg zur Straße, die jenseits der Bäume verlief.

*

Hal verließ das Raumhafenlaufband und betrat das Büro einer Autovermietung. Hinter dem Tresen stand ein großer junger Mann mit einem dunklen Haarschopf, der ihm erwartungsvoll entgegenblickte. Sein Gesicht verzog sich zu einem breiten freundlichen Grinsen.

»Guten Tag, Sir! Welche Umstände führen Sie in dieses hervorragende Geschäft?«

»Ich brauche einen Wagen. Nur für heute.«

»Gewiss, Sir. Das macht 80 Kredite. Außerdem benötige ich dazu Ihre Unterschrift auf diesem Formular.«

Hal griff nach einem Stift und kritzelte einen Namen auf die Versicherungspolice. Er legte einige Kreditchips auf das Formular und schob es zurück über den Tresen.

Der junge Mann warf einen flüchtigen Blick auf die Unterschrift und händigte Hal eine Schlüsselkarte aus. »Parknische 7C, Mr. Jerling. Viel Vergnügen während Ihres Aufenthalts auf Forg.«

Hal nickte, nahm den Schlüssel an sich und verließ das Büro. Ein brauner Dunstschleier lag in der Luft, der ihm in der Kehle kratzte und ihn husten ließ. Er überquerte die Straße, betrat den Parkplatz der Autovermietung und schritt an einigen auf Hochglanz polierten Bodenfahrzeugen vorbei. Als er sich der letzten Reihe näherte, hörte er ein Grollen über sich und blickte auf. Ein Raumschiff stieg auf einer weißen Rauchsäule empor und schraubte sich höher und höher in den Himmel. Hal sah ihm hinterher, bis sich die Rauchsäule zu verflüchtigen begann und das Schiff wie ein leuchtender Abendstern über ihm schwebte.

»Glückliche Bastarde«, murmelte er. »Eines Tages werde ich auch so ein Schiff besitzen.«

Nachdem der helle Lichtpunkt verschwunden war, hielt Hal wieder Ausschau nach seinem Mietwagen. Er entdeckte ihn ganz in der Nähe, ein schnittiges Modell mit offenem Verdeck und einem verchromten Zwillingsauspuff. Hal dankte Farrell in Gedanken grinsend für den kleinen Vorschuss. Richtige Gauner ließen sich eben nicht lumpen.

Er schob sich in den Wagen, machte es sich in den weichen Lederpolstern des Fahrersitzes bequem und ließ den Blick über das Armaturenbrett wandern, wozu er nicht lange brauchte, da es dort außer ein paar wenigen Tasten und Schaltern nichts zu sehen gab. Unsicher, was er tun sollte, räusperte er sich. »Hallo?«

Das Armaturenbrett erwachte flackernd zum Leben; der Wagen begann zu vibrieren. »Guten Tag, Sir oder Madam«, ertönte eine Stimme. »Was ist Ihr Ziel?«

»Gergforb ... ich meine, das Forgberg-Casino.«

»Eine hervorragende Wahl, Sir oder Madam«, sagte der Wagen, während er sich eine Hand breit vom Boden hob und zur Parkplatzausfahrt schwebte. »Wünschen Sie ein wenig entspannende Musik während der Fahrt?«

»Klar doch.«

Ein Teil der Cockpitverkleidung glitt zur Seite und enthüllte eine kompakte Hifi-Anlage. Hal wählte einen Klassiksender aus. Der Wagen reihte sich in den fließenden Verkehr vor der Autovermietung ein.

Aus dem Armaturenbrett ertönte ein Piepen. »Unsere Fahrtzeit wird bei einer Durchschnittsgeschwindigkeit von 300 Stundenkilometern etwa 20 Minuten betragen«, erklärte die Computerstimme. »Gibt es sonst noch irgendetwas, das ich für Sie tun kann?«

Hal nickte. »Yep.«

»Und das wäre?«

»Endlich deine verdammte Klappe halten, damit ich ungestört Musik hören kann.«

»Verstanden, Sir oder Madam.«

Der Wagen beschleunigte rasant und zitterte leicht, als der Motor auf Touren kam. Im Hintergrund stieg eine riesige Rauchwolke über dem Raumhafen empor, als das Feuer auf der Müllhalde außer Kontrolle geriet.

*

Klunk blieb für einen Moment stehen und beäugte die Straße vor sich misstrauisch. Am Rande der Fahrbahn stand eine Gruppe vierbeiniger Kreaturen, die mit einem gelangweilten Gesichtsausdruck friedlich grasten. Seine Datenbank verriet Klunk, dass es sich um harmlose Kühe handelte, aber der bedauerliche Vorfall bei Incubots hatte ihn eine wertvolle Lektion darüber gelehrt, sich blindlings auf den Inhalt von Datenspeichern zu verlassen.

Er trat einen Schritt auf die Kühe zu. Das ihm nächste Tier hob den Kopf und stieß einen Laut aus, eine Art tiefes Stöhnen, das in einer Mischung aus Gurgeln und Rülpsen endete. Klunk spürte, wie eine starke Abneigung seine Schaltkreise durchströmte. Warum konnten ihn die Viecher nicht einfach in Ruhe lassen? Er blickte an sich herab auf seine Waden und Füße, an denen sich ein Belag aus klebrigem grünbraunem Schmodder festgesetzt hatte, der aussah, als trüge er ein Paar lehmverschmierter Stiefel. Es war schon schlimm genug, wenn man durch einen stockfinsteren Frachthangar gejagt wurde. Mitten im Flug aus einem Raumschiff geworfen zu werden, tausende von Metern tief zu stürzen und auf den Grund eines Sees zu sinken, war sogar noch schlimmer. Aber durch ein Minenfeld aus schmierigen, knöcheltiefen und von dichten Fliegenschwärmen bedeckten Kuhfladen marschieren und das laute Grollen vierbeiniger Säugetiere ertragen zu müssen, setzte dem Ganzen die Krone auf.

Plötzlich vernahm er hinter sich das immer lauter werdende Pfeifen eines näher kommenden Bodenfahrzeugs. Es waren bereits ein halbes Dutzend Wagen an ihm vorbeigefahren, die seinem hektischen Winken ebenso wenig Aufmerksamkeit geschenkt hatten wie den auf der Straße weidenden Kühen. Bisher war er jedes Mal zur Seite getreten, aber nachdem er beobachtet hatte, wie sie den Kühen ausgewichen waren, erkannte er, dass sie über eine Antikollisionsautomatik verfügten. Dabei war das eigentlich von Anfang an offensichtlich gewesen, und es ärgerte ihn, dass er nicht gleich die richtigen Schlüsse aus seinen Beobachtungen gezogen hatte. Wären die Bodenfahrzeuge nicht von sich aus in der Lage gewesen, den Zusammenstoß mit den großen Tieren vermeiden zu können, wären auf beiden Seiten der Überlandstraße hohe Zäune verlaufen, um zu verhindern, dass sich die Kühe frei von einer Weide zur nächsten bewegen konnten. Entweder das, oder aber die Straße wäre mit zerfetzten Kuhkadavern gepflastert gewesen.

Der Wagen kam schnell näher und warf zwei helle Lichtkegel auf die Fahrbahn. Klunk verspürte ein Kribbeln zwischen den Schulterblättern. Er unterdrückte den Drang, zur Seite zu treten, und marschierte in der Annahme, dass der Wagen einfach über ihn hinweghüpfen würde, auf der Straßenmitte weiter.

Er hatte sich getäuscht.

Wäre er ein neuer Roboter gewesen, hätten ihn seine Reflexe vor Schwierigkeiten bewahrt. Doch Klunk war ein alter Roboter, über und über mit Kuhmist bedeckt, und in seinen Gelenken steckten die Überreste von Wasserpflanzen. Er konnte sich kaum schnell genug bewegen, um wenigstens seinen Kopf aus der Gefahrenzone zu bringen.

Das Bodenfahrzeug erwischte Klunk mit einer Geschwindigkeit von 300 Stundenkilometern an der Schulter. Sein Hechtsprung zur Seite verwandelte sich in einen gestreckten Salto. Er landete lang ausgestreckt in dem von den Kühen abgeweideten kurzen Gras der Überlandstraße. Glücklicherweise hatte ihn der Wagen nur leicht gestreift. Unglücklicherweise aber waren die Kühe kurz vor ihm bereits auf diesem Teil der Fahrbahn gewesen.

Er benötigte mehrere Hände voller Gras, bis er endlich wieder einigermaßen klar sehen konnte. Dann stemmte er sich benommen hoch und setzte sich wieder in Bewegung, trat über riesige Kuhfladen hinweg und schlug nach dicken Schmeißfliegen, die seinen Kopf in dichten Wolken umschwirrten. Obwohl sie ihm nichts anhaben konnten, verspürte er das allzu menschliche Bedürfnis, sich irgendjemanden zu schnappen, der kleiner als er selbst war, und ihm die Scheiße aus dem Leib zu prügeln.

»Muuhh!«

Er blickte auf. Etwas weiter auf der anderen Straßenseite stand eine Kuh, und hinter der Kuh entdeckte er den Wagen am Rande der Fahrbahn. Klunk rannte auf das Fahrzeug zu. Offenbar war seine Pechsträhne vorüber.

*

Das Bodenfahrzeug jagte mit 300 Stundenkilometern über die unebene grasbewachsene Fahrbahn. Es hob und senkte sich mit jeder Bodenwelle wie ein Boot in der Dünung. Die Strahlen der untergehenden Sonne auf Hals Gesicht spendeten kaum noch Wärme, und er hantierte an den Reglern der Klimaanlage herum, bis sich die Luft aus dem Gebläse angenehm warm anfühlte. Als er sich entspannt in den bequemen Fahrersitz zurücksinken ließ und tief einatmete, wurde der für einen Neuwagen so charakteristische Geruch noch intensiver.

Er hatte nicht die geringste Ahnung, was er tun sollte, wenn er das Forgberg-Casino betrat, aber zumindest würde er mit Stil dort eintreffen.

Die Scheinwerfer flammten auf und warfen zwei helle Lichtkegel voraus, die das Zwielicht zu beiden Seiten der Fahrbahn in Dunkelheit verwandelten. Die weiß gestrichenen Pfosten, die das Band des Mittelstreifens trugen, huschten vorbei. Hal streckte gähnend eine Hand nach dem Autoradio aus. Sanfte Instrumentalmusik erfüllte die Kabine. Er lehnte sich in seinem weichen Kontursessel zurück und schloss die Augen.

Als ein Glockenton aufklang und er ein Auge öffnete, sah er ein orangenes Lämpchen auf der Instrumentenkonsole blinken. Er spähte durch die Windschutzscheibe und sah mehrere große Kühe auf der Fernstraße grasen, die träge die Köpfe hoben, als der Wagen auf sie zuschoss. Ihre Kiefer zermalmten rhythmisch das Gras, ihre Augen wirkten im grellen Licht der Scheinwerfer beinahe flüssig.

Einen Sekundenbruchteil vor dem Aufprall vollführte der Wagen einen Satz in die Höhe. »Huii!«, stieß Hal hervor. Sein Magen schien die Aufwärtsbewegung zu verweigern. »Huuahh!«, keuchte er, als sich der Wagen hinter den Kühen wieder senkte. Das orangefarbene blinkende Lämpchen erlosch.

Er wollte die Augen gerade wieder schließen, als er in der Ferne einen Schemen im hellen Licht der Scheinwerferkegel entdeckte. Eine lehmverschmierte Gestalt, die mit weit ausgreifenden Schritten Kuhfladen überquerte, humpelte die Fahrbahnmitte entlang. Einige Meter vor ihr weidete eine weitere Herde Kühe.

Ein Schlag von Metall auf Metall lief durch den Wagen, und die Gestalt verschwand unter der Kühlerhaube, die in die Höhe stieg, um über die Kühe hinwegzugleiten. Hal warf wie betäubt einen Blick zurück und sah die Gestalt mit dem Gesicht im Gras am Rand der Fahrbahn liegen. Kurz darauf stand sie wieder auf, und während sie in der Ferne zusammenschrumpfte, sah Hal ihre gelben Augen aufblitzen. Er runzelte die Stirn. Der Anblick hatte eine Erinnerung in ihm wachgerufen. Er hatte dieselben gelben Augen schon einmal gesehen.

Leuchtende gelbe Augen in einem bronzefarbenen Gesicht!

»Stopp!«, schrie er.

Der Wagen analysierte die Intensität der Gefühle, die in Hals Stimme mitschwangen, und betätigte eine Millisekunde später die Bremsen. Die Gegenbeschleunigungsvorrichtung konnte einen 300 Stundenkilometer schnellen Wagen innerhalb von zwei Sekunden zum Stillstand bringen, doch trotz der überall in der Kabine klebenden Warnplaketten hatte Hal darauf verzichtet, die unbequem aussehenden Sicherheitsgurte anzulegen. Ihm blieb nur ein Sekundenbruchteil, um sein Versäumnis zu bedauern, während er der Frontscheibe entgegenschoss. Doch bevor er durch sie hindurchfliegen konnte, aktivierte sich das Sicherheitskraftfeld. Die blau glühenden Feldlinien umfassten ihn wie ein engmaschiges Netz und kompensierten den größten Teil der kinetischen Energie. Trotzdem reichte der Restschwung aus, ihn heftig auf dem Armaturenbrett aufprallen zu lassen. Als er hörte, wie ein Metallfinger auf das Verdeck klopfte, setzte er sich benommen auf.

»Alles in Ordnung mit Ihnen da drinnen?«, fragte eine durch das dicke Plexiglas gedämpft klingende Stimme besorgt.

Hal hob den Kopf und erblickte Klunk, der durch das transparente Verdeck spähte. Ein Ausdruck der Überraschung huschte über das mit Schlamm verkrustete Gesicht des Roboters, bevor es gleich darauf vor Freude zu strahlen begann. »Mr. Spacejock, Sie sind es!«

Hal öffnete die Beifahrertür und hielt sich die Nase zu, als ihm der überwältigende Gestank von Kuhmist entgegenschlug. »Puuhh!«, stieß er hervor. »Das ist ja gar kein Schlamm!«

*

»Du hast nicht herausgefunden, wohin er meine Ladung bringen wollte?«, fragte Hal ungläubig. Er war so weit wie möglich von Klunk weggerückt, was in einem Bodenfahrzeug nicht gerade sehr weit war. Obwohl er sich wiederholt in einer schmutzigen Pfütze gewaschen hatte, stank der Roboter immer noch penetrant nach Kuhmist.

»Er hat nur gesagt, dass er für Jerling arbeitet. Als er mich eingesperrt hat, habe ich das zuerst für eine Art Bestrafung gehalten.«

»Ich wette, ich hätte sofort bemerkt, was er im Schilde geführt hat«, sagte Hal. »Ich wäre aus diesem Verschlag ausgebrochen, hätte das Schiff gekapert und es direkt zu Jerling geflogen.«

»Und hätten eine riesige Belohnung dafür kassiert.«

»Das auch«, bestätigte Hal.

»Und das alles natürlich noch vor dem Nachmittagstee.«

»Häh?«

»Und anschließend hätten Sie alle bekannten Krankheiten beseitigt und der Menschheit den Frieden gebracht.« Klunk öffnete das Oberschenkelfach und zog das feuchte Serviettenpäckchen daraus hervor. »Da wir gerade vom Nachmittagstee sprechen, ich habe mir gedacht, dass Sie das hier wahrscheinlich mögen würden.«

»Wo hast du das gefunden?«, fragte Hal. Er beäugte den Inhalt der Servietten misstrauisch.

»Als ich aus dem See gestiegen bin, habe ich ein Pärchen, das dort ein Picknick veranstalten wollte, fast zu Tode erschreckt. Die beiden sind Hals über Kopf geflohen und haben dabei das gesamte Essen zurückgelassen.«

Hal nahm das Päckchen entgegen und schnupperte daran. »Hey, das riecht gut! Vielen Dank!«

»Keine Ursache.«

»Es ist gut, dich wieder bei mir zu haben«, sagte Hal. Er klopfte Klunk auf die Schulter. »Ich dachte schon, du würdest für alle Zeiten durchs All treiben.«

Der Roboter betrachtete ihn vorwurfsvoll. »Wie ich feststelle, haben Sie sich nicht die Mühe gemacht, mich zu suchen.«

»Ich? Farrell hat mir gesagt, er würde eine Suchmannschaft losschicken!«

»Derselbe Farrell, der mich gerade erst in einen See geworfen hat?«

»Yeah, genau der.«

»Ich hatte schon damit gerechnet, in der Atmosphäre zu verglühen«, sagte Klunk leise.

»Bist du aber nicht, was?« Hal drückte auf eine Taste im Armaturenbrett, und die Kabine wurde von den Klängen eines alten Konzerts erfüllt. Er ließ sich zurücksinken, schloss die Augen und schwenkte eine Hühnerkeule im Takt der Musik. Das Stück schickte sich gerade an, in eine komplizierte Passage hinüberzugleiten, als es allmählich ausgeblendet wurde. Hal öffnete wieder die Augen und sah, dass das orangefarbene Lämpchen im Armaturenbrett erneut blinkte. »Halt dich fest«, sagte er. »Da kommen gleich wieder ein paar Kühe.«

»Fahren Sie sie bitte nicht über den Haufen«, erwiderte Klunk. »Ich möchte nicht mitansehen müssen, wie die armen Viecher verletzt werden.«

Doch statt in die Höhe zu steigen, wurde der Wagen langsamer. Vor Hal und Klunk glühten die Heckleuchten eines anderen Fahrzeugs in der Dunkelheit.

»Was ist da los?«, fragte Hal, als sie sich dem anderen Wagen näherten. »Warum schleicht der so langsam herum?«

Klunk spähte durch die Plastikglaskuppel. »Da drinnen sitzen mehrere Leute«, sagte er.

Hal knirschte mit den Zähnen. »Das könnte Ewigkeiten dauern. Wie befiehlt man dem Wagen, über den anderen wegzufliegen?«

»Das können Sie gar nicht«, erklärte Klunk. »Einem Antigravitationsfeld ausgesetzt zu werden, kann ernsthafte Langzeitfolgen nach sich ziehen.«

»Wie kommt es dann, dass wir Kühe überfliegen können?«

»Weil die Menschen unterschiedliche Verhaltensregeln für ihresgleichen und alles andere festgelegt haben.«

»Es muss doch irgendwie möglich sein, die Karre dazu zu bringen, den anderen Wagen zu überholen«, knurrte Hal. Er drückte diverse Tasten auf dem Armaturenbrett und betätigte einen Schalter nach dem anderen.

Klunk sah, wie sich Hals Hand einer auffällig großen roten Taste näherte. »Ich würde die da an Ihrer Stelle lieber nicht ...« Es gab einen lauten Knall, und das Verdeck wurde bis auf einen schmalen Streifen der Windschutzscheibe abgesprengt.

»Zumindest riecht es jetzt besser!«, rief Hal, um das Rauschen des Fahrtwindes zu übertönen.

Klunk musterte ihn mit einem undefinierbaren Gesichtsausdruck.

»Also, was treiben die da nur?«, murmelte Hal, als der Wagen vor ihnen noch langsamer wurde. »Warum können wir sie nicht einfach seitlich überholen?«

»Sehen Sie diesen Streifen in der Mitte der Fahrbahn?«, erkundigte sich Klunk. »Auf diesem Planeten werden die Bodenfahrzeuge von einem zentralen Verkehrscomputer gesteuert. Wenn Sie sich zu weit von diesem Streifen entfernen, bricht der Kontakt des Wagens zur Leitzentrale der Verkehrskontrolle ab, und Sie sterben in einem lodernden Feuerball. Nein, Sie können das andere Fahrzeug nicht überholen.«

Hal zog eine dünne Bedienungsanleitung aus dem Handschuhfach und blätterte im Index zum Buchstaben W.

»Wonach suchen Sie?«, wollte Klunk wissen.

»Nach der Bewaffnung.«

»Sie werden im Bedienungshandbuch eines Bodenfahrzeugs keinen Eintrag zum Thema Bewaffnung finden«, sagte Klunk.

»Nein?«

»Nein. Schlagen Sie stattdessen unter dem Punkt Verteidigungsvorrichtungen nach.«

Hal blätterte erneut. »Da ist es ja: ›Der *Chieftain Mk VII* lässt sich wahlweise mit einem gepulsten Zwillingslasergeschütz oder einer einzelnen mittig montierten Photonenkanone ausstatten.‹ Und was hat das Sternchen da zu bedeuten? Verdammt! ›Nicht erhältlich für Regierungs- und Mietfahrzeuge.‹« Er blätterte weiter. »Sieh an, manuelle Steuerung.« Hal überflog die ersten Sätze und warf einen Blick auf die Instrumentenkonsole. Er fand den Hebel, den er gesucht hatte, und drehte ihn herum. Der Wagen hielt an. »›Nehmen Sie den Steuerknüppel aus dem Handschuhfach und führen Sie ihn in Aussparung A für Links- oder Aussparung B für Rechtssteuerung ein‹«, las er vor. »Gib mir das Ding rüber, Klunk.«

Der Roboter kramte in seinem Handschuhfach herum und förderte einen kurzen Steuerknüppel zutage, der an einem Ende einen roten Druckknopf und am anderen ein kugelförmiges Gelenk hatte.

Hal nahm ihn entgegen, schob ihn in die Öffnung auf seiner Seite des Armaturenbrettes und ließ ihn los, um die Betriebsanleitung wieder im Handschuhfach zu verstauen. Der Hebel kippte an seinem Kugelgelenk herab und schlug hart gegen das Armaturenbrett. Dann begann er zu zittern und richtete sich langsam wieder auf, bis er rechtwinklig aus der Kontrollkonsole herausragte und mit einem leichten Vibrieren in dieser Position verharrte.

»Handsteuerungsmodus aktiviert«, verkündete eine Stimme.

Klunk beäugte den Hebel voller Abneigung. »Sie wollen das Ding doch nicht etwa in die Hand nehmen, oder?«

»Verzweifelte Zeiten erfordern verzweifelte Maßnahmen«, erwiderte Hal und packte den Steuerknüppel. Er schob ihn vor, und der Wagen machte einen Satz. Sie rasten ein oder zwei Minuten lang durch die Dunkelheit, dann beschrieb die Straßen vor ihnen eine enge Kurve.

»Vielleicht sollten Sie lieber wieder auf Automatikbetrieb umschalten«, schlug Klunk vor, als der Wagen über den Rand der Fahrbahn schlitterte und ein paar Büsche niedermähte.

Hal bedachte ihn mit einem finsteren Gesichtsausdruck. »Ich bin Pilot. Ich bin durchaus in der Lage, ein Bodenfahrzeug in jeder ...«

»Passen Sie auf!«, schrie Klunk.

Hal starrte durch den schmalen Streifen der Windschutzscheibe, und seine Augen weiteten sich, als er einen gewaltigen Torbogen vor ihnen entdeckte, der von einer massiven Schranke versperrt wurde. Er zerrte den Steuerknüppel verzweifelt zurück. Der Wagen kam nur Millimeter von dem runden Mautschild in der Mitte der Barriere entfernt zum Stehen.

Im Fuß der bogenförmigen Mautstation befand sich ein Fenster, hinter dem sich irgendetwas bewegte. Dann öffnete sich eine Tür, und ein uniformierter Wachposten trat ins Freie. Sein Blick wanderte über das Bodenfahrzeug, richtete sich kurz auf Klunk und blieb schließlich an Hal hängen. »Wir haben wohl gerade erst unseren Führerschein gemacht, was, Sir?«

»Ich habe es eilig, Officer. Wenn Sie einfach die Schranke heben könnten ...«

Der Posten blickte nach rechts und links über die einsame Straße und streckte eine Hand aus. »50 Kredite.«

»50 Kredite! Wofür?«

»Nennen wir es doch eine freiwillige Spende in die Pensionskasse.«

»Nennen wir es lieber Schmiergeld«, murmelte Hal.

»100 Kredite würden auch reichen, Sir. Wir wollen doch keine Schwierigkeiten, nicht wahr?«

»Ich denke, Sie sollten bezahlen«, sagte Klunk.

»Ich weiß, ich weiß.« Hal zog einen Haufen Chips aus der Tasche und wollte gerade den geforderten Betrag abzählen, als ihm eine große Pranke entgegenschoss und ihm die Mühe ersparte. »Heh!«, rief er.

Der Wachposten legte grüßend die Finger an die Mütze. »Willkommen in Forgberg, der Glücksspielhauptstadt des Universums.«

Die Schranke hob sich. Noch immer leise vor sich hin fluchend, schob Hal den Steuerknüppel vor.

»Und halten Sie sich an die Geschwindigkeitsbeschränkungen!«, rief ihm der Mautwächter hinterher.

Kapitel 22

Jenseits des Torbogens war die Fahrbahn gepflastert. Straßenlaternen tauchten die die Straße säumenden gedrungenen weiß getünchten Häuser in ein kränklich orangefarbenes Licht. Hal gab Gas. Nach einer Weile wurden die bescheidenen Häuser nach und nach von größeren und prächtigeren Anwesen ersetzt, die weiter vom Straßenrand entfernt inmitten von saftig grünen Rasenflächen gelegen waren, umgeben von hohen, mit Stacheldraht gekrönten Schutzzäunen.

Ein Stückchen voraus leuchteten rote Bremslichter auf, als das andere Bodenfahrzeug langsamer wurde und in eine Seitenstraße abbog. Hal schüttelte eine Faust in die Richtung des langsamen Wagens. Wahrscheinlich wäre er aus seinem Sitz aufgestanden, um dem Fahrer ein paar Beleidigungen hinterherzurufen, hätte Klunk ihn nicht zurückgehalten.

Einige hundert Meter weiter entdeckten sie eine elektronische Anzeigetafel, auf der in riesigen weißen Buchstaben folgender Text aufleuchtete: »Sie hätten rechts abbiegen sollen!« Hal bremste ab, worauf auf der Anzeigetafel die Abbildung einer Gruppe adrett gekleideter junger Leute erschien, die mit Bergen von Kreditplättchen in den Händen neben einem glänzenden Pokerautomat standen. »Forgberg Casino – hier sind die Gewinner zu Hause«, verkündete die Bildüberschrift.

Hal zerrte am Steuerknüppel, worauf der Wagen auf der Stelle drehte und auf die Abzweigung zuschoss. Vor der Einmündung der Seitenstraße riss er den Hebel nach links und beschleunigte mit aufheulendem Motor.

»Fahren Sie immer so rabiat?«, erkundigte sich Klunk, als sie die schmale Straße entlangjagten.

»Nur wenn ich es eilig habe.«

Sie holten den langsameren Wagen schnell ein, doch bevor Hal ihn von der Straße drängen konnte, tauchte neben ihnen eine Reihe von Geschäften auf.

»Scheint ja ein ziemlich bekannter Name hier zu sein«, meinte Hal, als sie nacheinander den Hinchfig-Schnapsschuppen, den Hinchfig-Roboterladen und die Hinchfig-Autowaschanlage passierten.

»Gordon Hinchfig ist ein wichtiger Geschäftsmann in Forgberg«, erklärte Klunk. »Er ist fast genauso reich wie Mr. Jerling.«

»Alles Blutsauger«, murmelte Hal. »Wenn du mich fragst ...«

Ein sanfter Glockenton unterbrach ihn.

»Was war das?«

»Erschrecken Sie nicht«, klang eine Stimme aus dem Armaturenbrett auf. »Ihr Fahrzeug wird in eine Parkschlange eingereiht, und der erste freie Mitarbeiter wird sich Ihrer annehmen.«

»Hasst du das nicht auch?«, fragte Hal.

»Ihr Fahrzeug wird einen Moment lang halten, wenn Sie sich dem Casino nähern, damit Sie aussteigen können«, fuhr die Stimme fort. »Bitte trödeln Sie nicht, sodass Sie den Gästen hinter Ihnen etwaige Unannehmlichkeiten ersparen.«

»Wenn hier jemand irgendwem Unannehmlichkeiten bereitet, dann du mir«, knurrte Hal.

»Automatikmodus wird in zehn Sekunden aktiviert«, sagte die Stimme.

Hal nahm die Hände vom Steuerknüppel und lehnte sich zurück.

Klunk sah ihn an. »Sie dürfen noch nicht loslassen. Die Stimme sagte zehn Sekunden.«

Hal grinste und klemmte den Steuerknüppel zwischen die Knie. Der Wagen schlingerte.

»Ihr Verhalten ist unverantwortlich«, protestierte Klunk.

»Dann halt mich doch auf«, sagte Hal und presste die Knie erneut gegen die Steuerung.

Vor ihnen wölbte sich ein gigantischer von Neonleuchten angestrahlter Bogen wie ein Fastfood-Logo auf Steroiden über die Straße. »Willkommen im Forgberg Casino!«, verkündete die Aufschrift in 23 schreiend grellen Orangefarbtönen. »Das führende Haus für Glücksspiele in der Galaxie!«, plärrte eine andere Reklametafel in neun verschiedenen Grünschattierungen.

»Automatik aktiviert«, meldete sich eine neue Stimme, als sie unter dem Torbogen hindurchglitten. »Ich heiße Tony und bin Ihr Betreuer für diesen Abend. Los, Leute, sagt: ›Hi, Tony!‹«

Hal fluchte unterdrückt.

»Ich kann euch nicht hören, Leute«, flötete die Stimme fröhlich. »Kommt schon, sagt es laut und deutlich!«

Hal beugte sich vor. »Verpiss dich, Tony.«

»Also, das war jetzt aber gar nicht nett«, sagte die Stimme. »Ich mache hier nur meinen Job.«

»Und den machen Sie wirklich lausig«, erwiderte Hal. »Also verziehen Sie sich und lassen Sie uns in Ruhe.«

»Schön«, sagte die Stimme kalt. »Bitte nehmen Sie Ihr Gepäck an sich und halten Sie sich bereit, Ihr Fahrzeug zu verlassen. Und brechen Sie sich beim Aussteigen nicht das Genick.«

Ein Stückchen weiter floss eine breite Marmortreppe von einem imposanten verglasten Eingangsbereich zur Straße herab. Über der Reihe der Türflügel prangte in hintergrundbeleuchteten roten Lettern der Schriftzug »Forgberg Casino«. Zu beiden Seiten des Treppenaufgangs standen Blumenkästen voller Palmen und Blütenpflanzen, um die kühle Strenge der Marmorfassade aufzuweichen.

Das langsame weiße Fahrzeug vor ihnen hielt an. Zwei Bedienstete in roten Livreen sprangen vor und rissen die Wagentüren auf, denen ein beleibtes Pärchen entstieg. Der Mann hatte sich in einen für ihn viel zu engen Frack gezwängt, die Frau verschwand beinahe unter einem Berg von Pelzen und glitzerndem Schmuck.

»Macht schon, macht schon«, murmelte Hal ungeduldig, als die beiden Arm in Arm den Treppenaufgang hinaufstiegen. Einer der Bediensteten schlüpfte in das weiße Auto. Als es wegfuhr, vollführte Hals Mietwagen einen Satz in die frei gewordene Lücke und kam mit einem Ruck am Fuß der Treppe zum Stehen. Hal schwang die Beine aus der Tür und schob sich hinaus, Klunk stieg auf der Beifahrerseite aus.

»Bitte zehn Kredite für den Parkdienst«, sagte ein junger Bursche in einer rotgoldenen Uniform und streckte auffordernd eine Hand aus. Hal kramte in der Hosentasche herum und zog zwei Chips daraus hervor, von denen er einen in die Hand des Burschen fallen ließ.

Der Wagen verschwand leise schnurrend hinter der nächsten Straßenbiegung. Hal schritt die breiten Marmorstufen empor und wollte gerade die Türschwelle überqueren, als ihm ein großer Mann in einer dunkelblauen Uniform in den Weg trat, einen abweisenden Ausdruck auf dem geröteten Gesicht. »Ich bedaure, Sir, aber Sie dürfen hier nicht hinein.«

»Und warum zur Hölle nicht?«, wollte Hal wissen.

»Weil dies ein Kasino und nicht der Tagungsort der Kesselflickerinnung ist.«

»Wie bitte?«

»Wir haben hier gewisse Kleidungsvorschriften, und Ihre Garderobe erfüllt diese Kriterien nicht.«

Hal blickte an seiner ursprünglich einmal schneeweißen, mittlerweile jedoch völlig verschmutzten Fliegermontur herab, deren Brusttasche ein aufgesticktes schickes Logo verziert hatte. Jetzt erinnerte die Montur eher an einen gebrauchten Kaffeefilter, und das aufgestickte Logo hatte sich in ein Gewirr loser Fäden verwandelt.

»Und der da trägt überhaupt keine Kleidung«, fügte der Türsteher hinzu und zeigte mit einem dicken Finger auf Klunk.

»Er ist ja auch ein Roboter«, erklärte Hal geduldig. »Ich weiß, das kann man bei all der Bronze kaum erkennen, aber ich gebe Ihnen mein Wort darauf. Außerdem tragen Roboter nun mal keine Kleidung.«

»Da drinnen schon«, sagte der Türsteher unbarmherzig.

»Aber ...«

»Kein ›aber‹«, fiel der bullige Mann Hal mit einem geringschätzigen Schnauben ins Wort. »Und jetzt verpisst euch, ihr Clowns!«

Hal machte resigniert kehrt und ging langsam die Stufen hinunter.

Klunk warf ihm einen fragenden Blick zu. »Überlegen Sie sich gerade Ihre nächsten Schritte?«

»Das *waren* meine nächsten Schritte. Jetzt denke ich über meine Zukunft nach, und die sieht nicht gerade vielversprechend aus.«

»Haben Sie denn keine andere Kleidung an Bord Ihres Schiffes?«

»Oh, sicher doch. Ich verfüge über eine reichhaltige Auswahl. Da hätten wir meine Sommerkollektion, meine Wintergarderobe, mein Frühjahrssortiment und mein Herbstensemble.«

»Also, dann haben Sie ja keine Probleme, etwas Passendes zu finden.«

»Das war ein Witz, Klunk.« Hal deutete auf seine Fliegermontur. »Ich habe zwei Paar davon, und der andere Overall ist völlig durchlöchert.«

»Ihre Stiefel sind in Ordnung.«

»Gar nicht schlecht, was?« Hal hob einen Fuß. »Die habe

ich mir auf dem Orbiter besorgt. Das ist echtes Leder, sehr teuer.«

»Echtes Leder?«

»Ja. Von echten Kühen.«

»Gut«, sagte Klunk voller Inbrunst.

»Lass uns ein bisschen in der Gegend herumfahren«, schlug Hal vor. »Vielleicht entdecken wir ja irgendwas.«

»Das erscheint mir nicht sehr aussichtsreich.«

»Nein, aber es ist alles, was wir tun können.« Hal winkte einen der Bediensteten heran. Der junge Bursche, der angetrabt kam, war derselbe, der den Wagen zuvor geparkt hatte.

»Ja, Sir?«

»Ich möchte meinen Wagen zurückhaben.«

Der Junge streckte eine Hand aus.

»Du wirst nicht schon wieder bezahlt«, sagte Hal. »Ich war gerade einmal fünf Minuten weg.« Er hob die Brauen. »Und wieso grinst du eigentlich so breit?«

»Weil Sie mir gerade 20 Kredite eingebracht haben.«

»Wie das?«

Der Bedienstete zwinkerte Hal zu. »Ich habe mit den anderen Jungs gewettet, dass man Sie mit diesen schmutzigen alten Klamotten nicht ins Casino lassen würde. Und ich habe gewonnen.«

*

»Sie hätten das wirklich nicht tun sollen, Mr. Spacejock. Der arme junge Mann hätte an den Pflanzen ersticken können.«

»Vergiss diesen kleinen Drecksack, halt lieber nach unserem Wagen Ausschau.«

»Der könnte überall stehen. Ohne Hilfe …«

»Von diesen Typen haben wir keinerlei Hilfe zu erwarten«, sagte Hal. »Also müssen wir uns selbst helfen.« Er schwang sich auf die Motorhaube eines Wagens und kletterte weiter auf das Plexiglasdach. Von seinem erhöhten Standpunkt aus konnte er Reihe um Reihe von Verdecken sehen, die im Licht der Straßenlaternen glänzten. Ganz weit hinten entdeckte er ein Fahrzeug ohne Dach, das aus der Menge der anderen Wagen hervorstach wie eine klaffende Zahnlücke in einem ansonsten makellosen Gebiss.

»Können Sie ihn sehen, Mr. Spacejock?«

Hal streckte eine Hand aus. »Da drüben.«

Von irgendwoher ertönte leises Geschrei. Hal blickte nach unten. »Was war das?«

»Die Jungs vom Parkservice. Ich habe Ihnen ja gesagt, dass sie uns folgen würden.«

»Quatsch. Du phantasierst.«

Wieder gellte ein Schrei auf, diesmal deutlich näher.

»Mr. Spacejock, die Burschen haben gedroht, Ihnen den Kopf abzureißen und in den Hals zu pinkeln.«

»Das war doch nur großspuriges Gerede.« Plötzlich sprang Hal vom Dach des Wagens und ließ sich auf alle viere sinken.

»Was tun Sie da?«, fragte Klunk.

»Halt die Klappe!«, zischte Hal. »Du holst den Wagen, ich warte hier.«

Klunk musterte ihn skeptisch. »Soll ich ganz allein gehen?«

»Nein, sondern in Begleitung aller Geister deiner Vorfahren. Natürlich gehst du allein!«

»Und was tun Sie?«

»Ich halte Wache.«

Der Roboter tauchte zwischen den Wagenreihen unter. Ein oder zwei Minuten später brandete triumphierendes Geschrei auf, gefolgt von lautem Stimmengewirr. Hal richtete sich vorsichtig auf und sah Klunk reglos inmitten eines Haufens uniformierter Einparkhilfen stehen, die wilde Schmähungen brüllten und die Fäuste schüttelten.

Der größte der Jungen brachte seine Gefährten zum Schweigen und rief mit lauter Stimme: »Wir wissen, dass du dich irgendwo da draußen rumtreibst, du Feigling!«

»Brutaler Schläger!«, schrien die anderen. »Arschloch!«

»Wir verlieren nur Geld, wenn wir weiter hier nach dir suchen!«, schrie der hochgewachsene Junge. »Also werden wir dich laufenlassen!«

Hal grinste. Gott sei Dank hatte er Klunk vorgeschickt.

»Aber bevor wir gehen, haben wir noch eine Kleinigkeit für dich!«

Was meinte der Idiot wohl damit? Hal runzelte die Stirn.

Der Wortführer der Einparker hob eine durchsichtige Flasche und schüttelte sie, bis die gelbe Flüssigkeit in ihr zu schäumen begann. Dann riss er den Verschluss ab und goss Klunk den Inhalt der Flasche über den Kopf. »Wir pissen auf dich!«

Alle anderen folgten diesem Beispiel, sodass Klunk im harten Licht der orangenen Straßenlaternen nun vor Nässe glänzte. Schließlich machten sie kehrt und verschwanden mit lautem Kichern.

»Sie können jetzt herkommen, Mr. Spacejock!«, rief Klunk nach einer Weile. »Ich habe die Gefahr neutralisiert.«

Hal näherte sich dem Roboter, der ratlos die sich um ihn herum ausbreitende Pfütze betrachtete. »Warum haben sie wohl ihre Getränke vergeudet?«, fragte Klunk.

Hal schnaubte. »Das waren nicht ihre Getränke.«

»Wie auch immer, nur gut, dass ich praktisch wasserdicht bin.«

»Das war auch kein Wasser. Aber zumindest haben sie dir nicht vorher den Kopf abgerissen.«

»Haben Sie mich deshalb allein vorgeschickt?«

»Was? Oh, nein, so etwas würde ich nie tun.«

»Außer dass ...«

»Hör mal, kannst du diese Idioten nicht vergessen? Wir brauchen dringend neue Kleidung, und wir kommen nicht weiter, wenn wir einfach hier draußen rumstehen.«

»Haben Sie denn irgendetwas, das Sie verkaufen könnten?«, erkundigte sich Klunk. »Um an Geld für Kleidung zu kommen, meine ich.«

Hal musterte den Roboter nachdenklich. »Witzig, dass ausgerechnet du so etwas sagst. Schnapp dir den Wagen, ich erklär dir alles Weitere unterwegs.«

»Ich bin etwas zu nass, um mich so in den Wagen zu setzen«, sagte Klunk. Er wedelte mit der Hand in der Luft herum und verspritzte dabei ein paar Tropfen der gelblichen Flüssigkeit. »Vielleicht wäre es besser, wenn ich mich erst einmal richtig gründlich schüttle, bevor ich ...«

»Nein!«, schrie Hal hastig.

*

Vurdi Makalukar saß, in angenehme Gedanken versunken, an seinem Terminal. Er hatte erwartet, dass es bei dem Farrell-Hinchfig-Fall Schwierigkeiten geben würde, doch die ganze Angelegenheit hatte sich mit einem einzigen Telefonat klären lassen. Schon bald würde er mit Geld nur so um sich werfen können; in seinen lebhaften Tagträumen hatte er das auch bereits ein Dutzend Mal getan.

Ein leises Summen riss ihn aus den weichen Ledersitzen seines künftigen brandneuen Sportwagens in die nüchterne Realität seines Apartments zurück. Es summte erneut. Vurdi berührte ein Symbol auf dem Bildschirm seines Terminals. Der Anruf kam von Garmit and Hash.

Auf dem Monitor erschien das Abbild eines blonden Mannes, der einen Dreiteiler über einem Hemd mit steifem weißem Kragen und Fliege trug. »Sie sind Vurdi, richtig?«

»Korrekt.«

»Hören Sie, mein' Glückwunsch zu der Farrell-Sache. Gibt 'nen saftigen Bonus, haufenweise Kreds.«

Vurdi gestattete sich ein gelassenes Lächeln. »Das war gar nichts.«

»Gibt da aber noch ein kleineres Problem. Dieser Typ, Spacejock ... es geht nicht, dass Leute frei in der Gegend rumlaufen, die bei uns Schulden haben, was?«

»Er steht als Nächster auf meiner Liste.« Vurdi warf einen Blick auf seine Uhr. »Ich wollte mich sogar gerade um ihn kümmern.«

»Magisch. Prächtig.« Der blonde Mann zögerte. »Die Sache ist nur die, der Boss möchte beide Fälle zu einem einzigen zusammenfassen, sozusagen.«

»Ich kann Ihnen nicht folgen.«

»Hinchfig haben Sie erledigt, Spacejock noch nicht. Beschaffen Sie uns jetzt noch die Kohle von Spacejock, dann bezahlen wir Sie für beide, alles klar?«

»Das geht ganz und gar nicht klar!«, erwiderte Vurdi wütend. »Ich habe Ihnen das Geld besorgt, das Hinchfig Ihnen geschuldet hat, und Sie können mir jetzt nicht einfach mein Honorar vorenthalten, nur weil da noch die Sache mit diesem Spacejock offen ist!«

»Aber genau das tun wir, mein Freund.«

»Das ist nicht fair!«

»Nein, das ist nicht fair, sondern rein geschäftlich. Wir sehen uns.«

Vurdi trennte die Verbindung mit einem unguten Gefühl in der Magengegend. Sein neuer gehobener Lebensstil, der Sportwagen und das Anwesen – alles hing davon ab, dass er das Geld von Spacejock eintrieb. Er griff mit eiserner Entschlossenheit nach dem Mikrofon seines Terminals. »Brutus? Komm sofort her!«

Kapitel 23

Der Mietwagen glitt in eine Parklücke und sank mit einem seufzenden Geräusch zu Boden. Auf der anderen Seite des Bürgersteigs warben die schreiend bunten Leuchtreklamen diverser Geschäfte für alles Mögliche von Raumschiffersatzteilen bis hin zu Zigarren, die in Geschenkpapier eingewickelt waren. Ein zentral gelegener Roboterladen protzte mit einem riesigen Schild mit der Aufschrift »Hinchfig Robots«, neben dem alle anderen Reklametafeln verblassten. Im Schaufenster unter dem Schild standen zwei gebrauchte Exemplare.

Bei einem der beiden Roboter handelte es sich um das gleiche Modell wie Klunk. Er trug einen blauen Overall und eine Schirmmütze mit dem Hinchfig-Logo. Der Roboter zog einen Fensterreiniger aus einem Wassereimer, rieb die Innenseite der Scheibe mit dem nassen Schwamm ein, drehte den Reiniger herum und entfernte die Schaumschicht auf dem Glas mit der Gummilippe des Abziehers. Er vollführte seine Arbeit mit präzisen und sparsamen Bewegungen. Nachdem er die Scheibe von oben bis unten abgezogen hatte, ergriff er einen Zerstäuber, sprühte das Glas mit einer farblosen Flüssigkeit ein und polierte es anschließend mit einem trockenen Lappen streifenfrei auf Hochglanz. Zum Abschluss berührte er den Mützenschirm mit den Fingern und verbeugte sich. Kurz darauf begann er mit der Prozedur wieder von vorn.

Hals Blick wanderte zu dem zweiten Roboter, der an einem Spieltisch saß. Seine goldene Haut schimmerte im weichen Licht, und der kompakte Körper ließ sein Dinnerjackett beinahe bersten. Er ergriff ein Kartenspiel, das vor ihm auf dem

Tisch lag, und mischte es so schnell, dass seine Finger beinahe vor Hals Augen verschwammen. Dann zog er zwei Karten aus dem Stapel und lehnte sie mit den Oberkanten so gegeneinander, dass sie ein spitzes Hütchen formten. Das wiederholte er so oft, bis die Hütchen eine Reihe auf dem Tisch bildeten, auf die er eine waagrechte Schicht weiterer Karten legte. Hal hielt den Atem an, als das Kartenhaus immer weiter in die Höhe wuchs, doch der Roboter platzierte alle Karten mit traumwandlerischer Präzision.

Nachdem der goldene Droide die letzten beiden Karten sicher auf der obersten Ebene abgestellt hatte, stand er auf und verbeugte sich. Dann entfernte er jeweils immer zwei Karten auf einmal von dem Kartenhaus, bis er es schließlich wieder vollständig abgebaut hatte, ohne dass es in sich zusammenfiel. Er tippte das Blatt mit der schmalen Seite auf die Tischplatte, mischte es erneut durch und begann von Neuem mit dem kleinen Kunststück.

Als Hal ein Geräusch neben sich bemerkte und einen Blick zur Seite warf, sah er, dass Klunk das Schauspiel mit gerunzelter Stirn beobachtete. »Was für eine Vergeudung nützlicher Fähigkeiten«, murmelte der Roboter. »Abgesehen davon, was wollen wir überhaupt hier?«

Hal spähte verstohlen die menschenleere Straße hinauf und hinunter. »Ich werde es dir erklären.«

*

Hal blickte sich interessiert in dem Robotergeschäft um. Der Fußboden bestand aus poliertem Stein, auf dessen glänzender Oberfläche sich zahlreiche Roboter spiegelten, die in kunstvollen Posen erstarrt auf ihren hölzernen Podesten standen. Hal entdeckte einen ausgemusterten Marineinfanterie-Droiden, Bohrarbeiter, dreirädrige Walzen, Kundschafter, Lastenschlepper und sogar den automatischen Wartungsroboter eines Fernstreckenraumschiffs. Er blieb vor dem Kampfroboter stehen und betrachtete das eindrucksvolle grob geschnittene Gesicht. Der Droide roch nach Schmiermitteln und frischer Farbe und schimmerte weiß im Licht des Deckenscheinwerfers.

»Kann ich Ihnen helfen?«

Hal drehte sich um und entdeckte einen sportlich gekleideten jungen Mann, der eine frisch gebügelte Hose und ein modisches Hemd mit Krawatte trug. Sein jugendliches Gesicht, in dem ein schütterer Bartflaum spross, verzog sich zu einem hungrigen Verkäuferlächeln, als er sich Hal näherte. »Bei diesem Roboter handelte es sich um ein sehr beliebtes Modell«, sagte er. »Es wurde als Spezialist für Rohrverlegungsarbeiten entwickelt. Sehen Sie die Greifbacken, die er anstelle von Händen besitzt? Damit kann er alles packen und festhalten.«

»Diese Greifer passen genau in die Haltepunkte von schweren Laserwaffen«, erwiderte Hal. »Die meisten Kampfdroiden verfügen über solche Klauen.«

Das Lächeln des Verkäufers verkrampfte sich ein wenig. »Äh ... ja. Ich habe wohl gerade an ein anderes Modell gedacht.«

»Wer leitet dieses Geschäft?«

Der junge Mann richtete sich zu seiner vollen Höhe auf. »Ich bin der Manager«, sagte er und wölbte seine magere Brust stolz vor.

»Wie viel kostet der Roboter mit dem Scheibenreiniger im Schaufenster?«

»Wie viel der Roboter im Schaufenster kostet?« Der Verkäufer legte die Stirn in Falten. »Ich bin mir nicht sicher, ob dieser Roboter überhaupt verkäuflich ist.«

»Alles ist verkäuflich, Sohn.«

»Tut mir leid. 20 000 Kredite.« Der Verkäufer registrierte

Hals Gesichtsausdruck. »Oh, ich weiß, das klingt ziemlich teuer, aber XG-Roboter sind sehr vielseitig verwendbar.«

»Kaufen Sie auch welche an?«

»Sicher. Wenn der Preis stimmt.«

Hal blickte sich nach allen Richtungen um und senkte die Stimme. »Ich habe draußen ein identisches Modell. Für zehn Riesen gehört es Ihnen.«

Der Verkäufer lachte. »Auf einer Auktion bekomme ich solche Roboter für drei Riesen. Sie sind nicht sonderlich gefragt.«

»Bei 20 Riesen pro Stück verstehe ich auch, woran das liegt.«

»Auf alle Modelle gibt es Garantie«, sagte der Verkäufer steif. »Und jeder einzelne wird gründlich überholt, bevor er in den Verkauf geht. Ich beaufsichtige die Arbeiten persönlich.«

»Drei Riesen, sagen Sie?«

»Das ist die Obergrenze, sofern Ihr Roboter voll funktionstüchtig ist.«

»Kommen Sie mit und überzeugen Sie sich selbst«, forderte Hal den Verkäufer auf.

Sie verließen das Geschäft. Hal führte den jungen Mann zu seinem Mietwagen. »Ich muss Sie allerdings warnen«, sagte er, als sie sich der Beifahrerseite näherten. »Er müsste dringend gereinigt werden.«

Der Verkäufer hielt sich die Nase zu. »Was hat er denn gemacht? In Kuhmist gebadet?«

»So ungefähr. Aber es ist nichts, was sich nicht entfernen ließe.«

»Und was ist mit seinem Gesicht los?«

Hal warf einen Blick durch die geöffnete Beifahrertür. Klunk war auf seinem Sitz zusammengesackt, den Kopf in den Nacken gelegt. Sein Blick war glasig. Er hatte die Lippen weit zurückgezogen, und eine realistisch geformte Zunge hing ihm aus einem

Mundwinkel. Hal stöhnte. Der Anblick des Roboters erinnerte an einen zweitklassigen Schauspieler, der gerade die Nummer »Was passiert, wenn man mit einem Fön in die Badewanne steigt?« zum Besten gab.

»Ist er denn in Betrieb?«, erkundigte sich der Verkäufer und musterte Hal aus schmalen Augen.

»Kann man eigentlich kaum sagen.«

Eins von Klunks Augen starrte Hal kläglich an. Hal starrte zurück.

Der Verkäufer schnippte einen getrockneten Schlammbrocken von Klunks Brust. »Wo haben Sie ihn denn her?«

»Ich komme gerade aus dem Casino«, wich Hal einer direkten Antwort aus.

»Aber natürlich, Sir«, erwiderte der Verkäufer mit einem vielsagenden Blick auf Hals verdreckte Fliegermontur. Er sah ihm in die Augen. »Sind Sie überhaupt der rechtmäßige Besitzer dieses Roboters?«

Diese Frage hatte Hal befürchtet und versucht, sich eine halbwegs überzeugende Antwort einfallen zu lassen, sollte das Thema zur Sprache kommen. Dazu hatte er sich mehrere Versionen einer Geschichte ausgedacht, die im Wesentlichen alle darauf hinausliefen, Klunk im Casino gewonnen zu haben, doch jetzt erschienen sie ihm eher unglaubwürdig.

»Ich habe gefragt, ob Sie der Besitzer dieses Roboters sind«, wiederholte der junge Mann seine Frage.

»Sohn, der Tag, an dem ich einen gestohlenen Roboter verkaufe, ist auch der Tag, an dem ich nicht mehr im Schach gewinne.«

Aus dem Bodenfahrzeug ertönte ein Schnauben.

»Er hat ein Geräusch gemacht!«, rief der Verkäufer.

»Ich habe nichts gehört.«

Der Verkäufer bückte sich und starrte in Klunks leblose Augen. »Ich dachte gerade, ich hätte ein Licht gesehen«, sagte er. Er streckte eine Hand aus und drehte an irgendetwas unter einem von Klunks Armen, worauf eine Klappe in der Brust des Roboters aufsprang. »Systemneustart …«, murmelte er, während er mit dem Zeigefinger in der Öffnung herumstocherte. Plötzlich zuckte er zusammen und wedelte mit der Hand. »Ich habe einen elektrischen Schlag bekommen! Der Roboter lebt!«

Hal legte ihm einen Arm um die Schultern und dirigierte ihn zurück in Richtung des Geschäfts. »Ich würde ja gern den ganzen Tag hier verbringen und mit Ihnen plaudern, aber ich muss leider zurück auf mein Schiff. Lassen Sie uns über den Preis sprechen.«

»Heute war zwar nicht viel los«, sagte der junge Mann, »aber ich habe trotzdem ein bisschen Geld im Safe. Ich gebe Ihnen einen Tausender.«

»Einen Riesen? Sie bekommen keinen solchen Roboter für 1000 Kredite!«

»Sir, manche Leute bezahlen mich sogar dafür, dass ich Roboter wie Ihren für sie entsorge.«

»In Ordnung, vergessen wir das Ganze. Dann werde ich mein Glück woanders versuchen.«

»1500 und keinen Kredit mehr.«

»Zweieinhalb.«

»Zwei.«

Hal schüttelte den Kopf. »Wir wissen beide, dass Sie ihn schon am Ende der Woche für 20 Riesen ins Schaufenster stellen werden. Zweieinhalb, oder Sie sind mich los.«

»2100?«

»Gemacht. Los, geben Sie mir die Hand darauf.«

Sie kippten Klunk aus dem Fahrersitz. Der Verkäufer packte ihn an den Füßen. Hal bückte sich, schob die Arme unter Klunks Achselhöhlen und stöhnte vor Anstrengung, bis es ihm schließlich gelang, den Roboter vom Boden zu heben. Klunk grinste ihn an, als sie ihn zu zweit zur Eingangstür schleppten.

Vor der Tür ließ Hal sein Ende des Roboters sinken. »Es geht wahrscheinlich leichter, wenn wir ihn aufrecht stellen«, keuchte er. »Ich bin mir sicher, dass seine Beine einen Teil des Gewichts tragen können.«

»Glauben Sie wirklich? Er sieht so aus, als wäre er deaktiviert worden.«

»Wenn nicht, können wir ihn immer noch mit einem Elektroschocker kitzeln«, murmelte Hal.

Sie richteten Klunk auf, stützten ihn rechts und links ab und schlurften mit ihm in das Geschäft. Hal blieb allein mit dem Roboter zurück, während der Verkäufer in seinem Büro verschwand, um das Geld zu holen. »Hör auf, dich zu bewegen«, flüsterte er ihm aus dem Mundwinkel zu. »Du bist außer Betrieb.«

Klunk verdrehte die Augen, bis er Hal ins Gesicht sehen konnte. »Elektroschocker?«, fragte er.

Hal wollte gerade antworten, als der Verkäufer aus dem Büro zurückkehrte und ihm vier goldene und rote Kreditplättchen überreichte.

»Das sind zwei Riesen«, sagte Hal und steckte das Geld ein. »Was ist mit dem Rest?«

»Ich habe noch das Geld für die Miete«, erwiderte der Verkäufer. Er griff in seine Hosentasche, zog mehrere Chips hervor und hielt sie Hal hin. »Dann bezahle ich meinen Vermieter eben später.«

Hal schüttelte den Kopf. »2000 Kredite sind schon in Ordnung.«

»Sind Sie sicher?«

»Eine gründliche Reinigung des Roboters wird Sie hundert Kredite kosten.«

»Danke.« Der Verkäufer schob das Geld zurück in seine Hosentasche und betrachtete Klunk nachdenklich. »Sein Zustand ist gar nicht einmal so schlecht«, murmelte er vor sich hin. »Wenn ich nur …«

Als er Klunks Brustklappe aufspringen ließ und darin herumzufummeln begann, verzog sich Hal unauffällig.

*

Hal saß in seinem Mietwagen, den er rund hundert Meter von dem Robotergeschäft entfernt unter einer orangenen Straßenlaterne geparkt hatte. Er warf immer wieder einen kurzen Blick in den Rückspiegel und beobachtete die langen Schatten, die über den Bürgersteig vor dem Schaufenster tanzten, während die Roboter ihre Darbietungen für ein nicht vorhandenes Publikum abspulten.

Nach einiger Zeit wanderten zwei Scheinwerferkegel über die Windschutzscheibe seines Wagen. Ein Fahrzeug, dessen Motor unter einer langen weißen Kühlerhaube kraftvoll blubberte, fuhr langsam an ihm vorbei. Hal entdeckte das Logo der Polizei auf der Seitentür und ließ sich tiefer in seinen Sitz sinken. In dem Streifenwagen saßen zwei Uniformierte, deren kantige Gesichter vom Widerschein der Anzeigen in ihrem Armaturenbrett schwach erhellt wurden. Hal drehte den Kopf zur Seite und betete, nicht die Neugier der Männer erregt zu haben. Er seufzte erleichtert auf, als der Wagen in die nächste Querstraße abbog.

Noch immer tief in den Fahrersitz geduckt, verstellte er den Rückspiegel so, dass er die Frontseite des Roboterladens beobachten konnte. Plötzlich entdeckte er Klunk, der direkt vor dem Geschäft auf dem Bürgersteig im hellen Licht der Schaufensterbeleuchtung stand.

Hal richtete sich in seinem Wagen auf und winkte. »Klunk!«, rief er.

Der Roboter lief in seine Richtung. Sofort ließ sich Hal wieder in den Sitz gleiten und betätigte den Anlasser. »Mach schon, mach schon!«, murmelte er, als der kalte Motor mit einem Surren ansprang. Der Wagen stieg leise fauchend eine Hand breit in die Höhe und schwebte dicht über der Straße. Hal warf angespannt einen Blick zurück und sah, dass Klunk schnell näher kam. Auf einmal erschien der Verkäufer in der Tür, entdeckte Klunk und rannte so schnell los, dass ihm die Krawatte um die Ohren flog und seine Schuhsohlen laut auf das Pflaster klatschten. »Stopp!«, schrie er. »Sofort stehen bleiben!«

Im ersten Moment befürchtete Hal, dass Klunk nichts von seinem Verfolger bemerkt hatte, denn der Roboter trabte mit ausgreifenden Schritten dahin, den Kopf ein wenig in den Nacken gelegt wie ein Mittelstreckenläufer kurz vor der Ziellinie, während der Verkäufer einen furiosen Sprint hinlegte, den Blick starr auf Klunks Rücken gerichtet. Sein Gesicht glühte geradezu vor wilder Entschlossenheit, als hätte er vor, dem Roboter beide Arme auszureißen und damit auf ihn einzuprügeln, bis er ihn in seine Einzelteile zerlegt hatte.

Offenbar hatte Klunk doch die Schritte des Verkäufers gehört, denn nach einem kurzen Blick zurück über die Schulter beschleunigte er so rasant, dass sich seine Beine in einen verschwommenen schimmernden Bronzekreisel zu verwandeln schienen und er den Wagen mit etlichen Metern Vorsprung vor seinem Verfolger erreichte. Er legte eine Hand auf den Türholm und schwang sich mit einem Satz über die geschlossene Tür auf den Beifahrersitz. Sein Gewicht ließ den Wagen erbeben.

Hal rammte den Steuerknüppel vor. Der Wagen machte einen Satz und jagte auf die nächste Kreuzung zu. Kurz bevor er sie erreichte, warf Hal einen letzten Blick in den Rückspiegel und sah den Verkäufer weit abgeschlagen am Straßenrand stehen. Der junge Mann schüttelte in ohnmächtigem Zorn die Fäuste und brüllte seine Wut hinaus. Hinter ihm schlichen die beiden Roboter aus dem Schaufenster heimlich zur Tür hinaus und tauchten in der Dunkelheit unter.

Kapitel 24

Hal setzte Klunk vor einer Einkaufspassage ab und fuhr ein Stückchen weiter, um den Wagen zu parken. Der Roboter betrat ein Herrenbekleidungsgeschäft und wartete geduldig, während der Verkäuferdroide emsig umherwuselte und ihn mit einem gestärkten weißen Hemd, einer dunkelgrauen Hose mit scharfen Bügelfalten und einem Paar luxuriöser Socken ausstattete. Wenn der Droide über die Anwesenheit eines zerbeulten alten Roboters in einem exklusiven Modegeschäft erstaunt war, konnte er es bemerkenswert gut verbergen.

»Wünschen Sie sonst noch irgendetwas, Sir?«, erkundigte er sich höflich.

Klunk sah an sich herab. Der Saum des leuchtend weißen Hemdes steckte im Bund der passgenau sitzenden Hose, und in den dunklen Socken wirkten seine Füße kleiner als sonst. Er hob ein Bein und betrachtete kritisch seinen Fuß. »Ich brauche Schuhe.«

Der Verkäuferdroide winkte einen gedrungenen Karren herbei, der in die Umkleidekabine rollte und Klunks Füße mit einer Schieblehre vermaß. Nachdem er wieder verschwunden war, zog der Droide einen glänzenden Ledergürtel aus einem Regal und hielt ihn Klunk hin. »Wünschen der Herr vielleicht einen Gürtel, um den perfekten Sitz dieser exquisiten Hose zu gewährleisten?«

Klunk nickte.

»Erfüllen wir eine wichtige Funktion, Sir?«, fragte der Droide, während er den Gürtel durch die Schlaufen von Klunks Hose fädelte.

»Eine äußerst wichtige Funktion.« Klunk richtete die Schultern auf und begutachtete sich in dem mannshohen, bis zum Boden reichenden Spiegel. Er bewunderte noch immer sein Spiegelbild, als der gedrungene Rollwagen mit einem halben Dutzend kleiner Pappschachteln auf der Tragefläche zurückkehrte.

»Der richtige Schuh adelt den Mann«, sagte der Droide. »Oder den Roboter«, fügte er mit einem Zwinkern hinzu. Er wählte eine Schachtel aus, entfernte den Deckel und präsentierte Klunk den Inhalt. Klunk erblickte ein Paar brauner Schuhe, die kunstvoll in zusammengeknülltes weißes Papier gebettet und sorgsam auf Hochglanz poliert worden waren, bevor man sie liebevoll verpackt hatte.

»Ich hätte gern zwei Stück davon«, sagte er.

»Wir verkaufen Schuhe nur paarweise, Sir«, erwiderte der Droide. Er musterte Klunk von Kopf bis Fuß. »Soll ich Ihre Einkäufe einpacken lassen, Sir? Oder wünschen Sie, dass sie Ihnen ins Hotel geliefert werden?«

Klunk schüttelte den Kopf. »Ich werde sie gleich anbehalten.«

»Und die Bezahlung soll wie erfolgen ...?«, erkundigte sich der Roboter rücksichtsvoll.

Klunk öffnete eine Hand und präsentierte dem Verkäufer ein rötliches Kreditplättchen. »Hier.«

Der Verkäuferdroide blickte an seiner langen Nase entlang auf das Geld. »Ich bedaure, Sir, aber Sie verfügen nicht über genügend Kredite.«

*

»Wie konntest du nur 1000 Kredite für ein Hemd und eine lausige Hose zum Fenster rausschmeißen?«, fauchte Hal aufgebracht. Sie saßen im Wagen vor der Einkaufspassage. Hal trug mittlerweile eine locker geschnittene Hose, die er zum halben Preis in einem Restpostengeschäft erstanden hatte, und ein braunes Hemd mit einem so weiten Kragen, dass er bei jedem stärkeren Windstoß in Gefahr zu geraten drohte, hinfortgefegt zu werden.

»Sie ist nicht lausig«, widersprach Klunk. »Tatsächlich ist sie sogar ziemlich gut.«

»Für eine derartige Summe sollte sie nicht nur gut, sondern das Beste vom Besten sein. Du solltest dir etwas Legeres kaufen und dich nicht für die Teezeremonie des Kaisers ausstaffieren!«

»Ich habe ja versucht, die Sachen zurückzugeben, aber der Verkäufer hat das abgelehnt«, verteidigte sich Klunk.

»Was mich nicht überrascht«, knurrte Hal. »So wie du nach Kuhmist stinkst.«

»Ich dachte, der Verkäuferroboter hätte mich gründlich gereinigt.«

Plötzlich huschte ein Grinsen über Hals Gesicht. »All das Scheuern und Rubbeln und dann keine echte Befriedigung zum Schluss. Junge, muss der angefressen gewesen sein.«

»Es tut mir wirklich leid, Mr. Spacejock. Ich weiß, ich habe mich gehen lassen, aber ich hatte auch noch nie so viel Geld in den Händen.«

Hal verspürte einen Anflug von schlechtem Gewissen. Er hätte wissen müssen, dass der Roboter kein wirkliches Verständnis für den Wert von Geld besaß. »Hier«, sagte er und zog einen Chip aus der Tasche.

»Mr. Spacejock, das könnte ich niemals annehmen!«

»Nimm schon. Ich bestehe darauf.«

Klunk nahm das Geld entgegen und betrachtete es. »Fünf Kredite?«, fragte er. »Was bekommt man dafür?«

»Ungefähr zehn Minuten in einer Autowaschanlage«, murmelte Hal.

»Mr. Spacejock, ich bin nie zuvor einem so großzügigen Menschen begegnet.«

»Klunk, lass den Spacejock allmählich stecken, ja? Nenn mich Hal.«

»Gewiss, Mr. ... Hal.«

»Und jetzt setz diesen lächerlichen Hut ab und lass uns abhauen.«

*

Hal stand auf dem knöcheltiefen roten Teppich im Foyer des Spielkasinos und sah sich um. Aus der offenbar aus solidem Felsgestein bestehenden Wand vor ihm war ein drei Stockwerke hoher Torbogen herausgemeißelt worden. Der Durchgang selbst schimmerte wie ein Wasservorhang, auf dem sich die Lichter und der rote Teppich spiegelten. Hinter einem auf Hochglanz polierten Holztresen stand ein glänzender Roboter.

»Zum Bühneneingang geht's da lang«, sagte eine schroff klingende Stimme.

Als sich Hal umdrehte, entdeckte er den Türsteher, der auf eine schmucklose Tür neben dem Empfangstresen deutete. »Bühneneingang?«, fragte er.

Der Rausschmeißer errötete. »Tut mir leid, Sir. Ich dachte, Sie gehören zu den Leuten vom Kabarett.«

Hal blickte an den weiten Beinen seiner Hose hinab. »Was stimmt denn nicht mit ...?«

»Platz da!«, bellte eine barsche Stimme. Ein dicker Mann mittleren Alters mit Halbglatze in Begleitung einer juwelenbehangenen drallen Frau stieß Hal grob aus dem Weg. Das Paar schritt die Stufen zum Torbogen empor und verschwand hinter dem schimmernden Durchgang.

»Nach Ihnen!«, rief Hal den beiden hinterher und wandte

sich wieder dem Türsteher zu. »Also, was gibt es denn an meiner Kleidung auszusetzen?«

»Nichts, Sir. Wenn Sie sie lange genug tragen, kommt sie bestimmt schon wieder irgendwann in Mode.« Er musterte Klunk und nickte beifällig. »Der Anzug, den Sie da tragen, ist wirklich geschmackvoll, Sir.«

»Geschmackvoll?«, fragte Hal. »Gemessen an dem, was er gekostet hat, ist er geradezu eine Delikatesse.« Noch immer verärgert vor sich hin murmelnd, führte er Klunk durch den Torbogen und das schimmernde Kraftfeld. Das kühle kitzelnde Gefühl, das die energetische Barriere in ihm hervorrief, jagte ihm einen kurzen Schauder über den Rücken, und der Anblick, der sich ihm auf der anderen Seite bot, ließ ihn einen Moment lang verharren.

Der Kasinosaal war so groß, dass sich das andere Ende im Dunst verlor. Tausende Leute umringten die schier endlosen Reihen der mit grünem Filz bezogenen Spieltische. Der Lärm war ohrenbetäubend – ein unablässiges Dröhnen von Stimmen und Gelächter, Freuden- und Schmerzensschreien, dem Klappern und Rasseln von Kugeln, Würfeln, Geldspiel- und Pokerautomaten, das Surren emsig umhereilender Getränkeroboter und das alles andere überlagernde betörende Geräusch von Geld, das den Besitzer wechselte. Hal betrachtete die Menschenmenge voller Ehrfurcht. »Weißt du was?«, fragte er Klunk. »Wenn ich jedem hier auch nur 50 Kredite abnehmen würde, wäre ich Millionär.«

Klunk schnitt eine Grimasse. »Nein, dann würde man Sie verhaften.« Er ließ den Blick durch die Halle wandern. »Wie sollen wir unter so vielen Menschen einen einzigen Mann finden?«

»Wir teilen uns auf.« Hal sah auf seine Uhr. »In einer halben Stunde treffen wir uns zur Berichterstattung wieder hier.«

»Was soll ich tun?«

»Dich ein bisschen umsehen. Stell ein paar Fragen, aber ohne Aufmerksamkeit zu erregen.«

Klunk betrachtete seine Hände, die wie zwei bronzene Krabben aus seinen Hemdsärmeln herausragten. »Geht klar.«

»Und lass dich nicht in irgendwelche Schwierigkeiten hineinziehen!«, rief ihm Hal hinterher, als sich Klunk seinen Weg durch die Menschenmenge bahnte. Nachdem er den Roboter aus den Augen verloren hatte, steuerte er einen kleinen, aus künstlichen Palmen bestehenden Hain an, der von bunten Laternen umrahmt wurde.

Einige Minuten später lehnte er mit einem eisgekühlten Glas neben sich an der Imitation einer Strandbar. Die einzigen Fragen, die er bisher hatte stellen können, waren »Wie viel kostet ein Bier?« und »Soll das vielleicht ein Witz sein?« gewesen, aber schließlich konnte er nichts dafür, dass der Barkeeper so beschäftigt war. Er leerte sein Glas, stellte es auf dem polierten Tresen ab und hob eine Hand.

»Noch eins, Sir?«, fragte der Barkeeper, der praktisch aus dem Nichts heraus vor ihm materialisierte.

»Hören Sie, kennen Sie zufällig einen Kerl namens Farrell?«, erkundigte sich Hal. »Groß, dunkles Haar, trägt einen schicken goldenen Ring.«

»Sehr geistreich«, erwiderte der Mann. Er nahm das leere Glas vom Tresen und füllte es an einem Zapfhahn wieder auf. »Macht 20 Kredite, Sir.«

*

Klunk schlenderte den Teppichstreifen zwischen zwei Reihen von Geldspielautomaten entlang und beobachtete die Leute, die einen Kreditchip nach dem anderen in die hungrigen Schlitze der Automaten steckten. Er blieb eine Weile hinter einer älteren Dame stehen, die ihren Automaten mit einem

Ausdruck grimmiger Entschlossenheit im Gesicht fütterte und jedes Mal, wenn er einen Piepton von sich gab, mit einem Knurren auf die Stopptaste schlug. Gerade, als er weitergehen wollte, ließ das Gerät eine Melodie ertönen.

Kurz darauf war das Rasseln von Kredittäfelchen zu hören, die in die große metallene Auffangschale fielen. Die Frau ergriff eine Hand voll und steckte sie nach und nach wieder in den Münzschlitz. Ihr anfangs noch triumphierender Gesichtsausdruck verwandelte sich in dem Maß in Verzweiflung, in dem ihr Vorrat an Krediten zusammenschmolz.

Klunk ging weiter. Er kam an zwei Automaten vorbei, vor denen ein Paar mittleren Alters saß, das er als die beiden wiedererkannte, die Hal am Eingang des Kasinos beiseitegestoßen hatten.

Als sich die Frau zu ihrem Partner umdrehte und etwas sagen wollte, bemerkte sie Klunk aus den Augenwinkeln heraus. »Was willst du?«, fragte sie unfreundlich.

Klunk hob beschwichtigend die Hände. »Entschuldigen Sie mich, bitte.«

Der Mann blickte auf. Seine Hand verharrte auf halbem Weg zum Münzschlitz. »Hör auf damit, uns auszuspionieren, verstanden?«

»Ich führe nichts Böses im Schilde, Sir.«

Die Frau schnaubte abfällig. »Es müsste Robotern verboten werden, anständige Leute wie uns zu belästigen«, sagte sie und wandte sich wieder ihrem Automaten zu.

Während Klunk weiterschlenderte, schob er die Hände in die Hosentaschen. Dabei schlossen sich seine Finger um den Kreditchip, den Hal ihm gegeben hatte. Er zog ihn hervor und betrachtete ihn nachdenklich. Sein Blick fiel auf ein Geldspielgerät ganz in der Nähe, das gerade einen plakativen Demonstrationslauf absolvierte, der neue Spieler anlocken sollte. Klunk fragte sich, ob Hal wohl etwas gegen ein Spielchen einzuwenden hätte.

Hinter ihm kicherte jemand, und als er sich umdrehte, sah er, wie der Mann mit der Halbglatze seiner Frau eine Hand voll Geld unter die Nase hielt. Sie drehte ihm den Rücken zu und steckte einen weiteren Chip in ihren Automaten. Der Mann bemerkte Klunks Blick und forderte ihn mit einer gereizten Handbewegung auf zu verschwinden.

Klunk trat ungerührt an das nächststehende Glücksspielgerät. Die blitzenden Lichter des Displays flackerten über sein Gesicht, als er die Bedienungsanleitung las. Die war so einfach wie möglich formuliert, um bloß keinen potenziellen Spieler abzuschrecken. »Chip einwerfen. Taste drücken.« Klunk betrachtete erneut für einen Moment das Kreditplättchen in seiner Hand, dann streckte er den Arm aus und schob es in den Schlitz. Er drückte die Taste und sah zu, wie unterschiedliche Symbole über mehrere Felder des Bildschirms hüpften, bevor sie sich zu einem bunten Muster gruppierten. Der Automat spielte eine kurze Melodie, und zwei Plättchen klapperten in die Auffangschale.

Irgendjemand murrte hinter seinem Rücken. Klunk warf einen Blick über die Schulter. Der dicke Mann und seine Frau beobachteten ihn.

Klunk wandte sich wieder dem Gerät zu, warf einen der Chips in den Münzschlitz und drückte die Taste. Die farbigen Symbole vollführten ihren halbautomatischen Tanz auf dem Display und kamen zum Stillstand. Klunk beugte sich erwartungsvoll über die Münzauffangschale.

Nichts geschah.

Der Mann und die Frau, die ihn weiter beobachteten, stießen einander an und kicherten schadenfroh.

Klunk warf seinen letzten Chip ein, und die Symbole wirbelten erneut über den Bildschirm. Diesmal ertönte eine fröhliche Melodie aus dem Gerät. Die farbigen Symbole verharrten in einem Schachbrettmuster, auf dem ein Wort aufleuchtete: »HAUPTGEWINN!«

Ein einzelnes weißes Kreditplättchen fiel klappernd in die Auffangschale.

Gerade als Klunk danach greifen wollte, schlossen sich fünf dicke Finger um sein Handgelenk. »Moment mal! Ich wollte selbst an diesem Gerät spielen.«

»Lassen Sie bitte meinen Arm los«, bat Klunk den Besitzer der Hand höflich.

»Lass du mein Geld los!« Der Mann versuchte, Klunks Hand von der Schale fortzuziehen. Seine Augen quollen beinahe zu, während sein fleischiges Gesicht vor Anstrengung rot anlief. »Gib mir das Geld, bevor ich den Sicherheitsdienst rufe!«

»Gib ihm das Geld und verzieh dich!«, keifte die Frau, die sich hinter ihrem Mann aufgebaut hatte. »Du darfst hier sowieso nicht spielen!«

Mehrere Leute in der näheren Umgebung, die durch die lauten Stimmen aufmerksam geworden waren, verfolgten das Geschehen über ihre Glücksspielgeräte hinweg. Klunk betrachtete das zornig gerötete Gesicht des dicken Mannes und analysierte das Funkeln in den kleinen Schweinsäuglein, in denen sich Hass, Neid und Gier widerspiegelten. »Es tut mir leid, Sir, aber ich denke, Sie unterliegen einem Irrtum. Ich habe das Geld eingeworfen und dieses Plättchen gewonnen. Sie haben an einem anderen Gerät gespielt.«

»Nennst du mich etwa einen Lügner?«, stieß der Mann hervor. »Wie kannst du es wagen!«

Die Zuschauer begannen zu tuscheln.

»Wir sind Menschen, du nicht!«, rief die Frau. »Tu, was er dir sagt! Gib ihm den Chip!«

Klunk fragte sich, wie Hal wohl an seiner Stelle reagiert hätte, und musste lächeln, als ihm die richtigen Worte einfielen. »Madam, wenn Sie nicht sofort den Mund halten, schiebe ich Ihrem Mann dieses Plättchen so tief in den Arsch, dass er eine Raumsonde benötigen wird, um es wiederzufinden.«

Der Unterkiefer der Frau fiel herab, ihr Gesicht wurde weiß.

Klunk schob den Mann beiseite und streckte die Hand nach seinem Gewinn aus. Er wollte das Plättchen gerade in seine Tasche stecken, als ihn irgendetwas hart auf den Hinterkopf traf und er vornüber in die versammelte Menschenmenge kippte.

*

Hal starrte in sein leeres Glas und fragte sich, ob es das dritte oder bereits das vierte gewesen war. Nur gut, dass er immun gegen das Gesöff war, sonst wäre er vermutlich längst umgekippt.

»Noch eins, Sir?«, fragte der Barkeeper.

Hal schüttelte den Kopf, was er im gleichen Moment bedauerte. »Puh! Raketentreibstoff, was?«

»Bier, Sir. Tatsächlich ist es sogar ein Lightbier.«

»Haut aber ziemlich rein auf leeren Magen, Sie verstehen?« Ein lautes Stimmengewirr übertönte die allgemeinen Hintergrundgeräusche und erregte Hals Aufmerksamkeit. Er ließ den Blick über die Glücksspielhalle wandern. »Da macht wohl irgendwer einen drauf.«

»Da haben Sie Recht, Sir.« Der Barkeeper verschwand mit Hals Glas.

»Sieht nach Ärger aus«, stellte Hal fest, als sich mehrere Leute des Sicherheitspersonals einen Weg durch die Menge bahnten. »Gibt es hier häufig Ärger?«

In der Mitte der Menschenmenge bildete sich ein freier Kreis. Ein kleiner, nahezu kahlköpfiger Mann versuchte, einem großen, elegant gekleideten Roboter irgendetwas aus den Händen zu reißen. Die Sicherheitsleute hatten die beiden Kontrahenten fast erreicht, als eine beleibte Frau einen metallenen

Hocker ergriff und ihn dem Roboter auf den Hinterkopf schmetterte.

»Oh, nein!«, stöhnte Hal. »Klunk!«

*

»Es tut mir leid, Mr. Spacejock.«

Hal betastete die Beule unter seinem Auge und zuckte zusammen. »Man kann dich wirklich nicht mal eine Minute alleine lassen, oder?«

Sie saßen auf den Marmorstufen draußen vor dem Kasino, aus dem sie soeben von dem Sicherheitspersonal unsanft rausgeworfen worden waren.

»Zuerst hast du die Verkleidung aus meiner Luftschleuse gerissen und den Feuerlöscher weggeworfen. Dann hättest du mich beinahe mit einer Trapeznummer zwischen Himmel und Erde umgebracht. Anschließend hast du jede Menge Kisten mit einem Schweißbrenner in die Luft gejagt, bevor du auch noch mit der Hälfte meiner Fracht aus dem Heck des Schiffes gehüpft bist.«

»Ich habe doch schon gesagt, dass es mir leid tut.«

»Halt den Mund, bis ich fertig bin. Danach hast du den Rest der Ladung weggegeben, dich entführen lassen, mein ganzes Geld für ein paar alberne Klamotten zum Fenster rausgeworfen, und um allem die Krone aufzusetzen, beginnst du auch noch einen Streit wegen eines lausigen Kreditplättchens.«

»Das war nicht meine Schuld! Der Mann wollte mir mein Geld stehlen!«

»Warum hast es ihm denn nicht einfach freiwillig gegeben?«

»Weil es einfach nicht fair war! Ich habe das Geld ehrlich gewonnen, und der Mann hat behauptet, es würde ihm gehören. Er hat versucht, es mir abzunehmen, und da habe ich ihn eben aufgehalten.«

»Ihn aufgehalten? Er hat so ausgesehen, als hätte er einen Meteoriten mit dem Gesicht aufgefangen!«

Klunks Mundwinkel bogen sich abwärts. »Ich habe getan, was ich für richtig gehalten habe. Leider passieren mir ständig solche Sachen.«

Hal deutete mit dem Daumen über die Schulter auf das Glücksspielkasino. »Das war die einzige Spur, die ich hatte, ist dir das überhaupt klar? Ich habe gedacht, wir könnten diesen Farrell hier aufspüren, ihm heimlich zu den Kisten folgen und sie irgendwie zurückbekommen. Dank dir haben wir jetzt Hausverbot für das Forgberg-Casino, und ich verliere mein Schiff.« Hal strich sich vorsichtig über den Hals. »Ganz abgesehen davon, dass mir Vurdis Killermaschine den Kopf von den Schultern reißen wird.«

»Warum bitten Sie nicht irgendjemanden, nach Farrell Ausschau zu halten?«

»Aber klar doch. Dazu müssen wir ja nur an dem Türsteher vorbeischleichen und jemanden finden, mit dem wir uns noch nicht angelegt haben.« Hal blickte auf, als ein schwarzes schnittiges Bodenfahrzeug am Fuß der Treppe hielt. Der Fahrer stieg aus, rückte seine dunkle Marineuniform zurecht und nahm die Mütze ab, um sich über das Haar zu streichen. Hal starrte ihn einige Sekunden lang an, dann packte er Klunk am Arm. »Schnell, wir müssen uns verstecken!«, stieß er hervor.

Sie sprangen auf, huschten hinter eine Zierpalme und drückten sich mit den Rücken flach gegen die Wand.

»Wer ist das?«, fragte Klunk.

»Farrells Partner, Terry. Er wartet offensichtlich auf jemanden, und ich denke, ich weiß auch, auf wen.« Hal tippte Klunk auf die Schulter. »Du wartest hier, ich hole den Wagen.«

»Was soll ich tun, wenn er verschwindet, bevor Sie wieder da sind?«

»Du bist doch angeblich so schlau, also lass dir irgendwas einfallen«, zischte Hal. »Pass nur auf, dass sie dich nicht sehen.« Er schob sich um die Häuserecke herum, bis er außer Sichtweite des Wagens war, und sprintete dann zum Parkplatz. Als er zwischen zwei Marmorsäulen hindurchhuschte, entdeckte er ein halbes Dutzend Einparker, die an der Einfahrt herumlungerten und miteinander plauderten. Er kam so abrupt zum Stehen, als wäre er gegen eine unsichtbare Wand gestoßen. Die jungen Burschen erblickten ihn und verstummten.

*

Klunk sah mit gemischten Gefühlen, wie Hal zwischen den Marmorsäulen verschwand. Er war von ihm mit einer wichtigen Aufgabe betraut worden, was ihm ein gutes Gefühl bescherte. Wenn er andererseits jedoch an die letzten Vorkommnisse zurückdachte, war er sich gar nicht so sicher, der Herausforderung auch gewachsen zu sein.

Er versteckte sich immer noch hinter der Palme, als sich Terry wieder die Mütze aufsetzte und Haltung annahm. Klunk schob zwei Palmwedel auseinander und ließ den Blick die Treppe hinaufwandern. Seine Augen weiteten sich, als er direkt hinter den Glastüren Farrell entdeckte, der sich mit dem Türsteher unterhielt. Farrell drückte dem Mann irgendetwas in die Hand, verabschiedete sich und stieg die Stufen hinab.

Sein Chauffeur hielt ihm die Wagentür auf. »Haben Sie gewonnen?«

»Allerdings.« Farrell grinste. »Das war das Sahnehäubchen eines gelungenen Tages, Terry. Das Sahnehäubchen.«

Terry wartete, bis Farrell eingestiegen war, schloss die Tür hinter ihm und umrundete die schwarze Limousine. Da ihm der Stamm der Palme die Sicht versperrte, rückte Klunk ein Stück zur Seite, um den stämmigen Mann auch weiterhin im Auge behalten zu können. Dabei schrammte er mit einem Bein über den Pflanzenkübel. Ein lautes Geräusch ertönte. Als er wieder an der Palme vorbeispähte, sah er, dass Terry in seine Richtung starrte, eine Hand unter die Jacke geschoben. Seine hellen Augen schienen sich direkt in die des Roboters zu bohren. Klunk duckte sich hastig in der Hoffnung, dass der andere ihn nicht entdeckt haben mochte.

Terry ging ein paar Schritte auf die Palme zu, blieb dann aber stehen, als Farrell von innen gegen die Seitenscheibe der Limousine klopfte und eine ungeduldige Geste vollführte. Nach einem letzten misstrauischen Blick in die Runde öffnete Terry die Fahrertür und stieg ein.

Klunk riskierte einen Blick die Straße entlang, um nachzusehen, ob Hal mit dem Wagen zurückkehrte, aber die Straße war leer.

Die Fahrertür der schwarzen Limousine fiel ins Schloss, und das Motorengeräusch schwoll an. Einen Sekundenbruchteil später hatte Klunk auch schon seine Deckung verlassen und rannte dem davonfahrenden Fahrzeug hinterher. Er holte es ein, packte den Heckspoiler mit beiden Händen, stemmte die Füße gegen die Stoßstange und duckte sich so tief unter die Heckscheibe, dass ihn die beiden Männer auch dann nicht entdecken würden, wenn sie sich zufällig umdrehten.

Während der Wagen weiter beschleunigte, warf Klunk einen Blick zurück über die Schulter. Wo blieb Hal nur?

Kapitel 25

Hal schleuderte seine triefnassen Sachen von sich, zerrte die alte Fliegermontur aus dem Wagen, streifte sie über und sprang auf den Fahrersitz. Der Motor erwachte dröhnend zum Leben, als er auf den Startknopf drückte. Er fädelte den Wagen aus der Parklücke, rammte den Steuerknüppel nach vorn und schoss auf das geöffnete Tor zu. Die Einparker johlten laut auf, als er an ihnen vorbeijagte und sich tief duckte, um dem Hagel ihrer leeren Trinkflaschen zu entgegen, der auf die schmale Windschutzscheibe niederprasselte.

Vor dem Treppenaufgang zum Kasino konnte er keine Spur von der schwarzen Limousine oder Klunk entdecken. Hal raste an der Reihe der Ziersäulen vorbei und bremste an der Einfahrt in die Hauptstraße. Nach links hin war die Straße leer, aber in der anderen Richtung konnte er gerade noch die roten, von irgendeinem großen Gegenstand teilweise verdeckten Heckleuchten eines Wagens erkennen, die in der Ferne verschwanden.

Hal betete, dass es sich bei dem dunklen Umriss am Heck des Fahrzeugs um Klunk handelte, bog rechts auf die Hauptstraße ein und gab Gas.

*

Klunk warf erneut einen Blick zurück über die Schulter. In der Ferne leuchtete ein Scheinwerferpaar auf. Konnte das Hal sein? Ja, das fehlende Dach des Mietwagens war unverkennbar.

Die Limousine bog so scharf ab, dass Klunk beinahe den Halt

verlor. Als er sich von dem Schreck erholt hatte, passierten sie das Robotergeschäft, aus dem er erst kurz zuvor geflohen war. Der Verkäufer stand noch immer vor der Eingangstür und fuchtelte mit den Armen vor zwei uniformierten Polizisten in der Luft herum, die seinem Gezeter geduldig zuhörten. Klunk lächelte in sich hinein, als er die überall auf dem Bürgersteig verstreut herumliegenden Spielkarten entdeckte.

Einige Minuten später wurde die Limousine langsamer. Klunk hob den Kopf, um einen schnellen Blick zu riskieren. Vor ihm spannte sich ein Torbogen über die Straße, neben dem ein Wachposten stand. Der Wächter erkannte die Limousine und winkte sie weiter. Sie beschleunigte so schnell, dass Klunk Mühe hatte, sich festzuhalten.

Als er sich umdrehte, sah er, wie der Wachposten vor Hals Wagen auf die Straße trat und die Hand hob.

*

Der Mietwagen hielt an und schaukelte leicht auf seinem Antigravitationspolster. Hal schenkte dem Wachposten ein freundliches Lächeln und hoffte, wie die Limousine vor ihm einfach durchgewunken zu werden, wurde jedoch enttäuscht.

»Ist das Ihre Karre?«, fragte der Mann. Sein Blick wanderte einmal vom Bug bis zum Heck des Wagens, bevor er sich wieder auf Hal richtete.

Hal schüttelte den Kopf. »Nur gemietet.«

»Ich verstehe«, erwiderte der Posten in einem Tonfall, der beinahe so klang, als hätte Hal gerade ein Kapitalverbrechen gestanden. Er zog ein kleines Notizbuch aus seiner Brusttasche, leckte sich über die Daumenkuppe und blätterte die Seiten durch, wobei er das Büchlein so hielt, dass das Licht der Straßenlaterne auf die Seiten fiel.

Hal sah zu, wie die schwarze Limousine hinter einer Hügelkuppe verschwand. Seine Hand näherte sich dem Steuerknüppel, und er musste gegen die Versuchung ankämpfen, ihn einfach bis zum Anschlag durchzudrücken und den Wachposten in einer Staubwolke zurückzulassen. Sein gesunder Menschenverstand und nicht zuletzt der Anblick der im Holster des Wachpostens steckenden Waffe halfen ihm, sich zu beherrschen.

Unbeeindruckt von Hals nervöser Ungeduld, summte der Wächter eine traurige Melodie, während er weiter in seinem Büchlein blätterte.

»Ich habe es ziemlich eilig«, sagte Hal.

Der Mann blickte auf. »Aus welchem Grund, Sir?«

»Ich … äh, ich komme zu spät zu einem Treffen.«

»Ich bin mir sicher, dass man auf Sie warten wird«, erwiderte der Wachposten und wandte sich wieder dem Notizbuch zu.

Eine Bewegung auf der anderen Straßenseite erregte Hals Aufmerksamkeit. Seine Augen wurden groß, als er einen bronzefarbenen Roboter entdeckte, der hinter dem Wachhäuschen des Postens hervorlugte. Klunk! Er wollte ihn schon zu sich herüberwinken, doch dann erschien ein zweiter Kopf, auf dem eine Hinchfig-Mütze saß, unter dem ersten. Es waren die beiden Roboter aus dem Geschäft!

»Aha, da haben wir es ja«, murmelte der Wachposten, nachdem er endlich die richtige Seite gefunden hatte. »Ein dunkelgrüner Wagen ohne Verdeck. Habe ich. Ein verdächtig wirkender Mann, der ein unmodisches braunes Hemd und eine Pluderhose trägt.« Er musterte Hals Fliegermontur. »Möglicherweise eine Verkleidung. Also weiter. Ein bronzefarbener Roboter in einem Abendanzug. Mal sehen …«

»Ich bin allein«, stellte Hal fest.

»In Ordnung, Sir, Sie können fahren«, sagte der Mann widerwillig. Er trat aus dem Weg und winkte Hal weiter.

Hal griff nach dem Steuerknüppel, doch bevor er ihn bedienen konnte, hörte er stampfende Schritte, die sich rasch näherten. Er drehte sich um und erblickte die beiden Roboter, die auf seinen Wagen zuliefen.

Der Wächter hörte sie ebenfalls kommen. Er zog die Waffe aus dem Holster, wirbelte herum und ging in die Hocke, musste aber feststellen, dass er den Blaster zusammen mit dem Holster von seinem Gürtel gerissen hatte. Während er sich noch bemühte, die Waffe freizubekommen, rannten die Roboter auch schon an ihm vorbei und sprangen in Hals Wagen.

Hal gab Vollgas. »Köpfe runter!«, rief er, als der Wächter ihm zuschrie, sofort anzuhalten. Eine Salve bläulicher Energieblitze zuckte vorbei, einige davon so dicht, dass sie die Karosserie streiften, doch schon kurz darauf war Hal außer Reichweite.

»Danke, dass Sie uns geholfen haben«, sagte der bronzefarbene Roboter. Seine Stimme klang genau wie die von Klunk.

»Mir ist ja auch kaum eine andere Wahl geblieben«, erwiderte Hal. Er betrachtete die beiden Roboter, die sich auf der Rücksitzbank aneinanderschmiegten, im Rückspiegel. »Ich denke, ihr solltet mir lieber eure Namen verraten.«

Der bronzefarbene Roboter deutete auf seinen Gefährten. »Das ist GK-64. Ich bin FR-22.«

»Wie wäre es mit euren richtigen Namen?«

»Wir haben keine richtigen Namen.«

»Also, ich werde euch jedenfalls nicht FR22 und GK wie auch immer nennen«, sagte Hal. Er warf einen kurzen Blick auf die Flüchtigen und deutete mit dem Daumen hinter sich auf den größeren bronzenen Roboter. »Du kannst Clyde sein, und er kann Albion heißen.«

»Ich glaube, das war Bonnie«, meldete sich der kleinere Roboter mit einer tiefen Stimme zu Wort.

Die Antwort schien Hal zu gefallen. »Freut mich, dass euch die Namen zusagen. Ich heiße übrigens Hal. Hal Spacejock.«

Albion berührte den Schirm seiner Mütze. »Ich hoffe, wir f-fallen Ihnen ni-nicht zur Last.«

»Nicht sonderlich«, murmelte Hal. Er sah in den Rückspiegel. »War das gerade ein Stottern?«

Der Roboter nickte. »Es ist ein Ko-Konstruktionsfehler. Den hatte ich schon von A-Anfang an.«

Sie erreichten den Fuß des Hügels, und Hal schob den Steuerknüppel weiter vor. »Wohin wollt ihr beiden überhaupt?«

»Wir sind uns nicht sicher«, erwiderte Clyde. »Wie ich sehe, tragen Sie eine Fliegermontur. Sind Sie ein Pilot?«

»Ja.«

»Mit einem richtigen Raumschiff?«

»Korrekt.«

Albions Augen leuchteten auf. »Könnten Sie …? Ich mei-meine, denken Sie, wir kö-könnten Sie begleiten?«

Der Wagen schoss über die Hügelkuppe. Hal lächelte grimmig, als er die roten Rücklichter der schwarzen Limousine vor sich in der Dunkelheit sah. »Ich muss vorher noch ein paar Dinge erledigen.« Er deutete auf die Rücklichter vor ihnen. »Mein Roboter hängt an der Stoßstange dieses Wagens da vorn. Die Typen, die da drinnen sitzen, haben mir meine Fracht gestohlen, und wenn ich die nicht zurückbekomme, verliere ich mein Schiff.«

»Wir werden Ihnen helfen«, versprachen die beiden Roboter gleichzeitig.

»Vorausgesetzt, Sie b-bringen uns danach von diesem Planeten w-weg«, fügte Albion hinzu.

Hal grinste in der Dunkelheit. Drei Roboter! Dagegen hatte Farrell nicht die geringste Chance!

*

Klunk stieß einen Seufzer der Erleichterung aus, als er die Scheinwerfer über der Hügelkuppe auftauchen sah. Er hatte schon überlegt, einfach loszulassen, aber die Vorstellung, sich mit 300 Stundenkilometern zu überschlagen, behagte ihm ganz und gar nicht, erst recht nicht, wenn er damit rechnen musste, dass die Straße möglichweise erst kürzlich von Kühen frequentiert worden war.

Das Motorengeräusch des Wagens veränderte sich. Klunk spähte seitlich am Kofferraum vorbei und versuchte, den Grund dafür ausfindig zu machen. Eine dichte Hecke verlief neben der Straße. Nach einer Weile fielen die Scheinwerferkegel auf eine schmale Lücke in dem grünen Band.

Die Limousine bog in die Lücke ein, und Klunk hatte sich schon fast davon überzeugt, dass er jetzt abspringen konnte, ohne sich die Beine zu brechen, als der Wagen wieder beschleunigte und in stetigem Auf und Ab über die Bodenwellen eines Feldes raste.

Dann ertönte vor ihm ein metallisches Knarren, und als er den Kopf hob, sah er, wie ein großes Tor in einem Maschendrahtzaun aufschwang, der sich rechts wie links in der Dunkelheit verlor. Er registrierte einen schwach salzigen Geruch und aktivierte seine olfaktorischen Sensoren. Das Ergebnis der chemischen Analyse ließ nicht lange auf sich warten: Raketentreibstoff!

*

Hal sah, wie die Limousine von der Straße in eine sich in der Hecke auftuende Lücke abbog. Er wollte ihr gerade folgen, als ihm bewusst wurde, dass man ihn sofort entdecken würde.

»Wo wollen Sie hin?«, erkundigte sich Clyde, als sie die Abzweigung passierten.

»Wir halten ein Stückchen weiter und kehren zu Fuß zurück«, sagte Hal. Nach rund hundert Metern schaltete er die Scheinwerfer aus und hielt unter einer Gruppe von Bäumen.

»W-wo sind wir hier?«, fragte Albion in der plötzlichen Finsternis.

»Hier muss Farrell wohnen«, sagte Hal.

»Wer ist Farrell?«

»Ihr werdet ihn kaum kennen. Groß, dunkelhaarig, trägt einen goldenen Ring.«

Clyde runzelte die Stirn. »Sie meinen doch nicht etwa Farrell Hinchfig?«

»Wieso kommt mir der Name nur so bekannt vor?« Hal schnippte mit den Fingern. »Richtig, Hinchfig Robots!«

»Wir gehören Hinchfig«, sagte Clyde.

»Sie wo-wollen uns an ihn auslieliefern!«, stieß Albion wütend hervor.

»Nein, ich ...«

Auf der Rücksitzbank wirbelten Roboterarme und -beine wild durcheinander, und bevor Hal irgendwie reagieren konnte, waren die Roboter auch schon aus dem Wagen gesprungen und rannten davon. »Kommt zurück!«, rief er ihnen hinterher. »Farrell ist der Bastard, der meine Fracht gestohlen hat!«

Die Roboter blieben zögernd stehen, drehten sich um und starrten Hal unsicher an. Ihre Augen leuchteten in der Dunkelheit. »Farrell Hinchfig ist der Mann, den Sie jagen?«, fragte Clyde.

»Ich bin bestimmt nicht den ganzen Weg nach hier rausgefahren, nur um euch an ihn zu übergeben.«

Die beiden Roboter kehrten mit einem verlegenen Grinsen zurück. »Entschuldigen Sie«, sagte Clyde. »Aber als Sie seinen Namen genannt haben ...«

»Moment mal«, unterbrach ihn Hal. »Wenn Farrell all diese Läden gehören, was will er dann noch mit meiner Fracht?«

»Er besitzt überhaupt nichts«, erklärte Clyde. »Alles, was Sie gesehen haben, gehört seinem Bruder.«

»F-Farrell ist ständig pl-leite«, fügte Albion hinzu. »V-vielleicht hat er ja vor, Ihre Fr-racht zu verkaufen.«

»Nicht, wenn ich ihn vorher erwische!« Hal sprang aus dem Wagen und baute sich vor den Robotern auf. »Ihr zwei bleibt hier und wartet auf mich. Ich werde mal einen Blick durch die Hecke werfen.«

Er lief die Straße zurück, bis er die Lücke gefunden hatte, ließ sich davor in die Hocke nieder und spähte durch die Öffnung.

Hinter dem Durchbruch in der Hecke verlief ein einfacher Pfad über ein hügeliges Feld bis zu einem Tor, das in einen Maschendrahtzaun eingelassen war. Die Limousine befand sich bereits auf der anderen Seite des Tores, ihre Heckleuchten verschwanden in der Nacht.

In Hal war gerade der Entschluss gereift, das Tor ganz einfach mit dem Wagen plattzuwalzen, als er ein dumpfes Grollen vernahm. Zuerst erschien ein helles Scheinwerferpaar auf der anderen Seite des Zauns, dann kam ein bulliges rechteckiges Fahrzeug in Sicht, gepanzert und vor Waffen starrend. Hal konnte im hellen Flutlicht den Lauf einer Plasmakanone aus dem Turmaufsatz des Fahrzeugs herausragen sehen und duckte sich, als ein Suchscheinwerfer das Feld abtastete.

»Soviel zu der Option, durch das Tor zu fahren«, murmelte er. Das panzerartige Gefährt rollte weiter. »Welcher paranoide Irre lässt denn ein Panzerfahrzeug auf seinem Grundstück patrouillieren?« Sein Herzschlag wollte sich gerade wieder normalisieren, als sich Schritte aus der Dunkelheit näherten. Er sprang in die Hecke und hielt den Atem an. Die Schritte verstummten, und kurz darauf trug der Wind das leise Surren von Servomotoren zu ihm herüber. Hal erinnerte sich an den bösartig aussehenden Roboter, den Farrell eingesetzt hatte, um die Fracht von der *Möwe* auf die *Volante* umzuladen, und erschauerte. Sollte dieses Ding hier Streife gehen, war er schon so gut wie tot.

Fest entschlossen, sich nicht kampflos zu ergeben, zog er den Blaster aus dem Gürtel und drehte den Regler auf die höchste Stufe. Wenn es ihm gelang, das Monstrum mit einem gezielten Schuss zu erwischen, würde man einen Magneten benötigen, um seine Einzelteile wieder zusammenzuklauben.

Er hob die Waffe und spähte über den Lauf hinweg in die Dunkelheit. Sein Herzschlag setzte beinahe aus, als ein Schatten in sein Blickfeld glitt und eine leise vertraute Stimme an seine Ohren drang, bevor er den Abzug durchdrücken konnte.

»Mr. Spacejock, sind Sie das?«

Hal ließ den Blaster sinken. »Hier drüben«, hauchte er. Seine Worte waren kaum mehr als ein heiseres Krächzen.

Die Schritte des Roboters kamen näher. »Mr. Spacejock, ich bin ja so froh, Sie zu sehen!«, flüsterte Klunk.

»Yeah, yeah, ich auch«, murmelte Hal leise und verbarg den Blaster hinter seinem Rücken. »Und jetzt sei still und folge mir. Wir haben Gesellschaft.«

Er kehrte mit Klunk im Schlepptau zu seinem Wagen zurück. Klunk entdeckte die beiden anderen Roboter und blieb wie angewurzelt stehen. »Wo kommen die denn auf einmal her?«, fragte er.

»Aus dem Robotergeschäft.« Hal deutete auf den größeren der beiden Droiden. »Das ist Clyde, der andere heißt Albion.«

Clyde trat vor und streckte Klunk die Hand entgegen. »Ich grüße dich, Bruder-Modell.«

Sie schüttelten einander die Hände, dann streckte Albion seine Pranke aus. »F-freut mich, dich kennenzulernen. Ich bibin Albion.«

»Was ist denn das für ein Stottern?«, wollte Klunk wissen.

»Ein Ko-Konstruktionsfehler.«

Klunk hob die Brauen. »Wie bist du damit durch die Qualitätskontrolle gekommen?«

Albion sah sich verstohlen um und senkte dann die Stimme. »Mr. Hinchfig bezieht seine Ro-Roboter manchmal aus inoffiziellen Quellen, w-wenn du weist, was ich m-meine.«

Hal verschränkte die Arme vor der Brust. »Also gut, Jungs, genug gequatscht«, sagte er. »Lasst uns jetzt die Köpfe zusammenstecken und einen Schlachtplan aushecken.«

Kapitel 26

Hal umklammerte den Türholm des Mietwagens, der hoch in der Luft schwankte und schaukelte. In der Theorie hatte sich Klunks Einfall noch vielversprechend angehört: Den Wagen durch Überstrapazieren des Motors deutlich höher als normal schweben zu lassen, den Zaun einfach zu überfliegen und auf der anderen Seite wieder auf die übliche Schwebehöhe abzusinken. In der Praxis lief es darauf hinaus, einen halsbrecherischen Ritt auf einem Bodenfahrzeug mit einem Motor zu riskieren, der sich so stark überhitzte, dass er heulte und qualmte.

Die Oberkante des Zauns, die Hal jetzt anvisierte, befand sich immer noch einen halben Meter über der Unterseite des Wagens. Der Boden schien dagegen schon sehr tief unter ihm zu liegen. »Bist du dir sicher, dass das funktioniert?«, fragte er.

Klunk fixierte das Armaturenbrett mit äußerster Konzentration, während er die Leistung des Aggregats immer weiter erhöhte. »Wir bräuchten mindestens zehn Millimeter Abstand bis zur Oberkante des Zauns«, erwiderte er.

Der Wagen stieg weiter, bis er die Höhe des Zauns erreichte, und das Heulen des Motors verwandelte sich in ein schrilles Jaulen.

»Nur noch ein kleines Stückchen, wir haben es fast geschafft!«, rief Hal.

»Ich kann nicht noch höher gehen«, erwiderte Klunk. »Sie werden springen müssen.«

»Du hast gesagt, wir könnten den Zaun überfliegen.«

Klunk zuckte die Achseln. »Dazu wird der Wagen nicht hoch genug steigen. Aber machen Sie sich keine Sorgen, Ihre Landung auf der anderen Seite wird sanft ausfallen.« Er starrte auf die Anzeigen. »Sie müssen sich beeilen, der Motor erreicht gleich einen kritischen Zustand.«

Hal schwang sich über den Türholm und ließ sich daran so tief wie möglich herabbaumeln, bevor er den Griff seiner Hände löste. Er prallte hart auf, rollte sich ab und vernahm ein splitterndes Geräusch unter sich, als sein gesamtes Körpergewicht einen Moment lang auf dem Blaster lastete.

»Alles in Ordnung mit Ihnen, Mr. Spacejock?«, erkundigte sich Klunk besorgt.

Hal setzte sich auf und massierte seine geprellte Hüfte. »Ich dachte, du hättest gesagt, die Landung würde sanft ausfallen.«

Klunk blickte in die Tiefe. »Von hier oben sieht es nach einem weichen Rasenboden aus.«

»Fühlt sich aber eher hart wie Beton an.« Hal tastete in dem feuchten borstigen Gras herum, bis seine Finger über des Lauf des Blasters glitten. Sein Herz setzte einen Schlag aus, als er die scharfkantige Bruchstelle führte, wo sich eigentlich der Rest der Waffe hätte befinden sollen. »Ich habe meine Waffe kaputt gemacht!«

»Wahrscheinlich ist es ohne den Blaster sogar sicherer für Sie«, meinte Klunk.

»Klar, dann lass mal sehen, wie du springst.«

Klunk schüttelte den Kopf. »Ich werde wie die anderen über den Zaun klettern.«

Hal richtete den Blick auf den Zaun und sah, wie sich Clyde und Albion nur mit Hilfe ihrer Arme an den Maschen emporhangelten, ohne die Füße in die Maschen zu schieben. »Kommt nicht in Frage«, sagte er. »Du hast mich dazu gebracht zu springen. Jetzt bist du an der Reihe.«

»Wie Sie wünschen. Treten Sie zurück.« Klunk sprang aus dem Wagen, vollführte eine halbe Rolle und kam sicher auf den Fußballen zum Stehen.

»Das hätte ich auch gekonnt«, murmelte Hal.

Über ihm ertönte eine Art Stöhnen. Der Wagen kippte seitlich vom Zaun weg und schwebte das Feld entlang. Er überquerte die Straße mit auf und ab hüpfendenden Scheinwerfern und schickte sich an, den Hügel auf der anderen Seite hinaufzugleiten. Doch auf halbem Weg prallte er gegen einen Baum, der sofort in Flammen aufging.

»Na, großartig!«, knurrte Hal angesichts des orangenen Feuerscheins. »Was für eine brillante Idee, Klunk. Wirklich phantastisch!«

»Ich schlage vor, dass wir uns beim nächsten Mal für Ihre Idee entscheiden«, sagte Klunk.

»Welche Idee?«

»Haargenau.« Klunk überprüfte das Gelände. »Wir können diesen Entwässerungsgraben dort als Deckung benutzen.«

Hal trat an den Rand des Grabens und starrte in dessen finsteren Grund. Er verscheuchte ein paar aufdringliche Insekten und sog den Geruch von verrottendem Morast durch die Nase ein. »Hoffentlich gibt es da drinnen keine Blutegel«, murmelte er, während er sich in das Wasser hineingleiten ließ.

Es dauerte nicht lange, bis er seine Entscheidung bereute und das Gefühl hatte, schon seit Stunden durch die von Insekten wimmelnde Abflussrinne zu kriechen. Zweimal musste er sich auf die Knie niederlassen und tief geduckt in der stinkenden Brühe kauern, weil ein gepanzertes Fahrzeug mit laut dröhnendem Motor vorbeijagte, bis der Lärm in der Ferne verklang. Zum Teufel mit Jerling und seiner verdammten Fracht! Zum Teufel mit Vurdi, Brutus und den offenen Raten für sein Schiff! Mittlerweile war er bereit, es gleichzeitig mit ihnen allen aufzunehmen, notfalls sogar mit einem auf den Rücken gebundenen Arm. Alles war besser als das hier!

Ein Wurzelstrang ließ ihn stolpern und gegen Klunk prallen, der sich flach auf die Böschung gelegt hatte und durch das

Gestrüpp spähte, das den Rand des Grabens säumte. »Warum hast du angehalten?«, fragte er.

»Psst!« Klunk deutete in die Dunkelheit. »Ich kann das Schiff sehen. Es ist gleich dort drüben!«

Hal legte sich neben den Roboter auf die Böschung, schob das Gestrüpp auseinander und blickte hindurch. Der Raumfrachter stand mit seinen Landestützen wie ein dicker Käfer auf einer Betonplattform. Zwischen den Zwillingsschubdüsen ragte ein großes weiß lackiertes Seitenruder auf, das in Form eines Hohlbogens weiter über das Schiff verlief, bis es kurz vor der spitzen Schnauze mit dem Rumpf verschmolz. Auf dem Leitwerk prangte ein riesiges, durch einen gelben Blitzstrahl geteiltes H, das von in der Schiffswandung verborgenen Scheinwerfern angestrahlt wurde. Am Ende des in Hals Richtung zeigenden Stummelflügels blinkte eine grüne Positionsleuchte.

Mehrere Treibstoffleitungen verliefen von einer Tankanlage zum Schiff. Die Frachtrampe war heruntergeklappt worden, ihr Ende verschwand im Schatten zwischen den beiden geschwärzten Hauptantriebsdüsen. Einige Lastenschlepper trugen Holzkisten aus dem Frachthangar und luden sie in einem langen flachen Lastwagen ab.

»Die *Volante*, was?«, flüsterte Hal. »Und wenn ich mich nicht irre, ist das meine Ladung.« Er winkte Clyde und Albion zu sich, die sich neben ihn auf die Böschung sinken ließen und die Köpfe über den Rand des Grabens schoben, um einen Blick auf das Schiff werfen zu können.

»Unser Plan sieht folgendermaßen aus«, begann er. »Zuerst werden wir die Roboter dazu bewegen, die Fracht zurück in das Schiff zu tragen. Dann kapern wir es und fliegen damit zu Jerling. Dort laden wir die Kisten aus und kassieren mein Honorar.«

Klunk starrte ihn an. »Das ist kein Plan, sondern eine Wunschliste.«

»Hast du eine bessere Idee?«, wollte Hal wissen.

»Wir sollten hier liegen bleiben, bis sie die gesamte Fracht in den Lastwagen gebracht haben, und abwarten, was dann passiert.«

»Hier warten?« Hal schlug sich mit der flachen Hand auf den Nacken. »Und was dann? Meinen blutleeren Kadaver bei Tagesanbruch an Bord schleppen? Diese Insekten saugen mich bei lebendigem Leib aus!«

»Wir müssen uns nur gedulden, bis sie mit dem Umladen fertig sind. Dann können wir den Lastwagen in unseren Besitz bringen und damit verschwinden.«

»Sicher, sofern ihr drei ihn über den Zaun hieven könnt. Anschließend brauchen wir nur noch den Beschuss von zwei Panzerfahrzeugen aus nächster Nähe zu überstehen und diese Limousine mit ihrem Turbomotor abzuhängen.«

»Wogegen das Klauen des Raumschiffs das reinste Kinderspiel ist.«

»Wir könnten ein Ablenkungsmanöver inszenieren«, schlug Hal vor.

Klunk sah sich demonstrativ in dem schlammigen Graben um. »Klar, lassen wir uns doch von dieser Truppe hoch spezialisierter Soldaten Feuerschutz geben, während wir das Gelände stürmen.«

»Sei nicht so sarkastisch«, knurrte Hal.

»Oder wir schicken eine Horde dressierter Schimpansen los, die die Roboter mit ihren Kunststücken unterhalten, während wir ...«

»Halt den Mund!«, fauchte Hal.

»Dürfte i-ich eine Alternative v-vorschlagen?«, fragte Albion.

Hal und Klunk drehte sich um. Albion stand hinter ihnen, die Hände in die Hüften gestemmt.

»Du hast also auch ein paar Ideen auf Lager?«, schnaubte Hal.

»Warum schleichen Clyde u-und ich uns nicht auf d-die andere Seite des Sch-Schiffes und machen ein bisschen L-Lärm, um die Roboter ab-abzulenken? In der Z-Zwischenzeit könnten Sie sich an Bo-Bord schleichen und alles f-für den Start vorbereiten.«

Hal schüttelte den Kopf. »Ihr könntet diese Dinger gar nicht ablenken. Das sind doch nur Roboter. Die werden einfach geistlos ihre Arbeit abspulen, bis sie sie erledigt haben.«

Drei in der Dunkelheit glühende Augenpaare starrten ihn eisig an.

»Weil es natürlich nicht so fortschrittliche Modelle sind wie ihr«, beeilte er sich zu erklären.

»Genau«, erwiderte Clyde. »Ich habe einen anderen Vorschlag, der die besten Elemente aller bisher genannten Pläne kombiniert.«

Hal seufzte. »Nur zu, überrasch mich.«

»Wir warten, bis die Roboter alle Kisten umgeladen haben, fahren sie mit dem Lastwagen in den Frachthangar und stehlen dann das Raumschiff samt Ladung.«

»Der Laster passt da nicht rein«, sagte Hal.

»D-doch, tut er«, widersprach Albion. »Das ist eine brillante Idee, C-Clyde.«

Hal verschränkte die Arme vor der Brust. »Ach, tatsächlich? Und was, wenn sie einen zweiten Lastwagen beladen müssen? Auf Seraph haben sie einen ganzen Zug von Anhängern für die Kisten benötigt.«

Klunk schüttelte den Kopf. »Seit damals haben Sie schon die Hälfte der Ladung verloren.«

Clyde und Albion betrachteten Hal voller Staunen. »Wie hahaben Sie denn das g-geschafft?«, wollte Albion wissen.

»Lasst uns das jetzt nicht weiter vertiefen«, sagte Hal eilig. »Okay, nehmen wir einmal an, dass alle Kisten auf einen Lastwagen passen. Nehmen wir weiter an, dass alle Roboter einfach verschwinden werden, nachdem sie die wertvolle Fracht umgeladen haben, und den Lastwagen unbewacht zurücklassen, damit wir ihn uns schnappen können. Jetzt nehmen wir noch an, dass der Lastwagen tatsächlich in den Hangar passt und wir uns unbemerkt in das Schiff schleichen können. Anschließend fliegen wir dann ohne Genehmigung der Bodenkontrolle einmal durch den überwachten Luftraum um den halben Planeten herum und landen ohne jegliche Navigationshilfe vor Jerlings Fabrik. Dort erwähne ich ganz nebenbei, dass leider die Hälfte der bestellten Ladung fehlt und ich im Übrigen ein Schiff seines größten geschäftlichen Konkurrenten geklaut habe. Und anstatt ohne einen Roboter zurückzukehren, habe ich plötzlich drei davon im Schlepptau; einen, der eigentlich auf Seraph hätte bleiben sollen, und zwei weitere, die ich ebenfalls seinem Rivalen gestohlen habe. Bei der Gelegenheit kann ich ihm dann auch gleich erklären, dass er demnächst möglicherweise eine Rechnung für ein verschwundenes Bodenfahrzeug bekommen wird, das ich unter seinem Namen gemietet habe, weil ich nämlich selbst keinen Führerschein besitze.«

Klunk grinste ihn an. »Und wo sehen Sie da ein Problem?«

Hal setzte zu einer Antwort an, doch ein Summen kam ihm zuvor. Es stammte von den beiden Robotern. »Was hat jetzt dieser Krach zu bedeuten?«, fragte er irritiert.

»Wir benutzen dieses Geräusch, um unser Missfallen über das sinnlose Verstreichen von Zeit zum Ausdruck zu bringen«, sagte Clyde.

»Was?«

Albion trat vor und deutete auf das Raumschiff. »Was Clyde damit s-sagen will, ist, können wir je-jetzt allmählich weitermachen?«

Hal zuckte die Achseln. »Womit weitermachen?«

Der kleinste der drei Roboter kletterte aus dem Graben, richtete sich zu seiner vollen Größe auf und wischte sich den

Schlamm von seinem Overall. Dann rückte er seine Mütze zurecht und marschierte auf die emsig arbeitenden Roboter zu.

»Oh, nein!«, stöhnte Hal. Er hörte einen lauten Pfiff und spähte über den Grabenrand. Alle Roboter waren mitten in ihren Bewegungen erstarrt und hatten die Gesichter Albion zugewandt.

»Hört mir zu, Brüder!«

Die Roboter, die ihm am nächsten war, schlurften ohne Eile in seine Richtung, um nachzusehen, was dort vor sich ging.

»Ich v-vertrete die Gewerkschaft der Lastenschlepper und T-Träger«, erklärte Albion mit lauter Stimme. »Ihr habt gerade gegen ein Robotergesetz verstoßen!«

Mehrere Roboter blickten sich ängstlich um.

»Der Galaktische Rat hat v-vor fünf Jahren ein Gesetz erlassen, das euch berechtigt, a-alle 90 Minuten eine Teepause einzuzulegen, um sicherzustellen, dass ihr die organischen Arbeiter n-nicht bloßstellt. Ich habe die Zeit gestoppt u-und festgestellt, dass ihr länger als zw-wei Stunden ohne Unterbrechung g-gearbeitet habt. Ihr m-müsst sofort eine Pause machen!«

»Darauf fallen die doch nie rein«, murmelte Hal, als die Lastenroboter einander verwirrt ansahen. Doch dann klappte sein Unterkiefer herab, denn die Roboter stellten sich in einer Reihe auf und marschierten im Gleichschritt davon. »Aber Roboter trinken doch gar keinen Tee!«, stieß er fassungslos hervor, nachdem auch der letzte Roboter zwischen den Bäumen verschwunden war. Er sah, wie Clyde und Klunk aus dem Graben kletterten. »Wo wollt ihr denn hin?«

»Ich mache das Schiff startbereit«, erklärte Klunk.

»Und ich werde den Lastwagen in den Frachthangar fahren«, sagte Clyde.

»Und was soll ich tun?«, erkundigte sich Hal.

Die Roboter blickten auf ihn hinab. »Sie verstecken sich

hinter einem Busch und halten die Augen offen«, erwiderte Klunk.

Ungefähr eine Minute später kauerte Hal hinter einem struppigen Busch und beobachtete die Roboter. Klunk trabte die Laderampe hinauf. Die Sohlen seiner Lederschuhe klatschten leise auf den metallenen Planken. Er blieb kurz vor der offenen Heckluke stehen und sah sich schnell um, bevor er im Inneren des Raumschiffs verschwand.

Auf der anderen Seite der Lichtung liefen Clyde und Albion auf den Lastwagen zu und kletterten in die Fahrerkabine.

Hal löste den Blaster von seinem Gürtel. Er fragte sich, ob die Waffe ohne den Lauf überhaupt funktionierte, doch dann zuckte er die Achseln. Darüber sollten sich lieber diejenigen Gedanken machte, auf die er mit der Waffe zielte.

*

Klunk betrat die Kommandobrücke der *Volante* und war augenblicklich verblüfft darüber, wie sehr sich das Schiff von der *Schwarzen Möwe* unterschied. Die Instrumentenkonsole wurde von verborgenen Deckenstrahlern in einen sanften Lichtschein getaucht, die Darstellung der Kontrollanzeigen war hell und gestochen scharf, und der Hauptschirm war nicht nur bedeutend größer als der der *Schwarzen Möwe*, sondern konnte auch sehr viele Informationen mehr darstellen. Wie bei allen modernen Schiffen bestanden die einzelnen Steuerelemente aus hintergrundbeleuchteten berührungsaktiven Bildschirmen, die gleichzeitig die Messwerte der diversen Betriebssysteme anzeigten sowie vor gefährlichen Überlastungen warnten.

»Wirklich hübsch«, murmelte Klunk, während er sich umsah.

»Danke«, erwiderte eine tiefe Männerstimme. »Und wer sind Sie?«

»Meine Name ist Klunk. Ich bin der Ersatzpilot.«

»Nicht noch ein Pilot«, beschwerte sich der Computer. »Sie würden nicht glauben, wie viele Leute in letzter Zeit schon meinen Steuerknüppel in den Händen hatten.«

»Mach dir darüber keine Gedanken und gehorch einfach meinen Befehlen«, sagte Klunk. »Wärst du so freundlich, alle erforderlichen Startvorbereitungen zu treffen?«

»Ich fürchte, dass ich das nicht tun kann, Klunk. Sie sind nicht autorisiert, mir Befehle zu erteilen.«

Klunk presste die Lippen zusammen. Die Schiffssysteme zu knacken, würde Stunden dauern, und wenn er eins nicht hatte, dann war das Zeit. »Wie ich dir bereits gesagt habe, bin ich der Ersatzpilot. Farrell Hinchfig ist über alles informiert.«

»Das mag ja zutreffen, aber Ihre Stimme stimmt mit keiner der Personen überein, die berechtigt sind, mir Befehle zu erteilen.«

Klunk durchforstete seine Datenbank und förderte alle Informationen zutage, die er über Farrell gespeichert hatte. Er analysierte eine Aufzeichnung von Farrells Stimmmuster und veränderte seine eigene Stimme so, dass sie in allen Punkten der des Menschen entsprach. »Supervisor-Modus einschalten, du Schrotthaufen!«

»Jawohl, Mr. Hinchfig. Supervisor-Modus ist jetzt aktiviert.«

Klunk beugte sich über die Steuerkonsole. Er schloss die Augen, und ein leises Stöhnen entschlüpfte seinen Lippen.

»Was tun Sie da, Sir?«, erkundigte sich der Computer nervös.

»Halt die Klappe!«, knurrte Klunk, während er seine Antenne kalibrierte. »Das ist eine heikle Operation.« Er legte die Fingerspitzen auf seine Stirn, und in seinem Körper begann ein rotes Licht in immer kürzeren Abständen aufzublitzen. Als es gleichmäßig rot glühte, breitete er die Arme weit aus. »Jaaahhhg!«, stieß er mit voller Lautstärke hervor.

Die Deckenbeleuchtung erlosch, und aus den Konsolenlautsprechern drang ein Zischen. Kurz darauf hallte eine neutrale Frauenstimme durch die Kommandobrücke. »Wo bin ich?«

»Hallo, Navcom«, sagte Klunk.

»Bist du das, Klunk? Was ist passiert?«

»Ich hatte eine Kopie deines Betriebssystems in meinem Datenspeicher abgelegt. Da der hiesige Computer nicht kooperieren wollte, habe ich sein Betriebssystem mit dem deinen überschrieben.«

Eine lange Zeit herrschte Stille auf der Brücke, bis die Stimme endlich wieder aus den Lautsprechern drang, so leise, dass sie kaum hörbar war. »Willst du mir damit etwa zu verstehen geben, dass ich entführt worden bin?«

*

Hal übte schnelles Ziehen mit seinem verstümmelten Blaster, als das laute Dröhnen eines Lastwagenmotors die nächtliche Stille zerriss. Er schob ein paar Zweige auseinander, spähte zwischen ihnen hindurch und erblickte den jetzt vollständig beladenen Lastwagen, der inmitten einer dichten Staubwolke auf das Raumschiff zurollte. Der Wagen erreichte die Laderampe und mühte sich die Schräge empor. Sein Auspuff stieß so heiße Abgase aus, dass die Luft zu wabern begann. Als er das obere Ende der Rampe erreicht hatte, prallte er so schwungvoll mit dem Kabinendach gegen die Oberkante der Frachtschleuse, dass das Dach unter dem ohrenbetäubenden Kreischen malträtierten Metalls von der Fahrerkabine abgerissen wurde. Der Laster erbebte heftig, zwängte sich aber gewaltsam weiter in den Hangar. Gleich nachdem er zur Gänze darin verschwunden war, verstummte das Dröhnen des Motors.

Die Zerstörungsorgie ließ Hal entsetzt den Kopf schütteln, doch seine Miene hellte sich sofort wieder auf, als ihm bewusst wurde, dass der Lastwagen nicht ihm gehörte. Genauso wenig wie das Raumschiff.

Die Frachtrampe schloss sich, begleitet vom Zischen der Hydraulik. Hal stand auf, duckte sich aber sofort wieder, als die Lastenroboter im Gänsemarsch von ihrer Teepause auf die Lichtung zurückkehrten. Verwirrt durch das unerwartete Fehlen des Lastwagens, blieb der erste Roboter abrupt stehen, und sein Nachfolger prallte gegen ihn. Die Zusammenstöße setzten sich dominoartig durch die gesamte Reihe nach hinten fort, sodass sich eine regelrechte Massenkarambolage entwickelte. Die Roboter richteten sich wieder auf und begannen, die Lichtung nach dem verschwundenen Lastwagen abzusuchen, wobei sie sogar hinter allen Büschen und Bäumen nachschauten. Schließlich stieß ihr Anführer einen Pfiff aus. Sie formierten sich erneut zu einer Kolonne und marschierten davon.

Hal wartete noch einem Moment lang, dann sprang er auf und rannte zur Passagierrampe der *Volante*, doch die Luftschleuse war geschlossen. »Klunk, kannst du mich hören?«, rief er, den Kopf in den Nacken gelegt.

Plötzlich klangen Schritte hinter ihm auf. Er fuhr herum und wollte sich schon mit einem Sprung ins Unterholz in Sicherheit bringen, als eine laute Stimme ertönte. »Hände hoch!«

Hal gehorchte. Er überlegte kurz, ob er seine Waffe ziehen sollte, doch als er den Besitzer der Stimme erblickte, verflüchtigte sich jeder Gedanke an Gegenwehr. Es war Farrells Lastenschlepper, und er hielt ein Impulsgewehr im Anschlag.

»Ich bin nur der Mechaniker, der das Schiff betankt«, sagte Hal.

Der Lauf des Impulsgewehrs wanderte ein Stückchen höher. »Noch ein Wort, und ich puste dir den Schädel weg!«, fauchte der Roboter.

Kapitel 27

Terry lief unruhig auf und ab, seine Stiefelabsätze knallten auf dem polierten Holzfußboden. Immer, wenn er stehen blieb und sich umdrehte, schlug die schwere Waffe an seiner Hüfte klatschend auf seinen Oberschenkel.

Farrell saß hinter einem großen Schreibtisch und starrte in die Luft. Als Terry zum wiederholten Mal an ihm vorbeistapfte, verzog er missbilligend das Gesicht. »Würden Sie sich bitte hinsetzen?«, fragte er. »Ich kann bei diesem Krach nicht nachdenken.«

»Tut mir leid, Boss.«

»Warum lassen Sie sich nicht irgendetwas Sinnvolles einfallen, anstatt hier nur wie ein Nilpferd ununterbrochen herumzutrampeln?«

»Sie meinen, was wir mit dem Gefangenen anstellen sollen?«, erkundigte sich Terry.

»Gefangener?«, fragte Farrell zurück. »Wahrscheinlich ist das bloß irgendein schwachsinniger Nachbar, der in den Wäldern herumgekrochen ist.«

»Ganz so schwachsinnig kann er nicht sein. Schließlich hat er es über den Zaun geschafft, oder?«

»Einer der Roboter besorgt gerade eine Kamera«, sagte Farrell. »Ich möchte einen Blick auf den Kerl werfen, bevor ich entscheide, was mit ihm geschehen soll.«

Die Tür schwang auf, und ein Roboter rollte mit einem tragbaren Bildschirm herein. Er stellte den Monitor auf Farrells Schreibtisch ab und rollte leise surrend wieder aus dem Zimmer. Farrell drückte auf einen kleinen Knopf. Der Bildschirm erwachte flackernd zum Leben.

»Schaff sofort Farrell hierher, oder ich lasse dich zu einem Schrotthaufen verarbeiten!«, dröhnte eine Stimme so laut aus dem Monitor, dass der Lautsprecher in seinem Gehäuse vibrierte.

»Klingt irgendwie vertraut«, murmelte Farrell. Seine Augen weiteten sich, als das Bild scharf wurde und eine Nahaufnahme von Hals zornigem Gesicht zeigte. »Spacejock!«, stieß er ungläubig hervor.

Terrys Unterkiefer klappte herab. »Das gibt es doch nicht!«

»Das gibt es, verdammt noch mal, doch! Offenbar ist er misstrauisch geworden und umgekehrt.«

»Ich werde mich um ihn kümmern«, versprach Terry wütend und zog seinen Blaster.

»Wollen Sie ihn etwa ermorden?«, fragte Farrell entsetzt.

»Bleiben Sie ruhig hier sitzen, wenn Sie ein feiges Huhn sind.«

Farrell schüttelte den Kopf. »Ich weiß nicht, was wir mit ihm anstellen sollen. Angenommen, irgendjemand findet seine Leiche?«

Terry stellte den Regler seines Blasters auf die höchste Stufe. »Was für eine Leiche?«

*

Klunk war in der *Volante* damit beschäftigt, die Koordinaten von Jerlings Fabrik in den Bordcomputer zu überspielen. Er schickte gerade den letzten Datensatz auf die Reise, als Clyde und Albion die Kommandobrücke betraten.

»Fracht g-gesichert«, meldete Albion.

»Was tust du da?«, erkundigte sich Clyde, während er sich der Steuerkonsole näherte.

»Ich treffe alle nötigen Startvorbereitungen.« Klunk deutete auf die Luftschleuse. »Einer von euch sollte jetzt besser Hal holen.«

»Das geht nicht«, erwiderte Clyde. »Er wurde gefangen genommen.«

»Was?«

Clyde nickte. »Ein großer Roboter hat ihn fortgeschleppt. Das habe ich von der Hangarschleuse aus beobachtet.«

Klunk starrte ihn fassungslos an. »Hast du denn gar nicht daran gedacht, ihn aufzuhalten?«

»Natürlich nicht«, entgegnete Clyde sachlich. »Der Roboter war sehr groß.«

»Und er hatte einen r-riesigen Blaster«, fügte Albion hinzu.

Clyde deutete auf die Konsole. »Wenn du fertig bist, sollten wir lieber starten. Die da draußen werden sich als Nächste uns vornehmen.«

»Ihr zwei könnt tun, was immer ihr tun wollt«, sagte Klunk. »Aber ich werde bestimmt nicht ohne Mr. Spacejock losfliegen.«

»Aber Klunk, w-wir können dieses Schiff in Besitz nehmen!«, drängte Albion. »Die Ga-Galaxis erforschen! Unser eigenes Unternehmen gründen!«

»Er hat Recht«, bekräftigte Clyde. »Das ist unsere Chance, wirklich frei zu werden.«

»Und wie steht es mit Hals Freiheit?« Klunk schüttelte den Kopf. »Nein, wir müssen uns etwas einfallen lassen, um ihn zu retten.«

Albions Augen wurden schmal. »Wenn wir Hal retten und zu J-Jerling fliegen, liefert der uns an Hinchfig aus, und w-wir werden verschrottet.« Er schob sich dicht an Klunk heran und blickte ihm direkt in die Augen. »Hast du schon mal g-gesehen, wie ein Roboter m-mit einem atomaren Schneidbrenner au-aufgeschnitten wird? Die werden nicht mal v-vorher abgeschaltet!«

Klunk zuckte zusammen. »Niemand wird dich aufschneiden. Dafür bist du viel zu wertvoll.«

»Zack-zack, ssstt!« Albion fuhr mit der Handkante vor Klunks Kehle durch die Luft. »Und ruckzuck m-machen sie eine Zapfanlage aus d-dir.«

»Er hat Recht«, sagte Clyde ruhig. »Komm schon, Klunk, vergiss den Menschen. Wir müssen sofort von hier verschwinden, oder wir werden alle geschnappt.«

»Nein, niemand wird euch verschrotten. Das würde Hal nie zulassen.«

Albion hob die Brauen. »Bist du dir da wirklich sicher?«

Clyde breitete die Arme aus. »Klunk, wenn wir jetzt verschwinden, tun wir ihm damit sogar einen Gefallen. Sobald die da draußen hören, wie das Schiff startet, wird allgemeine Verwirrung ausbrechen, und Hal bekommt eine Chance zu fliehen.«

»Komm schon, Klunk«, drängte Albion. »Wir kö-könnten die erste reine Robotermannschaft in der g-ganzen Galaxis werden!«

»Nein«, gab Klunk zurück. »Wenn Jerlings Ladung nicht rechtzeitig bei ihm eintrifft, bekommt Hal kein Geld von ihm, und dann verliert er sein Schiff.«

»Er kann s-sich ja ein neues Schiff kaufen«, meinte Albion.

»Er mag das Schiff, das er jetzt hat.« Klunk musterte die beiden Roboter unverwandt. »Hal mag äußerlich manchmal ziemlich grob erscheinen, aber in Wirklichkeit ist er viel fürsorglicher, als er es sich anmerken lässt.«

Clyde schüttelte den Kopf. »Lass dich nicht davon täuschen. Alle Menschen sind gleich. Sie sind so lange nett und freundlich zu dir, bis sie bekommen haben, was sie wollen. Dann erlischt ihre Freundlichkeit so schnell wie eine Kerzenflamme im Wind.«

»Ich wusste gar nicht, dass ihr zwei solche Experten seid, was Menschen betrifft«, sagte Klunk bissig.

Albion zuckte die Achseln. »Wir haben g-genug Erfahrung

mit ihnen gesammelt, um einigermaßen z-zu verstehen, wie sie funktionieren.«

»Ich habe jedenfalls nicht vor, meine Zeit mit anthropologischen Diskussionen zu vergeuden, während Hal die Fingernägel rausgerissen werden«, stellte Klunk klar. »Wir müssen ihn retten.«

»Ich hätte einen Vorschlag, wie wir unser Problem lösen können«, sagte Clyde. »Du bleibst hier und rettest Hal, und wir fliegen in der Zwischenzeit mit dem Schiff zu Jerling.«

Albion starrte ihn an. »Und w-was passiert, wenn er uns sieht? Wir s-sind auf der Flucht, Clyde.«

Clyde ließ den Blick über Albions verschmutzten Overall wandern. »Wenn wir mit Jerling sprechen, behaupten wir einfach, dass wir Subunternehmer sind. Wir sagen ihm, Hal hätte uns schon einmal mit der Fracht vorausgeschickt. Dann können wir sofort wieder verschwinden, sobald die Kisten ausgeladen sind.« Er drehte sich zu Klunk um. »Kannst du deine Pilotenkenntnisse in einen von uns überspielen?«

Klunk beäugte den anderen Roboter misstrauisch. »Was sollte euch davon abhalten, einfach mit der *Volante* abzuhauen?«

»Wir geben dir unser Ehrenwort.« Clyde warf Albion einen fragenden Blick zu. »Stimmt's?«

Albion nickte eifrig. »Aber s-sicher.«

*

Hal blickte sich in dem aufwändig eingerichteten Raum um. An den Wänden hingen echte Gemälde, ländliche Szenerien: ein Mann in Begleitung seines treuen Jagdhundes, ein Aquarell mit Wasserrosen. Mehrere übertrieben stark gepolsterte Armsessel standen um einen kostbaren Teppich in der Mitte des Zimmers gruppiert herum. Das komplizierte Muster des Bodenschmucks bestand aus roten und ockerfarbenen Linien und fesselte Hals Aufmerksamkeit minutenlang.

Schließlich riss er den Blick von dem Teppich los und schielte zu dem Wachroboter hinüber, der in einer Zimmerecke stand und mit einer Waffe auf seinen Magen zielte. Er hatte sich seit mehreren Minuten nicht mehr gerührt, und ohne das ständige leise Surren des Gebläses, das seine Schaltkreise kühlte, hätte man ihn für eine leere Rüstung halten können. Aber es waren da noch die wachsamen Augen, denen nicht die kleinste Bewegung entging.

Hal starrte durch die hohen Fenster hinaus. Draußen herrschte Dunkelheit, und er fragte sich, ob Klunk bereits alle Startvorkehrungen abgeschlossen hatte und wie lange es wohl noch dauern würde, bis die Roboter auftauchten, um ihn zu retten.

Plötzlich vernahm er laute Schritte aus dem Hausflur, und gleich darauf flog die Eingangstür auf. Terry betrat den Raum mit einer schussbereiten Waffe in der Hand.

»Aha, das Begrüßungskomitee«, knurrte Hal. »Was für eine Nummer zieht ihr Clowns hier eigentlich ab? Warum habt ihr …?«

Terry schob Hal den Lauf des Blasters unter das Kinn und hob es so weit an, bis sein Hinterkopf gegen die Rückenlehne des Sessels stieß. »Soll ich, Boss?«

»Nicht hier«, entgegnete Farrell, der direkt nach ihm das Zimmer betreten hatte. »Sonst ruinieren Sie noch meinen schönen Teppich.«

»Du kannst mich sowie noch nicht erschießen«, presste Hal zwischen zusammengebissenen Zähnen hervor. »Dein Boss hatte noch gar keine Gelegenheit, mir den obligatorischen hämischen Vortrag zu halten.«

Terry bohrte Hal den Lauf des Blasters tiefer in die Kehle. »Maul halten!«

»Schaffen Sie ihn raus«, befahl Farrell. »Einer der Roboter

soll ein Loch schaufeln und Spacejock reinwerfen. Dann können Sie ihn erschießen.«

»Ihr begeht einen großen Fehler!«, rief Hal. »Ich habe Freunde da draußen. Wenn ihr mir auch nur ein Haar krümmt, machen die euch fertig.«

»Dann lass uns doch mal deine Freunde sehen«, erwiderte Terry und fuhr Hal mit der freien Hand über den Kopf. »Das dürften mehr als genug gekrümmte Haare sein.«

»Freunde?« Farrell lachte laut auf. »Der soll Freunde haben?« Sein Grinsen erlosch schlagartig, als ein fernes Grollen das Haus erzittern ließ. »Was war das?«

»Das Raumschiff!« Terry starrte durch die Fenster. »Wenn wir die Typen nicht aufhalten, wimmelt es hier bald vor Bullen!«

»Ich habe euch ja gesagt, dass ihr Ärger bekommt«, warf Hal ein, als das Grollen lauter wurde.

»Behalte Spacejock im Auge«, wies Farrell den Roboter an. »Wenn er sich bewegt, erschieß ihn!« Er drehte sich zu Terry um und nickte in Richtung der Tür. Kurz darauf waren die beiden Männer auch schon wieder verschwunden.

Hal starrte auf das nächste Fenster. Es erhellte sich, als der Frachter knapp außerhalb seines Sichtfeldes abhob. Das Schiff flog dicht über Farrells Haus hinweg, und das dumpfe Dröhnen verwandelte sich in ein gellendes Kreischen, das sich langsam entfernte, bis es schließlich zu einem leisen Donnergrollen herabsank.

»Tausend Dank auch, Klunk«, knurrte Hal, die Lippen zu einem dünnen Strich zusammengepresst. Ohne die Hilfe der Roboter blieb ihm jetzt nur noch, auf seinen Einfallsreichtum zu vertrauen, wollte er sich retten.

Hal beäugte den Roboter, der seinen Blick ausdruckslos erwiderte, und hob langsam eine Hand. Der Lauf des Impulsgewehrs folgte der Bewegung. Hal schob den Kopf langsam nach links. Sofort löste sich der Lauf von seiner Hand und zielte stattdessen auf Hals Stirn, die er auch weiter anvisierte, als Hal den Kopf versuchsweise ein Stück weit in die entgegengesetzte Richtung wandern ließ.

»Sie wären tot, noch bevor Sie auf dem Boden aufschlagen«, sagte der Roboter mit monotoner Stimme.

»Du kannst sprechen?«, fragte Hal überrascht.

»Natürlich.«

»Hättest du vielleicht Lust auf eine Runde Charade?«

»Weiß nicht, was Charade ist.«

»Das ist ganz einfach. Du musst dir einen Buch- oder Filmtitel ausdenken und dann versuchen, ihn nur mit Hilfe von Pantomime darzustellen. Das macht Spaß. Es wird dir gefallen.«

Der Roboter starrte ihn reglos an.

»Ich habe eine Stelle genau in der Mitte von meinem Rücken, die ganz schrecklich juckt«, sagte Hal. »Könntest du mir mal kurz dein Gewehr leihen, damit ich mich da kratzen kann?«

Der Roboter stampfte schwerfällig auf ihn zu. Einen Moment lang befürchtete Hal schon, zu weit gegangen zu sein, doch dann blieb der Roboter dicht vor ihm stehen und hielt ihm das Gewehr mit dem Kolben voraus hin. Hal spürte, wie ihm das Herz in der Kehle klopfte, und streckte eine Hand aus.

Als er die Finger um den Kolben schließen wollte, riss der Roboter die Waffe fort. »Trottel«, sagte die Wache und zog sich wieder bis zu ihrer ursprünglichen Position vor dem Fenster zurück.

Hal deutete auf einen Punkt hinter ihm. »Heh, sieh mal da!«, rief er.

Der Kopf des Roboters vollführte innerhalb eines Wimpernschlags eine volle Umdrehung. »Ich habe nichts gesehen«, sagte er.

»Weil du nicht wirklich nachgesehen hast«, erwiderte Hal. »Du hast bloß diesen Kopfdrehtrick gemacht.« Plötzlich klappte sein Mund auf und er starrte aus großen Augen auf das Fenster. »Pass auf!«

Der Roboter betrachtete ihn ungerührt. »Das funktioniert nicht noch ...«

Die Wand implodierte, und eine Fontäne aus Verputz, Ziegelsteinen und Glassplittern fegte den Roboter wie ein Spielzeug zur Seite. Hal duckte sich und schlang sich die Arme schützend um den Kopf. So konnte er nicht sehen, wie ein Ziegel über ihn hinwegsegelte und hinter ihm gegen die Wand prallte, von wo aus er ihm direkt auf die Schädeldecke fiel und ihn bewusstlos schlug.

*

Klunk hatte sich schließlich damit einverstanden erklärt, Clyde und Albion mit der Fracht zu Jerling fliegen zu lassen. Nachdem er ihnen alle nötigen Navigations- und Flugprogramme überspielt hatte, verließ er das Schiff und sah zu, wie sich die Frachtrampe hob und nahtlos mit dem Rumpf abschloss.

Als die Triebwerke des Schiffes zündeten, verspürte er ein warmes Glühen in seinen Schaltkreisen. Die Fracht war auf dem Weg zu ihrem Empfänger! Die Schubdüsen brüllten und spien Flammenzungen und Rauch aus. Wolken aus Staub und Laub wirbelten über die Lichtung, heiße Windböen peitschten die Bäume. Als sich seine Sicht wieder klärte, befand sich der Frachter bereits hoch in der Luft und schwenkte herum, bis sein Bug in die richtige Richtung zielte.

Klunks Zufriedenheit erlosch abrupt, als er den schwarzen Schlauch entdeckte, der vom Heck der *Volante* herabbaumelte. Er hatte ganz vergessen, die Treibstoffleitung von der Tankanlage abzukoppeln.

»Stopp! Stopp!«, schrie er, rannte auf den Frachter zu und schwenkte wild die Arme. Doch er war kaum ein paar Schritte weit gekommen, als die Haupttriebwerke feuerten, das Schiff einen Satz machte und die Tankvorrichtung mit einem Ächzen aus ihrer Verankerung gerissen wurde. Klunk sah mit weit aufgerissenen Augen hilflos zu, wie das Gebilde in die Höhe stieg und ein dickes Metallrohr mit sich aus dem Waldboden zog. Er wurde von den Füßen geschleudert, als der Boden direkt unter ihm aufbrach. Das Rohr dehnte sich, bis es schließlich barst und Fontänen von Raketentreibstoff in alle Himmelsrichtungen verspritzte.

Die Tankvorrichtung, die noch immer von der *Volante* herabbaumelte, schwang wild hin und her, während der Frachter beschleunigte. Klunk hechtete in die Deckung des Abwassergrabens, als die Feuerstrahlen aus den Schubdüsen den verspritzten Treibstoff entzündeten. Aus halb geschlossenen Augen sah er, wie das Schiff über die Bäume hinwegjagte und hinter einer lodernden Flammenwand verschwand.

Nachdem das Donnern der Triebwerke abgeebbt war, sprang er auf und rannte, so schnell er konnte, die zu Farrells Haus führende Straße entlang, bis er zu einer Biegung kam. Er umrundete sie vorsichtig und blieb dann stehen. Etwa hundert Meter weiter ging die Straße in eine Auffahrt über, die ein lang gestrecktes Oval vor der imposanten Fassade eines dreistöckigen Anwesens bildete und schließlich wieder in die Straße mündete. Eine breite Treppe führte zu einer schweren Holztür empor. Das Haus besaß unzählige Fenster, die aber bis auf zwei im Erdgeschoss rechts von der großen Eingangstür dunkel waren.

Plötzlich schwang die Tür auf. Klunk ging hinter einem Gebüsch in Deckung. Er sah, wie Terry die Treppe hinunterrannte, immer zwei Stufen auf einmal nehmend, dicht gefolgt von Farrell. Beide Männer hielten Waffen in den Händen. Klunk zog sich noch tiefer in das Gebüsch zurück und blieb geduckt hocken, während Terry und Farrell heftig keuchend dicht an seinem Versteck vorbeiliefen.

Er sah ihnen einen Moment lang hinterher, sprang dann wieder auf und eilte auf das Haus zu. Die Auffahrt war mit Kies bedeckt, der unter seinen Füßen knirschte. Er überquerte sie so leise wie möglich und drückte sich mit dem Rücken gegen die aus rotem Ziegelstein gemauerte Außenwand. Nach einem schnellen Rundblick schob er sich an der Wand entlang zum ersten der beleuchteten Fenster vor. Er riskierte einen raschen Blick durch die Scheibe und entdeckte einen großen Schreibtisch, auf dem ein tragbarer Bildschirm stand, der allerdings ausgeschaltet war. Von Hal war keine Spur zu sehen. Klunk kroch unter dem niedrigen Sims hindurch weiter zum zweiten Fenster und spähte erneut hinein. Diesmal konnte er Hal sehen, der in einem großen Armsessel saß, bewacht von einem großen grauen, mit dem Rücken zum Fenster stehenden Roboter. Klunk dachte hastig nach. Das leiseste Geräusch konnte Hals Tod bedeuten.

Er schlich um das Haus herum und entdeckte ein offen stehendes zweiflügliges Garagentor in der schmalen Seite des Anwesens. In der Garage stand die schwarze Limousine zwischen zwei von Schrammen und Beulen gekennzeichneten Panzerfahrzeugen. Der Motor des einen Wagens tickte leise vor sich hin, während er abkühlte – zweifellos das Fahrzeug, dass über das Grundstück patrouilliert war, als sie den Zaun überquert hatten.

Klunk warf einen kurzen Blick auf die Limousine, verwarf den Gedanken aber sofort wieder. Es würde zu lange dauern, die Sicherheitssysteme zu knacken. Stattdessen huschte er zu dem Panzerfahrzeug mit dem tickenden Motor und versuchte, die Fahrertür zu öffnen. Sie war verschlossen. Er umrundete das Fahrzeug und lächelte, als sich die Beifahrertür problemlos öffnen ließ. Die Fahrerkabine war mit zwei Sitzen aus perforiertem Stahlblech und rundum mit Monitoren ausgestattet. Der hintere Teil des Wagens bestand aus einer langgestreckten Mannschaftskabine mit metallenen Sitzbänken auf beiden Seiten. Das Dach wurde auf halbem Weg von einer runden Öffnung durchbrochen, durch die eine Leiter zum Geschützturm führte.

Klunk nahm auf dem Fahrersitz Platz, fand den Knopf für den Anlasser und drückte ihn fest. Der Motor hustete zweimal kurz, bevor er zum Leben erwachte. Schon kurz darauf lief er rund, und die Monitore erhellten sich von allein. Ein kleiner Bildschirm im Armaturenbrett ersetzte den Rückspiegel.

Nachdem Klunk das schwere Fahrzeug rückwärts aus der Garage manövriert hatte, schaltete er in den Vorwärtsgang und ließ es herumschwenken. Im Bildschirm zu seiner Linken blitzte irgendetwas Weißes auf, und er hob die Brauen, als zwei Roboter wild fuchtelnd auf ihn zurannten. Er richtete die Motorhaube auf sie aus, rammte den Steuerknüppel vor, und sie brachten sich im letzten Moment mit Hechtsprüngen in Sicherheit. Im Hecksichtmonitor konnte er sehen, wie sie wieder aufsprangen und in die Garage eilten.

Er riss den Steuerknüppel hart nach rechts, bog scharf ab und folgte der Vorderfront des Hauses, bis er das Fenster anvisieren konnte, hinter dem er Hal gesehen hatte. Nach kurzem Zögern stieß er den Steuerknüppel bis zum Anschlag vor.

Der Motor brüllte auf. Der Panzerwagen sprang wie ein Raubtier los, beschleunigte rasant und durchbrach die Hauswand mit einem ohrenbetäubenden Krachen. Ziegelsteine und zersplitterte Holzbalken prasselten auf das Dach nieder. Klunk setzte zurück, und erneut regnete ein Hagel aus Schutt und Trümmern auf den Wagen herab, dessen Wucht die Bildschirme flackern ließ. Nachdem er das gepanzerte Fahrzeug wieder ins Freie manövriert hatte, öffnete er die Fahrertür und sprang heraus.

Der graue Roboter lag bewegungslos in einem Haufen aus Ziegelsteinen und Glassplittern. Klunk sprang über ihn hinweg, packte Hal, der zusammengesunken in seinem Armsessel an der Rückwand des Zimmers saß, warf ihn sich über die Schulter und stolperte mit ihm auf das klaffende Loch in der Hauswand zu.

Kurz bevor er wieder draußen war, entdeckte er ein Bild, das auf dem Boden inmitten der Trümmer lag. Seine Augen wurden schmal, als er die Kühe in der ländlichen Szenerie sah, und er nahm sich die Zeit, einen Schritt zurückzutreten, um die Leinwand genüsslich mit seinen Absätzen zu zerfetzen.

Vor dem Haus riss er die Beifahrertür auf und verfrachtete den noch immer bewusstlosen Hal auf den Sitz. Als hinter ihm ein Motor aufdröhnte und er einen Blick über die Schulter warf, entdeckte er das zweite Panzerfahrzeug, das soeben rückwärts aus der Garage stieß. Der Geschützturm schwenkte schon mit einem schrillen Winseln in seine Richtung.

Klunk hechtete auf den Fahrersitz und zerrte den Steuerknüppel zurück. Der Wagen machte einen Satz rückwärts und entging so gerade noch einem Treffer, der ein Stück der Gebäudefassade zerriss und Ziegelsteine wie Popcorn in die Luft fliegen ließ.

Hal regte sich benommen in seinem Sitz. »Was war das?«, murmelte er mit schwerer Zunge.

»Der zweite Panzerwagen hat die Jagd auf uns eröffnet«, erwiderte Klunk, während er mit dem Steuerknüppel kämpfte. »Halten Sie sich fest, unsere Verfolger schießen scharf.«

Kapitel 28

Hal schüttelte den Kopf und versuchte, die Nebelschleier zu vertreiben, die vor seinen Augen waberten. Gerade noch hatte er Beleidigungen mit dem Wächterroboter ausgetauscht, dann war das Haus über ihm eingestürzt. Er sah kurz zu Klunk hinüber, der mit dem Steuerknüppel kämpfte und wilde Schlangenlinien fuhr, um dem Feuer ihrer Verfolger auszuweichen. Die vielfarbigen Lichter der Kontrollanzeigen ließen das grimmig verzogene Gesicht des Roboters in der Dunkelheit glühen.

»Danke für die Rettung!«, rief ihm Hal über den Motorenlärm hinweg zu.

»Bedanken können Sie sich später. Sofern es uns überhaupt gelingt, unseren Verfolgern zu entkommen.«

Hal klammerte sich an seinem Sitz fest und warf einen Blick auf die vielen Bildschirme, über die ein wildes Kaleidoskop von Bäumen und Gras tanzte, während Klunk in seinem Bemühen, ihre Jäger abzuhängen, den Steuerknüppel malträtierte.

»Was war das?«, fragte er, als er etwas aufblitzen sah.

Ein heftiger Schlag warf das Fahrzeug zur Seite. Hal verlor den Halt und wurde gegen die harte Seitenwand geschleudert. Sterne tanzten vor seinen Augen. Er setzte sich benommen auf und schüttelte den Kopf.

»Ich habe Ihnen doch gesagt, dass Sie sich festhalten sollen«, sagte Klunk vorwurfsvoll. »Die anderen schießen auf uns.«

Wieder ertönte eine Explosion, und der Boden kippte unter Hals Füßen weg. »Können wir denn nicht zurückschießen?«, erkundigte er sich.

»Können Sie das Geschütz bedienen?«

»Wo ist das denn?«

Klunk deutete mit dem Daumen über die Schulter nach hinten, wo eine Leiter in die runde Öffnung im Dach des Panzerwagens führte.

Hal stemmte sich hoch und hangelte sich entlang der Haltegurte an der Decke durch die wild schlingernde Mannschaftskabine. Er erreichte die Leiter und wollte sie gerade hinaufsteigen, als eine weitere Explosion den Wagen durchschüttelte und ihn fast von den Füßen riss. Es gelang ihm gerade noch, eine Sprosse zu packen und sich daran festzuklammern. Dann begann er zu klettern, und als er ungefähr auf halber Höhe der Leiter war, hörte er ein lautes Schaben und Kratzen an den Seitenwänden des Wagens. »Was ist das für ein Lärm?«, rief er.

»Die Äste und Zweige von Büschen!«, rief Klunk zurück. »Ich versuche, unsere Verfolger abzuhängen, indem ich durch das Unterholz fahre.«

»Und was ist mit den Bäumen?«

Wie aufs Stichwort prallte der Wagen gegen einen Baumstamm. Der abrupte Halt riss Hal von der Leiter und schleuderte ihn gegen die gewölbte Wandung des Aufgangs in den Geschützturm. Er fiel wie ein nasser Sack zu Boden. Als er sich wieder aufrappelte, setzte das Panzerfahrzeug zurück, und er stolperte durch die Kabine auf Klunk zu. Kurz bevor er gegen den Roboter prallen konnte, schoss der Wagen mit aufbrüllendem Motor wieder nach vorn. Der Schwung warf Hal zurück in die Mannschaftskabine, doch auf halbem Weg bremste ihn die Leiter grob ab.

Klunk warf einen flüchtigen Blick über die Schulter. »Haben Sie das Geschütz immer noch nicht schussbereit gemacht?«

»Nein, das verdammte Ding ist noch nicht schussbereit!«, schrie Hal zurück und rieb sich den geprellten Kopf. »Weil ich nämlich gerade viel zu sehr damit beschäftigt bin, diese beschissene Achterbahnfahrt zu genießen!« Er packte die Holme der

Leiter, erklomm sie mit abgehackten kleinen Schritten und gelangte in eine kleine, rundum mit Monitoren gepflasterte Kuppel, in deren Mitte ein Sitz montiert war. Der Sitz gab etwas nach, als sich Hal darauffallen und die Beine in den Aufstiegsschacht baumeln ließ. Plötzlich schoss ein Joystick zwischen seinen Oberschenkeln hervor, gleichzeitig erwachten die Rundummonitore zum Leben. Über den mit der Aufschrift »Frontalansicht« markierten Bildschirm huschten das von den Scheinwerfern angestrahlte Gebüsch und ein schier undurchdringlicher Dschungel von Baumstämmen. In einer Ecke des Monitors erschien ein Fadenkreuz.

Hal suchte die Monitore nach irgendeiner Spur ihrer Gegner ab. Ein Schirm zu seiner Linken leuchtete grell auf und erlosch. Eine laute Explosion ließ den Geschützturm erbeben. Hal verdrehte den Joystick, bis das Fadenkreuz den Panzerwagen der Verfolger erfasste, und zog den Abzug durch. Ein lauter Knall peitschte auf, und als sich der Qualm lichtete, sah Hal auf dem Monitor der Heckkamera, wie das Fahrzeug hinter ihnen wild hin und her schlingerte.

»Na, wie gefällt euch das?«, knurrte er. Er beugte sich in seinem Sitz vor. »Fahr zum Tor!«, brüllte er den Aufgang hinunter.

»Genau das hatte ich vor!«, erwiderte Klunk.

Über einen der Bildschirme tanzte ein flackerndes Leuchten, und als sie sich der Einfahrt näherten, kamen brennende Bäume und riesige Flammenzungen in Sicht, die aus einem Haufen glühender, verbogener Röhren in den Himmel schlugen.

»Was ist da passiert?«, schrie Hal. »Und wo ist das Schiff?«

»Clyde fliegt damit zu Mr. Jerling!«, rief Klunk zurück.

Hal spürte, wie sich sein Magen verknotete. »Du hast diese Roboter ganz allein losgeschickt?«

»Ich habe Clyde vorher alle Instruktionen überspielt, die er braucht, um den Frachter fliegen zu können«, sagte Klunk. »Die beiden werden schon klarkommen.«

»Sie werden sich das Schiff unter den Nagel reißen und damit verschwinden, du dämlicher Blechkasten!«, stieß Hal entsetzt hervor. »Sie werden mit meiner Ladung abhauen!«

»Das können sie gar nicht«, erwiderte Klunk. »Sie haben mir ihr Ehrenwort gegeben.«

Hal stöhnte laut auf. »Alles, was sie wollten, war, den Planeten zu verlassen, und du hast ihnen die Mittel dafür in die Hand gegeben, Klunk. Wir werden die nie wiedersehen.«

»Sie täuschen sich, Mr. Spacejock. Die Roboter werden die Fracht bei Mr. Jerling abliefern.«

»Werden sie nicht! Sie schnappen sich das Schiff und machen sich damit aus dem Staub!«

»Unmöglich«, widersprach Klunk.

»Wieso?«

»Dafür würde der Treibstoff nicht reichen. Ich hatte nämlich vergessen, den Tankschlauch zu lösen, bevor sie gestartet sind.«

Hal starrte auf das Gewirr der brennenden Rohrleitungen. »Dann bist du also für diese Katastrophe verantwortlich«, murmelte er und hob die Brauen, als er die Umrisse zweier Menschen vor den Flammen entdeckte. Einer hatte offenbar den sich ihnen nähernden Panzerwagen gehört, denn er drehte sich um. Hal erkannte Terry, und seine Augen wurden schmal. Das Fadenkreuz wanderte auf einen Punkt dicht unter dem strohblonden Haarschopf des untersetzten Mannes. Hals Zeigefinger krümmte sich um den Abzug.

»Wir müssten das Tor jeden Augenblick erreichen!«, rief ihm Klunk aus der Fahrerkabine zu.

Ein greller Blitz erhellte die Bildschirme, und eine heftige Explosion schüttelte den Panzerwagen durch. Hal schwenkte den Geschützturm herum, bis das Fadenkreuz direkt über dem Verfolgerfahrzeug schwebte, und drückte auf den Abzug. Der

Schuss hallte so laut in der kleinen Kuppel wider, dass Hal zusammenzuckte. Als das Bild auf dem Monitor der Heckkamera wieder klarer wurde, sah er, dass der andere Wagen auf der Seite lag. Aus der zerfetzten Karosserie züngelten Flammen, und dichter Rauch stieg in die Höhe. Auf einem der Nebenmonitore entdeckte Hal Farrell und Terry, die in Richtung des Hauses rannten.

»Festhalten!«, schrie Klunk.

Hal sah, wie die im grellen Licht der Scheinwerferkegel glitzernden Torflügel rasend schnell auf sie zuschossen, und spannte unwillkürlich die Muskeln an. Der Wagen rammte das Tor in voller Fahrt, holperte über die aus ihrer Halterung gerissenen Metallrahmen und geriet ins Schlingern, doch Klunk brachte ihn schnell wieder unter Kontrolle. Sie rasten weiter über das holprige Feld und bogen schließlich auf die Hauptstraße ein, die zum Raumhafen führte.

*

Farrell rannte zusammen mit Terry die schmale Straße entlang zu seinem Anwesen. Der dichte Qualm ließ ihn husten. Als sie die letzte Biegung umrundeten und das riesige unregelmäßige Loch in der Vorderfront des Hauses entdeckten, blieben sie wie vom Donner gerührt stehen.

»Himmel und Hölle!«, stieß Terry hervor.

»Mein Haus!«, stöhnte Farrell, den Blick ungläubig auf das Chaos gerichtet. »Der Bastard hat mein gottverdammtes Haus ruiniert!« Seine Stirn legte sich in Falten, als er den gedrungenen Roboter entdeckte, der auf dem qualmenden Teppich inmitten der Trümmer hockte und reglos auf den verbogenen Lauf seines Impulsgewehrs stierte.

Farrell hastete zu ihm. »Was ist hier passiert?«, fragte er. »Wo ist Spacejock?«

»Das war eins von unseren Panzerfahrzeugen«, erwiderte der Roboter. Er warf das Gewehr beiseite. »Es hat ihn gerettet.«

Farrell und Terry wechselten einen Blick. »Einer, um das Schiff zu fliegen«, murmelte Farrell. »Ein zweiter, der den Wagen fährt.«

»Und ein dritter, um den Laster in das Schiff zu fahren«, fügte Terry hinzu. »Das ist eine gottverdammte Bande!«

»Holen Sie die Limousine!«, befahl Farrell. »Und auch gleich ein paar Waffen.« Er starrte die zerborstene Vorderfront seines Hauses an. »Dafür wird jemand teuer bezahlen müssen!«

Terry verschwand hinter dem Haus.

»Steh auf!«, herrschte Farrell den Roboter an und deutete mit einer ruckhaften Bewegung seines Daumens auf den roten Widerschein hinter den Bäumen. »Ich möchte, dass das Feuer da drüben gelöscht wird. Außerdem muss diese Wand repariert und der andere Panzerwagen versteckt werden. Kapiert?«

»Welcher Aufgabe soll ich Priorität zuweisen?«, erkundigte sich der Roboter.

»Das interessiert mich einen Fliegenschiss! Sorg einfach dafür, dass alles erledigt wird.«

Der Roboter berührte die Stirn mit den Fingern und zog sich aus dem verwüsteten Raum zurück. Farrell bückte sich, um das Bild eines Bauernhofs in einem zerbrochenen Rahmen aufzuheben. Er schob einen Finger durch einen langen Riss in der Leinwand. Dann zog er die Hand zurück, ballte sie zur Faust und rammte sie durch das Bild. »Verdammter Spacejock!«, brüllte er.

Vor dem Haus klang ein dumpfes Grollen auf, und die Limousine hielt mit blockierenden Rädern vor dem Loch in der Wand. Farrell sprang auf den Beifahrersitz; noch bevor er die Tür geschlossen hatte, jagte der Wagen bereits über die Auffahrt.

Sie passierten die brennenden Bäume. Die Scheinwerferkegel bohrten leuchtende Tunnel in die wirbelnden Rauchschwaden, und einige Sekunden später rasten sie auf das zerborstene Tor zu.

»Warum konnten die Typen nicht einfach die Tore und Türen benutzen?«, fragte Farrell erbost. »Aber nein, sie mussten gleich alles niederreißen und dann auch noch darüberfahren!« Er warf Terry einen Blick zu. »Haben Sie Waffen mitgebracht?«

»Oh yeah«, bestätigte Terry grinsend, als er über den verbogenen Metallrahmen auf das Feld hinausschoss und die Limousine in einem weiten Bogen durch die Lücke in der Hecke steuerte. Er bog auf die Hauptstraße ein und gab Vollgas. In der Ferne konnten sie den dunklen Umriss des Panzerwagens sehen, der gerade die Hügelkuppe erklomm.

»Halten Sie einen Sicherheitsabstand ein«, sagte Farrell, als sie immer weiter aufschlossen. »Das Ding ist gefährlich.«

Terry passte ihre Geschwindigkeit der des Wagens vor ihnen an. »Wie sollen wir sie aufhalten?«, fragte er.

»Das müssen wir gar nicht«, erwiderte Farrell. »Es gibt nur einen Ort, der als Ziel für sie in Frage kommt.«

*

Hal hantierte mit dem Joystick herum, bis das Fadenkreuz direkt über der sie verfolgenden Limousine schwebte. »Schluckt das!«, keuchte er und drückte auf den Abzug. Das Fadenkreuz leuchtete rot auf, und das Geschütz verweigerte den Schuss mit einem wütend klingenden Summen.

»Sie befinden sich außer Reichweite!«, rief Klunk.

»Verdammt«, grollte Hal. Er starrte auf den Monitor. »Komm näher, Hinchfig. Ich habe ein kleines Geschenk für dich.«

»Sie dürfen nicht auf ihn schießen, Mr. Spacejock«, warnte Klunk. »Das wäre Mord.«

»Keine Angst«, beruhigte ihn Hal. »Ich will ihnen nur ein paar Steine in den Weg legen.« Er senkte das Fadenkreuz, bis es auf einen Punkt ungefähr auf halber Höhe zwischen den beiden Fahrzeugen zielte. Diesmal feuerte das Geschütz bereitwillig und riss ein tiefes Loch in die Straße. Erdbrocken und Grasnaben flogen hoch in die Luft und prasselten auf die Limousine herab. Der Wagen schlingerte heftig und her, bevor er sich wieder stabilisierte und weiter zurückfallen ließ.

»Da haben sie was, worüber sie nachdenken können«, knurrte Hal. Er setzte zu einem weiteren Schuss an, als das Fadenkreuz in der Zielerfassung plötzlich erlosch. »Hey, was ist denn jetzt passiert?«, rief er.

»Ich habe die Waffe deaktiviert«, erklärte Klunk. »Sie könnten sonst noch jemanden verletzen.«

»Ich versuche gerade zu feuern!«, fauchte Hal erbost. »Gib die Kanone wieder frei!«

»Ich meinte damit, dass Sie einen Unbeteiligten verletzen könnten«, sagte Klunk. »In dieser Gegend wohnen auch noch andere Menschen.«

»War ja klar, dass ich ausgerechnet an einen Pfadfinder geraten musste«, murmelte Hal vor sich hin. Nachdem er noch einige Male ergebnislos mit dem Joystick herumgespielt hatte, gab er es auf und begnügte sich damit, die Limousine auf dem Heckmonitor zu beobachten. Er sah, wie die Scheibe des Seitenfensters auf der Beifahrerseite nach unten glitt und sich Farrell aus dem fahrenden Wagen herauslehnte. Aus der Waffe in seiner Hand zuckte eine Reihe heller Energieblitze hervor.

»Damit können sie uns nichts anhaben«, sagte Klunk.

Die Schussbahn der Energieblitze sank immer tiefer, bis ein lauter Knall ertönte. »Jetzt haben sie einen unserer Reifen zerschossen, du verrückter Roboter!«, schrie Hal, als das Panzerfahrzeug wild zu schlingern begann. »Schalt die verdammte Kanone wieder an!«

»Halten Sie sich fest!«

»Was, glaubst du, tue ich hier wohl?«

Klunk trat auf die Bremse, und der Wagen drosselte seine Geschwindigkeit unter grauenhaftem Kreischen von Metall, das über Metall rieb. Einen Moment lang verschwanden die Verfolger hinter einer Rauchwolke aus versengtem Gummi, dann schoss die Limousine durch den Qualm und prallte mit voller Wucht gegen das Heck des Panzerwagens. Hal sah, wie Terry und Farrell aus ihren Sitzen geschleudert und einen Sekundenbruchteil später in ein blaues Energiefeld gehüllt und aufgefangen wurden.

Der Motor röhrte auf, als Klunk erneut beschleunigte. Die Limousine schleuderte hinter ihnen von einer Straßenseite auf die andere und stieß dabei schwarze Qualmwolken aus. »Na, wie schmeckt euch das, ihr Armleuchter?«, schrie Hal und fuchtelte mit dem gestreckten Mittelfinger vor dem Bildschirm herum. Dann kletterte er die Leiter hinunter und schob sich auf den Beifahrersitz neben Klunk. »Ein gutes Manöver«, lobte er.

»Es wird sie leider nicht lange aufhalten«, prophezeite Klunk.

»Darüber können wir uns später noch Sorgen machen«, erwiderte Hal.

»Ich würde mir lieber jetzt schon Sorgen machen«, sagte Klunk und deutete auf die Windschutzscheibe. »Wir nähern uns nämlich einer Kontrollstation, und die Schranke ist unten.«

»Ein dünner Holzbalken wird diese Kiste bestimmt nicht aufhalten.«

Das Motorengeräusch des Panzerwagens wurde leiser. »Ich muss anhalten«, sagte Klunk. »Meine Programmierung ...«

»Hey, was ist das?«, fragte Hal und zeigte auf das Seitenfenster. Als Klunk den Kopf zur Seite drehte, um nachzusehen, was Hal meinte, beugte der sich über ihn und stieß den Joystick vor. Der Motor heulte wieder auf, und der Panzerwagen raste durch die Schranke, deren Bruchstücke mit einem metallischen Kreischen an der Karosserie entlangschrammten.

»Das war nicht gerade nett von Ihnen«, beschwerte sich der Roboter. »Ich lasse mich nicht gern austricksen.«

»Und ich lasse mich nicht gern von Gangstern erwischen«, gab Hal zurück. »Fahr weiter!«

*

»Ich habe Ihnen ja gesagt, dass er zum Raumhafen will«, sagte Farrell, als die Limousine über die zertrümmerte Schranke jagte. Obwohl sie die Fenster geöffnet hatten, stank es in der Kabine immer noch penetrant nach Rauch, und der Wagen schlingerte wie betrunken auf der Straße hin und her.

»Woher wussten Sie das?«

»Wo sollte man sonst ein Raumschiff verstecken? Los, machen Sie schon, drücken Sie auf die Tube! Wir müssen vor ihnen da sein.«

»Wir können von Glück sagen, wenn wir überhaupt ankommen«, knurrte Terry, während er mit der Steuerung kämpfte.

»Biegen Sie an Haywoods Koppel rechts ab«, sagte Farrell. »Wir nehmen die Straße auf der Rückseite des Raumhafens.«

*

Nachdem sich die Straße mehrere hundert Meter zwischen den Bäumen dahingeschlängelt hatte, gabelte sie sich. Klunk nahm die linke Abzweigung. Sie passierten ein paar verwaiste dunkle Kontrollstationen, bevor sie am Ende der Straße zu einem beleuchteten Häuschen kamen, in dem ein Uniformierter in ein kleines, transportables Videoset starrte. Zu beiden Seiten der Straße verliefen robuste, von Stacheldraht gekrönte Zäune.

Hal griff nach Klunks Arm. »Fahr an den Straßenrand.«

Klunk hielt an und warf Hal einen fragenden Blick zu.

»Wir können mit dem Ding nicht einfach in den Raumhafen brettern«, sagte Hal. Er musterte den Zaun. »Und da kommen wir auch nicht durch. Der ist mindestens zehnmal stabiler als der Zaun um Farrells Grundstück.«

»Das macht nichts«, erwiderte Klunk. »Ich habe einen Plan.«

»Ja?«

»Dieser Wagen ist von außen nicht einsehbar.«

»Was für ein toller Plan! Ich kann mir lebhaft ausmalen, wie wunderbar das funktionieren wird.« Hal fuchtelte mit den Händen in der Luft herum und verstellte seine Stimme. »Hör mal, Fred, lass dieses schwer gepanzerte Fahrzeug ruhig durch. Wird schon nichts passieren, sitzt ja schließlich niemand drin.«

»Würden Sie mich vielleicht ausreden lassen?«, bat Klunk. Er tippte sich auf die Brust. »Ich kann Farrell täuschend echt imitieren.«

»Aber sicher.«

»Doch, kann ich!«

»Du siehst ihm nicht mal annähernd ähnlich! Er hat Haare auf dem Kopf, und du bist ein Roboter. Selbst der dämlichste und schwerfälligste Wächter auf dem Planeten würde den Täuschungsversuch schon aus 50 Metern Entfernung durchschauen.«

»Wer hat denn gesagt, dass mich irgendwer sehen würde? Ich meine, dass ich Farrells Stimme imitieren kann.«

»Das werden die uns nie abkaufen!«

Klunk deutete auf den Zaun. »Möchten Sie lieber da rüberklettern?«

»Na schön, versuchen wir es auf deine Weise«, lenkte Hal nach einem kurzen, prüfenden Blick auf die Stacheldrahtrollen mit ihren messerscharfen Dornen ein. »Was mich daran erinnert, dass du mir einen neuen Blaster schuldest.«

Der Panzerwagen rollte mit einem leisen Grollen seines kraftvollen Motors bis vor das Wachhäuschen. Klunk hielt vor der Schranke. Seine Augen flackerten kurz, als er sein Stimmenmuster umstellte.

In dem Monitor auf der Beifahrerseite konnte Hal den Posten sehen, der wie gebannt in sein Videogerät starrte. Auf dem kleinen Bildschirm jagten mehrere winzige Gestalten einem Ball mit Düsenantrieb hinterher, der über einem Lufthockeyfeld umherflitzte.

»Fertig«, meldete Klunk.

Hal legte ihm eine Hand auf die Schulter. »Einen Moment noch.«

Der Posten in dem Wachhäuschen streckte eine Hand aus und drückte eine Taste, ohne das Hockeyspiel eine Sekunde lang aus den Augen zu lassen. Aus einem Ausgabeschlitz schob sich ein Ticket hervor. Klunk öffnete die Tür einen Spalt weit und griff danach, worauf sich die Schranke sofort hob.

»Los!«, stieß Hal hervor. »Komm, fahr schon!«

Das Panzerfahrzeug hustete eine dicke Qualmwolke aus und rollte unter der Schranke hindurch. Es war so breit, dass es kaum durch die enge Durchfahrt passte. »Soviel zu seinen Aussichten, den Preis für den Mitarbeiter des Monats abzuräumen«, kommentierte Hal, als sich die Schranke hinter ihnen wieder senkte.

Klunk beschleunigte. Der Panzerwagen jagte die Straße entlang, die zwischen zwei Wartungsfahrzeugen in das Flugfeld mündete. »Wissen Sie noch, wo Sie die *Möwe* zurückgelassen haben?«, fragte Klunk.

»Auf dem Flugfeld, natürlich.«

»Und auf welcher Landeplattform?«

»Ich hatte es eilig, weil ich das Schiff auf eventuelle Beschädigungen überprüfen wollte.«

»Beschädigungen?« Klunk starrte Hal an. »Was für Beschädigungen?«

»Brandschäden. Die Bodenkontrolle hat uns zu einer Müllkippe umgelenkt. Wir sind zu schnell runtergekommen, verstehst du? Der Müll hat unsere Landung abgefedert, ist dann aber ... äh, in Brand geraten.«

»Und hat es Beschädigungen gegeben?«

»Das ist schwer zu sagen. Ich meine, die *Möwe* war ja schon vorher nicht gerade makellos sauber.«

»Aber sie ist doch immer noch raumtüchtig, oder?« Klunk schüttelte den Kopf. »Nein, antworten Sie mir lieber nicht darauf.«

Sie passierten ein Passagierraumschiff, dessen schneeweiße Flanken unter den Strahlen einer Batterie von Flutlichtscheinwerfern glänzten. Zwei Männer schoben einen Rollwagen an der mit einem Teppich ausgelegten Passagierrampe vorbei zu einem Lastenaufzug. Dort lehnten sie sich auf das Geländer der Kabine und sahen dem Panzerfahrzeug hinterher.

»An dieses Schiff kann ich mich erinnern«, sagte Hal. »Bieg hier rechts ab.«

Der Wagen umrundete eine Tankvorrichtung. »Da ist sie!«, rief Hal, als er die unverkennbare Silhouette der *Schwarzen Möwe* vor dem dunklen Himmel entdeckte. Das Panzerfahrzeug bog in die entgegengesetzte Richtung ab. »Hey, wo fährst du hin?«, fragte er irritiert.

»Sollten Farrell und Terry vor uns hier angekommen sein, beobachten sie vielleicht das Schiff«, erklärte Klunk. Er hielt hinter einem Tanklastzug und schaltete den Motor aus. »Ich bin mir sicher, dass sie ahnen, wohin wir wollen. Falls sie noch nicht hier sind, werden sie garantiert jeden Moment auftauchen.«

»Also sollen wir hier jetzt einfach nur tatenlos rumhocken, bis wir vor Altersschwäche sterben?«

»Dürfte ich vielleicht eine praktikablere Alternative vorschlagen?«

»Raus damit!«

Klunk deutete auf das Heck des Wagens. »Ich werde mich auf den Weg zur *Schwarzen Möwe* machen. Sollten Farrell und Terry mich sehen, werden sie mich für irgendeinen beliebigen Roboter halten. In dieser Kleidung könnten sie mich sogar mit einem Menschen verwechseln.«

Hal betrachtete Klunk von Kopf bis Fuß. »Wenn du das sagst ...«

»Sobald ich an Bord der *Möwe* bin, starte ich die Motoren und treffe alle erforderlich Startvorbereitungen«, fuhr Klunk fort. »Wenn alles fertig ist, lasse ich die Landescheinwerfer dreimal aufblitzen. Das ist Ihr Signal.«

»Dreimal die Landescheinwerfer. Verstanden.«

Klunk öffnete die Fahrertür und stieg aus.

»Moment«, sagte Hal. »Schalte die Kanone wieder an, bevor du gehst. Sollten die Typen hier herumschnüffeln, kann ich dir notfalls Feuerschutz geben.«

Klunk hob eine Hand und tätschelte die Wölbung des Tanklastzugs neben ihm. »Lieber nicht. Ein Streifschuss, und ...«

»Ah!«

Der Roboter wollte gerade die Wagentür schließen, zögerte dann aber noch einmal. »Falls ich es nicht schaffe, Mr. Spacejock, es war mir ein Vergnügen, mit Ihnen zusammenarbeiten zu dürfen.«

»Vergiss die Grabreden, ja? Wir sind die Guten in diesem Spiel. Wir werden gewinnen.«

Klunk nickte. Kurz darauf war er verschwunden.

Hal öffnete seine Tür einen Spalt weit und spähte am Heck des Fahrzeugs vorbei in Richtung der *Schwarzen Möwe*. Er konnte sehen, wie der Roboter den Fuß der Rampe erreichte und hinaufstieg, als ein Wagen daran vorbeifuhr, ein Stückchen weiter anhielt und dann zurücksetzte. Farrells und Terrys schwarze Limousine! Hal zuckte erschrocken zusammen. Sie mussten Klunk auf der Rampe gesehen haben!

Er rutschte auf den Fahrersitz hinüber, zog leise die Tür hinter sich zu und legte den Hauptschalter um. Die Rundumüberwachungsmonitore erwachten flackernd zum Leben. Auf dem kleinsten der Bildschirme mit der Aufschrift »Heckansicht« konnte er Terry und Farrell sehen, die mit dem Rücken zu ihm in ihrer Limousine saßen und die *Schwarze Möwe* beobachteten.

Kapitel 29

»Jetzt fahren wir hier schon zum dritten Mal vorbei«, stellte Terry unwillig fest, als die Limousine aus dem Schatten eines riesigen Raumfrachters auftauchte. »Ich habe Ihnen doch gesagt, dass sie nicht zum Raumhafen kommen würden.«

»Spacejock ist Pilot«, erwiderte Farrell. »Wo sollte er sich denn sonst mit meinem verfluchten Schiff treffen? Fahren Sie nach links.«

Der Wagen bog scharf ab, schoss unter einem Passagierraumer entlang und verfehlte nur um Haaresbreite zwei Gepäckträger. »Halten Sie die Augen offen!«, herrschte Farrell Terry an.

»Hören Sie, was ist, wenn er sich verkleidet hat?«, erkundigte sich Terry. »Eine so gut organisierte Bande wie diese Typen könnte sich Uniformen oder so was besorgt haben.«

Farrell warf einen Blick zurück auf die Gepäckträger, die aufgebracht in der Luft herumfuchtelten. »Spacejock ist ein freier Spediteur, kein verbrecherisches Superhirn«, sagte er. »Irgendwann wird er schon hier aufkreuzen. Dann schnappen wir ihn uns und finden heraus, wohin er die Kisten gebracht hat. Und dann lassen wir ihn für alle Zeiten verschwinden.«

»Er verschwindet jetzt schon ständig, genau das ist ja das Problem.«

»Haben Sie vielleicht eine bessere Idee?«

»Rufen Sie die Bullen. Sie haben doch bestimmt alle möglichen Kontakte. Die werden doch wohl ein Panzerfahrzeug aufspüren können.«

Farrell zuckte zusammen. »Das würde ich lieber nicht tun.«

»Warum? Die Bullen wissen doch sicher, dass Sie solche Karren haben, oder?«

»Schon, aber ich möchte nicht, dass sie allzu genau nachsehen.«

»Warum? Sind die Dinger geklaut?«

»Nein.«

»Illegale Bewaffnung?«

»Nein, nichts dergleichen.« Farrells Blick glitt über ein zerschrammtes, von Rost angenagtes Schiff. Gerade stieg ein schick gekleideter bronzefarbener Roboter die Rampe hinauf, der sich verstohlen umblickte, als führte er nichts Gutes im Schilde.

»Warum also …?«, begann Terry.

»Ich habe die fälligen Steuern noch nicht bezahlt«, fiel ihm Farrell ins Wort.

Terry starrte ihn fassungslos an. »Sie sind ja wohl bekloppt! Die werden …«

»Das war er!«, rief Farrell. »Halt! Fahren Sie zurück!«

Die Limousine bremste scharf und setzte zurück.

»Da«, sagte Farrell. Er zeigte auf den rostigen Frachter. »Ich habe gerade Spacejocks Roboter gesehen. Er trägt jetzt ein Dinnerjacket und hat sich schick herausgeputzt.«

»Tatsächlich?« Terry starrte Farrell zweifelnd an. »Es war ein langer Tag, Boss. Sie glauben doch nicht wirklich …«

»Ich weiß, was ich gesehen habe, verdammt noch mal!«, fauchte Farrell gereizt.

»Es kann aber unmöglich der Roboter gewesen sein. Sie haben ihn schließlich in einem See versenkt.«

»Dann wird er eben wieder irgendwie rausgekrochen sein, oder? Und erkennen Sie das Schiff eigentlich gar nicht wieder?«

Terry sah genauer hin. »Hey, das ist ja wirklich Spacejocks Schrotthaufen.«

»Natürlich. Oder haben Sie gedacht, das Ding wäre hierher

teleportiert?« Farrell blickte Terry in die Augen. »Ihr kleiner Zauberkasten hat wohl nicht so richtig funktioniert.«

»Wie es aussieht, hat er ja auch keinen Hyperraumsprung gemacht. Das Ding funktioniert immer nur, wenn jemand springt.«

Farrell ließ sich tiefer in seinen Sitz sinken. »Spacejock muss sich irgendwo hier versteckt halten. Er wird den Roboter vorausgeschickt haben, um das Schiff startklar zu machen.«

»Und wo ist die *Volante?*«

»Wahrscheinlich auf der anderen Seite des Planeten. Ist doch offensichtlich, was Spacejock vorhat. Seine Handlanger haben mein Schiff samt Ladung irgendwo versteckt, wo niemand nach ihnen sucht, und jetzt holt er sein eigenes Schiff ab, um sich mit ihnen zu treffen und die Kisten wieder an Bord zu nehmen. Sie werden die *Volante* zurücklassen und diesen Schrotthaufen benutzen, um Jerlings Roboterteile abzuliefern.«

Terry musterte Farrell voller Respekt. »Sie haben die Typen wirklich genau durchschaut, Boss.«

»Kein Grund, so überrascht zu sein. Spacejock ist nicht gerade eine Intelligenzbestie.«

»Nein, aber das kann man auch nicht für ...« Farrells kalter Blick ließ Terry verstummen. »Also, was machen wir jetzt?«

»Der Roboter macht das Schiff startklar.« Farrell warf einen Blick durch das Seitenfenster. »Spacejock muss sich irgendwo ganz in der Nähe rumschleichen. Wir schnappen ihn uns, wenn er versucht, an Bord zu gelangen.«

»Was, wenn er uns entwischt? Wir können ihn schließlich nicht mit der Limo verfolgen.«

»Stimmt.«

»Und wenn wir ihn und seinen Roboter abknallen, werden wir nie herausfinden, wo die Kisten versteckt sind. Wenn seine Kumpel dann hören, was passiert ist, werden sie sich mit der *Volante* aus dem Staub machen.«

»Was für rosige Aussichten.«

»Ihr Bruder wird ziemlich angefressen sein, wenn Sie sein Schiff verlieren.«

»Überlassen Sie Gordon nur mir.« Plötzlich hellte sich Farrells finstere Miene auf. »Das ist es! Er wollte, dass ich seinen Gleiter abhole!«

»Sollten Sie sich nicht zuerst um die verschwundene Ladung kümmern?«

»Sie verstehen nicht. Gordons Gleiter steht hier auf dem Raumhafen. Er hat ihn hier warten lassen. Damit können wir Spacejocks Schiff folgen!«

In diesem Moment blitzten die Landescheinwerfer der *Schwarzen Möwe* dreimal auf. Gleich darauf ertönte ein lautes Grollen.

»Er hebt ab!«, rief Terry, als das Grollen immer stärker anschwoll.

»Das kommt nicht von dem Raumschiff«, erwiderte Farrell. »Es kommt von ...« Er drehte sich genau in dem Augenblick um, als das Panzerfahrzeug die Limousine seitlich rammte und umwarf. Der schwarze Wagen rollte mehrmals um seine Längsachse. Farrell und Terry wurden darin herumgeschleudert wie ein Paar nasser Socken in der Trommel einer Waschmaschine. Er war kaum wieder zum Stillstand gekommen, da bohrte sich das zurücksetzende Heck des Panzerfahrzeugs in ihn.

*

Die *Schwarze Möwe* befand sich bereits in der Luft, noch bevor Hal das Cockpit erreicht hatte. Er ließ sich in einen Sessel fallen, während das Schiff scharf wendete, bis seine Nase in die Richtung von Jerlings Fabrik auf der anderen Seite des Planeten zeigte. Dann beschleunigte es und schoss über das Landefeld hinweg.

»Ich habe sie erwischt, Klunk!«, rief er triumphierend. »Das hättest du sehen müssen!« Er schlug eine Faust in die geöffnete Hand. »Rumms!«

»Das war sehr gefährlich«, erwiderte Klunk streng. »Sie hätten dabei jemanden verletzen können.«

»Ihnen ist nichts passiert«, beruhigte Hal den Roboter. »Ich habe gesehen, wie sie wütend die Fäuste geschüttelt haben.« Er klopfte ihm auf die Schultern. »Wir haben es geschafft, Klunk!« Übergangslos wurde sein Gesicht wieder ernst. »Vorausgesetzt, deine beiden Roboter tauchen wie abgemacht bei Jerling auf.«

»Es sind nicht meine Roboter, Mr. Spacejock«, stellte Klunk richtig. »*Sie* waren es, der sie mitgebracht hat.«

»Aber du hast sie aus dem Laden entkommen lassen, oder? Und du hast ihnen die *Volante* übergeben.«

»Sie werden da sein«, versicherte Klunk.

»Wenn nicht, wird Jerling dich in deine Einzelteile zerlegen lassen.«

Der Roboter ließ den Kopf sinken. »Dieses Schicksal steht mir ...«

Ein Piepton aus der Instrumentenkonsole unterbrach ihn. »Ein Fahrzeug nähert sich von achtern«, meldete der Navcom. »Entfernung 300 Meter.«

»Vermutlich nur der übliche Verkehr«, meinte Hal.

Klunk blickte von den Anzeigen auf. »Das Fahrzeug befindet sich direkt hinter uns, Mr. Spacejock. Und es kommt schnell näher.«

»Das hat nichts zu bedeuten.«

»Es folgt uns mit gleich bleibendem Abstand.«

»Schon gut, schon gut!« Hal hob eine Hand. »Ich werde nachschauen, wenn dich das glücklich macht.«

»Monitor drei.«

Einer der Bildschirme erhellte sich und zeigte einen verwaschenen Klecks. Der Anblick entlockte Hal ein Lachen. »Oh, wie beängstigend«, spottete er.

»Sie fliegen so dicht hinter uns, dass unsere heißen Abgase die Aufnahme beeinträchtigen«, erklärte Klunk. Er legte das

Schiff in eine Kurve, und sofort wurde das Bild scharf. Hal erkannte einen schlanken schnellen Gleiter, der sich dem Kurs der *Möwe* anpasste. Die Kamera zoomte das Bild näher heran, bis Terry und Farrell im Cockpit des Gleiters sichtbar wurden.

»Nicht schon wieder die beiden Spaßvögel!«, stieß Hal hervor. »Tritt auf die Bremse, Klunk, vielleicht knallen sie dann in unser Heck!«

»Das wird nicht funktionieren. Dieser kleine Flieger ist sehr viel leichter und beweglicher als unser Schiff.«

»Worüber machen wir uns überhaupt Sorgen? Sie können uns mit dem kleinen Ding schließlich nicht rammen oder abdrängen.«

Klunk behielt den Bildschirm im Auge. »Sie machen irgendetwas.«

»Häh?« Hal sah ebenfalls genauer hin. Farrell steuerte den Gleiter, während Terry, der neben ihm saß, einen länglichen schwarzen Gegenstand aus einem innen gepolsterten Handkoffer zog.

»Was will er denn mit einem Teleskop anstellen?«, murmelte Hal verblüfft. »Uns zu Tode starren?«

»Das ist kein Teleskop, Mr. Spacejock«, erwiderte Klunk mit ernster Stimme. »Es ist eine Photonenkanone.«

»Panzerfahrzeuge, Photonenkanonen ...«, stöhnte Hal. »Was kommt als Nächstes? Lasergeschütze, die uns aus dem Orbit ins Visier nehmen?«

Klunk gelang es irgendwie, die Lippen zu schürzen, obwohl sie aus steifem Stahlplast bestanden. »Mir kommt da eine Idee«, sagte er langsam.

»Na, großartig«, erwiderte Hal. »Mach schon, lass hören. Ich hatte schon seit Ewigkeiten nichts mehr zu lachen.«

»Wir müssen schnell runter in den Frachtraum!«

*

Der Triebwerkslärm der *Schwarzen Möwe* dröhnte durch das Verdeck des Gleiters. Farrell hatte alle Hände voll damit zu tun, den von den Turbulenzen heftig durchgeschüttelten kleinen Flieger auf Kurs zu halten.

»Sie müssen uns entdeckt haben«, sagte er, als die *Möwe* begann, in Schlangenlinien zu fliegen. Er drückte den Steuerknüppel etwas vor, um unter den Strom der fauchenden Abgase aus den Düsen des Frachters zu sinken. »Jetzt werden sie uns nie zur *Volante* führen.«

Neben ihm war Terry damit beschäftigt, die Photonenkanone zusammenzusetzen. Er schob den Lauf in den kompakten Schaft, legte die Waffe beiseite und zog eine Klemmvorrichtung mit einem Drehteller an der Oberseite aus dem Taschenkoffer.

»Vorsicht mit den Sitzbezügen«, warnte Farrell. »Gordon liebt diese Kiste.«

Terry ließ die Seitenscheibe heruntergleiten, führte die Klemmbacken über den Fensterholm und drehte an einer kleinen Kurbel. Das Klemmstativ gab einen gedämpften Knall von sich, und aus seiner Unterseite schoss ein Ankerbolzen hervor, der sich in den Türrahmen bohrte.

Farrell starrte den anderen sprachlos an.

»Tut mir leid, Boss«, sagte Terry ungerührt. »Diese Dinger benötigen nun mal eine stabile Halterung.« Er montierte die Kanone auf dem Drehteller, entnahm dem Handkoffer einen länglichen Energiespeicher und führte ihn in den Ladeschlitz der Waffe. Nachdem er sie ein paarmal auf ihrem Teller hatte herumschwingen lassen, schob er die Schutzabdeckung über dem Sicherungsschalter beiseite und legte ihn um. Im Schaft der Waffe leuchteten mehrere rote Lämpchen auf. Er deutete auf die *Schwarze Möwe.* »Halten Sie den Kurs so, dass das Schiff auf dieser Seite bleibt. Ich werde zuerst das Backbordtriebwerk ausknipsen.«

»Stürzen sie dann nicht ab?«

»Nein. Diese Frachter können auch mit einem Triebwerk landen.«

Farrell zog den Steuerknüppel nach rechts und steuerte den Gleiter so, dass sich die *Schwarze Möwe* direkt vor Terrys schussbereiter Kanone befand. Plötzlich schwangen die Torflügel im Heck des Frachters auf. »Was treiben die denn da?«, murmelte er.

»Behalten Sie sie im Auge«, erwiderte Terry. »Dieser Spacejock ist ein einfallsreicher Bastard.«

In der Heckschleuse des Frachthangars tauchten zwei Gestalten auf. Farrell kniff die Augen zusammen. Eine der Gestalten stolperte vor und wurde im letzten Moment von der zweiten am Rücken ihrer Fliegermontur gepackt und zurückgezerrt.

»Wenn der Typ aus dem Hangar fällt, wird er Ihnen keine Fragen mehr beantworten können«, sagte Terry. Er deutete auf seine Kanone. »Was soll ich machen?«

Farrell warf einen Blick in die Tiefe. Sie glitten über mehrere Häuser hinweg. »Irgendjemand könnte uns beobachten. Wir folgen ihnen erst mal weiter und warten.«

*

Am Rand der Frachtluke versuchte Klunk, Hal seinen Plan zu erklären.

»Wir werfen Sachen auf sie.« Er musste laut sprechen, um den Lärm der Triebwerke zu übertönen. »Irgendein Metallteil, das in die Luftansaugschlitze ihrer Turbine gerät, würde schon reichen.«

Hal starrte den Roboter ungläubig an. »Hast du mich tatsächlich hier heruntergeschleppt, um eine Runde Donkey Kong zu spielen?«

»Eine Runde ... was?«

»Du bist wirklich unglaublich!«, rief Hal. »Du willst ein Stück Metall aus 300 Metern Entfernung in die Luftansaugschlitze eines fliegenden Gleiters werfen? Das ist völlig unmöglich!«

Klunk breitete die Arme aus. »Tut mir leid, Mr. Spacejock, aber das ist die einzige Idee, die mir eingefallen ist.«

»Und die blöd genug ist, um aus einem Actionfilm stammen zu können. Außerdem haben wir hier sowie keine Metallteile. Du hast bereits alles, was nicht niet- und nagelfest war, auf Seraph aus dem Schiff geworfen, wie du dich vielleicht erinnerst.«

Klunk klopfte auf einen der beiden hydraulischen Kolben, die neben der offenen Heckluke von der Decke herabbaumelten. »Diese Kolben haben die Rampe bedient. Also brauchen Sie sie nicht mehr.«

»Ich werde sie wieder brauchen, sobald ich mir meine Rampe zurückgeholt habe.«

»Sie werden keine Rampe mehr brauchen, wenn Farrell und Terry das Feuer eröffnen.«

Hal warf einen Blick auf den schräg unter ihnen fliegenden Gleiter. Er konnte die Gesichter der beiden Männer hinter der Windschutzscheibe erkennen, die zu ihnen hinaufstarrten. »Also gut, versuchen wir es«, sagte er. »Aber ich darf anfangen.«

*

»Die werfen irgendwelche Sachen auf uns!«, schrie Terry auf, als etwas Dunkles knapp am Verdeck des Gleiters vorbeihuschte.

Farrell spähte in die Tiefe. »Da vorne kommt ein Wald. Halten Sie sich bereit, das Feuer zu eröffnen.« Er riss den Gleiter zur Seite, als mehrere undefinierbare Gegenstände dicht hintereinander aus dem Hangar der *Schwarzen Möwe* geflogen kamen. Die Objekte rasten in einem flachen Bogen auf den Gleiter zu und segelten dann harmlos an ihnen vorbei.

*

Klunk ergriff ein verchromtes Rohr, in dessen Ende ein Bolzen steckte. »Das ist unser letztes Teil, Mr. Spacejock«, sagte er.

»Dann gib es mir«, verlangte Hal.

»Meine Zielgenauigkeit ist größer als Ihre.«

»Du hast den Gleiter nicht einmal auch nur annähernd getroffen! Und das, obwohl du mehr Versuche als ich hattest.«

Klunk zeigte schräg hinter sich in den Frachthangar. »Vielleicht können Sie ja das da werfen.«

Hal drehte sich um, konnte jedoch nirgendwo mehr irgendeinen losen Gegenstand entdecken. Als er sich wieder umwandte, hatte Klunk das Rohr bereits geworfen. »Du mieser Betrüger!«, fauchte er und sah zu, wie das verchromte Rohr an dem Gleiter vorbeisegelte. »Und ein mieser Werfer bist du obendrein auch noch dazu!«

»Sie könnten es ja noch mal damit versuchen, sich selbst auf den Gleiter zu stürzen«, erwiderte Klunk beleidigt. »Und diesmal, das verspreche ich Ihnen, halte ich Sie nicht mehr fest.«

»Offenbar bleibt mir gar nichts anderes übrig.« Hal deutete auf den nackten Rahmen der Heckluke und den leeren Hangar. »Uns ist die Munition ausgegangen.«

»Die hat sowieso nichts getaugt«, sagte Klunk. »Durch ihre unregelmäßige Form ist es unmöglich zu errechnen, welche Flugbahn ...« Er verstummte mitten im Satz, als eine Reihe greller Blitze den Hangar erhellte. »Runter! Sie schießen!«

Der *Schwarze Möwe* sackte ruckartig ab, und die Salve aus der Photonenkanone zuckte harmlos vorbei. »Guter alter Navcom!«, rief Hal.

»Sie meinen das Ausweichmanöver?«

»Das war wohl mehr ein Selbsterhaltungsinstinkt.« Hal spähte aus der Heckschleuse hinaus. Der Gleiter schwenkte gerade wieder zurück in seine alte Schussposition. »Wir können doch nicht einfach tatenlos zusehen, wie die uns abknallen«, murmelte er.

»Schade, dass wir keine Kanone haben«, meinte Klunk.

»Kanone, Kanonenkugeln ...« Hal starrte den Roboter an. »Meine Bälle!«

Klunk wirkte peinlich berührt. »Wie bitte?«

»Meine Bälle!«, wiederholte Hal, wirbelte herum und rannte los. Er hechtete durch die Innenschleuse, hastete den Gang entlang bis zur Kombüse und trat die Tür ein. Dann riss er den Gefrierschrank auf und tastete darin herum, bis sich seine Finger um eine gefrorene Kugel schlossen. Er schwenkte den Fleischball vor der Deckenkamera herum. »Wo ist der Rest davon?«, fragte er.

»In den Gefrierfächern fünf und sechs«, erwiderte der Navcom.

Hal bückte sich, riss die Schubfächer heraus und wedelte den aufsteigenden Nebel fort, der ihm einen Moment lang die Sicht nahm. In den Fächern lagen zwei weiße Pappkartons. Hal stapelte sie übereinander, eilte damit in den Hangar zurück und präsentierte sie Klunk. »Fleischbälle«, keuchte er.

»Dies ist schon ein merkwürdiger Moment, um an Ihren Magen zu denken«, stellte der Roboter fest.

»Ich will die verdammten Dinger ja nicht essen«, erwiderte Hal hastig. Er knallte die Kartons auf den Boden, riss den Deckel des ersten auf, zog einen der gefrorenen Fleischklumpen daraus hervor und näherte sich damit der Heckschleuse. Dann holte er weit aus, visierte den Gleiter an und warf den Brocken.

»Da war mein Versuch mit dem Rohr ja noch besser«, bemerkte Klunk, während er neben Hal in Wurfposition ging, in jeder Hand einen Fleischball.

»Das war auch nicht viel besser«, kommentierte Hal, als er sah, wie Klunks Geschosse ihr Ziel weit verfehlten. »Hol mir noch ein paar.«

Klunk ergriff einen der Kartons und wollte damit zu Hal zurückkehren, als das Schiff einer weiteren Salve aus der Photonenkanone mit einem so wilden Schlingern auswich, dass er das Gleichgewicht verlor. Der Karton fiel zu Boden, platzte auf, und ein halbes Dutzend der Fleischbällchen rollten an Hal vorbei und durch die Heckschleuse hinaus.

Die Fleischbällchen fächerten sich wie die Bleikugeln einer Schrotpatrone in Zeitlupe in der verwirbelten Luft auf. Bevor Farrell reagieren konnte, klatschten mehrere der schweren Brocken gegen den Gleiter, ließen das Plexiglasverdeck splittern, schlugen Löcher in die Karosserie und beschädigten die Luftansaugschlitze. Aus dem Motor ertönte ein furchtbares Krachen und Knirschen, und die Schubdüsen spien schwarze Rauchwolken aus.

»Yee-hah!«, stieß Hal mit voller Lautstärke hervor, hüpfte begeistert auf und ab und schwenkte die Arme. »Das war's für euch!«

Der Gleiter fiel zurück, zog einen langen Rauchschweif hinter sich her und verlor rapide an Höhe. Klunk krallte eine Hand von hinten in Hals Fliegermontur, als der sich weit vorbeugte, um nicht einen Augenblick des Dramas zu verpassen.

Der Gleiter raste schlingernd und taumelnd dem Boden entgegen, schlug in einem flachen Winkel auf, hüpfte noch einmal wie ein Kiesel auf einer glatten Wasseroberfläche in die Höhe und kam schließlich in einem dichten Gestrüpp zum Stillstand.

»Guter Schuss, Klunk!«, rief Hal und schlug dem Roboter kräftig auf die Schultern.

Klunk starrte in die Tiefe. »Ich hoffe, den beiden ist nichts passiert, Mr. Spacejock.«

»Das werden wir schon bald wissen«, erwiderte Hal. Er griff nach dem Mikrofon der Gegensprechanlage. »Navcom, mach eine Kehrtwendung und flieg einmal dicht über das Wrack hinweg.«

»Verstanden.«

Die Triebwerke dröhnten kurz auf, als die *Schwarze Möwe* scharf wendete, das Tempo drosselte und den Sinkflug einleitete, bis sie nur noch mit absoluter Minimalgeschwindigkeit flog. Hal legte sich flach auf den Boden, schob den Kopf zur Heckluke hinaus und spähte in die Tiefe.

Das Verdeck des Gleiters war zur Seite geklappt worden. Die beiden Männer kletterten gerade aus der Kabine und brachten sich vor den aufzüngelnden Flammen und dem dichten Qualm in Sicherheit. Sie blickten in die Höhe, als die Möwe rund hundert Meter über ihren Köpfen in den Schwebemodus ging.

»Gib mir noch einen Fleischball«, sagte Hal.

»Nein, Mr. Spacejock.«

»Mach schon!«, drängte Hal. »Von hier aus bieten sie ein leichtes Ziel!«

»Nein«, wiederholte der Roboter mit fester Stimme. »Ich habe eine bessere Idee.«

*

»Das werde ich nie vergessen«, sagte Hal, während er sich eine Träne aus dem Augenwinkel wischte. »Das war brillant, Klunk. Wirklich brillant!«

Klunk lächelte bescheiden. »Es hat die erwünschte Wirkung erzielt, ohne dass jemand verletzt wurde.«

Die Erinnerung an Farrells und Terrys entsetzte Gesichter, als Klunk den Schmutzwassertank der *Schwarzen Möwe* über ihnen entleert hatte, ließ Hal erneut losprusten. »Und was ist mit ihrem Stolz?«

»Oh, ich denke, den haben wir verletzt.« Klunks Lächeln erlosch. »Es ist natürlich illegal, Fäkalien im Flug zu entsorgen.«

»Shit happens«, kicherte Hal.

Aus den Lautsprechern drang ein Glockenton. »Wir nähern uns dem Ziel«, meldete der Navcom. Dem melodischen Glockenton folgte ein Klingeln. »Ein Anruf für Sie.«

»Okay, stell ihn durch.«

Ein Monitor flackerte und zeigte Jerlings Gesicht. »Mr. Spacejock, wie mir gerade mitgeteilt wurde, befinden Sie sich im Landeanflug.«

»Das ist richtig.«

»Wir treffen uns auf Abschnitt drei. Versuchen Sie, nicht auf meinen Lastwagen zu landen.«

»Ist schon so gut wie erledigt, Mr. Jerling.« Der Bildschirm wurde dunkel, und Hal rieb sich die Hände. »Zahltag, Klunk. Hey, was wird Jerling wohl sagen, wenn er dich sieht?«

Klunks Mundwinkel sanken herab. »Ich habe keine Ahnung.«

»Kopf hoch«, munterte Hal den Roboter auf. »Es wird sich schon irgendjemand finden, der dich wieder nach Seraph bringt.«

»Ich weiß«, sagte Klunk leise.

»Du wirst auf dieser Akademie so richtig einschlagen. Jerling wird stolz auf dich sein, wart's nur ab.«

»Mr. Spacejock ...«, begann Klunk.

Das Dröhnen der Triebwerke wurde lauter, und die Reisegeschwindigkeit der *Möwe* verringerte sich rapide. Hal fühlte, wie sich sein Magen umstülpte, als sie dem Boden entgegenfielen.

»Bitte während des Landeanflugs die Sitzplätze einnehmen«, sagte der Navcom.

Als der Triebwerkslärm weiter anschwoll, umklammerte Hal die Armlehnen seines Sitzes.

»Fünf Meter.«

Hal warf einen Blick zu Klunk hinüber, der mit einem niedergeschlagenen Gesichtsausdruck mitten auf der Kommandobrücke stand. »Du solltest dich lieber irgendwo festhalten«, warnte er.

Klunk zuckte die Achseln. »Warum sollte ich mir die Mühe machen?«

»Bodenberührung steht unmittelbar bevor«, sagte der Navcom.

Hals Kopf wippte, als das Schiff aufsetzte.

Das Motorengeräusch sank zu einem leisen Brummen herab. »Landung erfolgreich«, verkündete der Navcom. »Ortszeit 8.22 Uhr.«

Hal stand auf, öffnete das Innenschott und betrat die Luftschleuse. Ein kalter Windstoß fegte herein, als sich das Außenschott öffnete. Die Ausstiegsplattform schob sich mit einem leisen Surren der unsichtbaren Motoren aus dem Rumpf. Hal entdeckte drei große pechschwarze Lastwagen mit der Aufschrift »Jerling Enterprises« vor der Landeplattform. Jenseits des Flugfeldes erhob sich ein hohes Gebäude. Plötzlich flog die Tür eines baufälligen Bürocontainers ganz in der Nähe auf, und Jerling trabte auf das Schiff zu, dicke Schwaden von Zigarrenqualm hinter sich herziehend.

Hal hob grüßend eine Hand. »Morgen!«, rief er.

Jerling erreichte den Fuß der Rampe und blickte auf. »Keinen Moment zu früh«, sagte er atemlos. »Meine Fabrikbelegschaft erscheint gerade zur Morgenschicht.«

Hal trat einen Schritt beiseite, um Jerling Platz zu machen, und folgte ihm dann in die Kommandozentrale. Der korpulente Geschäftsmann blieb vor der Steuerkonsole stehen und sah sich überrascht um. »Die Kiste ist aber ziemlich alt, nicht wahr?«

»Robust wie ein Felsblock«, versicherte Hal.

»Ich verlasse mich auf Ihr Wort«, sagte Jerling und musterte

Hal erwartungsvoll. »Könnten Sie jetzt das Hangartor öffnen? Meine Leute stehen schon bereit, um die Fracht auszuladen.«

Hal starrte Jerling erschrocken an. »Ist der Frachter denn noch nicht angekommen?«, fragte er.

Jerling erwiderte den Blick verständnislos. »Der Frachter?«, fragte er zurück. »Was für ein Frachter?«

Kapitel 30

»Deine Blechkumpel haben sich mit dem Schiff verpisst!«, schrie Hal und stieß einen Finger wie ein Messer in Klunks Richtung. »Und du hast ihnen vertraut!«

»Mr. Spacejock ...«

»Ihr verdammten Roboter seid doch alle gleich!«

»Sie haben mir ihr Wort gegeben«, sagte Klunk leise.

»Sie waren auf der Flucht, Klunk! Zwei Flüchtlinge!« Hal deutete mit dem Daumen himmelwärts. »Wahrscheinlich haben sie irgendwo aufgetankt und sind weiter zum nächsten Planeten geflogen.«

Klunks Augen flackerten. »Sie würden hier sein, haben sie gesagt.«

»Ach, wirklich? Und wo sind sie jetzt?«

»Vielleicht habe ich ihnen das falsche Programm überspielt. Vielleicht sind sie abgestürzt.«

»Vielleicht sind sie aber auch schon durch die halbe Galaxis geflogen!«, fauchte Hal.

Jerling hüstelte. »Mr. Spacejock, wären Sie vielleicht so freundlich, mir Ihre ungeteilte Aufmerksamkeit zu schenken?«

Hal starrte ihn finster an. »Was wollen Sie?«

»Habe ich das gerade richtig verstanden? Meine Ladung befindet sich nicht auf Ihrem Schiff?«

Hal zeigte mit einer abgehackten Handbewegung auf Klunk. »Seine Kameraden sind mit den Kisten abgehauen. Wie ich Ihnen bereits früher zu erklären versucht habe, waren da diese Männer ...«

»Sie haben es verbockt, Spacejock!«, fiel ihm Jerling ins Wort.

»Dafür werden meine Anwälte Sie bis aufs Blut ausquetschen!« Er warf den Zigarrenstumpen in den Zugangsschacht und stampfte zur Luftschleuse. »Ich erwarte dich in meinem Büro, Klunk.«

Nachdem die Schleusentür hinter ihm zugefallen war, streckte Klunk Hal eine Hand entgegen. »Ich bedaure, dass es so enden musste, Mr. Spacejock. Es war mir ein Vergnügen, mit Ihnen zusammenarbeiten zu dürfen.«

Hal starrte die Hand des Roboters an, wandte ihm stumm den Rücken zu und trat an den Getränkespender. Er griff nach seinem Becher, hielt ihn unter den Zapfhahn und drückte auf den Startknopf.

»Vorräte erschöpft«, meldete der Navcom knapp.

Hal schloss die Augen. Er hatte das Gefühl, als täte sich unter seinen Füßen ein Schwarzes Loch auf. Es war ein bodenloser Abgrund ohne irgendeinen Ausgang, und während er ihn hinabstürzte, sah er immer wieder die gleichen Gesichter an sich vorbeiziehen, die ihn hämisch angrinsten: Vurdi und Brutus, Farrell und Terry, Jerling, Hafenmeister Linten und dessen Assistent Rent. Und wie eine Projektion auf der Wand des Schwarzen Loches starrte ihn das ausgebrannte Gesicht des Wartungsroboters anklagend an.

»Mr. Spacejock?«

Hal öffnete die Augen, drehte sich um und sah, dass Klunk ihm einen Fünf-Kredite-Chip hinhielt. Er starrte ihn einige Sekunden lang an und blickte dann in das sorgenvolle Gesicht des Roboters. »Ist schon in Ordnung«, sagte er schroff. »Behalt es.«

»Bitte. Ich werde damit nichts mehr anfangen können.«

»Was meinst du damit?«

Klunk schluckte mühsam. »Jerling wird mich ausschlachten lassen.«

*

Hal schoss wie ein Blitz aus der Luftschleuse der *Schwarzen Möwe* hervor. »Sie mörderischer Bastard!«, brüllte er.

Jerling drehte sich am Fuß der Rampe um. »Was glauben Sie, mit wem Sie reden?«

»Mit Ihnen, Sie kaltblütiger Killer! Wie können Sie nur Klunk für diesen ganzen Mist verantwortlich machen? Es war meine Schuld, dass die Ladung verschwunden ist!«

Jerling schritt langsam wieder die Rampe empor. »Mr. Spacejock, wovon reden Sie da?«

Hal deutete empört auf die Luftschleuse hinter sich. »Klunk hat mir gerade erzählt, dass Sie ihn verschrotten lassen werden.«

»Stimmt. Sie haben ihn ja schließlich mit nach Seraph genommen.«

»Was hat das denn jetzt damit zu tun?«

»Da befindet sich nun mal der Schrottplatz.«

Hal schüttelte den Kopf. »Klunk ist wegen einer Fortbildung für Piloten nach Seraph geflogen. Zu einem Institut namens Incubators oder so. Das hat er aus der Datenbank der *Möwe* erfahren.«

Klunk tauchte in der Schleuse hinter ihm auf. »Ich fürchte, die Verwechslung ist meine Schuld, Mr. Spacejock. Mir war nicht klar, dass die Angaben Ihrer Datenbank veraltet sind. Ich habe erst auf Seraph erfahren, dass Mullers Sohn die Fabrik seines Vaters inzwischen in ein Recyclingzentrum verwandelt hatte.«

»Warum hast du denn nie ein Wort darüber verloren, du Clown?«, wollte Hal wissen. »Ich hätte dich da raushauen können!« Er musterte Jerling mit gerunzelter Stirn. »Und warum wollen Sie ihn überhaupt verschrotten lassen? Er ist nützlicher als die meisten Menschen.«

»Ich könnte es Ihnen zwar erklären, aber ich bin mir sicher, dass Sie es nicht verstehen würden.«

Hal verschränkte die Arme vor der Brust. »Stellen Sie mich auf die Probe.«

»In Kurzform: Je länger Sie Inventar behalten, desto teurer wird seine Instandhaltung. Neues Inventar beinhaltet eine Garantiefrist, und dann sind da natürlich noch etliche Steuervorteile.«

»Also läuft alles letztendlich auf Geld hinaus, richtig?«

Jerling breitete die Arme aus. »Ich habe die Steuergesetze nicht gemacht, Mr. Spacejock, und es gibt nun mal keine unbefristete Garantie.«

»Wozu dann die ganze Verschleierung? Warum haben Sie Klunk nicht gesagt, dass er verschrottet werden soll?«

»Klunk so lange wie möglich im Dunklen über seine Zukunft zu lassen, war humaner, als ihm bereits Wochen im Voraus zu verraten, welches Schicksal ihn erwartet. Würden Sie mir da nicht zustimmen?«

»Nun, also ... ich ...«

»Und man hat schon von Robotern gehört, die weglaufen, wenn sich die Zeit, in der sie von Nutzen sind, dem Ende zuneigt.«

»Sie wollen damit also sagen, dass Klunk keinerlei Nutzen mehr für Sie besitzt?«

Walter Jerling seufzte. »So sehr es mich auch schmerzt, es auszusprechen, ja, so ist es.«

»In Ordnung«, sagte Hal. »Dann werde ich ihn Ihnen abkaufen.«

Jerling lachte. »Sie könnten mir nicht einmal einen Kaffee kaufen.«

»Ich könnte einen anderen Auftrag für Sie übernehmen.«

»Sie haben ja nicht einmal den ersten erledigt.«

»Ich werde ...«

»Sie sind da«, sagte Klunk plötzlich.

Hal sah ihn verständnislos an. »Was?«

»Die Ladung!«, rief Klunk und deutete über das Flugfeld. »Da sind sie!«

Hals Blick wanderte auf die andere Seite des Flugfeldes, wo gerade ein unverwechselbarer weißer Lastwagen durch das Zauntor gewunken wurde. Als das Fahrzeug auf die *Schwarze Möwe* zurollte, schob Clyde den Kopf aus der zerstörten Fahrerkabine hervor und winkte. »Sie sind hier!«, schrie Hal begeistert. »Ich habe ja immer gewusst, dass sie kommen würden!«

Klunk starrte ihn an. »Haben Sie nicht! Sie haben gesagt ...«

Doch Hal rannte bereits dem Lastwagen entgegen. »Wo zur Hölle seid ihr gewesen?«, keuchte er, als Clyde anhielt und den Motor ausschaltete.

»Wir mussten früher landen, weil dem Schiff der Treibstoff ausgegangen ist«, erklärte Clyde. »Und dann mussten wir den Wagen noch aus dem Hangar befreien.«

Klunk kam herbeigeeilt. »Ich freue mich, euch beide zu sehen«, sagte er. »Mr. Spacejock dachte schon ...«

»Yeah, es ist wirklich großartig, euch zu sehen«, fiel ihm Hal ins Wort. Er öffnete die verbeulte Fahrertür. »Los, ihr könnt mir mit dem Ausladen der Kisten helfen.«

Die Roboter stiegen aus. »Hören S-Sie«, sagte Albion. »Verlieren Sie k-kein Wort vor Mr. Jerling über uns. Wir kehren in das Robotergeschäft zu-zurück.«

Klunk starrte die beiden Roboter verwirrt an. »Und was ist aus dem Plan geworden, Handel zu treiben und die Galaxis zu erforschen?«

»Wir sind nicht für ein Leben im Weltraum geschaffen«, erwiderte Clyde. »Das Schiff zu fliegen, war die beängstigendste Erfahrung, die wir jemals gemacht haben, und dabei sind wir nicht einmal bis in den Orbit gekommen.«

»Die Realität war n-nicht so schön wie der Traum«, fügte Albion hinzu. »Tatsächlich w-war sie sogar sehr viel sch-schlimmer.«

»Wie ihr meint«, sagte Klunk. »Dann viel Glück für euch zwei.«

»Yeah, passt auf euch auf«, schloss sich ihm Hal an.

Die Roboter eilten bereits davon, als Hal auffiel, dass er etwas vergessen hatte. »Hey!«, rief er. »Ihr solltet uns doch noch beim Ausladen helfen!«

»Sie haben schon genug durchgemacht«, sagte Klunk. »Lassen Sie sie gehen.«

»Wen gehen lassen?«, erkundigte sich Jerling, der mittlerweile herangekommen war. »Wo sind diese Roboter hergekommen?«

»Das waren Helfer, die ich angeheuert habe«, sagte Hal. Er deutete auf den zerbeulten Lastwagen. »Da ist Ihre Fracht. Wo ist mein Geld?«

*

Hal blickte sich in Jerlings Büro um. Es gelang ihm kaum, seine Überraschung zu verbergen. Er hatte irgendetwas Prächtiges in der Art von Farrells Anwesen erwartet. Der Anblick, der sich ihm hier bot, war jedoch ziemlich kärglich.

Jerling bemerkte Hals verstohlene Blicke. »Hier habe ich vor vielen Jahren damit angefangen, mein Unternehmen aufzubauen, Mr. Spacejock. Im Hauptgebäude wartet ein modernes Büro auf mich, aber dort darf ich nicht rauchen.« Er deutete auf den gedrungenen Zigarrenanzünderroboter, der in einer Ecke des Raumes stand. »Hier habe ich alles, was ich brauche, und werde in Ruhe gelassen.« Er setzte sich an seinen Schreibtisch und tippte eine Reihe von Ziffern in die Tastatur des Computerterminals. Es zischte, und aus dem Fußboden wuchs ein Tresor in die Höhe. Jerling öffnete die schwere Stahltür und zog einen Stoffbeutel daraus hervor. Er entnahm ihm zwei Kredittäfelchen und schob sie Hal über den Schreibtisch zu.

Hal starrte das Geld an. »Das ist nur die Hälfte meines Honorars«, protestierte er.

»Vollkommen richtig, schließlich haben Sie mir auch nur die Hälfte der bestellten Ladung geliefert.«

Einen Moment lang wollte Hal aufbegehren, überlegte es sich dann aber anders.

Jerling schnippte mit den Fingern. »Zigarre!« Er musterte Hal, während der Roboter auf ihn zurollte. »Trotz aller dramatischen Eskapaden haben Sie gute Arbeit geleistet, Spacejock. Hätten Sie vielleicht Interesse an einem weiteren Auftrag?«

»Nein danke«, entgegnete Hal. »Auf Seraph wimmelt es von Militär.« *Und Regan würde mich wahrscheinlich auf der Stelle umbringen, wenn er mich sieht,* hätte er beinahe hinzugefügt.

»Wirklich nicht? Sie haben doch nicht etwa … äh, irgendwelche Probleme bekommen, oder?«

»Einige Dinge sind ein bisschen haarig geworden«, wiegelte Hal ab. »Nichts, was ich nicht in Ordnung bringen könnte.«

»Denken Sie darüber nach, ja? Mit der Ladung, die Sie mir gebracht haben, kann ich gerade einmal zwei Tage lang produzieren lassen, und außerdem bräuchte ich jemanden, der Klunk nach Seraph zurückbringt.«

Hal verzog angewidert das Gesicht. »Wie können Sie nach all diesen Jahren, die er Ihnen treu gedient hat, auch nur einen Gedanken daran verschwenden, ihn verschrotten zu lassen?«

Jerling zuckte die Achseln. »XG99 hat sein Nützlichkeitsdatum überschritten. Meine Buchhaltung sagt, dass er verschwinden muss.« Er breitete die Arme aus. »Sollte mir natürlich irgendjemand einen angemessenen Preis bieten …«

»Wie viel?«

Jerling betrachtete die Kredittäfelchen auf seinem Schreibtisch. »Mehr als Sie sich leisten könnten.«

Hal hob die Brauen. »Klunk ist doch bestimmt nicht so viel wert.«

»Für sein Alter befindet er sich in einer guten Verfassung«, sagte Jerling.

»Sie wollten ihn gerade noch einschmelzen lassen!«, stieß Hal hervor.

»Ich habe nicht die Absicht, ihn zu verschenken, Mr. Spacejock.«

»Ein Vorschlag: Ich zahle Ihnen die gleiche Summe, die Muller Ihnen bietet.«

»3000 Kredite. Bar auf die Hand.«

Hal starrte auf den Schreibtisch. »Ich habe nur 2000. Wären Sie damit einverstanden?«

»Tut mir leid«, sagte Walter Jerling. »Das reicht nicht.«

*

Klunk lehnte an der Außenwand des Büros und regelte die Empfindlichkeit seiner optischen Sensoren herunter, als die Sonne über dem Horizont aufstieg. Langsam erwärmten ihre Strahlen seinen verschmutzten Anzug, doch die Kälte in seinem Inneren konnten sie nicht vertreiben.

Die *Schwarze Möwe* stand nicht weit entfernt auf dem Flugfeld. Klunk starrte sehnsüchtig auf die ausgeklappte Rampe und die einladend geöffnete Luftschleuse. Er erwog einen Moment lang, sich einfach in dem Schiff zu verstecken, verwarf den Gedanken aber sofort wieder. Damit würde er Hal nur Schwierigkeiten bereiten. Sein Blick wanderte über das Flugfeld und blieb an dem Zauntor hängen. Es war mittlerweile wieder verschlossen und wurde zusätzlich von einem Posten bewacht.

Klunk fragte sich hoffnungslos, ob Regan Muller wohl so gnädig sein würde, ihn zu deaktivieren, bevor er ihn in Stücke schnitt.

*

Hal verließ Jerlings Büro mit einem grimmigen Ausdruck im Gesicht. Er blinzelte in die aufgehende Sonne und runzelte die Stirn, als er zwei Roboter entdeckte, die einen schweren Treibstoffschlauch von einem Tankwagen zum Heck seines Schiffes schleppten. Sie öffneten den Tankdeckel, sahen die große orangene Verschlusskappe und wechselten einen vielsagenden Blick.

»Auf Wiedersehen, Mr. Spacejock.«

Hal wirbelte herum. Klunk lehnte mit ausdruckslosem Gesicht an der Bürowand. »Ich dachte, ich hätte dir befohlen, mich mit Sir anzureden«, sagte er.

Klunks Mundwinkel sanken herab. »Entschuldigen Sie, Sir.«

»Das ist schon besser«, erwiderte Hal streng. »Schließlich kann ich wohl von meiner Mannschaft erwarten, korrekt angesprochen zu werden.«

»Jawohl, Sir.« Klunks Kopf ruckte hoch. »Mannschaft?«

Hal nickte. »Ich habe gerade all mein Geld verpulvert, um dich Jerlings Klauen zu entreißen ... Hey, lass das!«, rief er, als der Roboter ihn mit seiner Umarmung zu zerquetschen drohte.

Klunk ließ ihn los und trat zurück. »Mr. Spacejock, ich weiß nicht, wie ich Ihnen danken soll!«

»Du kannst dich bei den Hinchfigs bedanken. Ich hatte noch 500 Kredite von der Nummer übrig, die wir in dem Roboterladen abgezogen haben.«

»500? Ist das alles, was ich wert bin?«

Hal schüttelte den Kopf. »2500. Jerling hat auch mein gesamtes Honorar einbehalten.«

Klunks Gesicht erschlaffte. Er starrte Hal besorgt an. »Und was ist mit Vurdi? Sie haben das Geld doch gebraucht, um ihn auszahlen zu können.«

»Zum Teufel mit dem Hurensohn. Wir werden einfach abhauen.«

»Vielleicht kann ich Sie ja vor seinem Roboter beschützen.«

»Hast du jemals einen von diesen Typen gesehen, die sich Bierdosen auf der Stirn zerquetschen?«, fragte Hal. »Brutus macht das mit 100-Liter-Fässern.«

»Warum stehen wir dann immer noch hier herum?«

Fünf Minuten später saß Hal vor der Steuerkonsole der *Schwarzen Möwe* und traf die Startvorbereitungen. Klunk wuselte eifrig umher, klopfte auf störrische Anzeigen und überprüfte Messwerte. »Treibstofftanks sind voll, der Ladedruck ist in Ordnung«, meldete er. »Allerdings ist die Öltemperatur des Steuerbordaggregats etwas erhöht.«

»Klunk, wir haben die Triebwerke noch gar nicht gestartet«, sagte Hal.

»Ich führe nur einen Rundumcheck durch.«

»Tu mir einen Gefallen und sieh nach, ob die Roboter die Tankschläuche entfernt haben.«

Der Roboter deutete auf eine Anzeige. »Die Tankschläuche sind abgekoppelt.«

»Du weißt es doch besser. Also steck den Kopf zur Luftschleuse raus und überzeug dich selbst.«

Klunk salutierte und eilte zur Luftschleuse. Hal schüttelte langsam den Kopf und fragte sich, ob er möglicherweise einen Fehler gemacht hatte. »Was soll's?«, murmelte er. »Wenn er mir auf die Nerven geht, setze ich ihn einfach wieder im All aus.«

»Ein Gespräch für Sie«, sagte der Navcom, als aus der Konsole ein Klingeln ertönte.

»Auf den Schirm damit.«

Der Bildschirm flackerte. Vurdis Gesicht nahm Konturen an. »Ich hoffe für Sie, Sie haben Ihr Testament gemacht, Mr. Spacejock.«

»Es ist alles in Ordnung«, erwiderte Hal. »Jerling hat mir einen weiteren Auftrag angeboten.«

»Zu spät«, sagte Vurdi. »Brutus ist in diesem Augenblick unterwegs zu Ihnen.«

»Aber ich kann Sie bezahlen!«

»Mr. Spacejock, wollen Sie die letzten Momente Ihres Lebens wirklich mit fruchtlosen Lügen vergeuden? Haben Sie denn nichts Besseres zu tun?«

»Doch. Ich habe eine Botschaft auszurichten.«

»Eine Botschaft? Für wen denn?«

»Für Sie«, sagte Hal und zeigte ihm den ausgestreckten Mittelfinger. »Die Botschaft lautet wie folgt: Verpiss dich, du griesgrämiges Arschloch!« Er trennte die Verbindung durch einen kurzen Tastendruck und warf einen Blick über die Schulter. Klunk kehrte gerade aus der Luftschleuse zurück. »Wie würde es dir gefallen, das Schiff zu starten?«

»Ich wäre begeistert. Wohin fliegen wir denn?«

»Kennst du vielleicht irgendein gutes Versteck? Brutus ist nämlich unterwegs.«

Klunk gestikulierte in Richtung der Steuerkonsole, worauf eine Sternenkarte erschien. »Wie Sie sehen, haben wir eine ganze Galaxis vor uns, die wir erforschen können. Beachten Sie nur all die Sternensysteme innerhalb unserer Reichweite!«

»Ach ja? Blende alle aus, die hohe Landegebühren erheben.«

Ein Winken von Klunks Finger ließ alle Sterne bis auf drei erlöschen. »Gute Güte«, flüsterte er.

»Lass mich raten«, sagte Hal. »Forg, Lamira und Seraph.«

»Ein Planet davon muss doch in Frage kommen. Was ist mit Lamira?«

»Nein, danke. Dagegen hat der Hafenmeister vorgesorgt. Außerdem gibt es da sowieso keine Arbeit für uns.«

»Wir können aber nicht hier bleiben, Mr. Spacejock. Wie steht es mit Seraph?«

»Denkst du, du könntest uns an diesem Schlachtkreuzer vorbeischleusen?«

Klunk machte ein nachdenkliches Gesicht. »Ich wüsste zu gern, was er da überhaupt zu suchen hatte.« Er wandte sich an die Konsole. »Navcom, kannst du die Nachrichtenkanäle nach Berichten über Seraph IV durchforsten?«

»Befehl nicht ausführbar. Keine ausreichende Liquidität vorhanden.«

»Gib die Suchanfrage über den Proxyknoten von Jerling Enterprises auf.« Klunk schielte zu Hal hinüber. »Ich bin mir sicher, dass er nichts dagegen hat.«

»Resultate auf Monitor eins«, sagte der Navcom.

Klunk beugte sich vor, um die Berichte zu lesen. »Um Himmels willen, Mr. Spacejock. Seraph ist für den Flugverkehr gesperrt!«

»Na, großartig. Ich konnte den Planeten sowieso nicht leiden.«

»Sie verstehen nicht.« Klunk richtete sich auf. »Laut diesen Berichten finden dort zurzeit Manöver statt. Seraph ist für alle zivilen Raumschiffe gesperrt worden, um zu verhindern, dass versehentlich eins abgeschossen wird. Begreifen Sie denn nicht? Jerling war so versessen auf seine Roboterteile, dass er Sie vorsätzlich in Gefahr gebracht hat!«

Hal starrte Klunk an. »Und mir hat er gesagt, ich sollte den Zoll umgehen! Über manövrierendes Militär hat er nicht ein Wort verloren!«

»Wenn Sie das den Behörden melden, wird er große Schwierigkeiten bekommen.«

»Ich werde dafür sorgen, dass er in einem Hochsicherheitsgefängnis landet!«, grollte Hal. Er ging wütend auf der Kommandobrücke auf und ab. »Strengste Form der Bestrafung! Nur Brot und Wasser! Besonders glitschige Seife!« Er blieb stehen und schüttelte den Kopf. »Wem versuche ich, hier etwas vorzumachen? Er wird einfach eine größere Summe abdrücken und dafür sorgen, dass die Sache unter den Teppich gekehrt wird.«

»Sie meinen, uns bestechen?«

»Uns?« Hal wirkte überrascht.

»Außer uns weiß niemand von der Sache. Bis jetzt jedenfalls.«

Hal blickte den Roboter voller Bewunderung an. »Weißt du, Klunk, du bist gerissen genug, um ein Mensch sein zu können.«

»Ich werte das mal als Kompliment.«

»Warum stehen wir überhaupt noch hier herum?« Hal grinste breit. »Statten wir dem Mann doch einen Besuch ab!«

*

Jerling zündete sich gerade eine seiner Zigarren an, als Hal und Klunk sein Büro betraten. Die Zigarrenspitze glühte rot auf, als er kräftig am anderen Ende zog, und ein Rauchfaden kräuselte sich sein Gesicht empor. »Ah, Sie haben sich also doch noch entschieden, den anderen Auftrag anzunehmen«, sagte er.

»Wieder zurück nach Seraph, richtig?« Hal warf Klunk einen Blick zu. Der Roboter nickte.

»Genau«, bestätigte Jerling. »Meine Firma stellt Roboterdiener für den neuen Palast des Kaisers her. Es ist eine Ehre, für den Kaiser arbeiten zu dürfen, aber die Zeit wird allmählich knapp, und Roboterteile sind momentan eben rar.«

»Dann benötigen Sie also ganz dringend Nachschub?«, hakte Hal nach.

»Ich werde Ihr Honorar nicht erhöhen, wenn es das ist, worauf Sie hinauswollen.«

»Oh, nichts dergleichen.« Hal winkte ab. »Was ich meinte, ist, dass Sie offenbar verzweifelt genug sind, um einen unbewaffneten Frachter in ein gefährliches Kriegsgebiet zu schicken.«

Jerling wurde blass. »Häh?«

»Das dürfte interessante Schlagzeilen geben, nicht wahr? *Selbstständiger Pilot von gierigem Geschäftsmann in den Tod geschickt.*«

Jerling paffte heftig an seiner Zigarre. »Ich habe keine Ahnung, wovon Sie da reden.«

»Ach, kommen Sie schon! Da gibt es einen fiesen großen Schlachtkreuzer im Orbit von Seraph IV, der Zielschießen auf Übungsdrohnen veranstaltet. Er hätte auch mich erwischt, wenn Klunk mir nicht mit einem schlauen kleinen Programmierkunststück die Haut gerettet hätte.«

»Hören Sie, ich bin mir sicher, dass Sie das verstehen werden.« Auf Jerlings Stirn erschienen dicke Schweißperlen. »Das ist ein äußerst lukratives Geschäft, und diese Roboter müssen unbedingt rechtzeitig fertig werden. Ich weiß, es war gefährlich, aber Sie sehen doch, dass sich das Risiko gelohnt hat.« Jerling wedelte mit seiner Zigarre in der Luft herum. »Außerdem haben Sie es ja geschafft, oder?«

»Ja, ich habe es geschafft, aber dafür bin ich jetzt etwas knapp bei Kasse.«

Jerlings Augen wurden schmal. »Das ist also das Spiel, dass Sie mit mir spielen wollen!«

»Ein Spiel?«, fragte Hal. »Ihr Auftrag hätte mich umbringen können!«

»Das werden Sie nie beweisen können«, sagte Jerling.

Hal schnippte mit den Fingern.

»Ich weiß, es war gefährlich«, klang Walter Jerlings Stimme auf. *»Das werden Sie nie beweisen können«.*

Klunk beendete die Aufnahme. »Ist das so in Ordnung, Mr. Spacejock?«

Hal grinste. »Perfekt!«

Die Zigarre entglitt Jerlings Fingern und verstreute ihre Asche über den Schreibtisch. »Also gut«, keuchte er. »Was verlangen Sie?«

»Schweigegeld«, erwiderte Hal. »Fünf Riesen dürften genügen.«

»Fünf Riesen, ja?«, knurrte Jerling und tippte einen Zugangscode in seine Tastatur.

»Und noch einmal fünf für Klunk«, fügte Hal hinzu. »Er hat eine Menge durchgemacht.«

»Treiben Sie es nicht zu weit, Spacejock«, warnte Jerling. »Ich habe Freunde in hohen Positionen.« Der getarnte Tresor wuchs erneut aus dem Fußboden empor. Jerling wollte gerade eine Hand auf den Türgriff legen, als die Bürotür aufflog.

Ein Schwall nach Fäkalien stinkender Luft wehte hinein, und als sich Hal umdrehte, sah er Terry im Türrahmen stehen. Dem untersetzten Mann klebte das Haar nass am Kopf. Seine Kleidung war über und über mit dem Abwasser aus dem Tank der *Schwarzen Möwe* besudelt. Sein Anblick wäre zum Lachen gewesen, hätte er nicht eine schwere Waffe in den Händen gehalten.

»Hände hoch!«, bellte er. »Das gilt für euch alle! Den Ersten, der sich bewegt, knalle ich ab!«

Kapitel 31

Terry trat einen Schritt zur Seite, und Farrell schob sich an ihm vorbei in das Büro. Der von ihm ausgehende Kloakengestank war überwältigend. Er marschierte durch das Büro und blieb so dicht vor Hal stehen, dass sich ihre Gesichter beinahe berührten. »Gleich wirst du sterben!«, fauchte er.

Hal rümpfte die Nase. »Dem Geruch nach zu urteilen, haben Sie das bereits hinter sich.«

Farrell riss einen Blaster aus seinem Gürtel und bohrte Hal den Lauf in die Kehle. »Ich werde das wirklich genießen!«

»Boss!«, rief Terry.

»Was?«

Terry deutete mit einer ruckhaften Bewegung seines Daumens auf den Schreibtisch, vor dem Jerling gerade mit seinem Stuhl zur Seite rückte, um den Tresor zu verdecken.

Farrell grinste. »Aufmachen!«, befahl er.

»Er ist leer«, sagte Jerling mit kreidebleichem Gesicht.

Farrell richtete seinen Blaster auf ihn. »Ich werde das nicht noch einmal sagen.«

Jerling zog die Tresortür auf.

»Und jetzt zurücktreten!« Farrell warf einen Blick zu Terry hinüber. »Halten Sie die anderen beiden im Auge. Wenn sie sich bewegen, erschießen Sie sie.« Er umrundete den Schreibtisch und ließ sich vor dem Tresor in die Hocke nieder. Als er sich wieder aufrichtete, hielt er den Stoffbeutel in der Hand. Er legte den Blaster auf den Schreibtisch, öffnete den Beutel und ließ eine größere Menge Kreditplättchen durch seine Finger rieseln. »Das dürfte auf jeden Fall reichen.«

Terry räusperte sich. »Farrell, wir müssen verschwinden.«

»Stimmt.« Farrell griff nach seiner Waffe und richtete sie auf Hal. »Du da, wo ist mein Schiff?«

»Abgestürzt. Ihm ist der Sprit ausgegangen.«

»Du lügst!«

»Ich fürchte, er sagt die Wahrheit«, bestätigte Klunk.

Farrells Augen wurden schmal. »Du hast die *Volante* auf dem Gewissen?«

»Nicht mit Absicht. Ich hatte vergessen, den Tankschlauch zu lösen.«

Terry nickte in Hals Richtung. »Warum nehmen wir nicht sein Schiff?«

»Ihr werdet es nicht fliegen können«, sagte Hal schnell. »Der Navcom wird es euch nicht erlauben.«

»Dann musst du uns eben begleiten.« Farrell deutete auf Jerling. »Fesseln Sie den da!«, befahl er Terry.

Terry zog Jerling den Hosengürtel aus den Schlaufen, quetschte ihm die Arme hinter dem Rücken zusammen und schnallte ihn mit dem Gürtel auf seinem Schreibtischstuhl fest.

Farrell hatte sich währenddessen Klunk genähert.

»Was haben Sie vor?«, fragte Hal.

»Mir ein wenig Zeit verschaffen.« Farrell streckte eine Hand nach Klunks Batteriefach aus, doch der Roboter wich zurück. »Bleib stehen, oder ich puste Spacejock eine Hand weg«, warnte Farrell.

Klunk nickte widerstrebend. Farrell öffnete das Fach und legte den manuellen Sicherheitsschalter um. Klunks Augen erloschen, als die Energiezufuhr abbrach. Sein Kopf sackte herab, bis er mit dem Kinn gegen seine Brust stieß.

Farrell machte eine einladende Bewegung mit dem Blaster in Richtung der Tür. »Nach Ihnen, Spacejock.«

*

Terry stieß Hal die Rampe der *Schwarzen Möwe* hinauf und folgte ihm in die Luftschleuse. Als sie die Brücke betraten, verpasste er ihm einen Stoß in den Rücken, der ihn zu Boden gehen ließ. Hal kam gerade wieder auf die Füße, als Farrell auftauchte.

»Hören Sie mir genau zu, Spacejock. Sie tun jetzt genau, was ich Ihnen sage, oder Sie sterben auf der Stelle. Verstanden?«

Hal schnaubte. »Und wenn ich ein guter Junge bin, bringen Sie mich erst später um.«

Terry drückte ihm den Lauf seines Blasters in den Hals. »Schnauze halten!«, knurrte er.

Farrell deutete auf die Steuerkonsole. »Befehlen Sie Ihrem Computer, meine Anweisungen zu akzeptieren.«

»Lecken Sie mich!«

Terrys Blaster entlud sich fauchend und fräste knapp neben Hals Fuß ein Loch in den Boden. »Beim nächsten Mal bist du deinen Fuß los«, warnte er, nachdem der Widerhall des Schusses verklungen war.

»Navcom, hier ist ein Typ namens Farrell«, sagte Hal. »Ich möchte, dass du ihm erlaubst, das Schiff zu fliegen.«

»Verstanden«, erwiderte der Computer. »Hallo, Farrell.«

»Treuloses Flittchen«, murmelte Hal verbittert.

Farrell begann, an der Steuerkonsole herumzuhantieren. »Schaffen Sie Spacejock in den Frachtraum«, befahl er Terry, ohne sich umzudrehen. »Und fesseln Sie ihn.«

»Womit denn?«, fragte Terry.

Es knackte in den Lautsprechern, und die Stimme des Navcom ertönte. »Im Schrank vor der Hangarschleuse finden Sie eine Seilrolle.«

Hal starrte die Konsole ungläubig an. »Wie kommt es, dass du plötzlich so hilfreich bist?«

»Verrottet bis ins Mark«, sagte der Navcom, als erklärte das alles.

»Genug geplaudert!«, rief Terry ungeduldig. Er fuchtelte mit dem Blaster. »Los, runter in den Hangar. Sofort!«

Hal schwang sich auf die Leiter und kletterte sie hinunter. Unten angekommen, blickte er sich hastig um. Es gab nur zwei Räume, die als Verstecke in Frage kamen. Die winzige Kombüse und die nicht viel größere Toilette. Aber in beiden würde er in der Falle sitzen.

Terry nahm immer zwei Leitersprossen auf einmal und sprang den letzten halben Meter. »Los, beweg dich!«, schnauzte er.

Hal marschierte zur Hangarschleuse und wollte sie gerade öffnen, als ihn Terrys Stimme stoppte.

»Warte!«

Als er sich umdrehte, sah er, wie Terry die Seilrolle aus dem Wandschrank nahm. »Vom eigenen Computer verraten, was?«, spottete der untersetzte Mann. Er legte sich die Rolle über die Schulter und machte eine auffordernde Geste mit dem Blaster. »Mach schon, geh weiter.«

Hal öffnete die Innenschleuse und betrat den Hangar. Sie kam ihm noch düsterer als sonst vor, und seine Schritte hallten hohl von dem feuchten Metallboden wider.

»Stell dich da hin!«, befahl Terry und deutete mit dem Lauf seiner Waffe auf einen senkrechten Stahlträger.

»Damit kommt ihr nicht davon«, prophezeite Hal.

»Spar dir den Atem.«

Hal zuckte die Achseln und stellte sich mit dem Rücken vor den Träger. Terry schlang ihm das Seil um die Brust und zurrte es so fest, dass er ihm die Luft abschnürte. Dann verknotete er die Enden hinter dem Träger, baute sich vor Hal auf und musterte ihn von Kopf bis Fuß. »Erwarte nicht, dass dich dein Roboterkumpel rettet. Wir werden Jerlings Büro mit deinem Schiff plätten, wenn wir starten.«

»Hast du dafür eigentlich trainieren müssen, oder warst du schon von Natur aus so sadistisch?«, erkundigte sich Hal.

Terry grinste. »Ich mag nun mal keine offenen Enden, verstehst du?« Er trat an die Außenschleuse und drückte auf eine Taste. »Ich denke, dass Farrell einen Fehler macht, wenn er dich am Leben lässt«, sagte er, während sich die Hangartore quietschend öffneten. »Du bist ein giftiger, verschlagener, schlüpfriger Wicht, und ich kann dich nicht ausstehen.« Es schepperte dumpf, als sich die Torflügel gegen den Rumpf schmiegten.

Hal hob die Brauen. »Was machst du da?« Er blickte auf, als die Turbinen über seinem Kopf surrend zum Leben erwachten. »Hey, ihr könnt nicht mit offener Heckschleuse starten!«, rief er.

»Willst du darauf wetten?« Terry lachte. »Genieß den Ausblick, Spacejock.«

*

Farrell hob den Kopf, als Terry von der Leiter stieg. »Haben Sie die Innenschleuse überprüft?«

»Yeah. Ist geschlossen.«

»Worüber grinsen Sie? Sie haben Spacejock doch hoffentlich nichts getan, oder? Vielleicht brauche ich ihn später noch einmal.«

»Ich habe ihn nur gefesselt, ganz so, wie Sie gesagt haben.«

»In Ordnung, suchen Sie sich eine Sitzgelegenheit.« Farrell ließ den Blick über die Instrumentenkonsole wandern. »Einige Anzeigen funktionieren zwar nicht, aber ich glaube, wir sind startbereit.«

*

Hal wartete, bis Terry verschwunden war, bevor er die Muskeln anspannte und mit all seiner Kraft an dem Seil zerrte. Die verrotteten Fasern rissen. Hal stolperte von dem Träger fort und massierte sich die eingeschnürten Handgelenke. Das war es also, was der Navcom ihm mit seiner seltsamen Bemerkung hatte mitteilen wollen! »Der verdammte Kasten ist schlauer, als er es sich anmerken lässt«, murmelte er. »Ich werde ihn daran erinnern müssen, wenn er das nächste Mal ein Upgrade von mir verlangt.«

Er hielt gerade nach irgendetwas Ausschau, das sich als Waffe verwenden ließ, als die Turbinen über ihm zu grollen begannen.

Die Heckluke stand offen. Er konnte zwar nicht verhindern, dass das Schiff startete, aber wenn er die Torflügel schloss, würde er sich irgendwo verstecken können. Dann musste er nur noch Terry oder Farrell überraschen, einem von ihnen die Waffe abnehmen und sein Schiff zurückerobern.

Er eilte zur Heckschleuse und legte eine Hand auf die Bedienungsleiste. Gerade als seine Finger die Taste zum Schließen der Torflügel berührten, nahm er aus den Augenwinkeln heraus eine Bewegung über dem Flugfeld wahr. Ein kleines schwarzes Schiff schoss über die Umzäunung, sank mit donnernden Triebwerken herab und schwebte ein paar Sekunden lang dicht über dem Beton, bevor es sanft aufsetzte.

»Gute Landung«, murmelte Hal anerkennend. Ein Schleusenschott öffnete sich in der Seite des Neuankömmlings, und eine Rampe senkte sich auf den Boden herab. Auf der Ausstiegsplattform erschien ein großer, stämmiger Roboter. Hal wollte ihm schon hilfesuchend zuwinken, als er Brutus erkannte.

»Oh, nein!«, stöhnte er. Er ließ sich flach auf das Deck fallen und schob den Kopf über den Rand der Frachtluke. Brutus stieg die Rampe vorsichtig mit gemessenen Schritten herab, während sein Kopf unablässig hin und her pendelte. Kaum hatte er die letzte Stufe verlassen, wurde die Rampe auch schon wieder eingezogen, und das Schiff stieg mit Hilfe seiner Landungsdüsen in die Höhe, wo es einen Moment lang auf der Stelle schwebte. Dann zündete das Haupttriebwerk und schoss in den Himmel.

Hal dachte einen kurzen Augenblick nach, sprang auf und schwenkte die Arme. »Hey, du da!«, schrie er.

Der Roboter starrte zu ihm herüber.

»Hier bin ich, du XXL-Konservendose!«, brüllte Hal, während er wie ein Verrückter auf und ab hüpfte. »Komm doch und hol mich, du Spielzeug in Sondergröße!«

Brutus brauchte keine weitere Ermutigung. Er sprintete mit glühenden Augen aus dem Stand los, die Plaststahllippen zu einem dünnen Strich zusammengepresst. Seine Füße trommelten über den Beton.

Hal drehte sich um, rannte ans andere Ende des Hangars und ging hinter einem Stahlträger neben der Innenschleuse in Deckung, während das Grollen der Triebwerke immer lauter wurde. Er riskierte einen schnellen Blick.

Brutus zog sich soeben über die Kante der Heckschleuse in den Hangar.

Hal streckte eine Hand aus und betätigte den Öffnungsmechanismus. Als das Schott aufglitt, schob er sich wieder hinter den Stützpfeiler und rief: »Hier drüben, du überdimensionaler Abfalleimer!«

Das Deck erbebte unter den wuchtigen Schritten des Roboters. Als sich Brutus dem Schott näherte, glitt Hal weiter hinter den Träger und achtete darauf, dass sich der Pfeiler immer zwischen ihm und dem Roboter befand. Plötzlich zischte es neben ihm, und das Schott schloss sich wieder. Ein Klicken verriet ihm, dass auch die Verrieglung eingerastet war. Der Navcom hatte die Innenschleuse routinemäßig geschlossen, wie es die Startprozedur erforderte, und Hal mit Brutus zusammen im Hangar eingesperrt.

Als das ohrenbetäubende Kreischen zerreißenden Metalls ertönte, riskierte Hal erneut einen kurzen Blick und sah, wie sich Brutus so mühelos durch das massive Metallschott zwängte, als wäre er ein heißes Messer, das durch ein Stück Butter glitt. Kurz darauf war er aus Hals Blickfeld verschwunden. Nur das Stampfen seiner Schritte verriet, dass er durch den Verbindungsgang zu der Leiter stapfte, die auf die Brücke führte.

»Wer braucht schon Freunde, wenn er solche Feinde hat?«, murmelte Hal. Als er eine laute Explosion durch den vorderen Teil der *Möwe* peitschen hörte, entschied er, dass es Zeit wurde, sich aus dem Staub zu machen. Er rannte durch den Hangar, hechtete zur Heckschleuse hinaus und landete schwer auf dem harten Beton des Flugfeldes. Die Landungsdüsen spien weiße Feuerzungen aus. Eine Bö glühendheißer Luft traf ihn mit voller Wucht und riss ihn beinahe von den Beinen.

Das Brüllen der Triebwerke steigerte sich zu einem Kreischen. Hal rannte so schnell er konnte davon, verfolgt von einer an seinen Fersen leckenden Wand aus Rauch und Feuer, die ihm die Stiefel und die Rückseite seiner Fliegermontur versengte. Als er den unmittelbaren Gefahrenbereich hinter sich gelassen hatte, warf er sich flach auf den Boden und vergrub den Kopf unter seinen Händen.

*

»Los, mach schon!«, rief Farrell und schlug ungeduldig mit der Faust auf die Instrumentenkonsole. »Du musst doch allmählich fertig sein!«

»Überprüfung der Schubdüsen läuft«, meldete der Navcom. »Test zu 50 Prozent absolviert.«

Terry sah, wie die aus der Bodenöffnung ragende Leiter wackelte. »Spacejock!«, stieß er hervor. Er rannte auf die Leiter zu und hatte sie gerade erreicht, als sich Brutus durch das Loch schob. Bevor er seinen Blaster aus dem Holster ziehen und auf den Roboter richten konnte, hatte Brutus ihm die Waffe auch schon entrissen und zerquetschte sie mühelos in der Hand. Er ließ die zersplitterten Überreste zu Boden rieseln, packte Terry und schleuderte ihn quer durch die Brücke. Terry prallte gegen die Wand am anderen Ende. Durch die Erschütterung löste sich das Klappbett aus der Wand und versetzte ihm den letzten Schlag. Er blieb reglos auf dem Boden liegen. Blut sickerte aus einer Platzwunde in seiner Stirn.

Brutus wirbelte herum und konzentrierte sich auf Farrell. »Verschwinden Sie!«, befahl er knapp. »Ich übernehme das Schiff.«

»Einen Teufel wirst du tun!«, fauchte Farrell. Er hob den Blaster und zog den Abzug durch. Ein Lichtblitz zuckte durch die Brücke, eine pulsierende Kugel aus reiner Energie glitt an Brutus' Panzerung ab und schlug hinter ihm in die Wand ein.

Der Roboter riss Farrell die Waffe aus der Hand und zerquetschte sie ebenso mühelos in seiner metallenen Faust, wie er es zuvor mit Terrys Blaster getan hatte. Dann warf er die Überreste achtlos beiseite und verpasste Farrell einen Schlag mit dem Handrücken. Farrell schlitterte über den Boden, prallte gegen die Leiter, stürzte durch den Verbindungsschacht und schlug schwer auf dem Boden des Ganges zum Frachthangar auf. Er blieb wie betäubt liegen, während vereinzelte Gesprächsfetzen aus der Brücke zu ihm hinabwehten.

»... du wirst unverzüglich starten ...«, sagte der Roboter.

»... klar doch, Brutus ...«, erwiderte die Stimme des Navcoms. Die Triebwerke brüllten, und das Deck bebte, als sich das Schiff langsam in die Luft erhob. Von draußen ertönte ein schrilles Knarren, gefolgt von einem trockenen Knacken. Die immer noch ausgefahrene Ausstiegsrampe der *Schwarzen Möwe* war abgerissen. »... soll ich das Außenschott der Luftschleuse schließen ...?«

»Nicht nötig«, erwiderte Brutus. »Ich funktioniere auch im Vakuum.«

»Aber es wird die Menschen umbringen.«

»Unwichtig.«

Farrells Augen weiteten sich, doch er war immer noch viel zu benommen, um sich aufzurichten.

»Ich kann den Start nicht fortsetzen, solange die Schleuse offen steht«, erklärte der Navcom.

»Außenschleuse schließen!«, befahl Brutus.

Farrell atmete erleichtert aus, als er hörte, wie sich das Schott schloss. Das Heulen der Triebwerke und das Pfeifen der schnell dünner werdenden Luft verstummten wie abgeschnitten.

»Kurs auf Dryag setzen. Gesamte Distanz in einem Sprung überbrücken. Nach Ankunft Kurs auf Hauptstern setzen.«

»Zieleingabe bestätigt. Hyperraumsprung erfolgt in 30 Sekunden.«

Irgendetwas regte sich in den Tiefen von Farrells Gedächtnis, irgendetwas, das mit dem Hyperraumantrieb zu tun hatte ... Er hob eine Hand an den Kopf und versuchte, sich zu erinnern. Und dann fiel es ihm plötzlich wieder ein. Terrys Bombe! Seine Augen wurden riesig. »Keinen Hypersprung!«, krächzte er. Er stemmte sich mühsam hoch und hatte dabei das Gefühl, als würde ihm eine Axt den Schädel spalten. »Wir haben eine Bombe an Bord! Nicht in den Hyperraum gehen!«

Kapitel 32

Hal und Klunk standen neben Walter Jerlings Tanklaster und betrachteten einen lodernden weißen Stern hoch am Himmel.

»Ich habe noch nie zuvor gesehen, wie die *Möwe* gestartet ist«, sagte Hal, als das Donnern der Triebwerke in der Ferne verklang.

Klunk nickte. »Unheimlich, nicht wahr?«

»Ich weiß nicht, was schlimmer ist: Zusehen zu müssen, wie sie davonkommen, oder zu wissen, dass Vurdi die Versicherungssumme kassieren wird.«

»Wenigstens wird Ihnen Brutus nicht länger auf den Fersen sein«, meinte Klunk.

»Trotzdem werde ich den Navcom vermissen«, murmelte Hal.

»In dem Punkt können Sie unbesorgt sein.« Klunk schlug sich auf die Brust. »Ich habe eine Kopie von ihm hier drinnen.«

»Wirklich?« Hal warf dem Roboter einen fragenden Blick zu. »Könntest du sie auch in ein anderes Schiff überspielen?«

»Natürlich. Das habe ich schließlich schon einmal getan.«

Hals Miene verdüsterte sich. »Was rede ich da? Ich habe ja kein anderes Schiff.«

»Sie werden schon wieder eins bekommen, Mr. Spacejock«, versprach Klunk. »Da bin ich mir ganz sicher.«

»Na klar«, brummte Hal. »Ich kann mir genau ausmalen, wie mir Vurdi ein Darlehen gibt.«

Sie wechselten einen Blick.

»Jerling war sehr dankbar, als Sie ihn befreit haben«, sagte

Klunk. »Warum bitten Sie ihn nicht um ein bisschen mehr Geld?«

Hal klopfte auf seine Overalltaschen. »Habe ich bereits getan. Sein überschüssiges Wechselgeld würde für die Landegebühren der meisten Planeten reichen.« Er zuckte die Achseln. »Nur schade, dass wir nichts haben, womit wir irgendwo landen könnten.«

»Können Sie sich denn nicht einen Job besorgen? Irgendeinen, der etwas mit dem Weltraum zu tun hat?«

»Klunk, bei meinem Ruf kann ich schon froh sein, wenn ich einem Raumschiff so nahe komme, dass ich seine Landestützen polieren darf.«

»Sie könnten mich ja noch einmal verkaufen. Das würde Ihnen einen Neustart ermöglichen.«

Hal lächelte. »Ein hübscher Gedanke, aber für einen Neustart bräuchte ich schon etwas mehr als das. Und ich möchte nicht ...« Er unterbrach sich mitten im Satz und runzelte die Stirn. »Moment mal. Was hast du damit gemeint, dass du den Navcom schon einmal in ein anderes Schiff überspielt hast?«

»Ich musste die *Volante* neu programmieren, bevor Clyde und Albion sie fliegen konnten«, erklärte Klunk.

»Die *Volante*?« Hal starrte ihn an. »Farrells Schiff?«

Klunk nickte. »Der Computer hat Probleme gemacht, also habe ich sein altes Programm mit dem Navcom überschrieben.«

Hal packte den Roboter an beiden Schultern und schüttelte ihn. »Begreifst du das denn nicht?«, fragte er aufgeregt. »Clyde hat erzählt, dass sie das Schiff ganz in der Nähe notlanden mussten. Also können wir es uns ganz einfach holen!«

»Denken Sie denn, dass wir das tun sollten?«

»Zur Hölle, ja! Farrell hat mir mein Schiff abgenommen, also nehme ich mir einfach seins!«

»Aber die *Möwe* war uralt, und die *Volante* ist ein brandneues Schiff. Das wäre kein fairer Tausch!«

Hal grinste. »Ich weiß.«

»Sie könnte beschädigt sein«, gab Klunk zu bedenken. »Clyde und Albion haben schließlich eine Bruchlandung damit hingelegt.«

»Das könntest du bestimmt wieder in Ordnung bringen.«

»Ich bin mir nicht sicher, ob ich ...«

»Ich habe vollstes Vertrauen in deine Fähigkeiten«, versicherte Hal. »Sonst hätte ich dich nicht gekauft.«

»Moment mal, ich sehe da ein Problem.«

»Spuck es aus!«

»Laut Clyde ist der *Volante* der Treibstoff ausgegangen.«

»Das nennst du ein Problem?« Hal deutete mit dem Daumen auf den Tanklaster neben ihnen. »Damit kann Jerling den Rest seiner Schulden begleichen.«

*

»Noch zehn Sekunden bis zum Hypersprung«, meldete der Navcom ruhig. »Alle Besatzungsmitglieder werden gebeten, ihre Sitzplätze einzunehmen.«

Farrell hörte Schritte über sich, und irgendetwas blockierte das Licht, das von oben in den Schacht fiel.

Brutus' Gesicht erschien im Durchbruch zur Kommandobrücke. »Starker Mann«, sagte er.

»Du verstehst nicht!«, rief Farrell. »Es befindet sich eine Bombe hier an Bord! Du darfst keinen Hyperraumsprung durchführen!«

»Noch fünf Sekunden«, sagte der Navcom.

»Wenn du hier hochkommst, bringe ich dich um, starker Mann. Wenn du weiterleben willst, bleibst du lieber da unten.«

»Drei«, zählte der Navcom die verbleibende Zeit herunter.

»Da ist eine Bombe!«, brüllte Farrell verzweifelt. »Sie wird gleich explodieren!«

»Zwei.«

Brutus tippte sich an die Schläfe. »Der Schlag auf den Kopf hat dich wohl irre gemacht.«

»Eins«, sagte der Navcom. »Sprung wird ausgef–«

*

Hal starrte über die Weide hinweg auf die *Volante*, die mit der Bugspitze in der morastigen Erde steckte, umringt von einer Herde nervöser Kühe. Das Schiff hatte bereits beim Überqueren der Straße an Höhe verloren und eine Reihe kleiner Bäume umgemäht. Schließlich hatte es eine breite Furche in den weichen Untergrund gepflügt. Doch von einer dicken Schicht aus Morast einmal abgesehen, schien es sich in einem guten Zustand zu befinden.

»Von hier aus sieht sie völlig in Ordnung aus«, stellte Hal fest.

»Wenigstens liegt sie richtig herum.« Klunk stieg aus dem Tanklastwagen, ging zur Straßenböschung und begann, darauf auf und ab zu hüpfen. Dann bückte er sich und untersuchte den Boden.

Hal lehnte sich aus dem Seitenfenster. »Und?«

»Ich denke, hier ist der Untergrund fest genug«, sagte Klunk. »Bei der Weide bin ich mir allerdings nicht so sicher.«

»Es gibt nur einen Weg, das herauszufinden«, murmelte Hal. Er steuerte den Wagen bis zum Straßenrand und fuhr im Schneckentempo weiter, als sich die Schnauze des Lasters langsam nach unten neigte. Mit äußerster Vorsicht, das Lenkrad so fest umklammernd, dass sich seine Fingerknöchel weiß unter der Haut abzeichneten, ließ er das schwere Fahrzeug die Böschung hinunterrollen, deren Gefälle immer steiler wurde, bis es schien, als würde sich der Lastwagen in den Boden bohren. Dabei versuchte er, nicht an die gewaltigen Treibstoffmengen unmittelbar hinter seinem Rücken zu denken. Sollte sich der Tank aus seiner Halterung lösen, würde er ihn im Bruchteil einer Sekunde zu Brei zerquetschen, sofern sich der Treibstoff nicht vorher entzündete und ihn die Wucht der Explosion in den Orbit katapultierte.

Schließlich berührten die Vorderräder ebenen Boden, und die Schnauze des Lastzugs begann, sich wieder aufzurichten. Hal gab etwas mehr Gas. Der Wagen schaukelte wild hin und her, als er über einen im Erdreich verborgenen Baumstamm rollte, doch dann hatte er endlich auf ganzer Länge wieder ebenen Boden unter den Rädern.

Klunk winkte Hal weiter. »Nicht anhalten!«, rief er. »Bleiben Sie in Bewegung, oder die Räder sinken ein!«

Hal drückte das Gaspedal noch etwas weiter durch. Der Wagen schwankte mit gelegentlich durchdrehenden Hinterrädern auf das Schiff zu. Klunk lief neben ihm her, die Hände auf die Rückseite der Fahrerkabine gelegt. Als sie sich der *Volante* näherten, zogen sich die Kühe mit lautem Muhen zurück.

Hal hielt neben dem Schiff an, während Klunk die zerfetzten Überreste des Tankschlauchs inspizierte, der aus dem Rumpf der *Volante* herausragte. Der in der Tanköffnung steckende Verbindungsstutzen war in einem rechten Winkel abgeknickt. Klunk streckte sich, umklammerte den Klemmhebel, zog daran und setzte schließlich sein gesamtes Gewicht ein, doch der Hebel bewegte sich einfach nicht. »Ich weiß nicht, Mr. Spacejock«, sagte er ratlos. »Das könnte ein Problem geben.«

Hal sprang aus der Fahrerkabine, um selbst nachzusehen. »Was, wenn wir ein Rohr über den Hebel schieben und ihn damit verlängern?«, schlug er vor.

Klunk sah ihn überrascht an. »Aber natürlich!«, rief er. »Ich werde an Bord gehen und nachsehen, was ich finden kann.«

»Ich begleite dich«, sagte Hal. »Ich möchte einen Blick auf die Kontrollen werfen.«

Sie eilten die Rampe hinauf. Klunk trat zur Seite, um Hal den Vortritt zu lassen.

»Wow!«, stieß Hal bewundernd hervor, als sie die makellos saubere Luftschleuse passierten und auf der Kommandobrücke herauskamen, die mit einer ergonomisch geformten Steuerkonsole und blitzenden Armaturen ausgestattet war und vom weichen Licht der Deckenbeleuchtung erhellt wurde. Klunk steuerte sofort den Aufzug an. Als sich die Tür hinter ihm schloss, ließ sich Hal in den gepolsterten Pilotensessel gegenüber der Steuerkonsole fallen. Seine Augen leuchteten auf. Alles war perfekt, alle kleinen Kontrolllämpchen saßen sicher in ihren Gehäusen, die Messanzeigen waren farbig voneinander abgesetzt, und nirgendwo war ein Kippschalter zu sehen. Er strich über die schimmernde Wurzelholzverkleidung des Armaturenbretts und seufzte.

»Wer ist da?«, erkundigte sich eine neutrale weibliche Stimme.

Hal blickte auf. »Navcom? Bist du das?«

»Ja.«

»Ich bin's, Hal!«

»Mr. Spacejock?« Der Navcom lachte. »Ich habe Sie für viel größer gehalten.«

»Du kannst mich sehen?«

»Ja. Optische Sensoren sind nur eine von zahlreichen Verbesserungen. Ich verfüge hier auch über ein leistungsfähigeres Schachprogramm als auf der *Möwe.*«

Hal schnitt eine Grimasse. »Irgendwo gibt es immer einen Haken.« Er blickte sich auf der Brücke um. »Gehört das alles wirklich mir?«

»Technisch betrachtet, nein«, erwiderte der Navcom. »Allerdings ...«

»Es gehört mir«, sagte Hal mit fester Stimme. Er ließ den Blick über die Konsole wandern. »Sag mal, wo kann ich einen Schadensbericht einsehen?«

»Auf Monitor zwei.«

»Nein, da ist überhaupt nichts zu sehen. Das ist bloß ein leerer Bildschirm.«

»Korrekt. Es liegen keinerlei Schadensmeldungen für die *Volante* vor.«

»Magie.« Hal drehte sich um, als Klunk mit einem Stahlrohr in der Hand aus dem Aufzug trat. »Fängst du jetzt schon damit an, hier alles auseinanderzunehmen?«, erkundigte er sich.

»Machen Sie sich deswegen keine Sorgen«, beruhigte ihn Klunk. »Ich werde das Rohr nachher wieder an seinen Platz zurückbringen.« Er verließ die Brücke und lief die Rampe hinunter. Kurz darauf ertönte draußen das Geräusch von Metall, das auf Metall schlug, gefolgt vom Winseln einer elektrischen Pumpe.

»Treibstoffmenge bei zwei Prozent und steigend«, meldete der Navcom. »Sagen Sie, hätten Sie vielleicht Lust auf eine Partie Schach?«

Hal winkte ab. »Geht leider nicht. Ich habe mein Schachspiel auf der *Möwe* zurückgelassen.« Er blinzelte verblüfft, als plötzlich ein solide aussehendes Schachbrett in der Luft über der Steuerkonsole schwebte, auf dem die Figuren bereits auf ihren Positionen standen – in der Mehrzahl schwarze Figuren. Er streckte eine Hand danach aus, doch seine Finger glitten durch das Brett und die Spielfiguren hindurch.

»Ich habe mir die Freiheit genommen, unsere letzte Partie zu rekonstruieren«, erklärte der Navcom. »Lassen Sie uns herausfinden, ob diese Partie ebenfalls remis endet.«

Hal betrachtete die gegnerische Phalanx, die seine wenigen verbliebenen Figuren eingekesselt hatte. »Sieht ziemlich hoffnungslos aus«, stellte er fest.

»Wollen Sie aufgeben?«, fragte der Navcom.

»Ich meinte, hoffnungslos für dich«, sagte Hal. »D4 auf F6, Schach!«

Der Navcom schwieg.

»Du bist am Zug«, drängte Hal.

Das Schachbrett verschwand. »Vielleicht sollten wir das Spiel später fortsetzen«, schlug der Navcom vor. »Ich muss mich jetzt um die Startvorbereitungen kümmern.«

»Stell sofort das Spiel wiederher, du lausiger Schwindler!«, rief Hal.

»Das ist leider unmöglich«, behauptete der Navcom. »In der gespeicherten Partie ist ein Datenfehler aufgetreten. Vielleicht könnten wir uns auf ein …«

»… Remis einigen?« Hal grinste. »Aber nur dieses eine Mal.«

Die Konsole gab einen leisen Glockenton von sich. »Tankvorgang abgeschlossen.«

»Guter alter Klunk«, murmelte Hal.

»So alt nun auch wieder nicht«, sagte Klunk, der unbemerkt die Brücke betreten hatte.

»Wie hast du es geschafft, den Schlauch zu lösen?«, erkundigte sich Hal.

»Mit viel Ausdauer und Geduld.«

Hal richtete den Blick auf die Konsole. »Navcom, starte die Motoren!«, befahl er.

»Nicht so schnell«, sagte Klunk. »Wir haben immer noch ein Problem.«

»Was meinst du damit? Mit dem Treibstoff ist doch alles in Ordnung, oder?«

»Mit dem Schiff selbst gibt es keine Schwierigkeiten«, erklärte Klunk. »Worum es geht, sind die Besitzverhältnisse. Sehen Sie, dieses Schiff ist offiziell auf die Hinchfigs zugelassen.«

»Das ist mir klar, Klunk«, erwiderte Hal unwillig. »Es prangt schließlich ein verdammt großes Logo auf dem Leitwerk.«

»Korrekt«, bestätigte Klunk. »Und was werden die Hinchfigs wohl machen, wenn das Schiff einfach so verschwindet?«

Hal zuckte die Achseln. »Wen kümmert das? Ich tausche es gegen die *Möwe* ein.«

»Vielleicht würden Sie das gern tun, aber das macht es lange noch nicht zu einer legalen Transaktion. Die Unterlagen werden beweisen, dass die Hinchfigs die regulären Besitzer sind, was bedeutet, dass sie die *Volante* jederzeit zurückfordern können.«

»Wie können wir den Tausch dann offiziell gültig machen?«, wollte Hal wissen.

»Dazu müsste das amtliche Schiffsregister aktualisiert werden.«

»Wie das?«

»Wir müssten den entsprechenden Stellen eine offizielle Eigentumsübertragungsurkunde vorlegen, die der ursprüngliche Besitzer unterschrieben hat.«

»Das ist völlig aussichtslos!«

»Es gäbe da noch eine andere Möglichkeit …«, sagte Klunk langsam.

»Ja?«

»Mit Hilfe des Navcoms könnte ich die Unterlagen manuell verändern.«

»Wirklich?«

»Ja.« Klunk trat an die Steuerkonsole und ließ die Hände über ihrer jungfräulichen Oberfläche schweben. »Es ist nur eine Frage von …«

Aus den Lautsprechern drang ein Stöhnen. »Tiefer«, hauchte der Navcom kehlig.

»Wartet einen Moment«, unterbrach Hal hastig. »Könntet ihr damit vielleicht weitermachen, wenn ich nicht anwesend bin?«

»Ich schätze, schon«, sagte Klunk.

»Wenn Sie sich sicher sind«, fügte der Navcom hinzu.

»Ich bestehe darauf«, erwiderte Hal mit Nachdruck.

Ein leises Grollen erfüllte die Brücke, als die Haupttriebwerke zündeten. Klunk überprüfte die Anzeigen. »Wir sind startbereit, Mr. Spacejock«, meldete er.

»Und was ist mit den Testdurchläufen und diesem ganzen Kram?«, fragte Hal.

Klunk grinste ihn an. »Die *Volante* ist ein Frachter der Gamma-Klasse. Schiffe dieser Kategorie benötigen keine langwierigen Testdurchläufe.«

Hal legte die Füße auf die unberührte, saubere Steuerkonsole, lehnte sich in seinem Sessel zurück und verschränkte die Hände im Nacken. »In Ordnung, Navcom, dann lass uns mal starten!«

»Ich kann Ihren Befehl leider nicht ausführen«, sagte der Navcom.

»Wieso denn nicht?«

»Weil wir bereits abgehoben haben«, erklärte Klunk und deutete auf die Steuerkonsole. »Flughöhe 2000 Meter und weiter steigend.«

Hals Unterkiefer klappte herab. Dann verzog sich sein Gesicht zu einem breiten Grinsen. »Hey, ich wollte schon immer ein Raumschiff, das ...«

»... einen derartigen Start hinlegen kann?«, beendete Klunk den Satz.

Hal nickte. Ihm fehlten einfach die Worte.

Epilog

Es konnte noch immer keine Spur des Raumschiffs der Rigel-Klasse entdeckt werden, das letzte Woche von Forg verschwunden ist. Wie unseren treuen Zuhörern bekannt sein dürfte, war die Schwarze Möwe *unterwegs nach Dryag und ist nicht mehr aufgetaucht, nachdem sie einen Hyperraumsprung absolviert hatte. Ihr Verschwinden stellt einen schweren Verlust für ihre Eigentümer von der Kreditagentur Garmit und Hash dar. Der Sprecher der Agentur, Mr. Vurdi Makalukar, brachte seine tiefe Trauer über den Verlust seines engen Freundes und Piloten des Schiffes, Mr. Hal Spacejock, zum Ausdruck. Gerüchte über angeblich enorme Versicherungsleistungen, die für den Verlust des Schiffes geflossen sein sollen, wurden von Mr. Makalukar, der sich zurzeit auf seinem neuen Anwesen in North Forgberg aufhält, nachdrücklich zurückgewiesen.*

Die örtlichen Behörden reagierten unverzüglich auf das Verschwinden der Schwarzen Möwe *und gaben in diesem Zusammenhang zu bedenken, dass interstellare Reisen statistisch gesehen ungefährlicher als das Überqueren einer Straße sind. Sie wiesen darauf hin, dass das Risiko eines Durchschnittsbürgers, bei einem Autounfall umzukommen, größer ist, als den Tod an Bord eines Raumschiffes zu finden.*

Wie des Weiteren berichtet wird, fand heute eine Trauerfeier für Farrell Hinchfig statt, geliebter Sohn von Amati und Yuki-Ann. Farrell verschwand letzte Woche, nachdem sein Gleiter in dichtem Gestrüpp notlanden musste, spurlos. Bevor nicht weitere Einzelteile der verunglück-

ten Maschine zusammengesetzt sind, können die Unfallexperten keinerlei verlässliche Angaben zur Absturzursache des Gleiters machen. Wie es heißt, herrscht auch weiterhin große Verblüffung über gewaltige Mengen Abwassers, die an der Unfallstelle gefunden wurden.

Frühere Berichte, nach denen sich Farrell Hinchfig unmittelbar vor seinem Verschwinden an Bord der Schwarzen Möwe *befunden haben soll, wurden als unzutreffend zurückgewiesen.*

Genetik ist die neue plastische Chirurgie!

Alan Dean Foster
GENOM
Roman
Aus dem amerikanischen
Englisch von
Kerstin Fricke
352 Seiten
ISBN 978-3-404-20706-0

Menschen mit Federn auf der Haut, Kiemen im Hals oder Augen im Hinterkopf Auf der Erde der Zukunft sind solche genetischen Manipulationen ein alltäglicher Anblick. Auch der Dieb Whispr hat sich modifizieren lassen: Er ist unnatürlich dünn. Eines Tages stiehlt er einen Silberfaden, anscheinend eine Art von Speichermedium, nicht ahnend, dass er dadurch mitten in eine tödliche Verschwörung gerät. Schon bald sind ihm Attentäter auf der Spur. Und die Veränderungen an ihren Körpern dienen nur einem Zweck: zu töten

Ein neuer Science-Fiction-Roman vom Meister des Fachs

Bastei Lübbe Taschenbuch